Fairies. Diamantweiß

© privat

Stefanie Diem arbeitet und lebt gemeinsam mit ihrer Familie im Allgäu. Schon als kleines Kind verfügte sie über eine lebhafte Fantasie und dachte sich die tollsten Geschichten aus, die sie zu Papier brachte, sobald sie schreiben konnte. Das Schreiben hat sie seither nicht mehr losgelassen und zählt neben dem Lesen zu ihren größten Leidenschaften.

Stefanie Diem

fairies

DIAMANTWEIß

im.press
CARLSEN

Von Stefanie Diem außerdem bei Carlsen und Impress erschienen:

Fairies, Band 1: Kristallblau
Fairies, Band 2: Amethystviolett
Fairies, Band 4: Opalschwarz
Plötzlich Amor!

MIX
Papier aus verantwortungsvollen Quellen
FSC® C083411

Ein *Impress*-Titel im Carlsen Verlag
April 2019

Umschlagbild: shutterstock.com © Lev Efimov / Jade ThaiCatwalk / HainaultPhoto
Umschlaggestaltung: formlabor
Corporate Design Taschenbuch: bell étage
Gesetzt von Dörlemann Satz, Lemförde
ISBN 978-3-551-31796-4

www.impress-books.de
CARLSEN-Newsletter: Tolle Lesetipps kostenlos per E-Mail!
Unsere Bücher gibt es überall im Buchhandel und auf carlsen.de.

Für alle, die von Feen und Zauberwelten träumen
und an das Schicksal glauben

PROLOG

Er sah sie an und es schien ihm, als hätte sich vor seinen Augen ein Schleier gelüftet.

Sein Herz brannte, ihm wurde heiß und kalt, und er hatte nur noch Augen für sie.

Sie war die Eine, um die sich die Welt drehte, für die es sich lohnte, sein Leben aufzugeben.

Die Eine.

KAPITEL 1

Ich schirmte mit den Händen meine Augen vor der grellen Hitze der unbarmherzig herabbrennenden Sonne ab. Obwohl ich nur spärliche Kleidung trug, genauer gesagt, eine kurze Jeans und ein weißes, enganliegendes Tanktop, schwitzte ich stark und meine Füße, die in flachen Turnschuhen steckten, fühlten sich irgendwie aufgequollen an. Aus den Augenwinkeln bemerkte ich, dass sich mir jemand von hinten näherte, und reflexartig ging ich in Angriffshaltung, aber es war nur Taylor, der mir eine weiße Baseballmütze auf die üppigen Locken drückte. Die restliche Haarmähne fiel in einem dicken Zopf geflochten über meinen Rücken und schwang bei jeder meiner Bewegungen hin und her. Ich lächelte ihn an und ließ mich von ihm in eine Umarmung ziehen. Er drückte mich an seine Brust und Schmetterlinge flatterten in meinem Bauch. Hier fühlte ich mich wohl und sicher. Mit ihm an meiner Seite war ich stark und irgendwie konnte ich es immer noch nicht richtig glauben, dass er meine Gefühle erwiderte, und noch mehr, dass er mir auf meiner selbstauferlegten Mission zur Seite stand, mich begleitete und bestärkte.

Er schob mich ein Stück von sich, legte beide Hände an

meine Wangen und sah mir tief in die Augen. Ich versank in dem unergründlichen Schwarz und küsste ihn, einem plötzlichen Impuls folgend. Er schien ein wenig überrumpelt, erwiderte den Kuss jedoch sofort, zunächst vorsichtig und sanft. Dann wurde er stürmischer, fordernder, seine Arme schlangen sich um meinen Körper, eine Hand fuhr mir über den Nacken in die Haare, direkt unter den Zopfansatz und dirigierte meinen Kopf. Die andere Hand wanderte über meinen vor Schweiß klebenden Rücken, aber das schien ihm egal zu sein – und mir auch. Mein Herz raste, mein Körper zitterte, ich gab mich diesem Kuss vollkommen hin, vergaß alles um mich herum, die staubige Luft, den kratzenden Sand, die quälende Hitze, die nichts war im Vergleich zu dem Gefühl, das im Moment meinen Körper in Wallung brachte.

»Hm, hm«, hörte ich eine Stimme, die sich mahnend neben uns räusperte.

Abrupt lösten wir uns voneinander und sahen beschämt in jeweils andere Richtungen. Ich wischte mir verlegen über die Lippen und sah zu dem älteren Mann auf, der mich über die Gläser seiner randlosen Brille tadelnd musterte. Er steckte in beigen Shorts mit dicken Taschen und einem verwaschenen T-Shirt. Eine dicke Fotokamera baumelte um seinen Hals und er trug doch tatsächlich weiße Sportsocken in seinen Sandalen.

»Ich muss doch sehr bitten, es ist helllichter Tag!« Er schüttelte den Kopf und wandte sich dann empört der Frau hinter ihm zu, die soeben die Inschrift einer Schautafel studierte.

Ich drehte mich zu Taylor um, der mich verschmitzt anlächelte und sich über den Dreitagebart fuhr.

»Schätze, wir sollten warten, bis wir wieder im Auto sind.«

Er strich mir sanft über die Wange, nahm mich dann an der Hand und wollte mich mit sich ziehen, aber ich machte mich steif. Er stutzte, drehte sich um und legte die Stirn fragend in Falten.

»Ich ... ich möchte noch kurz hierbleiben«, sagte ich bestimmt.

Er zog die Augenbrauen hoch. »Wieso das denn? Ich bin mir sicher, wir haben mittlerweile sämtliche Schautafeln und Sehenswürdigkeiten hier in dieser kleinen Geisterstadt besichtigt. Was willst du noch?«

Er schlang seine Arme um meine Taille und unwillkürlich schoss mir wieder die Hitze ins Gesicht. Ich schluckte und versuchte mein galoppierendes Herz wieder unter Kontrolle zu bekommen, legte ihm sanft die Hände auf die Brust und schob ihn erneut von mir.

»Ich habe so ein Gefühl, dass wir etwas übersehen haben. Sie sind hier – ich weiß es!«, flüsterte ich.

Er strich mir eine Locke aus der Stirn, die sich unter der Baseballmütze hervorgestohlen hatte.

»Ach, Sophie, du verrennst dich da in etwas. Allein der Name dieses Tals bringt dich auf die Idee, dass hier Shuk sein müssten, aber glaub mir, selbst die nehmen vor der brütenden Hitze im Death Valley Reißaus. Komm, wir sollten weiterfahren.«

Ich seufzte. Insgeheim wusste ich, dass er recht hatte –

Taylor hatte meistens recht. Aber irgendetwas in mir hatte sich darauf versteift, dass hier mitten im Death Valley Shuk lebten – viele Shuk. Und dass sie mir Auskunft über den Verbleib meiner zwei besten Freunde geben konnten.

Taylor ergriff erneut meine Hand und diesmal ließ ich mich von ihm mitziehen, über den trockenen, steinigen Weg zurück zur Straße, auf der unser dunkelblauer SUV ein wenig abseits in der prallen Sonne parkte. Er öffnete die Beifahrertür und augenblicklich kam uns eine Hitzewelle entgegen, was uns dazu veranlasste, erst einmal alle fünf Türen des Wagens zu öffnen, um kurz durchzulüften, was inmitten der windstillen Wüste eigentlich zwecklos war. Wenig später saßen wir im Auto. Taylor startete den Motor, fuhr die Klimaanlage hoch und lenkte den Wagen auf die Straße.

Ich rieb mir mit einem Taschentuch den Schweiß von der Stirn, nahm mir die Wasserflasche aus dem Handschuhfach und trank gierig von der aufgeheizten Flüssigkeit. Dann kam mir eine Idee. Ich nahm die Glasflasche zwischen meine Handflächen, konzentrierte mich, und augenblicklich bildeten sich am äußeren Glasrand kleine Eiskristalle. Sofort schraubte ich den Verschluss ab und prüfte das Wasser.

»Ah«, stieß ich erleichtert aus, als die gekühlte Flüssigkeit über meine Lippen in meinen Mund lief.

Taylor schmunzelte. »Cooler Trick.«

»Hab ich von meinem Seeker«, gab ich ebenfalls lächelnd zurück. »Auch einen Schluck?«

Er nickte und ich reichte ihm das Wasser.

Mittlerweile herrschten im Inneren des Wagens wieder

angenehme Temperaturen und ich lehnte mich entspannt im Sitz zurück.

Plötzlich jedoch fuhr ich hoch, als hätte man mir mein frisch gekühltes Eiswasser über den Kopf gekippt.

»Hier! Hier rechts! Sofort!«, rief ich und griff einem Impuls folgend ins Steuer.

Erschrocken riss Taylor das Lenkrad herum und verhinderte gerade noch, dass wir mit einem entgegenkommenden Fahrzeug zusammenprallten. Mit quietschenden Reifen blieben wir inmitten einer Wolke aus Rauch, Staub und Sand am Straßenrand stehen.

Taylor atmete heftig und warf mir einen wütenden Blick zu.

»Verdammt, Sophie! Willst du uns umbringen?«

Ich ließ mich jedoch nicht ablenken und deutete auf eine kleine, felsige Straße, die mehr einem Pfad glich und die sich inmitten einiger vorstehender Felsen durch die niedrigen Dünen schlängelte.

»Hier, fahr da lang!«

Er sah mich an, als ob ich übergeschnappt wäre.

»Bist du verrückt? Da bleiben wir spätestens hinter der nächsten Wegbiegung stecken!«

Entschlossen stieß ich die Autotür auf und machte Anstalten auszusteigen, als Taylor mich am Oberarm erwischte und zurück in den Wagen zog. Ich bedachte ihn mit einem wütenden Blick.

»Ich habe keine Zeit zu verlieren! Wenn du nicht fahren willst, gehe ich eben zu Fuß!«

Doch er lockerte seinen Griff kein bisschen.

»Sophie, sei doch vernünftig ...«, setzte er an, doch ich hob die Hand.

»Ich habe es satt, vernünftig zu sein! Jetzt lass mich aus dem Auto oder du wirst es bereuen!«

Er erstarrte. Seine Augen blickten mich erschrocken und zutiefst beunruhigt an, doch es war mir egal. Langsam gab er meinen Arm frei, den ich in einer raschen Bewegung an meinen Körper zog und ihn rieb.

»Steig ein.« Seine Stimme klang plötzlich entschlossen und sehr ernst. Er hatte die Augen starr nach vorn gerichtet und würdigte mich keines Blickes, als ich mich zurück auf den Sitz neben ihn schob.

Alles in mir schrie danach, ihm etwas Versöhnliches zu sagen, mich bei ihm zu entschuldigen, doch kein Wort kam über meine Lippen.

Verbissen beobachtete ich, wie er den steinigen, holprigen Weg entlangfuhr, der bereits nach wenigen Biegungen endete, doch Reifen- und Fußspuren wiesen uns die Richtung und ich spürte eine seltsame Spannung auf der Haut, fast wie Elektrizität. Hier waren wir richtig! Zum ersten Mal seit Tagen hatte ich das Gefühl, nein die absolute Gewissheit, jetzt auf der Fährte meiner Freunde Lila und Ralph zu sein.

Stunden schienen zu vergehen, wir folgten den wenigen Spuren durch die Felsenwüste und langsam brach die Dunkelheit über uns herein. Das unbarmherzige Licht der grellen Sonne verblasste und machte Platz für ein mit tausend Sternen übersätes Firmament und ich spürte selbst durch die schützende Hülle des Autos, wie die Kälte über die Wüste kroch und die Landschaft aus der flirrenden Hitze erlöste.

Langsam kamen die Umrisse der Berge in Sicht, die das Death Valley umgaben. Wie dunkle hohe Wellen ragten sie vor uns auf, dahinter zeichnete sich noch matt das orangerote Licht der eben untergehenden Sonne als heller Streifen am Horizont ab, wurde jedoch bereits von der Nacht verdrängt.

Ich räusperte mich und unterbrach damit das unangenehme Schweigen im Wagen.

»Bitte park hier.« Ich deutete auf einen der größeren Felsen, die den Wegrand säumten.

Taylor schenkte mir einen kurzen Blick, den ich nicht recht deuten konnte. Er hatte die Lippen zusammengekniffen und in ihm sträubte sich alles dagegen, hier zu halten und auch noch das Auto abzustellen, das konnte ich an seiner Mimik erkennen, aber er sagte nichts. Er lenkte den bulligen Wagen dicht an die raue Wand des Felsens, stellte den Motor ab und reichte mir wortlos eine dunkle Jacke.

»In der Wüste wird es nachts kalt«, sagte er nur und verließ das Fahrzeug.

Ich seufzte und atmete einmal kurz durch. Mit Taylor zu streiten oder auch einfach nur kleine Diskussionen mit ihm auszufechten, war nicht einfach und es tat mir schrecklich leid. Aber diesem Impuls zu folgen, war das einzig Richtige und ich dankte ihm aus tiefstem Herzen, dass er hinter mir stand, egal welch hirnrissige Ideen ich hatte und welch undurchführbare Pläne ich entwarf. Er war mir gefolgt, hatte die schützende Organisation der Engel meinetwegen verlassen, um bei mir zu sein und mich bei der – seiner Meinung nach – hoffnungs- und sinnlosen Suche nach Ralph und Lila zu unterstützen. Wir waren nun beinahe zwei Monate unterwegs, hatten gefühlt die gesamte Umgebung von Las Vegas abgesucht und darüber hinaus, denn ich war mir sicher, dass die beiden sich noch in unserer Nähe aufhielten. Erst in den letzten beiden Wochen hatten wir uns wieder näher an die Stadt herangetastet.

Ich wusste, was er dachte. Nach dieser vergeblichen Zeit des Suchens war er der Ansicht, wir sollten in den behütenden Schoß der Organisation zurückkehren, mit Azarael gemeinsam nach einer Lösung suchen, um meine Freunde aus den Fängen der Shuk zu befreien. Doch ich war anderer Meinung. Zum einen, weil ich mir ziemlich sicher war, dass Azarael gegen eine Shuk-Verfolgung quer durch die Wüste wäre und den Teufel tun würde, um mich dabei auch noch zu unterstützen; zum anderen, weil ich irgendwie Angst vor ihm hatte. Angst vor den Gefühlen, die er für meine Fairy-Seele Cayuga hegte, und Angst vor den Gefühlen, die sie oder vielmehr ich für ihn in mir trug und bisher erfolgreich verdrängt hatte.

Ich atmete noch einmal kurz durch, nahm die Baseballmütze vom Kopf und verließ das Fahrzeug. Taylor wartete bereits am Heck auf mich. Er hatte sich eine dunkle Jeansjacke übergeworfen, die Hände vor der Brust verschränkt und sah mich missmutig an.

Dann jedoch zog er mich überraschend in seine Arme, verbarg seinen Kopf in meinem Haar und flüsterte dicht an meinem Ohr: »Ich habe es satt, dass du mich behandelst, als wäre ich dein Hündchen. Du weißt, ich tue alles für dich, folge dir, wohin du willst, aber bitte, vertrau mir! Und vor allem, sag mir, was du vorhast, was du planst!«

Er hatte seine starken Arme eng um meinen Körper geschlungen, so als wolle er mich nie wieder loslassen. Ich erwiderte die Umarmung, strich ihm zärtlich über die Haare, atmete seinen unnachahmlichen Duft ein, nach Feuer und Wasser zugleich, wie der Geruch von Regen auf aufgeheizter Erde.

»Ich weiß, dass sie hier sind!«, verkündete ich ihm, als ich mich ein wenig von ihm gelöst hatte und sein Gesicht sich nun dicht vor mir befand.

Er stieß ein amüsiertes Schnauben aus. »Ach ja? Und wie oft hast du das in den letzten Wochen und Tagen nicht schon gesagt? Wie oft warst du dir sicher, dass sie genau hier sind, und dann war es nicht der Fall?«

Zugegeben, mit dieser Feststellung lag er nicht ganz falsch. Ich hatte in der letzten Zeit des Öfteren solche seltsamen Anwandlungen, dass ich mir plötzlich sicher war, wo sich die Shuk samt meiner Freunde befinden könnten.

»Diesmal ist es anders, Taylor, wirklich! Ich kann es nicht beschreiben, aber … aber …« Ich brach ab, wusste nicht, wie ich dieses Knistern erklären sollte.

Taylor zog die Augenbrauen hoch, erwartete offensichtlich eine plausible Antwort von mir.

Ich seufzte und versuchte ihm zu vermitteln, was in mir

vor sich ging. »Es ist, als würde ich dorthin gezogen. Es ist wie Elektrizität, die stärker wird, je näher wir ihnen kommen.«

Sein Blick wurde noch misstrauischer. Jetzt verschränkte er die Arme vor der Brust, zeigte mir seinen Unglauben.

»Und wegen diesem Gefühl sind wir nun kreuz und quer durch die Pampa gefahren? Stehen jetzt irgendwo im Nirgendwo mitten in der Nacht?«

Sanft legte ich meine Arme auf seine, versuchte ihn so versöhnlich und flehend wie möglich anzusehen.

»Bitte, Taylor, vertrau mir – nur noch dieses eine Mal! Ich bin mir so sicher wie noch nie!«

Er seufzte und ergriff meine Hände. Ich hatte gewonnen und konnte nicht verhindern, dass sich ein kleines Lächeln auf mein Gesicht stahl.

»Okay, aber jetzt habe ich definitiv was gut bei dir!«

Er umfasste meine Taille, zog mich erneut zu sich und drückte mir einen langen Kuss auf die Lippen. Als er sich wieder von mir löste, lächelten wir uns beide an und ich nickte.

»In Ordnung.«

Damit ging ich los und zog ihn an einer Hand hinter mir her.

* * *

Je weiter wir uns auf die offene Ebene zubewegten, umso mehr beschleunigte sich mein Herzschlag, umso aufgeregter und nervöser wurde ich. Es fühlte sich an, als würde ich magisch von einem besonderen Ort angezogen, sodass ich unwillkürlich immer schneller und schneller wurde, während diese Spannung in der Luft zunahm. Mein Körper schien mir nicht mehr zu gehorchen. Wie in Trance bewegte er sich zielstrebig vorwärts, auf einer unsichtbaren Linie, an einem Faden entlang, der mich leitete. Ich hörte nicht auf die Einwände von Taylor, reagierte überhaupt nicht mehr auf ihn und ich wusste, dass ein erneuter Streit vorprogrammiert war. Doch ich konnte nicht aufhören, mich wie ferngesteuert in ein und dieselbe Richtung zu bewegen: auf die inzwischen näher gerückten Berge zu.

Und plötzlich waren sie da. Umringten uns von allen Seiten, kreisten uns ein, verharrten in gespannter Starre. Sie trugen normale Kleidung wie Taylor und ich, praktische Hosen und T-Shirts sowie leichte Jacken, um den nächtlichen Temperaturen der Wüste zu trotzen. Ihre warmen, goldenen Augen wirkten in der Dunkelheit wie die reflektierenden Pupillen lauernder Katzen. Ich machte mich steif, stellte mich Rücken an Rücken zu Taylor, bereit zum Kampf.

Doch sie blieben einfach nur reglos dort stehen, bewegten sich keinen Millimeter. Niemand trat vor oder sprach uns an. Es schien, als warteten sie auf etwas – vielleicht auf ein Zeichen oder das Erscheinen von jemandem? Oder sollten wir zuerst sprechen?

Ohne weiter nachzudenken, hob ich die Arme – bei den Fairies wie bei den Menschen eine Geste von »Ich komme in Frieden und bin unbewaffnet«. Doch die Shuk interpretierten dies vollkommen falsch. Sie zogen den Kreis sofort enger, kamen alle einen Schritt näher, die Körper angespannt. Schnell ließ ich meine Arme wieder sinken.

»Ich ... wir ... wir haben nicht vor, euch anzugreifen«, brachte ich recht unsicher heraus, doch niemand antwortete.

Es schien, als hätten sie meine Worte überhaupt nicht gehört, sie blieben in derselben Starre, ihre Blicke immer noch finster auf uns gerichtet.

Verdammt, wie kamen wir aus dieser Situation nur wieder heraus? Ich versuchte es erneut mit beschwichtigenden Worten.

»Wir sind auf der Suche nach zwei Fairies, die sich ...« Ich brach ab. Ja, die sich was?

Die sich euch angeschlossen haben? Die von euch gefangen gehalten werden?

Die Shuk rührten sich nicht. Konnten sie meine Worte überhaupt verstehen? Irgendwie kamen sie mir beinahe so vor wie Roboter, die lediglich auf die Stimme oder den Befehl ihres Besitzers hörten. Ich versuchte erneut mein Glück und räusperte mich.

»Wir suchen Lila Liliané und Ralph ...« Mist. Schon wieder ein Detail, das ich nicht wusste. War Ralph an Beltane überhaupt als ein Fairy erwacht? Aufgrund meiner eigenen Erweckung wusste ich nun, dass das heilige Wasser auf Beltana nicht zwingend notwendig war, um eine Fairy an diesem besonderen Tag zu erwecken. Doch war das in Kreisen der Shuk überhaupt möglich? Oder hatte sich Ralph mittlerweile vollkommen in einen Shuk verwandelt und trug einen komplett neuen Namen?

Ich dachte an meine letzte Begegnung mit ihm zurück, als er versucht hatte, über mich an Rose heranzukommen, in deren Körper sich die Seele unserer Prinzessin Aurora befand und nur noch darauf wartete, am nächsten Beltane-Fest zu erwachen. Er hatte für mich nicht so gewirkt, als sei er zu hundert Prozent davon überzeugt, dass er hier das Richtige tat. Vielmehr, als schwanke er noch zwischen unser beider Seiten – zwischen der guten und der bösen. Daher hatte ich die Hoffnung für ihn nicht aufgegeben.

Mein Blick wanderte wieder zu den reglosen Shuk um uns herum.

»Können sie uns überhaupt hören? Oder verstehen?«, flüsterte ich Taylor zu, dessen Rücken ich dicht an meinem spürte. Sein ganzer Körper war angespannt, bereit jeden anzugreifen, der sich auch nur einen Millimeter auf uns zubewegte.

»Sie verstehen uns mit Sicherheit«, antwortete er ebenso leise wie ich. »Es sieht für mich so aus, als wollten sie nicht antworten. Sie scheinen auf etwas zu warten.«

»Aber worauf?«

Er schwieg und an einer kleinen Bewegung hinter mir erkannte ich, dass er mit den Schultern gezuckt hatte.

Den Blick immer noch starr nach vorne gerichtet, registrierte ich plötzlich auf dem Gesicht des mir direkt gegenüberstehenden Shuk eine Grimasse, die ansatzweise wie ein Lächeln aussah. Ohne genauer darüber nachzudenken, lehnte ich meinen Oberkörper leicht nach vorn. Diesen Vorstoß meinerseits beantworteten die Shuk, indem sie geschlossen einen Schritt vortraten und damit den Kreis um uns verdichteten. Sie streckten die Arme und verschränkten sie mit den Armen ihres Nebenmannes, sodass es für uns kein Durchkommen gab. In dieser Position wirkten sie beinahe wie die Wachen eines mittelalterlichen Schlosses, die anstatt ihrer Lanzen die Arme kreuzten.

»Wir sind wirklich nur hier, um zu verhandeln. Ist vielleicht ...« Und zum dritten Mal brach ich ab. Beinahe hätte ich gefragt, ob meine Schwester Tanian eventuell zu Hause war – wie bei einem gewöhnlichen Besuch. Als ob Tanian so einfach erscheinen würde, um mit uns über die Herausgabe zweier Fairies zu verhandeln, die eventuell bereits längst auf ihrer Seite standen.

Missmutig biss ich mir auf die Lippen. Ich hatte so lange nach den Shuk gesucht, mir so gewünscht, sie zu finden und möglicherweise Lila und Ralph bei ihnen wiederzusehen – und nun, da ich endlich auf eine große Ansammlung unserer Gegner gestoßen war, fiel mir ein, dass ich überhaupt nicht wusste, wie ich mit ihnen oder Tanian selbst verhandeln konnte. Was hatte ich ihr schon als Gegenleistung anzubieten? Rose, die sich in der Obhut der Engel befand, fiel aus. Das hätte ich ohnehin nicht gemacht. Ich würde die Prinzessin nicht für meine Zwecke opfern. Da konnte ich mir auch gleich selbst den Gnadenstoß geben. Aber was hatte ich Tanian sonst zu bieten? Mich selbst? Was wäre ich wohl für eine Shuk? Und wieder einmal stellte ich mir die Frage, wie man denn überhaupt zu einer Shuk wurde? Aus dem Unterricht wusste ich, dass die Shuk allesamt von Tanian verfluchte Fairies waren, die, vom eigenen Schicksal verblendet und niederträchtig geworden, ohne jeglichen Selbsterhaltungstrieb nur ein Ziel verfolgten: Rache. Nur leider rächten sie sich nicht an der Person, die ihnen das alles angetan hatte, sondern töteten – vermutlich aus Missgunst und Neid – nicht verfluchte Fairies und waren Tanian, der Urfairy, die über das Schicksal bestimmte und der Ursprung jeden Fluches war, treu ergeben. War Tanian in der Lage, über jede Fairy – egal wie alt – einen Fluch auszusprechen?

Plötzlich regten sich die Reihen der Shuk und jemand trat vor – genauer gesagt, direkt vor mich. Es war eine hübsche junge Frau, etwa in meinem Alter, mit langem, kastanienbraunem Haar, einem schön geschnittenen, ovalen Gesicht und vollen roten Lippen. Ihr beeindruckendes Prueba erstreckte sich in geschwungenen Linien sanft über ihre Augenbrauen und glitzerte in sämtlichen Gold- und Silbertönen, passend zu ihren goldenen Augen.

»Du bist Sophie Cayuga, nicht wahr?«, fragte sie und zog prüfend die Augenbrauen hoch.

Ich nickte.

»Mein Name ist Angelika Tailarin«, sagte sie und sprach das »g« in Angelika wie ein »sch« aus. *Anschelika.* »Ich bin die oberste Shuk hier in den Todestalbergen und frage mich, was dich hierherführt. Du suchst nach Lila Liliané und Ralph Nero, sagst du?«

Allein bei der Erwähnung der beiden Namen regte sich in mir ein Hoffnungsschimmer und unwillkürlich zog ich erwartungsvoll die Augenbrauen hoch.

»Du kennst sie?«

Sie verzog die Lippen zu einem Schmunzeln. Anstatt zu antworten, machte sie eine Geste zu einem der umstehenden Shuk, der sich aus dem Kreis entfernte und sich in nichts auflöste.

»Ich hoffe sehr, du weißt, was du tust«, hörte ich Taylor in meinem Nacken flüstern und schluckte.

Ich improvisiere, wollte ich schon antworten, sprach die Worte jedoch nicht laut aus. Am besten glaubte er, dass ich sehr genau wusste, was ich tat, auch wenn das nicht der Fall war.

»Wie ich sehe, hast du deinen Bodyguard mitgebracht.« Angelika verzog die Lippen zu einem schmalen Lächeln. »Bist wohl selbst nicht in der Lage, auf dich aufzupassen, was? Kaum zu glauben, eine mächtige Urfairy wie du!«

Ich wollte meiner Wut in einer entsprechenden Geste Ausdruck verleihen, beschränkte mich aber auf einen scharfen Blick, in dem hoffentlich genug Überlegenheit lag. Am liebsten hätte ich diese Shuk-Ziege in Grund und Boden gebrüllt und gründlich durchgeschüttelt. Schade. Man konnte nicht alles haben im Leben. Und besonders in diesem Moment nicht, denn die Shuk wirkte auf mich erstaunlich verhandlungsbereit. Und selbst wenn dem nicht so war, ich musste diese kleine Chance nutzen.

Hinter Angelika bemerkte ich eine Bewegung, etwas kam näher, vielmehr jemand. Eine Person trat hinter sie, gefolgt von zwei weiteren Gestalten, die mir sehr bekannt waren. Vor Freude hätte ich beinahe meine Position vergessen und wäre ihnen am liebsten um den Hals gefallen, doch ich schaffte es, meine Gefühle unter Kontrolle zu halten, und ließ mir nicht anmerken, wie sehr mich der Anblick meiner beiden Freunde berührte. Ich hielt mein Pokerface aufrecht und blickte sie prüfend an. Sie schienen keine Gefangenen zu sein, zumindest konnte ich keine Fesseln, Knebel oder Handschellen entdecken, aber das hatte weder bei den Fairies noch bei den Shuk etwas zu bedeuten. In unserer magischen Welt gab es andere Mittel und Wege, jemanden zum Schweigen, Erstarren oder zu bedingungsloser Gefolgschaft zu zwingen.

Lila und Ralph blickten mir mit leeren Augen entgegen. Keiner von beiden schien mich zu erkennen und eine Vorahnung zog sich durch meine Brust wie Eiskristalle, die sich auf einer Fensterscheibe bildeten, bis sie jede klare Sicht versperrten. Ich fröstelte und das lag nicht nur an der kalten Nachtluft. Der kurze Anflug von Freude war so schnell verschwunden, wie er gekommen war. Andererseits – so sagte ich mir – bestand vielleicht noch Hoffnung für sie. Man hatte sie blenden, in magische Starre versetzen müssen, damit sie mich nicht erkannten, und das bedeutete doch, dass sie noch keine vollkommenen Shuk waren.

»Ich bitte um die Freilassung der beiden«, sagte ich und meine Stimme hörte sich zu meinem Erschrecken leicht zittrig an.

»Und was kannst du uns als Tauschobjekt anbieten?« Angelika leckte sich erwartungsvoll über die Lippen. Sie schien ihre Position mehr als zu genießen. Natürlich, eine Urfairy war hier, um mit IHR zu verhandeln. Gut, ich war eine ausgestoßene und verfolgte Urfairy aus Gründen, die sich mir immer noch nicht erschlossen, aber ich war eine Urfairy. Mich zu unterschätzen, konnte man ihr an dieser Stelle nicht empfehlen.

»Dann lasse ich euch alle hier am Leben und verschwinde.« Ich wusste, ich pokerte hoch. Auch wenn ich mittlerweile im Vollbesitz meiner – und das bedeutete Cayugas – Kräfte war, befanden wir uns doch im Verhältnis einer gegen mindestens zehn oder noch mehr Shuk, und dass unsere Gegner über sehr starke Magie verfügten, das hatte ich bereits mehrmals schmerzhaft erfahren. Es war sehr unwahrscheinlich, dass Taylor und ich es allein mit so vielen von ihnen aufnehmen konnten.

Ein Lachen ging durch die Shuk-Reihen. Ich biss die Zähne zusammen und bemühte mich darum, eine entschlossene Miene aufzusetzen.

»Du weißt, ich bin eine Urfairy. Ich kann dich mit Leichtigkeit töten«, sagte ich weiter.

Ich erschrak beinahe, so grell klang das falsche, gellende Lachen der obersten Shuk der Todestalberge. Angelika hatte die Arme um den Bauch geschlungen und lachte so laut, dass ihre Stimme von den Felswänden widerhallte. Einige Shuk fielen in ihr Gelächter ein, andere verharrten missmutig und scheinbar zweifelnd in ihrer Position. Als sie sich wieder einigermaßen gefangen hatte, wischte sich Angelika eine Träne aus dem Augenwinkel und bemühte sich darum, mich erneut ernst anzublicken. Doch immer wieder kam ein Schmunzeln oder Lächeln über ihr Gesicht.

»Verzeih, Sophie, aber du solltest Stand-up-Comedy machen. Ehrlich. Du kommst hierher, in das Herz der Todestalberge, möchtest um zwei meiner Rekruten verhandeln und alles, was du anzubieten hast, ist eine Drohung? Du musst mir verzeihen, wenn ich da den einen oder anderen Lachkrampf bekomme.«

Ich kniff die Augen zusammen und trat entschlossen einen Schritt vor.

»Ich warne dich.« Meine Stimme klang schneidend, ich hob die Hand, ließ einen lodernden Feuerball entstehen und augenblicklich erstarb sämtliches Gelächter und auch auf Angelikas Miene trat ein vernichtender Ausdruck.

»Ich werde meine beiden neuen Spielzeuge keineswegs hergeben. Du musst sie dir schon holen!«, sagte sie angriffslustig, trat einen Schritt zurück, packte Ralph an den Haaren, zog seinen Kopf brutal zurück, sodass er das Gleichgewicht verlor und hintenüberkippte. Kurz bevor er jedoch auf dem Boden aufschlug, zog sie ihn an den Haaren wieder ein Stück weit hoch, sodass lediglich seine Füße zusammenklappten. Es musste unglaublich schmerzhaft sein, so umhergezerrt zu werden, doch über Ralphs Lippen kam kein Ton.

»Der liebe Ralph ist fast so weit, dass er mir jeden Wunsch von den Lippen abliest«, säuselte Angelika und leckte an Ralphs Ohr. Ich ließ den Feuerball verschwinden, blickte angewidert zur Seite, nur um gleich darauf wieder dem seltsamen Schauspiel zu folgen.

»Nicht mehr lange, und er ist ein vollkommener Diener unserer Sache.« Angelika grinste überheblich.

Ich schwieg. Sie ließ Ralph los, der daraufhin mit einem grässlichen, plumpen Ton zu Boden fiel – wirklich wie ein Spielzeug, das man achtlos in eine Ecke warf. Angelika ging hinüber zu Lila und legte ihr einen Finger an das Kinn, schob damit ihren Kopf nach oben. Ich sah, wie Lila zusammenzuckte, sich aber nicht gegen die Shuk wehren konnte.

»Und dieses Püppchen hier haben wir auch bald gebrochen. Sie ist wie ein Fähnchen im Wind, hat Schreckliches erlebt, die Ärmste. Von den Fairies als magische Sklavin an die Menschen verschachert – ts, ts, ts, wie könnt ihr nur so grausam sein!« Sie schüttelte theatralisch den Kopf.

Dann trat sie wieder ein paar Schritte auf mich zu und jegliche falsche Freundlichkeit war aus ihrem Gesicht gewichen. Ihre Augen blitzten vor Bosheit.

»Schluss mit den Spielchen. Ich gebe sie nicht her, um nichts auf der Welt. – Es sei denn ...«

Ich ahnte, was sie verlangen würde, und entschloss mich, allein schon die Idee im Keim zu ersticken.

»Die Prinzessin steht nicht zur Debatte.«

Wenn ihr Blick vorher von Bosheit geprägt war, so spiegelte ihr Ausdruck jetzt maßlose Wut. Sie glich einem geifernden Tier, vollkommen außer sich.

»Auf was wartet ihr noch, greift sie an!«, gellte ihr Schrei durch die Wüste und im selben Augenblick brach ein wahres Inferno aus.

Von allen Seiten schossen Wasserbälle, Feuersäulen und Orkane auf mich zu, ich wich übergroßen Wurzeln aus, die plötzlich aus dem Boden stießen, um mich an den Beinen zu packen, rollte mich über die staubige Erde und suchte verzweifelt nach Lila und Ralph, die jedoch wieder im Nichts verschwunden waren. Taylor kämpfte inzwischen um sein Leben. Mit allen ihm zur Verfügung stehenden Elementen, Feuer, Wasser und dem seltenen Geist, versuchte er, die Angreifer abzuwehren, aber es war ein auswegloses Unterfangen.

Ich ballte die Hände zu Fäusten, konzentrierte mich.

»Cayuga, lass mich nicht im Stich!«

Und im selben Moment fühlte ich, dass eine fremde Macht von mir Besitz ergriff. Ich war so stark wie noch nie. In Windeseile erschuf ich eine hohe Welle, die mindestens drei Shuk auf einmal ergriff und gegen einen nahe stehenden Felsen schleuderte. Ich setzte nach, ließ zwischen meinen Händen einen Feuerball von beträchtlicher Größe entstehen und warf ihn auf weitere zwei, die jämmerlich darin verbrannten. Zurück blieb lediglich ein schwarzer, verkohlter Fleck auf dem Gestein. Ich verkrampfte meine Finger, sodass sie aussahen wie die Krallen einer Katze, und hob sie zum Himmel und augenblicklich schossen aus der Erde meterdicke Wurzeln, die wie die Arme eines Riesenkraken einen Shuk nach dem anderen packten und sie gegeneinanderschlugen.

»Sophie! Pass auf!«, hörte ich Taylors warnenden Ruf hinter mir. Doch ich hatte die Angreifer, die sich mir von hinten näherten, bereits mithilfe einer Windhose gepackt. Feuer brandete auf, verschlang sie schnell und ich erstickte ihre Schreie in Wasser.

Ich befand mich in einem Karussell aus allen vier Elementen, die mich umwirbelten und stärkten. Längst hatte ich die Mehrzahl der angreifenden Shuk getötet und in die Flucht geschlagen, aber ich wollte mehr. Ich wollte sie alle auslöschen, für immer vernichtet sehen. Keiner sollte je wieder in der Lage sein, mir oder den mir nahestehenden Fairies und Menschen ein Leid anzutun.

Ich war wie in Trance, setzte den flüchtenden Shuk nach und erledigte sie einen nach dem anderen. Zuletzt wandte ich mich einem zu, der bereits keuchend am Boden lag und nach Atem rang. Ich grinste in mich hinein, auch er würde sterben. Aber diesmal durch das Element, das ich überhaupt noch nicht eingesetzt hatte. Brutal drang ich in seinen Kopf ein, es fühlte sich an, als würde man in ein Glas kühlen Gelees eintauchen, und das allein mit seinen Gedanken. Ein überwältigendes Gefühl, gefolgt von einem nicht minder atemberaubenden. Jegliche Erinnerungen, Gedanken, Gefühle strömten auf mich ein, fremde Gedanken, und dennoch kannte ich sie ... Irgendwie waren sie mir seltsam vertraut ... Ein schicksalhafter Kuss ...

Zutiefst erschrocken zog ich mich mit einem Ruck aus dem fremden Bewusstsein zurück und erwachte wie aus einem schlechten Traum. Die Person, die regungslos vor mir lag, war Taylor!

KAPITEL 2

Mit geweiteten Augen blickte ich auf ihn hinunter, traute meinen Augen kaum, verharrte reglos und starr in meiner gekrümmten Haltung, bevor ich auf die Knie sank und mich über ihn beugte.

»Taylor?« Meine Stimme zitterte leicht.

Ich griff nach seiner Hand, strich sanft über die mit Blut verschmierten Finger. Dann legte ich mein Ohr auf seine Brust und vernahm ein schwaches Klopfen sowie rasselnden Atem. Ich atmete vor Erleichterung laut ein und aus, schloss die Augen und legte dankbar den Kopf in den Nacken. Er lebte!

Behutsam strich ich ihm über das Gesicht. Er sah schrecklich aus. Seine Haut war an vielen Stellen verletzt, verbrannt, aufgerissen, ebenso wie seine Kleidung. Sein Haar war staubig und ebenfalls mit Blut verkrustet.

»Taylor! Taylor, wach auf!« Ich rüttelte an seinen Schultern, doch er bewegte sich nicht. Lediglich sein Kopf schlenkerte durch meine Bewegungen unnatürlich hin und her.

Ich erschuf einen kleinen Wasserball und ließ das kühle Nass langsam über sein Gesicht laufen. Immer noch kein Zeichen.

Erneut stieg Panik in mir auf. Er schien nicht von selbst zu heilen, wie alle Fairies es taten! Was, wenn ihn das magische Feuer so schwer verletzt hatte, dass er im Sterben lag? Mein Puls beschleunigte sich, ich begann erneut, ihn zu rütteln, diesmal heftiger, vehementer. Doch er reagierte nicht. Ich sah mich nach allen Seiten um.

»Hilfe!«, rief ich laut in die Nacht hinein, doch es antwortete nur das schrille Echo meiner Stimme. »Hört mich denn niemand? Azarael! Azarael, ich brauche dich!«

Tränen liefen mir übers Gesicht, meine Hände zitterten. Ich wollte ihn berühren, ihm über den Kopf streicheln, meinen Kopf an seiner Brust vergraben, doch ich traute mich kaum, ihn anzufassen. Er schien mit einem Mal so zerbrechlich.

»Nein, nein, nein! Das darf nicht sein! Verlass mich nicht, Taylor! Ich brauche dich – brauche dich so sehr!«, schluchzte ich auf, krallte mich in seine Kleidung, wollte ihn nie mehr loslassen.

»Aber, aber«, ertönte da eine Frauenstimme dicht hinter mir. Ich hörte Schritte auf dem staubigen, felsigen Boden und hob alarmiert den Kopf. Eine dunkle Gestalt schälte sich langsam aus dem Schatten der Berge und trat ins fahle Mondlicht. Ich wischte mir die Tränen vom Gesicht, um sie besser sehen zu können.

Sie schien sehr groß, wie sie so vor mir aufragte, trug ein schwarzes Gewand, das auf den ersten Blick wie ein Hosenanzug aussah, sich dann jedoch als langer, blutroter Rock mit hohem Beinschlitz und dazu passendem schwarzen Lederkorsett erwies und irgendwie sehr elegant wirkte. Ihre pechschwarzen, dicken Haare fielen wie ein glatter Mantel über ihren Rücken bis zur Hüfte und standen im starken Kontrast zu ihrer blassen, im Dunkeln beinahe leuchtenden hellen Haut. Ihre faszinierenden moosgrünen Augen, über denen sich ein beeindruckendes grün-schwarz- und goldschillerndes Prueba über die gesamte Stirn bis über die Schläfen erstreckte, waren interessiert auf mich gerichtet, wie ich über Taylor gebeugt am Boden kauerte.

»Benimmt sich so eine erhabene, weise Urfairy? Steh auf, Cayuga«, sagte sie mit heller Stimme und setzte langsam einen Fuß vor den anderen.

Ich tat, wie mir geheißen, aber nicht, weil sie es von mir verlangte, sondern weil ich ihr gegenüberstehen wollte, von Angesicht zu Angesicht.

»Tanian.« Ich schenkte ihr ein Nicken und versuchte, meiner Stimme einen gelassenen Klang zu geben.

Sie erwiderte mein Nicken. »Es ist lange her, Schwester.«

Ich schwieg, musterte sie.

Sie, die Frau, die die gesamte Fairy-Welt mehr als alles andere fürchtete.

Sie, die den Fluch ausgesprochen hatte, der die Fairies dazu verdammte, in alle Ewigkeit von Welt zu Welt zu ziehen und dabei nichts als Zerstörung und Tod zu hinterlassen.

Sie trug die Schuld an allem.

Ich sah sie an, musterte jeden ihrer Gesichtszüge genau, sie waren mir fremd und gleichzeitig so bekannt. Eine Erinnerung stahl sich in meine Gedanken. Eine Erinnerung aus glücklichen Tagen.

Tanian und ich, gemeinsam auf einer Schaukel sitzend, die an einem mächtigen Ast am Baum des Lebens hing. Wir lachten über Scherze, die eine dritte Person gemacht hatte, legten uns glitzernde Kristalle um die Schultern ...

Ich schüttelte den Kopf, vertrieb diese Erinnerung mit aller Macht. Tanian versuchte mich zu beeinflussen.

»Was willst du?«, fragte ich barsch.

»Ich?« Sie zog gespielt die Augenbrauen hoch. »Du bist doch hier hereingeplatzt und hast Chaos und Verderben gesät. – Es steht mir zu, zu fragen, was du willst.«

Mein Herz raste. Ich wollte Lila und Ralph. Aber mehr noch wollte ich, dass Taylor lebte. Konnte Tanian ihm helfen?

Ich warf einen prüfenden Blick auf den reglosen Körper zu meinen Füßen. Atmete er noch? Ich konnte es in der Dunkelheit nicht erkennen. Mein Blick heftete sich erneut auf Tanian.

»Ursprünglich bin ich gekommen, um Lila Liliané und Ralph Nero zu holen«, erklärte ich mit fester Stimme.

Sie nickte. »Verstehe, deine beiden Freunde.« Das letzte Wort betonte sie verächtlich. »Was meinst du mit ›ursprünglich‹?«

»Das war, bevor deine Shuk meinen Freund« – ich deutete auf den am Boden liegenden Taylor – »zu Tode gequält haben!«

Langsam stieg Wut in mir hoch. Tanian zog erneut etwas gekünstelt die Augenbrauen hoch.

»Meine Shuk?« Sie stieß ein Lachen aus. »Das warst vielmehr du, die sich nicht im Zaum halten konnte und ihm beinahe den Verstand genommen hätte!«

Ich schluckte. Meine schlimmsten Befürchtungen hatten sich bestätigt. Ich war an Taylors Zustand schuld! Ich und niemand sonst!

Ich wagte es kaum, die Worte auszusprechen, aber sie stahlen sich einfach so über meine Lippen.

»Kannst du ihm helfen?«

Ihre Miene veränderte sich, während sie auf den von Wunden übersäten Körper hinabsah, wurde milder, fast bedauernd. Sie trat ein paar Schritte näher, stoppte aber sofort aufgrund meiner Reaktion, da ich gleich in Abwehrhaltung gegangen war, bereit, Taylor mit meinem Leben zu schützen.

»Es tut mir leid, Sophie. Ich kann dir nicht helfen!«

Mein Magen zog sich zusammen und mein Herz verkrampfte sich. Nein, Taylor durfte nicht sterben!

Erneut spürte ich die Wut in mir. »Dann gib mir Ralph und Lila zurück!«

Sie schürzte die Lippen und sah mich prüfend an. »Möchtest du das wirklich?«

»Was soll das heißen? Natürlich möchte ich das wirklich!«

»Und was machst du mit ihnen, wenn sie bei dir sind und du feststellen musst, dass sie nicht die Guten sind? Dass in ihnen Böses schlummert?«

Ich kniff die Augen zusammen. »Das liegt nur an der Folter, die deine Angelika ihnen angetan hat!«

Ich schielte hinab zu Taylor, der leise, kaum hörbar stöhnte. Er lebte – aber wie lange noch?

»Ach wirklich? Weißt du, Sophie, in jedem Menschen, jeder Fairy, selbst in jedem Tier steckt Gutes und Böses, so auch in Ralph und Lila. Nie kannst du sicher sein, ob dich nicht dein bester Freund verrät, deine beste Freundin dich hintergeht, du verraten und betrogen wirst.«

Ich schwieg, stand reglos da, die Hände immer noch verkrampft, den Blick immer wieder abwechselnd auf Taylor und Tanian gerichtet. Dann seufzte ich.

»Tanian, ich bin sicher …«

»Nichts weißt du!« Die erklärende, überhebliche Stimme war verschwunden, ersetzt durch eine zischende, einschneidende, die mehr als alles andere Gefahr verhieß. »Dieser menschliche Körper ist schrecklich! Einfältig, naiv, gutgläubig, so leicht zu verletzten, so leicht zu zerstören! Stell dir vor, sie hatte sich doch tatsächlich gegen ein Leben als Fairy entschieden, als die Seeker sie zeichneten! Zum Wohle ihrer Familie!«

Die letzten Worte spie mir Tanian förmlich vor die Füße. Ihre grünen Augen blitzten vor Zorn, streiften Taylor, dann mich. Ich erkannte, dass sie Taylor mit einer einzigen Handbewegung töten konnte, nur um mich zu treffen, und am liebsten hätte ich mich schützend vor ihn geworfen, aber ich blieb stehen, musste versuchen, sie irgendwie abzulenken.

Meine Gedanken rasten. Sie hatte sich gegen eine Zeichnung entschieden! Das kam nicht häufig vor, aber ich meinte, mich erinnern zu können, dass vor gar nicht allzu langer Zeit

Taylor mir erzählt hatte, dass sich in Spanien ein Mädchen gegen die Zeichnung entschieden hätte, weil sie ihre Familie mit den vielen kleinen Geschwistern nicht hatte verlassen können. Ich war sehr beeindruckt gewesen. Wie hatte sie noch einmal geheißen?

»Du ... du bist, nein – du warst – Elena?«, fragte ich und als Antwort stieß Tanian ein Zischen aus.

»Elena, ja, so hieß diese einfältige Menschenseele!«

»Aber wie bist du dennoch erwacht? Sie hatten die Zeichnung doch gelöscht, ebenso wie dein Gedächtnis?«

Jetzt verwandelte sich ihre Miene von Verachtung in Triumph.

»Du bist durch einen Kuss erwacht, Cayuga, weil du den Seelen eine wahre, erfüllte Liebe schenken kannst. Was, denkst du, ist der armen Elena widerfahren?«

Ich erwiderte nichts darauf, aber Tanian sprach ohnehin sofort weiter.

»Das Schicksal zerstörte ihre Seele, indem es ihr die gesamte Familie auf einmal raubte. Alle tot, durch einen sinnlosen Unfall.« Sie grinste hämisch. »Es war so leicht für mich, ihre Seele komplett zu verdrängen und ihren Körper zu übernehmen.«

Meine Augen weiteten sich. Sie hatte die arme menschliche Seele vollständig aus diesem Körper gedrängt, war jetzt eine Person, die zu hundert Prozent handelte wie die Urfairy Tanian, die auf jahrhundertealtes Wissen uneingeschränkt zugreifen konnte und die eine schreckliche Macht besaß.

»Du bist ein Scheusal, Tanian, weißt du das?« In meiner

Stimme lag nichts als Verachtung für meine Schwester, doch diese lachte nur.

»Das Schicksal ist grausam, ich weiß. Aber das wiederum ist mein Schicksal – schon seltsam und lustig zugleich, nicht wahr?« Sie schenkte mir ein überhebliches Lächeln.

Ich biss die Zähne vor Wut zusammen, ehe ich antwortete.

»Deinetwegen sitzen wir in dieser endlosen Schleife von Geburt, Zeichnung, Tod und Wiedergeburt fest! Nur deinetwegen werden wir nie ein erfülltes Leben haben, weil es sich immer aufs Neue wiederholt, sobald Aurora erwacht! Weil du nicht aufhören kannst, weil du EINMAL gekränkt warst, sind bereits zwei Welten komplett ausgelöscht und die Erde hier wird die nächste sein, wenn du nichts dagegen unternimmst, und ich weiß, du kannst das, Tanian! Ich weiß, du kannst den Fluch von Aurora nehmen! Du kannst uns alle retten! Du musst nicht in die Geschichte eingehen als das stets böse, vernichtende Schicksal! Du kannst auch das schöne, verheißungsvolle, beeindruckende Schicksal sein, das Größe beweist, den eigenen Stolz überwindet, du ...«

»Ach, und du glaubst, dann ist alles besser?«, unterbrach sie mich schneidend. »Du glaubst, wenn ich den Fluch von den Fairies nehme, wird diese Welt nicht zerstört? Sieh dich doch nur einmal um, Cayuga, mach die Augen auf! Diese Menschen hier werden den Planeten zugrunde richten, egal ob wir einen Teil ihrer Körper besetzen oder nicht. Sie beuten ihn aus, nehmen ihm die letzten Ressourcen, säen Chaos, Krieg, Gewalt, Zerstörung! Bedenke, sie habe ich nicht mit einem Fluch belegt, das waren sie ganz allein! Und denke doch nur an die letzte Welt zurück. War Talaon so viel besser als die Erde hier? Die Wesen dort haben sich ebenfalls bekämpft und zerstört, wo sie nur konnten. Und meinst du nicht, unser verehrter König Korolyan hatte nicht selbiges auch mit unserer Welt vor?«

Taylor stöhnte kurz auf und ich unterdrückte erneut den Impuls, mich neben ihn zu knien. Stattdessen sagte ich mir, dass er, solange er stöhnen konnte, noch nicht tot war und ich weiterhin versuchen musste, Tanian abzulenken, ihr so viele Informationen wie möglich zu entlocken.

Ich machte eine abwehrende Geste. »Und für was hältst du dich nun? Für die barmherzige Samariterin, die uns allen einen Gefallen getan hat, indem sie uns mit diesem schrecklichen Fluch belegt? Ich glaube nicht, dass die Talaoner sich selbst zugrunde gerichtet hätten. Dafür herrschte zu viel Gutes in ihnen und ich bin mir sogar sehr sicher, dass die Menschen hier diese Welt retten können. Sie wollen umdenken!«

Tanian sah mich sehr skeptisch an. »Glaubst du das wirklich?«

Ich versteifte mich und erwiderte ihren Blick mit derselben Vehemenz. »Ich bin mir sogar sicher.«

Daraufhin stieß sie wieder dieses hohe, gekünstelte Lachen aus und ging ein paar Schritte zur Seite. »Du wirst noch an mich denken, Cayuga!«

»Das werde ich mit Sicherheit, Tanian, aber nicht weil ich mir wünsche, der Fluch würde sich erfüllen, sondern weil ich deinen Fluch eines Tages besiegen werde!«

»Die Macht der Liebe, dass ich nicht lache«, erwiderte

sie. »Du bist genauso falsch wie das Schicksal. Überlege gut, Schwester, erinnere dich – wir beide sind uns gar nicht so unähnlich. Die Liebe ist genauso schrecklich und unbarmherzig wie das Schicksal! Oder warum denkst du, dass du genauso verfolgt und gejagt wirst von unseren lieben Schwestern und der hochgeachteten Fairy-Gemeinschaft? Musst dich bei den Engeln verstecken, weil sie wissen, dass du ebenso grausam bist wie ich!«

»Du wagst es, mich als grausam zu bezeichnen? Mich? Die deinen Fluch vereitelt hat! Nur durch mich sind die Fairies in der Lage, überhaupt weiterzuleben, und eines Tages werden wir ihn für immer brechen!«

Ein seltsames Lächeln trat auf Tanians Gesicht. Ein Lächeln, das mir mehr Angst machte als jedes falsche Grinsen und gekünstelte Lachen zuvor. Ein Lächeln, das Sieg bedeutete. Tanian hatte ein schreckliches Ass im Ärmel.

»Weißt du, Cayuga, ich habe dir nie verziehen, dass du meinen Fluch – wie hast du es so treffend formuliert? – vereitelt hast. Es wäre besser gewesen, wenn wir alle gestorben wären, damals in Ayrion, als die Zeit reif dafür war, dass die Fairies den Kosmos für immer verlassen. Aber späte Rache ist bekanntlich süß.« Ihre Stimme wurde leise. »Meine Liebe, auch du bist verflucht.«

Mein Atem stockte und sie ließ diese Worte schweigend auf mich wirken.

»Kurz bevor unsere Schwestern mich töteten, als ich das letzte Mal hier auf Erden erwachte, gelang es mir, über deine hier noch nicht wiedererweckte Seele einen Fluch auszusprechen. *Auf Erden wird es sein die Zwölfte, die der Dornenrose den Tod bringt*. Klingt das nicht herrlich!«

»Nein!«, rief ich aus. »Das hast du nicht getan!«

Tanian ignorierte mich und lächelte immer noch süß. »Siehst du, Cayuga, darum wirst du verfolgt, wo immer du erscheinst. Weil alle fürchten, du bist diejenige, die den Fluch dieses Mal auslöst. Und weißt du was? Sie haben recht. Denn meine Flüche erfüllen sich immer! IMMER!«

Jetzt lachte sie so kalt und laut, dass ihre schreckliche, hohe Stimme von den Felswänden ringsumher bedrohlich widerhallte.

Ich konnte nicht mehr. Ich rief die Mächte sämtlicher Elemente zusammen und griff Tanian mit voller Wucht an. Doch sie hatte bereits damit gerechnet und blockte mich mit einem gewaltigen Feuerwall ab.

Ich schleuderte ihr voller Zorn einen Wasserball entgegen, der von zischenden Feuerschlangen, wirbelnden Wurzeln, Gesteinsblöcken und schrecklich heulenden Windböen begleitet wurde, und registrierte voller Genugtuung, wie sie kurz taumelte. Doch sie hatte sich sofort wieder im Griff und schickte mir nun ihrerseits ein ähnliches Gebilde aus allen vier Elementen entgegen – Feuer, Wasser, Erde, Luft –, das mich komplett aus dem Gleichgewicht brachte, mehrere Meter zurückschleuderte und mich dann auf den Boden drückte. Ich bekam keine Luft, spürte, wie meine Haut versengt wurde, die Wurzeln bohrten sich schmerzhaft in mein Fleisch und der Wind heulte erbarmungslos in meinen Ohren.

»Denk an meine Worte, Cayuga! In jedem Wesen schlummert das Böse!«, hörte ich Tanians erbarmungslose Stimme, die mir durch Mark und Bein drang.

Dann wurde es schwarz vor meinen Augen.

KAPITEL 3

Nebel kroch über den feuchten Waldboden und ein unnatürlich helles Licht brach in einzelnen Strahlen durch das Unterholz. Ein weißer, grell leuchtender Baum verbreitete diese Helligkeit inmitten der Nacht. Um seinen mächtigen Stamm gruppierten sich zwölf in strahlend weiße Gewänder gekleidete Fairies. Jede von ihnen war einzigartig mächtig und besaß die Weisheit von Jahrhunderten. Sie bildeten einen Kreis, fassten sich kaum merklich an den Händen und augenblicklich waren sie verschwunden.

Der Ort wandelte sich. Ein lichtdurchfluteter Raum mit gläsernem Boden; seidene Vorhänge, die in einer leichten Brise hin und her wogten, eine hell erleuchtete Wiege, um welche die zwölf schönen Frauen in genau der Position erschienen, in der sie zuvor verschwunden waren. Ein unnatürlicher Wind erhob sich, ein Brausen, Flüstern und Singen ohne sichtbaren Ursprung. Die Frauen traten einen Schritt zurück und der Wind ebbte ein wenig ab.

Eine von ihnen drehte sich um und blickte zu einem Mann mittleren Alters, in dessen dunklem Haar sich bereits graue Strähnen zeigten. Auf seinem Haupt thronte eine goldene Krone, verziert mit strahlend weißen Diamanten, worunter sich ein goldenes Prueba in geschwungenen Linien über die Brauen zog. Mit seinen dunklen Augen musterte er die Frauen kritisch, aber auch glücklich.

»Ich stehe tief in eurer Schuld«, sagte er und machte eine leichte, ehrfürchtige Verbeugung.

Calenleya, die älteste der Urfairies, nickte ihm kurz zu, verzog jedoch keine Miene. Sie schien seine Geste nicht im Geringsten zu würdigen, im Gegenteil. Ihr Blick verfinsterte sich sogar ein wenig. Dennoch trat sie an die Wiege, in der ein schlafendes Baby lag, ganz in silbern glänzende Tücher gehüllt.

»Ich schenke der Prinzessin Geduld«, verkündete sie mit lauter Stimme, hob die Hand und hielt sie ausgestreckt über das Kind. Dann trat sie von der Wiege zurück, um Platz für die nächste ihrer Schwestern zu machen.

Diese wiederholte die Geste und sprach: »Ich schenke ihr die Magie des Feuers.« Sie ging ein paar Schritte rückwärts und stellte sich hinter ihre ältere Schwester, während die nächste Urfairy vortrat.

»Ich schenke Aurora die Magie des Wassers.«

»Ich schenke der Prinzessin immerwährenden Reichtum.«

»Ich gebe der Prinzessin Fantasie.«

»Ich Güte.«

»Ich Begabung.«

So sprachen die Urfairies der Reihe nach ihre Gaben über der Wiege aus und die junge, neugeborene Prinzessin wurde mit vielen wundervollen Eigenschaften sowie der Magie aller fünf Elemente beschenkt, bis schließlich Cayuga, die zwölfte Urfairy, vor die Wiege trat, die Hand über dem Kind ausstreckte und sagte:

»Ich schenke der Prinzessin eine ...«

Ein hohes Lachen und Klatschen unterbrach sie und alle wandten sich um. Eine hell gekleidete Frau stand in der Nähe des Königspaa-

res. Sie hatte mittlerweile aufgehört zu klatschen, ihre Miene war ausdruckslos und starr.

»Tanian!«, entfuhr es der Königin und sie warf vor Entsetzen die Hände vors Gesicht. Doch Tanian ignorierte sie. Stattdessen wandte sie sich an den König.

»Selbstsüchtiger König! Dachtest wohl, du könntest allein über das Schicksal deiner Tochter bestimmen!«

»Tanian, bitte! Ich flehe Euch an, lasst Aurora in Ruhe!«, begann der König mit fester Stimme. Doch Tanian trat entschlossen neben die Wiege, an der jetzt nur noch Cayuga stand. Die anderen Schwestern beobachteten das Geschehen aus einigen Metern Entfernung mit undurchschaubaren Mienen.

»Oh, keine Sorge, König Korolyan, die Prinzessin wird erblühen wie eine Rose.« Tanian lächelte falsch. Dann hielt sie ihre Hand über die Wiege.

»Tut doch etwas!«, hallte die verzweifelte Stimme des Königs durch den Saal. Doch die Urfairies, die dem Geschehen stumm beiwohnten, warfen ihm nur weiterhin entschiedene Blicke zu. Sie würden nicht eingreifen.

»Sie wird zu einer der schönsten Fairies heranwachsen, die diese Welt je gesehen hat«, fuhr Tanian unbeirrt fort, die Hand immer noch über die schlafende Prinzessin haltend. »Doch noch vor ihrem zwanzigsten Geburtstag wird sie sterben und die gesamte Fairy-Welt mit sich reißen.«

»Nein!«, rief Königin Tamalia verzweifelt aus und sank vor der dunklen Fairy in die Knie. »Nein! Tut das nicht! Bitte! Tut ihr das nicht an! Tut uns das nicht an! Ich flehe Euch an, ich tue alles, alles, was Ihr verlangt, aber macht diesen Fluch rückgängig! Ich bitte

Euch!« Tränen rannen ihr über das Gesicht und sie hatte die Hände ineinandergefaltet, als ob sie zu der Fairy beten würde.

Doch Tanian warf ihr einen vernichtenden Blick zu. »Hochmut kommt vor dem Fall.«

Dann wandte sie sich an den König. »In zwanzig Jahren sehen wir uns wieder, König Korolyan!« Sie stieß ein lautes, wahnsinniges Lachen aus, das von den Wänden widerhallte und den Boden zum Erzittern brachte. Dann verschwand sie ebenso lautlos, wie sie erschienen war.

Stille senkte sich über den Raum, durchzogen von den verzweifelten Schluchzern der Königin, die immer noch am Boden kauerte. Ihr Mann ging zu ihr, kniete sich neben sie und nahm sie tröstend in die Arme. Dann fiel sein Blick auf Cayuga, die immer noch an der Wiege stand.

»Cayuga, ich flehe Euch an, nehmt den Fluch von Aurora! Ich werde Euch reich belohnen!«

Cayuga schenkte ihm ein trauriges Lächeln. »Es tut mir leid, mein König, aber ein Fluch, vor allem ein solch mächtiger Fluch, lässt sich nur von der Fairy zurücknehmen, die ihn ausgesprochen hat, und das wird Tanian niemals machen.«

»Könnt Ihr denn wirklich gar nichts für sie tun?« Diese Frage war an alle gerichtet, doch sie schwiegen. Cayuga atmete tief ein und aus, blickte auf die Prinzessin, die sich soeben im Schlaf lächelnd räkelte. Es brach ihr das Herz.

Entschlossen streckte sie die Hand aus.

»Ihr seid die mächtigsten Fairies unter der Sonne! Ihr seid zwölf! Ihr werdet es doch schaffen, gemeinsam gegen eine Eurer Schwestern anzukämpfen!«, brüllte der König indessen die restlichen Urfairies *an, die ihn jedoch starr musterten, als wären sie eben selbst verflucht worden. Sie umringten ihn mit seltsam ausdruckslosen Mienen, in denen der Schock abzulesen war. Dann brandete der Wind erneut auf, ebenso das Brausen und Flüstern.*

»Wir versuchen Tanian zu finden und sie dazu zu bringen, den Fluch zurückzunehmen! Das muss sie einfach«, verkündete Calenleya laut und biss die Zähne zusammen. »Vielleicht kann Cayuga in der Zwischenzeit retten, was nicht mehr zu retten ist!«

Dann waren die zehn Urfairies verschwunden. Nur Cayuga, die zwölfte Schicksalsfairy, stand noch an der Wiege. Sanft strich sie der Prinzessin über das kleine Gesicht.

»Liebe Prinzessin, ich schenke dir eine Rose.«

»Was?«, entfuhr es dem König, doch die Königin hielt ihren Mann augenblicklich am Ärmel zurück.

Cayuga betrachtete das zarte Prueba, das sich mittlerweile auf dem Gesicht des Babys abgezeichnet hatte. Ein kleiner funkelnder Stein in Form einer Rose mit geschlossenem Blütenkelch prangte zwischen ihren Augenbrauen.

»Wenn sie erblüht, tritt die Liebe in dein Leben und wird uns alle retten.«

Dann ging sie auf das Königspaar zu, das verzweifelt und auch verwirrt am Boden kniete.

»Ich habe getan, was in meiner Macht steht, mein König, meine Königin.«

Mit diesen Worten drehte sie sich um und verschwand in einer Wolke aus Nebel.

Schwer atmend riss ich die Augen auf. Meine Gedanken drehten sich, mein Herz schlug rasend schnell. Keuchend sah ich mich nach allen Seiten um. Taylor, wo war Taylor? Mein Blick streifte über die blauschattige Umgebung, die im fahlen Mondlicht lag. Nichts, niemand! Kein Umriss! Nirgendwo etwas, das auch nur annähernd so aussah wie ein Körper. Ruckartig versuchte ich mich aufzusetzen, was mir nicht gelang. Ich stöhnte, rieb mir den Kopf. Ein Luftzug um mich wirbelte einige Steine auf. Schnell wandte ich mein Gesicht nach oben und sah gerade noch, wie ein Engel seine gewaltigen Flügel ineinanderfaltete, sich aufrichtete und die Lage überblickte. Als er registrierte, dass ich wach war, kniete er sich neben mich und bettete behutsam meinen Kopf in seine Armbeuge.

»Bist du so weit in Ordnung?«, fragte Azarael besorgt und musterte mein Gesicht.

»Ich …«, setzte ich an. Meine Kehle war rau und trocken. »Ich denke schon.«

Er nickte und half mir, mich weiter aufzusetzen. »Was ist geschehen?«

Doch ich unterbrach ihn hastig, suchte mit meinen Blicken den Boden ab, doch der beinahe leblose Körper von Taylor war nirgends zu entdecken. »Wo ist Taylor?«

»Ruhig«, versuchte er mich zu beschwichtigen. »Er ist in Sicherheit.«

»Wie geht es ihm?« Meine Stimme klang panisch und ich legte in meinen Blick so viel Sorge, wie ich konnte, doch er senkte den Kopf.

»Ich möchte ehrlich zu dir sein. Es steht nicht gut um ihn.«

Mein Herz setzte für einen Moment aus, nur um kurz

darauf umso heftiger zu schlagen. Mein Kopf dröhnte, aber es waren nicht die Schmerzen, die mich zum Keuchen brachten. Es war der Gedanke, Taylor zu verlieren.

»Es ist alles meine Schuld«, flüsterte ich kaum hörbar und dennoch antwortete Azarael.

»Nein, das ist es nicht.«

»Doch ist es!«, fuhr ich ihn an. »Hätte ich nicht verhindert, dass er mich auf meine Selbstmordmission begleitet, wäre ihm nichts geschehen!« Erste Tränen rannen mir übers Gesicht. Ich schämte mich und wischte sie mit einer Handbewegung weg.

»Sophie, wenn jemand Schuld hat, dann ...«

»Ich bin ganz allein schuld daran! Nur weil ich so naiv war und dachte, ich könne Lila und Ralph retten! Dabei geht es doch längst nicht mehr um sie! Es geht um ...« Ich brach ab, schluckte.

Ja, es ging um mich. Tanians Worte wirbelten in meinem Kopf. Ich war verflucht. Ich war auf halbem Weg, eine Shuk zu werden. Ich würde Aurora töten.

Nein, das konnte nicht wahr sein! Mit Sicherheit hatte sie gelogen, um mich aus der Reserve zu locken. Niemals durfte jemand von dieser Ungeheuerlichkeit erfahren! Niemals. Aber meine Schwestern wussten bereits davon und sie hatten mit der einzig möglichen Handlung reagiert: Sie hatten mit allen Mitteln versucht, mich zu töten und daran zu hindern, wieder zu erwachen.

»Sophie?« Azaraels Worte waren leise und vorsichtig und rissen mich von meinen Gedanken los.

Ein Schleier von Tränen bedeckte meine Augen.

Er zögerte einen Moment, dann rückte er näher, legte mir einen Arm vorsichtig um die Schulter und zog mich sanft zu sich an seine Brust. Behutsam strich er mir über das staubige Haar, den Rücken hinab und wieder hinauf. Er tröstete mich schweigend auf seine Art.

»Wir müssen von hier weg«, sagte er schließlich, als ich mich wieder einigermaßen beruhigt hatte.

Ich nickte und ließ mir von ihm aufhelfen, bis ich wieder auf meinen Beinen stand, zwar noch etwas wackelig, aber immerhin aufrecht.

Er räusperte sich und stellte sich direkt vor mich.

»Der Wagen steht irgendwo ... ich ...«

Ich versuchte mich zu erinnern, wo genau wir ihn hatten stehen lassen. Doch den Weg hierher hatte ich wie in Trance zurückgelegt, geleitet von den seltsamen Gefühlen, und jetzt, da ich mich erinnern musste, konnte ich es nicht mehr. Beim besten Willen, ich wusste nicht mehr, wie genau ich hierhergekommen war.

»Wir brauchen keinen Wagen«, sagte Azarael sanft und lächelte. Er sprach sehr behutsam mit mir, vorsichtig, als wäre ich ein schwer krankes Wesen, das keine weitere schlechte Nachricht ertragen konnte.

Ich blickte hoch, sah ihn an, wie er vor mir stand, die Arme jetzt leicht ausgebreitet in einer einladenden Geste.

Ich keuchte kurz auf, als er seine großen im Mondlicht golden und silbern glitzernden Flügel ausbreitete. Jede einzelne Feder war wunderschön, ein funkelnder Edelstein, verbunden mit Kraft und der Magie, den Körper hinauf in schwindelerregende Höhen zu tragen. Bei meinem letzten Flug mit Azarael waren wir auf der Flucht vor den Dunklen Jägern gewesen, die ihn massiv geschwächt hatten, sodass ich während des Flugs um mein Leben fürchtete. Ich wusste, jetzt – im Vollbesitz seiner Kraft – würde er mich spielend tragen können ... und trotzdem ... Mein Herz begann wild zu pochen, als ich vorsichtig auf ihn zuging.

»Was? Hast du auf einmal Angst?«, fragte er und lächelte mich wieder mit diesen sanft blickenden Augen an. Etwas in meinem Bauch zog sich zusammen.

Ich schüttelte den Kopf und wich seinem Blick aus. Dann ließ ich mich von ihm hochheben, legte einen Arm um seinen Hals und umfasste mit der anderen Hand seine Schultern, die sich muskulös unter seinem leichten Hemd abzeichnete. Mein Herz pochte wie wild und wieder einmal fragte ich mich, wie stark die Gefühle für Azarael in mir wirklich waren. Cayuga liebte den Engel über alles, das wusste ich, und diese Gefühle drangen desto mehr an die Oberfläche, je mehr ich Cayugas Kräfte nutzte, je mehr ihr Wissen, ihre Erinnerungen in mir zum Vorschein kamen, je mehr ich zu einer Urfairy wurde. Ich liebte ihre grenzenlose Stärke, mittlerweile auch ihr Wesen, Dinge zu regeln, entschieden, selbstsicher, ohne Zweifel, aber ich hatte auch Angst. Angst davor, als Sophie immer mehr zu verschwinden. Angst, meine Gefühle für diesen Engel zuzulassen, den ich anfangs so verabscheut hatte. Er war selbstverliebt und arrogant gewesen, hatte mich behandelt, als könne ich nicht bis drei zählen. Dann aber hatte er sich verändert. Wir hatten miteinander nach der Königsfamilie gesucht, gemeinsam gegen die Shuk gekämpft, ich hatte sogar mein Leben für ihn aufs Spiel gesetzt. Das alles waren Taten, die mir insgeheim Angst machen. Angst davor, Taylor zu verlieren, wenn ich diese Gefühle zuließ.

Azarael ging ein wenig in die Knie und stieß sich dann voller Kraft vom Boden ab.

Wir stiegen so schnell in die Höhe, dass mir schwindlig wurde. Was für ein Unterschied zu meinem letzten Flug! Unwillkürlich klammerte ich mich stärker an ihn, beobachtete die Schwingen, die sich über meinem Kopf und zu meinen Füßen im Takt hoben und senkten. Er hatte den Blick nach vorn gerichtet, aufmerksam, damit ihm nichts entging und wir von nichts und niemandem bemerkt wurden. Ab und zu meinte ich, dass seine Augen kurz über mein Gesicht streiften, konnte es mir aber auch nur eingebildet haben.

Der Wind pfiff mir um die Ohren und ich fror in dieser Höhe, aber ich ließ es mir nicht anmerken.

»Wirst du mir verraten, was geschehen ist?«, sagte er plötzlich in die schneidende Nachtluft.

Ich biss die Zähne zusammen, schüttelte leicht den Kopf und schwieg.

Er akzeptierte es ohne Widerworte. Etwas, was ich vor Monaten für unmöglich gehalten hätte. Er akzeptierte es, wenn ich mich ihm widersetzte, meinen eigenen Ideen und Vorstellungen folgte und wie jetzt auf seine Fragen hin schwieg.

»Wo bringst du mich hin?«, wollte ich statt einer Antwort von ihm wissen.

»Zurück in den Bryce Canyon.«

»Wo sind Rose und der Rest der Organisation?«

»Sie sind noch in Palm Springs.«

»Und wo habt ihr Taylor hingebracht?«

»Balladion hat ihn vor wenigen Minuten ebenfalls in den Bryce Canyon geflogen. Ich wollte noch warten, bis du aufwachst.«

Ich nickte.

»Sie haben Ralph und Lila gefoltert«, sagte ich schließlich nach einer Pause und meine Stimme hörte sich auf einmal seltsam monoton an.

Er schwieg noch immer, verstärkte aber für einen kurzen Moment seinen Griff um mich, als wolle er mich sanft drücken.

»Ich konnte nichts tun.« Erneut rannen mir Tränen übers Gesicht. Verdammt, dabei wollte ich doch nicht weinen. Ich wollte stark sein, über den Dingen stehen, und dennoch überwältigten mich meine Gefühle immer und immer wieder. Das musste aufhören.

»Du hast getan, was du tun konntest. Es ist nicht deine Schuld«, versuchte er mich zu trösten. Ich hörte seine Worte mehr durch seine Brust, da der Wind mir in den Ohren pfiff.

Ich wollte protestieren, sagen, dass es genau das war, meine Schuld, aber das hatte ich schon so oft getan. Ich fühlte mich mit einem Mal kraftlos, ohne Energie, und ich merkte, wie die Verletzungen, die Anstrengungen, der kräftezehrende Kampf gegen meine böse Schwester ihren Tribut forderten. Langsam senkten sich meine Lider und mein Körper erschlaffte in den Armen des Engels, während wir weiter in die finstere Nacht hineinflogen.

KAPITEL 4

Eiskristalle überzogen die Fensterscheibe und machten sie blind. Ich streckte die Finger aus und schickte Wärme in das Glas, allerdings erschwerten es mir die herablaufenden Tropfen des Schmelzwassers, einen Blick auf die felsige Landschaft zu werfen, über der bereits eine leichte Schneedecke lag. Alles schien wie mit feinem Puderzucker überstäubt. Eigentlich ein schöner Anblick, der leider im krassen Gegensatz zu unserer trostlosen Lage stand.

Es waren nur wenige Monate nach meiner Begegnung mit Tanian vergangen und in einigen Tagen würden wir Weihnachten feiern. Wir befanden uns immer noch in dem zweistöckigen Blockhaus im Bryce Canyon. Mit *wir* meine ich lediglich Azarael, Erin und Balladion, der sich um den immer noch bewusstlosen Taylor kümmerte, und mich. Balladion, der ein besonderes Talent für Heilungen besaß, hatte Taylor auf magische Weise mit Nahrung und Wasser versorgt, um ihn am Leben zu erhalten. Aber seine Wunden verheilten nicht wie bei Fairies üblich in Windeseile, sondern wollten einfach nicht verschwinden. Im Gegenteil, sie rissen immer wieder auf und bluteten stark. Egal, was Balladion auch versuchte, welche Heilkräfte er anwandte, es war vergebens.

Einige Male hatten wir überlegt, ob wir einen Fairy-Heiler zurate ziehen sollten, diese Möglichkeit aber dann wieder verworfen, weil uns das Risiko zu hoch war, entdeckt zu werden. Balladion wollte noch einmal versuchen, ihn zu heilen, bevor wir diesen letzten Schritt dann eventuell doch noch in Erwägung ziehen mussten.

Azarael verschwand oft für mehrere Tage, in denen er die Mitglieder der Organisation besuchte, die Rose beschützten, welche sich immer noch in Palm Springs aufhielt. Sie hatte sich geweigert, den Ort zu verlassen, konnte sie so doch immer wieder ihre Verwandten auf der Ranch besuchen. Rose war ein schwieriger Fall. Nachdem sie nach den Ereignissen in der Nähe der Ranch endlich wieder zu sich gekommen war, hatte sie sich panisch gegen die Engel und Fairies gewehrt und mehrmals versucht zu fliehen. Natürlich, den Anblick der Shuk vergaß man nicht so schnell. Ich konnte verstehen, wie sie sich fühlte. Sie hatte ahnungslos ein armes, verfolgtes Mädchen – mich – von der Straße aufgelesen, in der Annahme, sie vor einem Mörder oder Vergewaltiger zu schützen, und war dann selbst Opfer von Wesen geworden, die so schön und brutal zugleich waren, wie sie es sich vermutlich nicht einmal in ihren kühnsten Träumen ausgemalt hatte. Und ebenfalls verstand ich, warum sie sich nicht zeichnen lassen wollte. Insgeheim vertrat ich die Meinung, dass es besser war, wenn sie es nicht tat.

Ich hatte Azarael knapp von meinem Zusammentreffen mit Tanian berichtet und dabei einiges unterschlagen. Ein mächtiger Fluch lastete auf mir und gleichzeitig wusste ich, wie der Fluch um Rose und unser aller Schicksal zu brechen war. Ich konnte mir selbst nicht erklären, weshalb ich ihn nicht ins Vertrauen zog. Immer wieder hatte ich dazu angesetzt, die ersten Worte waren bereits ausgesprochen, bevor ich dann doch wieder einen Rückzieher gemacht hatte. Dabei stellte ich mir immer wieder die Frage: Schämte ich mich etwa für den Fluch? Was würde er von mir denken? Würde er mich aus der Organisation verstoßen? Oder noch schlimmer, mich gleich töten oder an meine Schwestern ausliefern?

Weshalb ich ihm dann verschwieg, dass ich wusste, wie der Fluch um Rose gebrochen werden konnte? Das war die größte Frage, die ich mir immer wieder stellte. Eigentlich gab es keinen Grund dafür. Im Gegenteil. Er musste es wissen. Und es wäre besser, wenn ich ihm so bald wie möglich davon erzählte. Aber immer dann, wenn ich es tun wollte, ließ ich mich ablenken, brachte andere, belanglosere Dinge zur Sprache. Mir schien fast, als wollte Cayuga verhindern, dass ich mit Azarael darüber sprach. Doch aus welchem Grund?

Ich schüttelte den Kopf, um so die wirren Gedanken zu vertreiben. Ich musste Azarael bei nächster Gelegenheit davon berichten! Das war die einzige Möglichkeit! Entschlossen drehte mich um. Ich musste zu ihm und endlich alles erzählen. Da fiel mein Blick auf den geschmückten Baum im hinteren Eck des Zimmers. Goldene und rote Christbaumkugeln hingen an den Zweigen und warfen das spärliche Licht der umstehenden Kerzen zurück. Er war wunderschön und die Erinnerung, die mich plötzlich überkam, ließ mich in einen Sessel daneben fallen. In meinen Gedanken tauchten viele geschmückte Tannenbäume auf, die alle in einer magischen, mit Schnee bedeckten Dimension standen. Ein großer Ball, Musik lag in der Luft und er war da: Taylor. Wie aus dem Nichts erschienen, als ich schon die Hoffnung aufgegeben hatte, ihn jemals wiederzusehen. Und jetzt lag er hier. Bewegungslos mit geschlossenen Augen. Meine Schuld.

Tränen rannen mir lautlos über die Wangen. Ihn so zu sehen, war tausendmal schrecklicher, als nicht zu wissen, was mit ihm geschehen war. Tag für Tag machte ich mir Selbstvorwürfe und vergrub mich immer mehr in meine Einsamkeit. Ich wollte nichts mehr tun, ertrank förmlich in Selbstmitleid. Die Suche nach Lila und Ralph hatte ich aufgegeben. Es war sinnlos. Ich musste sie als Opfer betrachten, die nie wieder zu mir zurückkehren würden, zumindest nicht so, wie ich sie kannte.

Erneut kam mir in den Sinn, dass ich eigentlich Azarael hatte darüber informieren wollen, wie der Fluch der Fairies gebrochen werden konnte. Doch wollte ich überhaupt noch, dass er gebrochen wurde? Vielleicht war es besser, wenn wir alle vernichtet wurden. Ich dachte daran, dass die Fairy-Regierung uns als magische Sklaven an die Menschen verkaufte. Ich wollte gar nicht wissen, was sie sonst noch alles taten. Die ganze Glitzerwelt war ein einziges Lug-und-Trugbild, das es eigentlich nicht verdiente, gerettet zu werden. Und die Menschheit? Sie war nicht viel besser. Krieg, Tod, Hass. Sie würden sich über kurz oder lang selbst auslöschen, wenn ihr Planet sie nicht vorher vernichten würde, den sie behandelten, als wäre er eine unerschöpfliche Ressourcenquelle, ganz so wie Tanian es gesagt hatte. Nein, vielleicht war es besser, dass der Fluch erneut ausgelöst wurde und die Fairies eine neue Chance bekamen, in einer anderen Welt ihr Glück zu finden. Ich seufzte. Aber dann würde es wieder beginnen. Die Wiedergeburten, die Verfolgung. Auch Tanian würde irgendwann wieder erwachen.

Ich schrak auf, als jemand das Zimmer betrat und mich so aus meinen Gedanken riss. Es war Azarael, der mich mit seinen meerblauen Augen prüfend musterte, wie ich zusammengesunken in meinem Sessel saß und stumm vor mich hin brütete.

»Sophie?«, sprach er mich vorsichtig an.

Ich bewegte mich nicht.

»Tut mir leid, ich wollte nicht stören, aber ...«

Ich atmete tief ein und aus. »Schon in Ordnung. Ich wollte sowieso mit dir sprechen.«

Entschlossen stand ich auf und begegnete seinem verwirrten, aber auch erfreuten Blick.

»Schön, ich wollte dich fragen, ob ...«

»Nein«, unterbrach ich ihn erneut. »Bitte lass mich dir zuerst etwas sagen, bevor ich es mir wieder anders überlege.« Meine Stimme klang fest und sicher.

Er schwieg, nickte stumm und kam ein paar Schritte auf mich zu.

»Ich weiß, wie der Fluch um Rose gebrochen werden kann.« So, die Worte waren heraus. Endlich. Und es fühlte sich gut an, richtig.

Ich beobachtete seine Reaktion. Er schien keinesfalls so

überrascht zu sein, wie ich angenommen hatte. Im Gegenteil. Er setzte sich auf den Sessel, in dem ich zuvor noch gekauert hatte, und schlug die Beine übereinander. Dann griff er nach einem bauchigen Glas, das daneben auf einem kleinen hölzernen Beistelltisch stand, und goss sich eine goldene Flüssigkeit ein. Mit einem Nicken deutete er auf den zweiten Sessel daneben, auf dem ich mich schließlich niederließ.

»Wie ich sehe, überrascht dich das nicht«, stellte ich fest und presste die Lippen aufeinander.

Er schloss für einen Moment die Augen. »Um ehrlich zu sein, nein.« Als er sie wieder öffnete, blickte er mich unverwandt an. »Ich dachte mir, dass du es weißt. Als Cayuga damals wiedererwachte und wir uns zum ersten Mal begegneten, sagte sie mir, dass sie es wüsste. Doch noch bevor sie dazu kam, mir davon zu erzählen, hatten ihre Schwestern sie bereits getötet. Ich wusste, früher oder später würdest du dich erinnern.«

Ich nickte. »Als Tanian mich überwältigte, hatte ich eine Vision, vielmehr eine Erinnerung. Ich sah, wie die Prinzessin mit den Gaben beschenkt wurde und wie Tanian erschien und sie verfluchte.«

Ich machte eine kleine Pause und beobachtete ihn. Reglos saß er da, registrierte mit ernstem Blick jede meiner Bewegungen, meine Mimik, meine Gestik. Doch er schwieg, wartete ab.

»Als sie wieder verschwunden war, wusste ich, dass es jetzt allein an mir lag, uns irgendwie zu retten. Dass Tanians Fluch sich erfüllen würde, daran gab es keinen Zweifel, aber wie meine Schwestern wusste ich, dass niemand sie hätte aufhalten können. Sie hätte ihren Fluch so oder so ausgesprochen, so entschlossen, wie sie war. Und vielleicht war es ja auch so das Beste. Ein solch selbstsüchtiger König wie Korolyan – das war noch nie gut für ein Volk, oder? Er wollte die Macht der Urfairies für seine Tochter. Wir hätten sie ihm vielleicht nicht gewähren sollen.«

Ich brachte ein schwaches Lächeln zustande, doch er blieb ebenso starr sitzen wie zuvor, ließ mich weitersprechen, also fuhr ich fort.

»Ich wusste, dass ich es schaffen würde, den Fluch zu mildern und eine Möglichkeit zu finden, ihn vollständig zu brechen. Ich schenkte der Prinzessin eine Rose.«

Jetzt regte sich Azarael, beugte sich ein kleines Stück zu mir herüber und zog die Augenbrauen interessiert hoch.

»Diese ist Teil ihres Pruebas. Mit diesem Zeichen der Liebe gelang es mir, die Fairy-Welt zu schützen und dafür zu sorgen, dass wir nicht komplett ausgerottet wurden. Wir wurden in anderen Körpern, in fremden Welten wiedergeboren.«

Azarael nickte und nahm einen Schluck aus dem bauchigen Glas, aber er unterbrach mich immer noch nicht.

»Diese Rose ist der Schlüssel zu dem Fluch. Wenn es Aurora gelingt, vor ihrem zwanzigsten Geburtstag ihre wahre Liebe zu finden, wird diese Rose aufblühen und der Fluch ist gebrochen.«

Ich schwieg, ließ die Worte auf ihn wirken und war gespannt auf seine Reaktion. Doch noch immer saß er reglos auf seinem Stuhl. Jetzt war sein Blick jedoch nicht mehr auf mich, sondern starr auf den Boden gerichtet. Er war in Gedanken versunken, hatte die Stirn in Falten gelegt und ließ abwesend die Flüssigkeit im Glas kreisen.

Irgendwann – es fühlte sich an wie eine halbe Ewigkeit – sah er auf, direkt in meine Augen und dieser Blick brachte mein Herz zum Rasen. Darin lag eine Intensität und Entschlossenheit, wie sie weder bei Menschen noch bei Fairies möglich war.

»Dann wissen wir, was zu tun ist«, sagte er und stand auf.

Ich runzelte die Stirn. »Was hast du vor? Willst du Rose sämtliche Männer vorführen, sie bei Dating-Plattformen anmelden und zu Single-Partys mitnehmen?«

Ich wollte einen Scherz machen, aber Azarael lachte nicht. Er drehte sich zu mir um.

»Ich bin mir sicher, dass du den richtigen Mann für Aurora erkennen wirst, wenn er vor dir steht. Du hast diesen Zauber gewirkt und ich bin mir sicher, so wie deine Magie Rose zu dir geführt hat, wird auch Auroras Mann zu dir finden.«

Ich schluckte. Daran hatte ich noch gar nicht gedacht. Aber er hatte recht. Bis jetzt hatte ich bereits zwei Mitglieder der Königsfamilie gefunden, nur durch meine Intuition, und mit Sicherheit würde ich ebenso in der Lage sein, die Liebe der Prinzessin zu finden oder sie mich.

Ich erhob mich ebenfalls, den Kopf stolz nach vorne gereckt.

»Hast du schon eine Eingebung?«, wollte er interessiert von mir wissen, schmunzelte jedoch.

»Nein, aber ich bin mir sicher, das ist nur noch eine Frage der Zeit, wenn ich mich wirklich darauf konzentriere.«

Er nickte. »Gut, und die Zeit bis dahin sollten wir darauf verwenden, dich wieder ein wenig zu trainieren.«

Verwirrt sah ich ihn an. »Wie meinst du das?«

»Nun ja, ich fürchte, ich habe dich in den letzten Monaten zu sehr dir selbst überlassen. Du bist in deinem Selbstmitleid und deiner Angst um Taylor melancholisch geworden und ich bin froh, dass du den Weg aus dieser Phase allein herausgefunden hast. Aber wir müssen dich wieder auf die Welt dort draußen vorbereiten.«

Ich runzelte die Stirn. »Du willst Evangeline wieder auf mich ansetzen?«

Doch er schüttelte den Kopf. »Nein, ich denke, es ist besser, wenn ich persönlich mit dir trainiere.«

Mir schwante Übles. Training mit einem Engel? Doch ich schwieg und kaute auf meiner Unterlippe.

»Ich werde Erin bitten, uns eine entsprechende Dimension zu erschaffen, wäre das in Ordnung für dich?«

Ich nickte. Was hatte ich denn schon für eine Wahl?

KAPITEL 5

»Ich schwöre dir, ich strenge mich für dich an! Ich tue das alles nur für dich!«

Ich sagte die Worte leise, aber sehr bestimmt, und umklammerte dabei Taylors Hand, strich immer wieder behutsam mit dem Daumen über seine schlaffen Finger und lauschte seinem flachen Atem. Mein Blick wanderte über sein fahles und mittlerweile sehr eingefallenes Gesicht, über die Augenränder, den dunklen Bart, der ihm gewachsen war, und seine fast schwarzen Haare, die fettig und strähnig sein Gesicht umrahmten. Er lag in einem riesigen Bett in einem abgedunkelten Raum. Der Duft nach Kräutern, ein Hauch Lavendel und diverse andere Gerüche, die allesamt sehr »medizinisch« anmuteten, erfüllten die Luft. Ich wusste nicht, wie Balladion mit ihm arbeitete, was er alles versuchte, um ihn zu heilen, aber ich hoffte, dass sich bald Erfolge zeigen würden. Ihn so daliegen zu sehen, brach mir das Herz und ich saß jeden Tag hier an seinem Bett, hielt seine Hand und berichtete von meinem Training mit Azarael.

Ich legte seine schlaffe, aber warme Hand an meine Wange, schmiegte mich an sie und versuchte, weiter in munterem Ton mit ihm zu sprechen.

»Ich mache wirklich Fortschritte«, sagte ich, obwohl es nicht so ganz stimmte. Ich konnte alle Elemente beherrschen, das war ein Fortschritt zu meinen früheren Trainingseinheiten mit Evangeline; diese Macht zu kontrollieren, war aber etwas ganz anderes. Meist uferte alles aus und nicht selten legte ich die halbe Dimension in Schutt und Asche, sehr zum Missfallen von Erin, die dann wieder alles von Neuem aufbauen musste.

»Azarael lobt mich und fordert mich heraus, wo er nur kann. Er ist ein guter Lehrer«, erklärte ich weiter. Im nächsten Moment kam mir der Gedanke, dass das vielleicht zu positiv klang und er vielleicht denken könnte, Azarael wäre mittlerweile ein Konkurrent für ihn. Schnell fügte ich daher hinzu: »Aber manchmal nervt er auch sehr.« Ich seufzte. »Wie gerne würde ich mit dir trainieren.«

Eine Träne rann mir übers Gesicht und tropfte über seine Hand, die ich immer noch gegen meine Wange hielt. Irrte ich mich oder zuckten seine Finger?

Schnell richtete ich mich kerzengerade auf und musterte sein Gesicht, versuchte jede Regung, jedes Muskelzucken, das geringste Blinzeln zu erkennen, aber da war nichts. Hatte ich mir die Bewegung seiner Finger nur eingebildet? Nein. Er hatte sich bewegt. Definitiv. Sollte ich Balladion holen? Und was, wenn er genau jetzt in den nächsten Sekunden aufwachen würde? Wenn es meine Anwesenheit war, die ihn letztendlich dazu brachte, die Tiefen seines Komas zu überwinden? Ich drückte mit meinen Fingern seine Hand.

»Taylor? Kannst du mich hören? Ich bin da! Ich warte auf dich! Ich brauche dich!«

Ich sagte die Worte laut und hoffte, dass er in den nächsten Augenblicken mit den Augen blinzeln, die Lippen öffnen, sich regen würde, aber nichts geschah.

»Bitte, Taylor!«

Ich fixierte sein Gesicht, hielt die Augen starr auf ihn gerichtet und versuchte, ihn allein durch die Kraft meiner Gedanken aufzuwecken.

Ich hatte wieder das Gefühl, in kühles Gelee einzutauchen, und dann sah ich sie vor mir: Taylors Gedanken und Gefühle. Er war gefangen in einem seltsamen Traum und dieser Traum handelte von mir.

Ich befand mich im Death Valley, auf der Ebene mitten im Kampf gegen die Shuk. Ich sah mich selbst, wie ich einem Orkan gleich gegen meine Widersacher wütete, eindrucksvoll, unglaublich mächtig und in Taylors Augen einzigartig, einmalig und wunderschön.

Ich befand mich in Taylors Körper, der versuchte, sich gegen die Übermacht zu wehren. Er wich ihnen geschickt aus, konterte ihre Angriffe, musste jedoch auch selbst den einen oder anderen Schlag einstecken. So lange, bis ihn jemand mit einem magischen Feuerball niederstreckte und seine Haut verbrannte, dann tauchte ich auf.

Ich wollte seine Erinnerung verlassen, konnte jedoch nicht, war gefangen in seinen Gedanken und musste diesen schrecklichen Moment noch einmal durchleben.

Ich trat auf ihn zu, blickte ihn von oben herab an, meine Augen leuchteten in unnatürlichem, eisigem Blau und ich zögerte keine Sekunde. Ich sah, wie sich mein Blick in den seinen bohrte, und fühlte nun den Schmerz, der Taylor überwältigt hatte, als ich brutal in seinen Kopf eingedrungen war und ihn gezwungen hatte, sämtliche Gedanken und Gefühle offen darzulegen. Ich wühlte wie eine Irre in seinen Erinnerungen herum und schien nur ein Ziel zu haben: ihn wahnsinnig zu machen. Ich schrie auf, teilte Taylors Schmerz, der sich wie ein Messer anfühlte, das sich durch den gesamten Kopf bis in die Seele schnitt. Und dann war das Gefühl plötzlich vorbei.

Ich sah, wie mein anderes Ich stockte und sich abrupt aus Taylors Kopf zurückzog, was ihm erneut unendliche Qualen bereitete.

Ich dachte, ich würde die Erinnerung nun verlassen, doch ich befand mich noch immer in Taylors Körper, fühlte den Nachhall des Schmerzes, doch noch viel schrecklicher war das Gefühl, das Taylor empfand. Scham. Er fühlte sich nackt, bloßgestellt durch mich, die ihm vertrauen und diese Barriere respektieren sollte. Ich hatte nie zuvor gelernt, wie man das Element Geist richtig einsetzte. Aber jetzt, da ich hautnah miterlebt hatte, wie es sich anfühlte, wenn jemand mit Gewalt in einen Kopf eindringt, wusste ich, dass es gewisse Regeln und Grenzen gab, die ich mit Sicherheit alle nicht befolgt hatte.

Es war eine Sache, den Körper zu verletzen, aber eine andere, den Geist und die Seele zu beschädigen.

Ich war zu weit gegangen.

Und ich musste unbedingt lernen, alle Elemente kontrolliert einzusetzen.

Ich fühlte, wie mir – außerhalb von Taylors Kopf – die Tränen übers Gesicht rannen, und versuchte, seinen Geist so behutsam wie möglich zu verlassen.

»Das tut mir alles so schrecklich leid, Taylor. Bitte glaub mir, ich

wollte das nie! Bitte komm zu mir zurück, ich bitte dich! Ich liebe dich doch!«

Ich hörte, wie meine Worte, die ich in Gedanken noch in seinem Kopf ausgesprochen hatte, dort widerhallten, dann überkam mich erneut das Gefühl, durch kühles Gelee zu tauchen, und augenblicklich saß ich wieder am Bettrand.

Taylor bewegte sich noch immer nicht. Doch ich hielt es nicht länger hier aus. Entschlossen erhob ich mich, beugte mich über ihn und drückte ihm einen sanften Kuss auf die rauen Lippen.

»Ich besuche dich bald wieder!«, flüsterte ich, schenkte ihm noch einen letzten Blick, wischte mir die Tränen aus dem Gesicht und verließ entschlossen den Raum.

Draußen auf dem Gang begegnete ich Erin. Sie blieb sofort abrupt stehen und musterte mich.

»Mach die Dimension bereit und ruf Azarael. Ich muss jetzt sofort trainieren.«

»Ich, aber«, setzte Erin an, doch sie klang eher wie ein verschüchtertes Schulkind, das keine Antwort auf die Frage des Lehrers wusste.

»Keine Widerrede! Sofort!«, herrschte ich sie an und sie drehte sich hastig auf dem Absatz um und verschwand.

Ich nickte zufrieden und kehrte in mein Zimmer zurück, um mich umzuziehen. Meine Position den Mitgliedern der Organisation gegenüber hatte sich nach den Geschehnissen um Rose' Rettung verändert. Plötzlich sahen sie mich mit anderen Augen, nämlich als die übermächtige Urfairy, die ich war – beziehungsweise, die ich sein sollte. Vor allem Erin schien mich komplett anders wahrzunehmen. Aus der zickigen, herrschsüchtigen und oft barschen Frau war jemand geworden, der mich so gut es ging mied und – wenn sie mir begegnete – verstummte und nach einem Fluchtweg suchte. Es war grotesk, aber auch irgendwie sehr amüsant für mich, sie so zu sehen.

Ich schlüpfte in enge, bequeme Trainingshosen, ein luftiges schwarzes Tanktop und flocht meine langen, dicken Haare zu einem festen Zopf. Dann schnürte ich mir Bandagen um die Hand- und Fußgelenke und machte mich auf den Weg. Doch bereits auf dem Gang stieß ich mit Azarael zusammen.

»Was ist los?«, fragte er.

Ich blieb nicht stehen, sondern lief weiter den Gang entlang, und er folgte mir schnellen Schrittes.

»Ich muss unbedingt trainieren, stärker werden, lernen mich zu kontrollieren«, erklärte ich ihm, den Blick entschlossen nach vorne gerichtet.

»Was ist geschehen, Sophie?«, fragte er dicht neben mir.

»Frag nicht. Trainiere mich einfach.«

Wir hatten eine dunkle Tür mit weißem Rahmen erreicht, die sich von den anderen holzfarbenen abhob. Ich drückte die Türklinke hinunter, Nebel umfing unsere Beine und augenblicklich befanden wir uns in einem großen Raum ohne Wände. Das Licht war grell, ohne erkennbare Quelle. Es schien, als komme es unbarmherzig von allen Seiten.

»Erin!«, rief ich. »Etwas dunkler, wenn ich bitten darf!«

Sofort wurde das Licht angenehmer und blendete nicht

mehr so sehr. Der Boden lag irgendwo unter waberndem Nebel. Unsere Schritte klangen fest, wie auf Steinfliesen oder Granit. Einige hoch aufragende Felsen in der näheren Umgebung bestätigten die zweite Vermutung.

Azarael war neben mir stehen geblieben und überprüfte seine Handgelenksbandagen.

»Nun, mit was möchtest du beginnen? – Feuer, Wasser, Erde, Luft?« Er zog die Augenbrauen hoch und sah mich erwartungsvoll an.

»Geist«, antwortete ich entschlossen und er sah für einen Moment überrascht aus. Dann runzelte er die Stirn.

»Ich weiß nicht, ob das so eine gute Idee ist. Der Geist ist der verletzbarste und zugleich kostbarste Besitz eines jeden Wesens, egal ob Mensch, Fairy, Engel oder sogar Tier. Ich weiß nicht, ob ich dir erlauben kann, mit meinen Gedanken herumzuexperimentieren.«

Ich sah ihn prüfend und mit wilder Entschlossenheit an. »Wenn du als übermächtiger Engel mir nicht standhalten kannst, wer dann?«

An dem Ausdruck in seinen Augen erkannte ich, dass dieses Argument kometenmäßig einschlug. Er schluckte, straffte noch einmal seinen Körper, dann nickte er.

»In Ordnung. Versuch, in meine Gedanken einzudringen.«

Ich war für einen Moment verblüfft, da ich geglaubt hatte, wir würden mit irgendwelchen Übungen beginnen. Dass ich so ohne Vorbereitung versuchen sollte, in seinen Geist einzudringen, überforderte mich doch leicht. Aber ich fing mich schnell wieder, nickte entschlossen und stellte mich breitbeinig hin.

Ich schloss die Augen, versuchte mich zu erinnern, wie genau ich es bei Taylor gemacht hatte, rief mir das Gefühl des kühlen Gelees ins Gedächtnis. Ich konzentrierte mich auf ihn, seinen Kopf und tastete in Gedanken nach seinen.

Ich keuchte auf. Es fühlte sich nicht wie kühles Gelee an, sondern wie eiskaltes Wasser, das mir erbarmungslos über den nackten Körper gegossen wurde, und ich zog mich sofort zurück.

Ich öffnete die Augen und sah Azarael lächeln.

»Diese Abwehr beherrscht nahezu jedes magische Wesen, das gelernt hat, seine Gefühle abzuschirmen. Bei Taylor hattest du leichtes Spiel, weil er bereits geschwächt und verwundet war. Im Vollbesitz seiner Kräfte hättest du seinen Geist vermutlich nicht so einfach durchbrechen können. Möchtest du es weiter versuchen?«

Ich biss die Zähne zusammen und nickte.

»Ja, ich muss lernen, das zu kontrollieren.«

Er atmete tief ein. »Also los. Versuch es weiter.«

Immer und immer wieder suchte ich einen Weg in seine Gedanken, seinen Kopf, alles erfolglos. Wenn ich nicht mit dem Gefühl des eisigen Wassers konfrontiert wurde, war es, als stieße ich gegen eine Steinmauer, und die Schmerzen waren schrecklich. Doch ich gab nicht auf. Mittlerweile blutete meine Nase, meine Augen tränten und mein Kopf fühlte sich an, als rühre jemand mit einem Messer genüsslich darin herum.

»Weiter«, sagte ich schwer atmend, doch Azarael schüttelte den Kopf.

»Nein, das ist genug. Wir sollten aufhören.«

»Nur noch einmal, bitte!«, flehte ich und an seinem Seufzen hörte ich, dass er nachgab.

»Also gut, nur noch einmal. Greif an.«

Ich versuchte, mich wieder so aufrecht wie möglich hinzustellen, und bereitete mich auf einen weiteren Fehlschlag vor. Doch kurz bevor ich versuchte, wieder mit roher Gewalt in seinen Geist einzudringen, entschied ich mich, die Taktik zu ändern. Statt brachial meine Gedanken auf seinen Kopf zu konzentrieren, ließ ich meine Kräfte wie Nebel um ihn herumwabern, die an mehreren Stellen versuchten, in sein Bewusstsein einzudringen. Doch nicht mit Gewalt, sie flüsterten, säuselten, umschmeichelten ihn, lenkten ihn ab und erstaunt merkte ich, wie seine Abwehr bröckelte, Risse bekam. Das Gefühl des eiskalten Wassers war noch da, aber es fühlte sich nicht mehr so schmerzhaft an, eher wie ein lauer Regen, wie ein Vorhang aus plätscherndem Nass, den ich durchqueren musste. Und da waren sie. Rein, herrlich, überwältigend. Die Gedanken, Gefühle und Erinnerungen eines Engels.

Ich war nicht mehr ich selbst, ich war er, fühlte, was er fühlte, seine Muskeln, die sich kraftvoll bei jedem Flügelschlag hoben und senkten. Seine Augen waren wachsam auf die Umgebung gerichtet. Selbst die winzigste Regung dort unten auf Erden konnte er sehen, obwohl der Boden kilometerweit entfernt war. Der Wind war eiskalt, aber er spürte die Kälte nicht. Er war ein Wesen höherer Art, dem solche Belanglosigkeiten wie Kälte und Hitze nichts ausmachten. Er überflog ein weiträumiges Gebiet voller Felder, durchzogen mit glitzernden, sich dahinschlängelnden Flüssen, vereinzelten kleinen Dörfern und Städten und erreichte schließlich einen großen Wald. An dessen Rand entdeckte er etwas Ungewöhnliches. Er stutzte, ging tiefer, um sich die Gruppe von Menschen besser ansehen zu können, die sich dort unten im Kreis aufgestellt hatte. Doch schon bald erkannte er, dass es sich nicht um Menschen handelte. Es waren diese seltsamen Wesen, die seit einigen Jahrhunderten die Erde bevölkerten. Sie bedienten sich der Körper der Menschen, doch statt sie komplett zu übernehmen, versuchten sie eine Art Symbiose mit ihnen einzugehen. Azarael hatte bisher nichts Böses an den Fairies, wie sie sich selbst nannten, feststellen können. Im Gegenteil. Sie setzten sich sehr für die Natur ein, konnten sich auf magische Weise der Magie der vier Elemente bedienen und kämpften gegen die bleichen, goldäugigen Kreaturen an, die mit ihnen in diese Welt gelangt waren. Shuk wurde der Gegenpart der Fairies bezeichnet. Bisher hatten sich die Engel aus dem Kampf der Fairies und der Shuk herausgehalten, weil sie weder die Menschheit noch den Planeten beeinträchtigt hatten. Azarael sah keine große Gefahr in ihnen, vielmehr einen Gewinn. Er hatte gesehen, wie es einer Ansammlung von Wasser-, Feuer- und Erd-Elementariern gelungen war, in nur wenigen Wochen einen gesamten Waldbestand zu retten, der beinahe einem mächtigen Brand zum Opfer gefallen wäre. Nein, er sah keinen Grund, gegen diese fremdartigen Wesen vorzugehen. Noch nicht.

Er warf einen weiteren Blick auf die Gruppe, die sich dort unten aufgestellt hatte, und beachtete sie dann nicht weiter. Er ging da-

von aus, dass sie den Wald untersucht hatten und nun über Verbesserungen diskutierten.

Er überflog die dichten Baumwipfel, hielt weiterhin Ausschau nach Dämonen und anderen Wesen, die es galt von den Menschen und deren Seelen fernzuhalten.

Als er etwa eine halbe Stunde geflogen war, packte ihn doch die Neugierde und er entschied sich umzukehren, um nachzusehen, was die Fairies inzwischen geleistet hatten. Er bewunderte ihre Elementararbeit, die Hingabe, mit der sie sich für den Planeten einsetzten.

Da hörte er es.

Es klang zunächst wie ein leises Fiepen, das sich beim Näherkommen als Schreien erwies.

Jemand rief um Hilfe, nein, das war zu milde ausgedrückt.

Jemand schrie um sein Leben.

Er wechselte den Kurs, beschleunigte und schoss, so schnell ihn seine Flügel trugen, in die Richtung, aus der die Rufe kamen. Er fürchtete um die Seele eines Menschen, der er als oberster Schutzengel verpflichtet war.

Doch als er näher kam, stutzte er, stoppte mitten in der Luft, versuchte mit leisen Flügelschlägen die Position zu halten. Es waren keine Dämonen, die dem armen Wesen dort unten solche Qualen bereiteten.

Zu seinem Entsetzen waren es Fairies! Ebenjene Fairies, die er vor Kurzem am Waldrand miteinander hatte debattieren sehen, und wie er jetzt erkannte, waren es jene Fairies, die unter den Wesen als die mächtigsten galten: die Urfairies, die die seltene Gabe besaßen, ihr Volk mit reichhaltiger Magie und besonderen Fähigkeiten und Eigenschaften auszustatten.

Seine Augen weiteten sich. Sie hatten eine von ihnen an einen Pfahl gebunden und seltsame blau-grüne Flammen züngelten um ihre nackten Beine, leckten bereits an ihrem Fleisch. Ihr Körper war nur in ein dünnes weißes Leinenkleid gehüllt, das bereits zu brennen begann. Sie wand sich in ihren Fesseln und schrie aus Leibeskräften, doch die mächtigen Fairies standen stumm vor ihr und beobachteten ihr Werk.

Azarael rang mit sich. Es war nicht seine Aufgabe, sich in die Angelegenheiten dieser Wesen einzumischen. Wenn sie das Urteil gefällt hatten, diese Fairy zu richten, hatte es mit Sicherheit seine Berechtigung.

Doch aus irgendeinem Grund konnte er den Schauplatz nicht verlassen. So lautlos wie möglich landete er in der Nähe und setzte einen Verblendungszauber ein, der ihn nahezu unsichtbar für die Gruppierung der Fairies werden ließ. Etwas an diesem Bild stimmte nicht, aber er wusste nicht, was.

Die Fairy kämpfte im Feuer um ihr Leben, doch ihr Kampf war beinahe schon verloren. Sie hustete und hing nur noch schwach und matt in den Seilen, ihr Körper wehrte sich nicht länger und ergab sich mehr und mehr dem unabwendbaren Tode.

Kurz bevor er dachte, jetzt sei es um sie geschehen, hob sie zu seiner Überraschung noch einmal den Kopf und blickte die Urfairies klagend an. Ihr eisblauer Blick war auf die anderen Fairies gerichtet, jetzt nicht mehr flehend, sondern mit einer unglaublichen Entschlossenheit.

»Warum?«, fragte sie heiser und die Worte waren kaum zu vernehmen.

Doch niemand antwortete ihr.

In diesem Moment handelte er.

Es war weder sein Verstand noch seine Bestimmung auf Erden, die ihn zu diesem Entschluss bewegten. Nein, dies geschah aus einem Impuls heraus, den diese eisblauen Augen in ihm ausgelöst hatten. Sein Herz schlug schnell und er hatte sich noch nie so lebendig, noch nie so mächtig und kraftvoll gefühlt wie in diesem Augenblick, da er zum ersten Mal diese Augen gesehen hatte, dieses zarte Gesicht, das selbst im Kampf mit dem sicheren Tode solch eine Entschlossenheit verströmt hatte.

Er wusste nicht, was er tat, handelte blind, wie seine Gefühle und sein Herz ihn trieben. Er eilte auf die Reihe von Fairies zu, die ihn nicht kommen sahen, schritt dem Feuer entgegen, wollte hindurchtreten, doch zu seinem Erstaunen vermochte es ihn zu verbrennen. Er schrie nicht auf bei dem Schmerz, den die Flammen ihm zufügten, sondern blickte erstaunt auf das bunte Feuer hinunter. Die Magie dieser Wesen konnte Engel verletzen! Die Erkenntnis traf ihn wie ein Schlag, noch mehr, als es der Schmerz getan hatte.

Sein Blick fiel auf den Körper, der schlaff vor ihm in den Seilen hing. Er handelte schnell.

Trotz der Schmerzen, die ihm ein Leid zufügten, das er nie zuvor erlebt hatte, waren seine Gedanken klar. Er durchtrennte die Fesseln, hob den schlaffen Körper hoch, sprang mit einem einzigen Satz aus dem Feuer und spannte seine Flügel auf.

Die Urfairies, die ihn erst jetzt wahrzunehmen schienen, begannen ihm zuzurufen, entschlossen sich schließlich, Magie gegen ihn einzusetzen, doch er war bereits zu weit entfernt. Der Wind kühlte seinen angesengten Körper und löschte die Schmerzen bald vollkommen aus.

Doch nicht seine Verfassung war es, um die er sich Sorgen machte, nein, es war der beängstigend blasse, rußgeschwärzte und leblose Körper, den er in den Armen hielt. Er hoffte, dass es noch nicht zu spät war.

* * *

Der Schauplatz änderte sich. Azarael befand sich nicht länger in der Luft. Er stand auf einer zugigen Felsenplattform am Rand spitzer, hoch aufragender Klippen, an denen sich beängstigend hohe Wellen mit weißer, spritzender Gischt brachen. Kräftiger Wind spielte mit seinen feuchten Haaren, riss an seiner Kleidung, einer dünnen Hose und einem verwaschenen, grauweißen Leinenhemd.

Jemand näherte sich ihm von hinten. Es war ein wunderschönes Mädchen in einem weißen Leinenkleid mit großen Glockenärmeln und einem dunkelbraunen geflochtenen Ledergürtel um die Hüften. Ihre langen, kastanienbraunen Locken umflatterten ihre zarte Gestalt im tosenden Wind und sie musste sie sich immer wieder aus dem Gesicht streichen, um sehen zu können, wohin sie sich bewegte. Schließlich blieb sie neben Azarael stehen und richtete die eisblauen Augen wie er auf das tosende Meer. Er drehte den Kopf, sein Blick streifte über ihr Gesicht, blieb kurz an den im spärlichen Tageslicht funkelnden blauen und weißen Steinen hängen, die sich von der Mitte ihrer Augenbrauen über die Stirn erstreckten und ihrem Aussehen etwas Exotisches und Mächtiges verliehen.

»Ich denke, ich sollte mich bei Euch bedanken«, sagte sie und sah nun ebenfalls zu ihm auf.

Als ihre Blicke sich trafen, beschleunigte sich sein Herzschlag und schnell blickte er wieder auf das wilde Meer vor sich. Diese Gefühle waren so neu und so verwirrend für ihn. Er durfte dies nicht empfinden! Für kein Wesen auf dieser Welt! Er war ein Engel, musste über den Dingen stehen, unnahbar, mächtig. Dieses Empfinden machte ihn schwach. Er durfte es nicht zulassen.

Statt einer Antwort nickte er nur.

»Wer seid Ihr?«, wollte sie weiter wissen.

»Jemand«, antwortete er knapp, den Blick noch immer starr nach vorne gerichtet.

»Ihr habt mich aus den Flammen meiner Schwestern gerettet. Wollt Ihr mir nicht wenigstens Euren Namen verraten? Ich stehe tief in Eurer Schuld.« Ihre Worte waren leise und dennoch hallten sie laut in seinen Ohren wider.

Er verschränkte die Arme hinter seinem Rücken, machte sich steif. »Wer seid Ihr und warum wollten Eure Schwestern Euch töten?«

Aus den Augenwinkeln konnte er beobachten, wie ihre Miene traurig wurde, sie zu Boden blickte, dann den Kopf schüttelte.

»Mein Name ist Rowina Cayuga und beim besten Willen, ich kann es mir nicht erklären.«

Alles in ihm schrie danach, sich zu ihr zu drehen, ihren zarten Körper in die Arme zu nehmen, beruhigend über ihre Haare zu streichen und ihr tröstende Worte ins Ohr zu flüstern. Doch das konnte – nein, das durfte er sich auf keinen Fall erlauben.

»Ich habe die Fairies bisher nur als sehr naturverbundene, friedliche Wesen erlebt, die ihre Magie lediglich gegen die Shuk erhoben, niemals gegen ihresgleichen.«

»Das ist auch so!« Sie sah ihn wieder direkt an, fuhr sich beinahe *verzweifelt durch die wunderschönen langen Haare. »Wir würden nie grundlos gegen eine Fairy vorgehen!«*

»Und doch haben Eure Schwestern es getan. Ich frage mich – Rowina ...«

»Cayuga«, unterbrach sie ihn schnell. »Nennt mich einfach Cayuga. Rowina war mein Menschenname.«

Azarael zog die Augenbrauen hoch, ging jedoch nicht weiter auf diese Aussage ein.

»Ich frage mich, was Ihr mir verschweigt, Cayuga.« Er verengte die Augen zu Schlitzen, fixierte sie mit ernstem Blick.

Sie hielt ihm stand. »Selbst wenn ich wollte, ich kann nicht, denn ich weiß nicht, warum sie das getan haben.«

Sie wandte sich wieder von ihm ab. »Aber Ihr könnt versichert sein, dass ich mich dafür rächen werde.«

Überrascht drehte er sich zu ihr um und gegen seinen Willen ergriff er ihre Schultern, ließ jedoch sofort wieder abrupt los – überrascht von seiner eigenen Reaktion.

* * *

Die Szene änderte sich erneut. Dichte Baumwipfel wiegten sich sanft im Wind hin und her. Ab und zu brach ein kleiner Strahl warmen Sonnenlichts durch die dichten Blätter und Zweige, bahnte sich den Weg hinab auf weiches Moos, goldbraune Pilze, kleine Pfade und bunte Blumen, die ihre Kelche in den Himmel reckten.

Auf dieser zauberhaften Lichtung wanderten Azarael und Cayuga stumm nebeneinander her und genossen die wenigen, aber dennoch wärmenden Strahlen.

»Ich habe Euch sehr viel zu verdanken, Azarael«, sagte sie schließlich und ließ ihren Blick über eine einzigartige, wild wuchernde Pflanze mit großen, weißen Blüten wandern. Sie blieb stehen und roch an einem der Kelche.

»Ich habe getan, was ich für richtig halte«, antwortete er in bemüht reserviertem Ton.

Sie wandte sich von der Pflanze ab, trat auf ihn zu und er nahm eine steife Haltung an.

»Ihr habt von mir nichts zu befürchten, Azarael«, sagte sie in sanftem Ton.

Azarael stieß ein kurzes Schnauben aus. Sie hatte ja keine Ahnung, was ihre bloße Anwesenheit, ihre Nähe in ihm auslöste. Nein, zu befürchten hatte er wohl nichts, wohl aber zu fürchten. Er fürchtete um seine Macht, seine Stärke als Engel.

»Gegenüber Euren anderen Engeln seid Ihr streng, aber sehr locker, freundschaftlich. Mir gegenüber jedoch seid Ihr immer so …« Sie brach ab, als wüsste sie nicht, wie genau sie Azaraels Verhalten in Worte fassen konnte.

»Glaubt mir, Cayuga, es liegt nicht an Euch«, log er. »Vielmehr ist es die Tatsache, dass ich immer noch nicht weiß, weshalb Eure Schwestern Euch töten wollten. Ich bin einfach nur vorsichtig Euch gegenüber.«

Er beobachtete mit verbissener Miene, wie ihr Blick sich verschleierte und sie sich traurig abwandte.

»Verstehe.« Wieder trat sie auf die Blume zu.

Einem Impuls folgend ergriff er sanft ihre Schulter und drehte sie zu sich um. »Versteht das nicht falsch, ich …«

Ihr eisblauer Blick wanderte hoch zu seinem und dann stand die

Welt für einen Augenblick still. Etwas in seinem Innersten zog sich zusammen, woraufhin sein Herz begann, schnell und wild zu schlagen. Er ignorierte die Stimme in seinem Kopf, die ihn warnte, ihm zurief, er solle weglaufen, sie von sich stoßen. Doch er legte sanft eine Hand an ihre zarte, unendlich weiche Wange und näherte sich ihr, langsam, Millimeter für Millimeter.

Ihr Blick flatterte und er wusste, dass auch ihr Herz raste. Sein Gesicht war dem ihren so nah, dass er ihren schnellen Atem auf seiner Haut spüren konnte. Seine Nase berührte ganz sanft, kaum spürbar die ihre und doch machte sein Herz einen weiteren Satz. Dann legte er zärtlich und sanft seine Lippen auf die ihren, nur um sie nach wenigen Sekunden wieder zurückzuziehen.

Alles in mir schrie danach, er solle nicht aufhören, mich noch einmal küssen. Es hatte sich so wunderbar angefühlt, seine Lippen auf meinen! Ich wollte nicht, dass er sich zurückzog, wollte, dass er mich so leidenschaftlich küsste, wie es die wirbelnden Gefühle in mir verlangten.

Ich realisierte nicht, dass ich längst die Erinnerungen des Engels verlassen hatte und wieder in meinem, Sophies, Körper angelangt war, trat vor, warf meine Arme um Azaraels Hals und presste meine Lippen auf die des Engels.

Für einige Sekunden schien er wie erstarrt. Dann bröckelte seine Fassade. Seine Arme schlossen sich um meinen Körper, umschlangen mich, drückten mich an sich und er erwiderte den Kuss mit derselben Leidenschaft, nach der ich mich sehnte.

Er schob mich rückwärts, drückte mich gegen einen nahe stehenden Felsen, schob mich hoch und ich schlang meine

Beine um seine Hüften. Ich hatte mich so lange nach diesem Mann verzehrt, den ich über alles liebte, hatte kaum mehr daran geglaubt, ihn jemals wiederzusehen. Ich verlor mich in diesem einen Kuss, wollte, dass die Zeit stehen blieb, wollte ihn spüren, jeden Zentimeter seines starken Körpers. Seine Hände wanderten über meinen Kopf, über meinen Nacken, gruben sich förmlich in meine Haut. Ich zerrte an seinem Hemd, hörte, wie Stoff riss, und strich endlich über seine warme Haut, die sich über den harten Muskeln spannte.

Ein Räuspern erklang, ganz in unserer Nähe.

Ich versuchte es zu ignorieren, wollte nicht aufhören, hoffte, es mir nur eingebildet zu haben, doch Azarael stoppte augenblicklich, löste sich von mir, wischte sich über die Lippen und drehte sich um.

Da stand Erin, peinlich berührt, den Blick auf den Boden gerichtet, doch er kehrte immer wieder kurz zu uns zurück.

»Was gibt es?«, fuhr Azarael sie an. Er atmete schnell, gewann jedoch rasch die Fassung zurück.

Ich krallte mich zittrig an einen Felsvorsprung und heftete meinen Blick auf eine kleine, unscheinbare Blume zu meinen Füßen, die wir offenbar zertreten hatten, während unseres ...

»Ich ... äh«, stammelte Erin und wusste offenbar nicht, wohin mit sich. Ich konnte nachempfinden, wie sie sich fühlte, denn mir erging es nicht anders. Wo war das Loch, in das ich verschwinden konnte?

»Taylor ist aufgewacht«, brachte sie schließlich hervor und ich sah auf.

KAPITEL 6

Ich starrte sie einfach nur wortlos an. Dann – es kam mir vor wie in Zeitlupe – wanderte mein Blick hinüber zu Azarael, der die Lippen zusammengepresst hatte und zur Seite blickte. Ich sah zurück zu Erin, die immer noch unschlüssig einige Meter entfernt stand und uns unglücklich musterte.

Kurz entschlossen eilte ich an Azarael vorbei auf sie zu, packte sie grob am Oberarm und zischte ihr ins Ohr:

»Ich muss sofort zu ihm. Komm mit!«

Verwirrt und ohne ein weiteres Wort stolperte sie neben mir her, warf einen kurzen Blick über die Schulter zu Azarael, dann verließen wir die Dimension.

Sobald wir wieder im Haus waren, stoppte ich sie und drückte sie gegen eine der Wände des Korridors.

»Lass mich in deinen Kopf«, sagte ich und kniff ernst die Augen zusammen. Sie sah mich verwirrt an.

»Aber wieso?«, fragte sie unsicher.

»Tu es einfach!« Ich reagierte vermutlich über, aber das eben Erlebte, der Kuss, meine überwältigenden Gefühle, die Verwirrung, das alles entlud sich in diesem Verhalten ihr gegenüber.

Sie drängte sich nun von selbst dicht an die Wand, schielte nach links und rechts an mir vorbei, sah schließlich ein, dass sie keine Chance hatte. Sie atmete tief aus und ihre Körperspannung ließ nach, dann nickte sie kaum sichtbar.

»In Ordnung.«

Ich zögerte keinen Augenblick, sondern drang sofort in ihr Gehirn ein. Die Erinnerung war leicht zu finden, da sie noch so frisch und für sie erschreckend war.

Innerhalb weniger Sekunden erblickte ich mich selbst, wie ich an der Felswand lehnte, wild verschlungen mit dem Obersten der Engel, in einem leidenschaftlichen Kuss vereint. Allein der Anblick brachte mein Herz wieder zum Rasen, meine Hände wurden schwitzig und mein Magen verkrampfte sich unnatürlich. Ich sog die Erinnerung in mich hinein, wo sie sich mit den Bildern und Gefühlen meiner eigenen verband, dann zog ich mich zurück.

Erin keuchte auf, griff sich an die Schläfen und sank auf die Knie.

»W-was hast du gemacht?«, fragte sie und rieb sich die Stirn.

»Nichts«, log ich. »Ich werde jetzt zu Taylor gehen. Danke, dass du mir Bescheid gegeben hast.«

Sie sah mich sehr verwirrt an und rappelte sich langsam hoch.

»Keine Ursache. Mann, ich fühle mich, als hätte ich einen Blackout. Ich kann mich gar nicht daran erinnern, dich aus der Dimension geholt zu haben.« Sie zog die Stirn in Falten, schüttelte dann den Kopf. »Sehr seltsam.«

»Hm«, gab ich zurück. »Geh zu Balladion, vielleicht hat er eine Medizin für dich.«

Sie nickte. »Ja, das sollte ich vermutlich tun. Danke.«

Im Gehen drehte sie sich zu mir um. »Grüß Taylor von mir! Ich hoffe, er ist bald wieder der Alte!«

Ich lächelte ihr matt zu, wandte mich dann wieder nach vorn und ging mit zitternden Knien weiter, versuchte jedoch im Gehen meine Gefühle zu unterdrücken, mich zu sammeln und zu konzentrieren.

Erin die Erinnerung zu nehmen, war das einzig Richtige gewesen. Niemand durfte erfahren, was sich zwischen Azarael und mir in der Dimension zugetragen hatte, und ich hoffte inständig, dass auch Azarael es für sich behalten würde, obwohl ich mir dessen nicht sicher sein konnte. Eventuell würde er Arion oder Balladion ins Vertrauen ziehen.

Ich fuhr mir durch die Haare.

Viel zu schnell hatte ich die Tür zu Taylors Krankenzimmer erreicht, blieb stehen, atmete tief durch. Ich war noch unglaublich aufgewühlt, meine Hände zitterten und meine Gedanken schweiften immer wieder ab zu Azarael, zu dem unglaublichen Kuss.

Nein, nein, nein! Reiß dich zusammen, Sophie! Das war nur, weil Cayugas Erinnerungen und Azaraels Gefühle für sie dich überwältigt haben!

Ich liebte Taylor und verdammt, er war endlich aufgewacht! Ich konnte wieder mit ihm sprechen! Bald würde alles wieder so sein wie früher.

Ich seufzte, schüttelte den Kopf. Wem versuchte ich hier

etwas vorzumachen? Es würde nie wieder so sein. Nicht mit dieser Erinnerung. Nicht mit diesen Gefühlen in mir.

Konnte ich Azarael bitten, die Erinnerung von mir zu nehmen? Aber das war auch nicht die optimale Lösung. Früher oder später würde eine ähnliche Situation folgen. Aber nein, so etwas durfte sich nie wieder ergeben! Nie wieder!

Ich erschrak. Die Tür wurde geöffnet und Balladion stand vor mir. Als er mich sah, lächelte er.

»Sophie, wie schön. Taylor wird sich so freuen, dich zu sehen. Aber überanstrenge ihn nicht zu sehr. Ich schlage vor, dass du nicht länger als zehn Minuten bei ihm bleibst. – Bekommst du das hin?«

Ich schluckte den Kloß in meinem Hals hinunter, erwiderte sein Lächeln zaghaft und nickte.

»Na dann.« Er zwinkerte mir zu und entfernte sich.

Ich schloss die Augen und als ich sie wieder öffnete, drückte ich entschlossen die Klinke hinunter.

Das Zimmer war nicht länger abgedunkelt, im Gegenteil. Licht durchflutete den Raum, ein Fenster war gekippt, frische Luft drang von außen herein und vertrieb langsam den Geruch nach Kräutern und »Krankenzimmer«.

Und da lag er. Noch immer in dem riesigen Bett, noch immer blass, eingefallen und mit Bart, aber die Wunden begannen zu heilen, seine Augen waren geöffnet und er schenkte mir ein Lächeln.

»Taylor«, brachte ich irgendwie krächzend hervor und eilte zu ihm. Ich zog mir einen Stuhl heran, setzte mich darauf und sah ihn einfach nur an.

Wie oft hatte ich in den letzten Monaten hier gesessen, seine Hand gehalten, über sein fahles Gesicht gestrichen in der Hoffnung auf eine Muskelzuckung, irgendeine Regung, und immer wieder war ich enttäuscht worden.

Daher war es kein Wunder, dass ich für einen Moment einfach nur dasaß und ihn ungläubig ansah.

»Sehe ich so furchtbar aus?« Er lächelte verschmitzt und zog spielerisch die Augenbrauen hoch.

Das löste meine Starre und ich lachte. »Nein, nein, um Himmels willen, Taylor. Ich bin einfach nur so unendlich froh, dass du endlich wach bist.«

Ich ergriff seine Hand und legte sie an meine Wange. Die vertraute Wärme erfüllte mich augenblicklich ebenso wie sein unverwechselbarer Geruch.

Er bewegte seinen Daumen und streichelte mich sanft, eine unscheinbare, leichte Bewegung, nach der ich mich so verzweifelt gesehnt hatte.

»Sophie«, sagte er einfach nur und sein Lächeln strahlte von Minute zu Minute mehr.

Ich erwiderte es, wurde dann aber ernst.

»Oh, Taylor, es tut mir so unglaublich leid!« Ich versuchte meinen ganzen Schmerz, meine ganze Schuld in diese Worte zu legen. »Ich ... ich weiß nicht, wie ich das je wiedergutmachen soll, und verstehe, wenn du mir nicht mehr so ohne Weiteres vertrauen kannst. Ich ... ich habe dich angegriffen! Dich, meinen Freund! Die Person, der ich am meisten vertraue, die mir so unglaublich viel bedeutet! Ich bin ein Monster.«

Ich spürte, wie meine Augen brannten und meine Lippen zitterten, aber ich wollte nicht weinen. Dann würde er mich umarmen, mich trösten, mir sagen, dass alles wieder gut werden würde, wie er es immer tat. Ich wollte stark sein.

Ich schluckte die Tränen hinunter, blickte auf und sah direkt in seine dunklen Augen, die mich durchdringend musterten. Er lachte nicht, machte auch keine Anstalten, mich trösten zu wollen.

»Es tut mir so unglaublich leid, Taylor, und glaub mir, ich würde so gerne sagen, dass es nie wieder vorkommen wird, aber das kann ich schlicht und einfach nicht. Aber ich arbeite daran. Ich trainiere sehr hart, um meine Elementarkräfte kontrollieren zu können und um eines Tages in der Lage zu sein, dir genau das versprechen zu können.«

Ich senkte den Blick, wartete auf seine Reaktion.

Er richtete sich ein wenig im Bett auf, was ihm sichtlich schwerfiel. Seine Muskeln hatten zu lange in Regungslosigkeit verharrt, er war schwach. Dennoch gelang es ihm, sich zu mir herüberzubeugen und mir auch die zweite Hand an die andere Wange zu legen. Sanft zwang er mich, aufzublicken.

»Sophie, du brauchst dich für nichts zu entschuldigen, denn wärst du nicht gewesen, wäre ich vermutlich überhaupt nicht mehr am Leben.«

»Ja, und wäre ich nicht gewesen, wärst du vermutlich einfach nur körperlich verletzt und schnell zu heilen gewesen, aber nein, ich musste ja meine Geistkräfte an dir ausprobieren. – Ernsthaft, dafür gibt es keine Entschuldigung.«

Ich ergriff seine Handgelenke und versuchte, sie so sanft wie möglich von meinem Gesicht zu schieben.

»Wirklich, du hast dich für nichts zu entschuldigen. Im Gegenteil, ich bin sogar sehr stolz auf dich, wie du all diese Shuk allein bezwungen hast.«

Ich schüttelte den Kopf. »Nein, das kannst nicht einmal du verleugnen. Mein unkontrolliertes Verhalten – ich weiß nicht, wie ich mir das selbst verzeihen kann.«

Irrte ich, oder lachte er?

»Sophie.« Nein, ich irrte nicht, er lachte tatsächlich. »Es gibt eine Entschuldigung, und dazu eine wirklich gute: Ich liebe dich!«

Ich wollte etwas erwidern, sagen, dass das nicht stimmte, doch er hatte bereits seine Lippen auf meine gelegt und küsste mich so sanft und so zärtlich, wie es nur Taylor konnte. Ich schmolz dahin.

So lange hatte ich mich danach gesehnt, nach seinen weichen Lippen, die warm auf meinen lagen, seinem Geruch, dem flatternden Gefühl in meiner Magengegend. Unendlich langsam öffnete er den Mund, schob seine Zunge gegen meine und wir umschlangen uns.

Alles in mir zog sich zusammen und mein Herz schlug immer schneller und schneller. Seine Hand strich sanft über meine Wange, mein Haar. Mit nur einem Finger fuhr er meine Schulter entlang, mein Schlüsselbein, und eine Gänsehaut brachte meinen Körper zum Zittern.

Dann löste er sich von mir, strich mir noch einmal zärtlich eine Haarsträhne aus dem Gesicht.

»Wann will das endlich in deinen Kopf, Sophie, ich liebe dich und ich möchte mit dir zusammen sein. Ich stehe zu dir, komme, was wolle.«

Ich erwiderte sein Lächeln langsam und die Worte wärmten mein Herz.

»Na komm, leg dich zu mir.« Er schlug die Decke ein wenig zurück.

Ich verzog den Mund zu einem schiefen Grinsen. »Balladion hat gesagt, maximal zehn Minuten und ich soll dich auf keinen Fall überanstrengen.«

Er schmollte spielerisch. »Dann muss ich Balladion sagen, dass ich vor Sehnsucht nach dir kein Auge zutun werde und mich ohne dich nicht so schnell erholen kann.«

Damit packte er mich am Arm und ich legte meinen Kopf auf seinen ausgestreckten Oberarm. Er umfasste mich zärtlich, zog mich an sich und ich bettete den Kopf auf seine Brust, die sich langsam hob und senkte und in der seine Stimme dunkel vibrierte.

»Wie hat Balladion es geschafft?«, fragte ich nach einer Weile, in der ich einfach nur seinem Atem gelauscht und seine Nähe genossen hatte.

»Wie meinst du das?«

»Nun ja, in den vergangenen Monaten hat er nahezu nichts unversucht gelassen, um dich aus deiner Ohnmacht zu befreien. Beinahe hätten wir dich noch zu einem Fairy-Heiler gebracht, weil er mit seinem Engelslatein am Ende war.«

Taylor hustete. »Ich glaube, nein, ich bin mir sogar sicher, dass du es warst.«

»Wie ich?« Ich hob kurz den Kopf, um ihm ins Gesicht zu sehen.

»Ich befand mich in einer tiefen Dunkelheit ohne Träume, ohne Visionen. Ich dachte, ich wäre tot. Bis ich plötzlich deine Stimme hörte, genau in meinem Kopf, die sagte, dass es dir leidtut. Das hat mich aus dieser Dunkelheit gerettet und zurück ins Licht geführt.«

Ich stutzte. Meine Stimme? Das musste bei meinem letzten Besuch gewesen sein, als ich unbewusst erneut in sein Gehirn eingedrungen war, und mir ging ein Licht auf. Auf dieselbe Weise, wie ich ihn verletzt hatte, auf diese Weise hatte ich ihn auch gerettet.

Jetzt konnte ich nicht verhindern, dass mir eine Träne übers Gesicht rann.

»Taylor«, flüsterte ich, hob den Kopf und wir versanken erneut in einem unendlich langsamen, zärtlichen Kuss.

Wir lagen lange beieinander, schwiegen, küssten, dösten, aber wir waren fest entschlossen, uns nicht zu verlassen. Ein paarmal hatte Balladion nach ihm gesehen und mit unergründlicher Miene akzeptiert, dass ich nicht von Taylors Seite wich.

Mehr als einmal überlegte ich voller Angst, ob er bereits von dem Kuss zwischen mir und Azarael wusste, verdrängte diesen Gedanken aber schnell wieder.

Dieser Moment gehörte nur Taylor und mir und ich schob das nagende Gefühl der Schuld in mein Unterbewusstsein ab.

Langsam brach die Nacht herein, Balladion schloss die

Fenster und verabschiedete sich, indem er uns beiden eine gute Nacht wünschte.

»Ich schätze, ich sollte langsam mal in mein Zimmer gehen«, sagte ich leise und richtete meinen Oberkörper auf.

Doch schnell hatte er mich wieder am Hals gefasst und an seine Brust gezogen.

»Bleib bei mir, die ganze Nacht! Bitte, Sophie.« Er drückte mir einen sanften Kuss aufs Haar. »Ich war so lange von dir getrennt und es wäre so schön, neben dir zu liegen und mit dir gemeinsam ins Land der Träume zu wandern.«

Ich lachte. »Land der Träume? Bist du in deinem Delirium zum Poeten geworden?«

Er lachte mit mir. »Heißt das, du bleibst?«

Ich nickte und drückte ihm einen Kuss auf den Mund. Dann kuschelte ich mich wieder in seine Armbeuge.

Als ich gerade für einen Moment weggedöst war und hörte, dass auch Taylor flach und gleichmäßig tief atmete, riss jemand die Tür auf.

»Shuk! Wir müssen weg!«, drang die schrille Stimme Erins an mein Ohr.

KAPITEL 7

Mit einem Schlag war ich hellwach. Ich setzte mich mit wild klopfendem Herzen auf und blickte mich nach allen Seiten um, bereits in Erwartung, bedrohliche Gestalten in goldenen Mänteln durch die geschlossenen Fenster stürmen zu sehen. Taylor war ebenfalls wach, aber er konnte sich lange nicht so schnell aufrichten wie ich. Besorgt beobachtete ich ihn dabei, wie er zittrig die Hände in die Kissen stemmte und mühsam versuchte, seinen Oberkörper hochzuhieven. Er war viel zu entkräftet und ich wusste, dass ich alles tun musste, um ihn als Erstes aus der Gefahrenzone zu bekommen. In seinem Zustand konnte er sich nicht teleportieren, vielleicht würde ein Engel ihn mit sich nehmen können?

In Windeseile sprang ich aus dem Bett, lief zu seiner Seite, legte mir kurzerhand seinen linken Arm um die Schulter und half ihm, sich aufrecht hinzusetzen und seine Beine über den Bettrand zu schieben.

»Einer der Engel muss dich so schnell wie möglich von hier wegbringen!«, rief ich und bemühte mich, meine Stimme ernst und gefasst klingen zu lassen.

Er antwortete nicht, so verbissen konzentrierte er sich darauf, seine Muskeln zu bewegen und zu koordinieren.

Schweißperlen traten ihm auf die Stirn und entsetzt stellte ich fest, dass er noch blasser wurde, als er ohnehin schon war. Verdammt, ich brauchte Hilfe! Alleine würde ich es nie schaffen, ihn aus dem Zimmer, geschweige denn aus dem Haus zu bekommen. Doch ich konnte nicht rufen, wenn ich nicht die falschen Personen auf mich aufmerksam machen wollte. Wohin nur war Erin so schnell verschwunden?

»Taylor, meinst du, du schaffst es zu laufen?«, fragte ich und versuchte, ihn so aufmunternd wie möglich anzublicken.

Er keuchte und rang sich ein verzerrtes Lächeln ab.

»Ganz ehrlich, Sophie? Für dich würde ich alles tun, aber ich fürchte, mein Körper hat einfach zu lange nur dagelegen.« Ich wusste, dass ihm diese Worte, dieses Zugeständnis der Schwäche vor mir, nicht leicht von den Lippen kam. Er, der stets gefasst und stark war, immer bereit, den Gefahren zu trotzen. Er, der mich immer beschützt hatte. Jetzt lag es an mir, ihn zu schützen.

Ich nickte verbissen.

»Ich muss versuchen, einen der Engel zu finden. Ich kann nicht teleportieren, hab es nie gelernt und es wäre auch ein zu hohes Risiko für mich, da die Teleportationsdimension überwacht wird und ich nicht auch noch möchte, dass meine Schwestern hier im Canyon auftauchen. Am besten, wir verstecken dich hier irgendwo.«

Suchend sah ich mich im Zimmer um. Im Schrank? Unter dem Tisch? Sehr einfallsreich, Sophie. Dort würden die Shuk vermutlich zuallererst nachsehen.

Ein ohrenbetäubendes Krachen und Dröhnen drang von außen herein und Staub rieselte von der Decke.

»Bist du dir sicher, dass du überhaupt noch so viel Zeit hast? Sophie, lass mich hier. Rette dich! Ich bin nicht so wichtig. Du musst so schnell wie möglich fliehen!«

»Ich lasse dich nicht allein!«, sagte ich mit sehr entschiedenem Unterton, der keine Widerworte duldete.

Taylor brachte nur ein gequältes Lächeln zustande, bevor auch er sich wieder im Zimmer nach einem geeigneten Versteck umsah. Schließlich schafften wir es mit vereinten Kräften, ihn immerhin unter das Bett zu bekommen und dort unter herabhängenden Decken einigermaßen zu verbergen.

Und keine Sekunde zu spät, denn ein weiteres, jetzt viel näheres Krachen und Ächzen ertönte und ich verlor keine Zeit mehr, hastete aus dem Zimmer in den von Geröll, Staub und Schmutz bedeckten Korridor.

Wo waren die Engel?

Wo waren die Shuk?

In welche Richtung konnte ich gehen?

Kurzerhand entschied ich, den Weg zu nehmen, der mich an der Trainingsdimension vorbeiführen würde, um dort nach den Engeln und Erin zu suchen. Die Geräusche, die aus dieser Richtung drangen, ließen mich hoffen, denn es waren unverkennbar Kampfgeräusche.

Auf halbem Weg zog mir Rauch entgegen und raubte mir die Luft zum Atmen. Rauch von magischem Feuer! Verdammt! Ich wechselte die Richtung, stürzte durch einige zerstörte Zimmer. Wo nur waren die anderen?

Ich folgte den Kampfgeräuschen und hielt wachsam Ausschau nach Wesen, die nicht hierhergehörten. Meine Finger standen unter Spannung, bereit, einen Feuer- oder Wasserball zu erschaffen und auf einen Gegner zu schleudern.

Mein Herz raste. Mit jeder Sekunde, die verstrich, stieg die Wahrscheinlichkeit, dass Taylor von einem oder sogar mehreren Shuk entdeckt wurde, und schließlich rannte ich, so schnell ich konnte.

Ich stürzte in ein Zimmer und sah mich augenblicklich vier goldenen Augenpaaren gegenüber, die mich zunächst überrascht und dann angriffslustig anfunkelten.

Ich zögerte nicht lange, erschuf einen Wasserball, der annähernd die Größe des Zimmers hatte, und schleuderte ihn auf die vier Wesen, die auf solch eine Wucht nicht gefasst waren und augenblicklich vom Wasser fortgeschwemmt wurden. Entschlossen lief ich weiter, durch das nächste Zimmer, in dem ich zu meinem Entsetzen eine blutüberströmte Erin vorfand. Ich stürzte zu ihr auf den Boden und stellte erleichtert fest, dass sie noch lebte.

»Erin, Erin«, sagte ich, so laut es mir möglich war, und schüttelte ihren Kopf. »Bitte, Erin, wach auf! Ich muss wissen, wo Azarael und Balladion sind!«

Da endlich! Ein Stöhnen! Ihre Augen flatterten, ihre Lippen zitterten, sie begann zu husten.

»Azarael … draußen«, keuchte sie und Blut rann ihr aus einem Mundwinkel. »Balladion … weiß nicht.«

Das war alles, was sie sagen konnte, bevor ihre Augen sich erneut schlossen und ihr Körper erschlaffte.

Das durfte doch alles nicht wahr sein! Verdammt, verdammt, verdammt!

Ich schob Erin in eine Ecke und bedeckte sie wie Taylor notdürftig mit Decken. Dann lief ich zum nächstgelegenen Fenster und spähte hinaus in die Dunkelheit.

Es war ungewöhnlich finster. Kein Mondlicht erhellte die Nacht, was ungewöhnlich war, da Vollmond herrschte. Und dennoch meinte ich, zu erkennen, dass dort draußen keine Shuk waren. Kurzerhand öffnete ich so lautlos wie möglich das Fenster, kletterte auf das Fensterbrett und sprang hinaus in die kühle Nacht.

Ich hatte mich nicht geirrt, die Shuk waren nicht hier. Ich duckte mich und lief am Holzhaus entlang, versuchte es zu umrunden, bevor ich feststellen musste, dass es zur Hälfte in unnatürlich grünen Flammen stand.

Ich warf mir die Hände vors Gesicht. Nicht mehr lange, und Taylor und auch Erin würden inmitten der Flammen sterben!

Wo nur waren die Engel?

In diesem Moment wurde ich grob an Oberarm gepackt. Ich wirbelte herum, löste mich aus der Umklammerung und blickte in die azurblauen Augen Azaraels. Erleichtert atmete ich aus und schon sprudelten die Worte.

»Taylor ist noch im Krankenzimmer ... hab ... hab ihn unter dem Bett versteckt. Erin ... Erin im Wohnraum. Sie ist schwer verletzt«, keuchte ich und stützte mich an ihm ab.

Er nickte ernst und blickte sich um.

»Hör zu, Sophie, es sind wahnsinnig viele. Viel zu viele für dich, mich und Balladion. Ich werde versuchen, Taylor nach Palm Springs zu Rose und den anderen zu teleportieren. Ich nehme über die Gedanken Kontakt mit Balladion auf, er soll Erin ebenfalls dorthin bringen. Und du – lauf! Lauf, so schnell du kannst! Ich finde dich!«

»Ich ... ich kann doch jetzt nicht weglaufen«, versuchte ich zu widersprechen.

»Doch, du kannst und du wirst! Und jetzt geh! Geh!«

Ich kannte ihn, wusste, dass er keine Widerworte dulden würde. Ihm selbst stand die Angst ins Gesicht geschrieben und ich wusste, was genau er fürchtete. Er hatte Angst um mich. Ich sah an seinem Blick, dass er mit sich rang. Mir war klar, dass er mich am liebsten gepackt hätte und mit mir davongeflogen wäre, weit weg von der Gefahr, die mir hier drohte. Aber das – und das wiederum war ihm ebenso klar – hätte ich ihm nie verziehen. Nicht, wenn es um Taylors Leben ging.

Ich nickte, drehte mich um und lief hinein in die dunkle, felsige Landschaft des Canyons. Doch bereits nachdem ich nur wenige Felsen hinter mir gelassen hatte, drehte ich um, wandte mich dem brennenden Haus zu und stoppte. Nein, ich konnte nicht einfach so weglaufen. Ich musste wissen, ob es Azarael gelungen war, Taylor wegzuschaffen.

Ich atmete tief ein und rannte zurück zum Haus, den schrecklichen grünen Flammen entgegen, umrundete die südliche Seite des Gebäudes, von dem ich wusste, dass sich hier das Krankenzimmer befand. Da das Gelände hier abschüssig war, lag mein Ziel, das Fenster, etwa drei Meter über mir und ich musste mich an der hölzernen Fassade entlanghangeln, aber die blanke Angst um Taylor trieb mich vorwärts. Ich wagte nicht, nach unten zu blicken, suchte ständig nach neuem Halt für meine schwitzigen Hände, hoffte, dass meine Füße nicht abrutschten. Schließlich bekam ich das Fensterbrett zu fassen, hievte mich hoch und warf mich gegen die Scheibe, die sofort nachgab, da das Fenster nicht verschlossen, sondern lediglich angelehnt war. Ich rollte mich ins Zimmer, kroch auf allen vieren hinüber zum Bett, zog die Decken beiseite und keuchte auf.

Taylor war weg.

Azarael musste es geschafft haben, ihn nach Palm Springs zu teleportieren. Schwer atmend, aber unendlich erleichtert lehnte ich mich gegen einen der Bettpfosten.

Dann überlegte ich meinen nächsten Schritt. Nun, da ich wusste, dass Taylor nicht mehr hier und allem Anschein nach in Sicherheit war, konnte ich Azaraels Willen befolgen und fliehen. Erin kam mir in den Sinn, doch für sie konnte ich nur hoffen, dass es Balladion gelungen war, sie ebenfalls von hier fortzubringen. Ich mochte die Frau immer noch nicht besonders, auch wenn sich unser Verhältnis ein wenig gebessert hatte. Aber Taylor hatte für mich Vorrang vor allem.

Mein Blick wanderte zum Fenster. Würde ich den Abstieg ebenso meistern, ohne abzurutschen? Andererseits waren es nur drei Meter. Ein eventueller Absturz war für eine starke Fairy wie mich zu überleben. Vielleicht konnte ich den Wind entsprechend für mich nutzen, sodass er mich ein

Stück weit trug, nicht weit, nur eben weit genug vom Haus weg.

Entschlossen stand ich auf, eilte zum Fenster und blickte hinunter. Von unten hatte es bei Weitem nicht so hoch ausgesehen, wie es jetzt von oben wirkte.

Mir klopfte das Herz bis zum Hals, als ich auf das Fensterbrett trat, mich umdrehte und wieder nach Halt für meine Füße suchte. Es lief gut. Stück für Stück, Zentimeter für Zentimeter hangelte ich mich hinunter, so lange, bis ich unvorsichtig wurde und abrutschte.

Ich schrie auf und hielt mir sofort den Mund. Schmerz durchzuckte mein Bein, aber ansonsten schien ich nicht verletzt. Wenn ich stillhielt, würde der Knochen in wenigen Minuten geheilt sein.

So leise ich konnte, kroch ich zu einem nahegelegenen kahlen, aber dennoch schutzspendenden Gestrüpp und legte mich dort auf den steinigen, kalten Boden.

Meine Augen streiften über das mittlerweile fast vollständig von Flammen überzogene Haus und ich schluckte. Die vergangenen Monate hatte ich hier gelebt, gearbeitet, trainiert und täglich an Taylors Bett gesessen. Und ich erkannte, dass ich mich trotz allem hier wohlgefühlt hatte.

Wie allerdings die Shuk von diesem Ort erfahren hatten? Das war mir und vermutlich der gesamten Organisation ein Rätsel.

Ein Kribbeln war in meinem Bein zu spüren, ein untrügliches Zeichen dafür, dass die Knochen begannen zu heilen und das Gewebe sich wieder zusammensetzte. Aber ich wagte es noch nicht aufzustehen. Stattdessen robbte ich noch weiter in die Dunkelheit, zumal ich plötzlich Gestalten das Haus umringen sah.

Ohne Zweifel Shuk. Selbst in dieser Finsternis leuchteten ihre goldenen Augen wie die von Katzen, reflektierten das sehr spärliche Licht der Sterne und des flackernden Feuers.

Es waren viele, zu viele, um sie zählen zu können, aber allein diese Gruppe musste aus mindestens zwanzig, wenn nicht sogar dreißig von ihnen bestehen.

Ich überlegte kurz, welche Chancen ich hatte. Mein Bein fühlte sich wieder in Ordnung an, ich könnte es mit Sicherheit belasten, wenn ich wollte. Allerdings konnte ich mich auch weiterhin hier verstecken und darauf hoffen, dass sie mich nicht entdeckten. Und dann war da noch die dritte Möglichkeit.

Ich spähte hinüber zu den züngelnden Flammen, die mittlerweile das gesamte Haus umhüllten. Sie würden es nicht kommen sehen, ich hatte das Überraschungsmoment auf meiner Seite. Es könnte funktionieren. Aber was, wenn das nicht alles Shuk waren? Wenn es sich hier nur um eine Gruppe handelte, die das Haus umringte auf der Suche nach Flüchtenden wie mir? Mit Sicherheit würde ich alle anderen alarmieren mit solch einer Aktion. Ich kaute unschlüssig auf der Unterlippe. Was sollte ich tun?

Die Shuk waren mittlerweile stehen geblieben, stellten sich im Kreis auf und begannen wild zu diskutieren. Das war meine Chance.

Ich zog mich an einigen kräftigeren Ästen hoch und belastete vorsichtig mein Bein. Wie ich es vorausgesehen hatte, verspürte ich keinen Schmerz mehr. Entschlossen trat ich ein paar Schritte zur Seite. Mit Sicherheit musste ich nun im flackernden Feuerschein zu sehen sein, doch die Shuk bemerkten mich nicht. Das war mein Vorteil.

Ich zögerte nicht, streckte meine Hände aus in Richtung des lodernden Feuers, das nun stichflammenartig in die Höhe schoss, sich vom Haus löste und auf mich zuströmte wie heiße, flüssige Lava. Es umtanzte mich wie ein Ring und jetzt nahmen die Shuk definitiv Notiz von mir. Mit Genugtuung sah ich weit aufgerissene, goldene Augen – verblüfft und entsetzt. Doch sie ließen sich nichts anmerken, im Gegenteil. Entschlossen teilten sie sich, stellten sich in einer Linie auf und kamen mit finsteren Mienen langsam auf mich zu.

Ich lächelte, senkte meine Arme und ließ das Feuer mich wie ein Hula-Hoop-Reifen umwirbeln, den ich schließlich mit voller Wucht gegen meine Feinde schleuderte, die allesamt überrascht zu Boden gingen.

Manche stöhnten, rieben sich die verkohlten Glieder, aber niemand konnte sich wieder erheben. Die meisten blieben vollkommen regungslos liegen.

Ich atmete erschöpft durch, stützte meine Hände auf den Knien ab und stellte erstaunt fest, dass ich keuchte. Die Magie hatte mich mehr angestrengt, als ich erwartet hatte. Jetzt war es wirklich an der Zeit, schleunigst das Weite zu suchen.

Ich atmete ein weiteres Mal durch, drehte mich um und blieb wie angewurzelt stehen. Dort, nur etwa zwanzig Meter von mir entfernt, standen zwei Shuk.

KAPITEL 8

Ich sog entsetzt die Luft ein, verharrte in meiner Position, wagte nicht mich zu bewegen und versuchte, irgendwie meine Chancen einzuschätzen. Natürlich wäre es ein Leichtes für mich gewesen, zwei einzelne Shuk zu erledigen, wenn ich im Vollbesitz meiner Kräfte wäre, aber ich wusste, das war ich nicht. Der vorherige Angriff auf eine so große Anzahl an Feinden hatte mich mehr geschwächt, als ich zugegeben hätte, und ich wusste nicht, ob meine Kraft für zwei weitere Shuk ausreichte.

Ihre goldenen Augen musterten mich eingehend, jedoch nicht feindselig, wie ich angenommen hatte, sondern vielmehr neugierig, verblüfft und interessiert.

Ich blieb ebenso wie sie stehen und begann nun meinerseits, die beiden zu mustern, und dann erkannte ich sie.

Voller Freude und ohne weiter darüber nachzudenken, lief ich auf sie zu und blieb kurz vor ihnen stehen.

»Lila! Ralph!«, rief ich überrascht aus und blickte nun in die beiden Gesichter meiner ehemals besten Freunde.

Aus der Nähe betrachtet sahen sie genauso aus, wie ich sie in Erinnerung hatte. Lila blass und hübsch, mit langen, violetten Haarlocken, die ihr wallend über den Rücken fielen.

Ralph groß, dunkelhaarig, gut aussehend – aber das Wichtigste war: Beide wirkten nicht mehr so, wie ich sie damals auf dem Plateau im Death Valley gesehen hatte. Demnach wurden sie nicht mehr gefoltert oder in anderer Weise misshandelt. Was mir jedoch überhaupt nicht gefiel, waren die Augen der beiden, die nun vollkommen golden und absolut unergründlich waren.

»Ich bin es, Sophie!«, erklärte ich überflüssigerweise, denn sie hatten mich mit Sicherheit erkannt.

Lila kniff die Augen zusammen und ich glaubte einen Moment, sie würde etwas sagen, denn sie hatte den Mund kurz geöffnet, ihn aber sofort wieder geschlossen. Ralph schwieg ebenfalls.

Ich wollte erneut etwas erwidern, biss mir in letzter Sekunde aber auf die Lippen und horchte angestrengt in die Nacht hinein. Ich hatte etwas gehört und dieses Geräusch ließ mir das Blut in den Adern gefrieren.

Es war nicht das Eintreffen einer Shuk-Verstärkung, sondern es war das schreckliche Keifen und Krächzen, das sich wie ein wütendes Tier anhörte. Mir waren diese Laute noch sehr gut im Gedächtnis, obwohl es schon eine Weile her war, seit ich sie das letzte Mal vernommen hatte. Damals, in den dunklen Gassen einer bunten Lichterstadt, als ich in Begleitung eines Engels vor seltsamen unsichtbaren Schattenwesen geflohen war.

Dunkle Jäger.

Die Schergen der Regierung, die es auf mich und Tanian abgesehen hatten, die darauf trainiert waren, uns aufzuspüren und uns zu unseren Schwestern zu treiben, die nur darauf warteten, uns auszulöschen, und das würde dann ein Leichtes für sie werden, geschwächt von den Schattengestalten, die den magischen Wesen die Kräfte und Energie aussaugten.

In der Dunkelheit konnte ich nicht ausmachen, woher sie kamen. Ihre gellenden, zischenden Schreie hallten an den Felsen des Canyons wider und machten es somit unmöglich, ihre Position zu bestimmen.

Wild drehte ich mich nach allen Seiten um und vergaß dabei vollkommen meine beiden zu Shuk gewordenen ehemaligen Freunde, die immer noch wenige Meter vor mir standen.

Ich spürte sie mehr, als dass ich sie sah, denn augenblicklich begannen meine Knie zu zittern und ich hatte Mühe, mich auf den Beinen zu halten. Ich war ein gefundenes Fressen für sie, die ich sowieso noch von meinem flammenden Angriff von vorhin geschwächt war. Sie hatten leichtes Spiel und mir schoss nur durch den Kopf, dass ich hätte weglaufen sollen, als ich die Chance dazu gehabt hatte.

Das Keifen und Schreien wurde lauter, die Dunklen Jäger kamen näher und näher, und dann spürte ich plötzlich ein Kratzen und Schaben an meinen Beinen und die Schmerzen, die ich dabei empfand, waren schrecklich. Ich konnte nicht sagen, wie viele es waren, nur, dass sie sich gefühlt von allen Seiten auf mich stürzten, mir sämtliche Energie und Kraft raubten und mich unendlichen Qualen aussetzten.

Mir wurde schwarz vor Augen und ich versank in Dunkelheit.

* * *

Dumpfe Stimmen drangen an mein Ohr und ich atmete einen seltsamen Geruch ein, nach stinkenden Kräutern und Tinkturen, stickigem Dampf und Erde. Ich blinzelte und schlug die Augen auf. Mich umgab ein dunkler Fels, an dem sich Wasserperlen gebildet hatten von der feuchtigkeitsschwangeren Luft, die um mich herum waberte. Mein Blick wanderte die Felsendecke entlang, die sich über meinem Kopf wölbte. Ich lag in einer Höhle, in deren Mitte ein Feuer unter einem großen Kessel loderte, der diese schrecklichen Dämpfe und Gerüche verbreitete. Ein dunkler Gang zweigte von der Höhle ab und verlor sich in der Finsternis.

Wo war ich hier? Wer hatte mich hierhergebracht? Wer hatte mich vor den Dunklen Jägern gerettet, oder war ich überhaupt gerettet worden oder war dies hier nur eine Art Gefängnis meiner Schwestern, in dem ich ausharren musste, bis sie entschieden hatten, wie genau ich getötet werden würde?

Ich versuchte mich aufzusetzen, was mir nach einigen Anstrengungen auch gelang. Ich hatte keine Schmerzen, verspürte lediglich ein Brennen an meinen Beinen, wo mich die Jäger gepackt hatten. Gelbliche Verbände befanden sich jetzt an den Stellen. Ich überlegte einen Moment, sie zu entfernen, ließ es jedoch bleiben, da ich erst einmal von hier verschwinden musste, um irgendwie Azarael zu kontaktieren. Ich schob meine Beine über die ächzende Holzpritsche und versuchte langsam, sie Schritt für Schritt mit meinem Gewicht zu belasten.

»Na, endlich wach?«, ertönte da eine Stimme zu meinen Füßen und vor Schreck zuckte ich zusammen und keuchte. Mein Herz raste. Damit hatte ich nun wirklich nicht gerechnet, dass sich jemand am Boden befinden könnte.

Zu meiner Überraschung setzte sich der schlanke und mit üppigen lila Haarlocken bedeckte Oberkörper einer jungen Frau auf und sah mich mit golden schillernden Augen leicht amüsiert an.

»Lila?«, fragte ich skeptisch.

Sie nickte, stand auf und klopfte sich Staub und Schmutz von ihrer fleckigen, teilweise zerrissenen grauen Hose.

»Du hast mich gerettet?«, wollte ich immer noch skeptisch und sehr verwundert wissen.

»Wir«, korrigierte sie mich. »Ralph und ich.« Mit einem Kopfnicken deutete sie in Richtung des Tunnels. »Er ist draußen und versucht, etwas Essbares aufzutreiben.«

Ich starrte sie mittlerweile mit offenem Mund an, dann lächelte ich.

»Ich wusste, dass ihr immer noch auf meiner Seite steht. Egal, ob ihr jetzt goldene Augen habt oder nicht. Wir sind immer noch Freunde.«

Ein kurzer trauriger Ausdruck trat auf Lilas Gesicht, der jedoch sofort wieder verschwand. Sie lächelte mich euphorisch an, doch mir war dieses kurze Zaudern nicht entgangen. Ich zögerte, fragte mich, ob ich sie auf ihre Gefangenschaft, ihre Zeit bei den Shuk ansprechen sollte, entschied mich aber anders.

»Ich stehe tief in eurer Schuld. Danke, danke, danke.« Ich legte so viel Zuneigung in diese Worte, wie ich konnte, und hoffte, dass sie mir nicht ansah, dass ich skeptisch war.

Eigentlich hätte ich froh sein müssen, meine beste Freundin wieder an meiner Seite zu haben. So froh, wie ich es im ersten Moment gewesen war, als ich sie und Ralph dort wenige Meter neben dem abgebrannten Haus im Bryce Canyon gesehen hatte. Aber jetzt, da ich wieder diese goldenen Augen vor mir sah, überkamen mich große Zweifel. Was war mit ihr geschehen? Was geschah mit Fairies, die von den Shuk gefoltert wurden? Wie genau ging diese Verwandlung vor sich? Fragen über Fragen, doch ich würde sie nicht stellen. Noch nicht. Dies war unsere erste Begegnung seit einer halben Ewigkeit, wie mir schien, und ich wollte mich vorsichtig herantasten.

Ralph würde ein anderes Problem darstellen. Er hatte mich direkt angreifen wollen, damals, als ich ebendie Prinzessin in Gestalt des armen, ahnungslosen Mädchens Rose getroffen hatte.

Lila machte sich inzwischen an meinen vergilbten Verbänden zu schaffen, wickelte sie ab und gab somit den Blick auf meine blutverschmierten, verkrusteten Beine frei. Sie hatte die Wunden mit einer grünlichen, schrecklich stinkenden, mittlerweile eingetrockneten Paste eingerieben und betrachtete sie kritisch.

»Du warst beinahe eine Woche ohne Bewusstsein und ich hatte oft Angst, du würdest nie mehr erwachen. Aber die Kräuter wirken gut.«

Ich beobachtete sie und fragte dann mit gerunzelter Stirn:

»Seit wann verstehst du dich auf Heilkunst?«

»Ich habe einer Fairy-Heilerin das Wissen entzogen«, erklärte sie ruhig, als wäre dies das Normalste auf der Welt.

Meine Augen weiteten sich, am liebsten hätte ich gesagt: *Das kannst du?* Doch ich verkniff mir diese Worte. Lila war eine Witchdrawal, eine Fairy, die von den Urfairies mit keiner Magie der Elemente, sondern lediglich mit besonderen Eigenschaften ausgestattet worden war. Ihre einzige und, zugegeben, sehr wirkungsvolle Waffe war, dass sie anderen Fairies die Kräfte vorübergehend absaugen und für ihre eigenen Zwecke nutzen konnte. Bis jetzt hatte ich nicht gewusst, dass dies auch für Wissen galt.

»Deine Wunden heilen gut«, erklärte sie zufrieden und holte eine kleine Schale herbei, in der sich diese schreckliche Paste befand, die sie nun mithilfe eines Spatels wieder auf meine Beine strich.

»Wie ist es euch gelungen, die Jäger zu überwältigen?«, fragte ich und sie lächelte.

»Witchdrawal.«

Und ich verstand. »Sie konnten dir keine Kräfte absaugen ...«

»Weil ich keine besitze«, vervollständigte sie meinen Satz mit einem Nicken. »Außerdem waren sie sowieso nur hinter dir her. Ralph und mich beachteten sie kaum. Somit war es ein Leichtes für uns, dich zu retten.«

»Aber …«, setzte ich an, stockte aber sofort. Konnte, nein – wollte ich das überhaupt fragen?

Sie zog erwartungsvoll die Augenbrauen hoch und hielt in ihrer Arbeit mit der Paste inne. »Ja?«

»Wieso habt ihr mich überhaupt gerettet?«, kam es zaghaft über meine Lippen. »Ich meine, ich habe sämtliche Shuk dort mit einem einzigen Schlag erledigt. Mit Sicherheit ist man in der Shukwelt nicht gerade erfreut darüber, dass ihr ausgerechnet mich vor den Dunklen Jägern gerettet habt.«

Lila kniff die Lippen zusammen. »Das lass mal unsere Sorge sein.«

Unwillkürlich kam mir mein Gespräch mit Tanian wieder in den Sinn. Mein persönlicher Fluch. Wie viele der Shuk wussten davon? Konnte es sein, dass Tanian ihnen verboten hatte, mich zu töten, ja ihnen vielleicht sogar befohlen hatte, mich zu verschonen, damit sich mein Fluch erfüllen konnte?

»Ihr solltet mich retten, nicht wahr?« Ich runzelte die Stirn und beobachtete ihre Reaktion.

Mittlerweile hatte sie die Paste beiseitegelegt und wickelte nun in geübten Bewegungen die gelblichen Stoffbänder wieder um meine Beine.

»Wie meinst du das?«

»Tanian hat euch befohlen, mich zu retten.«

»Wieso sollte sie das tun?« Die Ruhe in Lilas Stimme ließ mich das Schrecklichste befürchten.

»Weißt du von dem Fluch?«

»Jeder weiß von dem Fluch.« Sie zurrte die Bänder etwas fester, aber in ihrer Stimme schwangen weder Unsicherheit noch Angst mit.

»Nicht DER Fluch«, winkte ich ab und sie sah grinsend auf.

»Welchen meinst du denn dann?«

Verdammt. Wusste sie nun von meinem persönlichen Fluch oder nicht? Niemandem, nicht einmal Azarael oder Taylor hatte ich davon erzählt.

Ich seufzte resignierend. »Ach, nichts. Vergiss es.«

In diesem Moment betrat ein äußerst zerzauster Ralph die Höhle. In den Händen hielt er stolz ein erlegtes Kaninchen und er strahlte wie ein Höhlenmensch, der seiner Familie soeben Essen gebracht hatte. Glücklich und absolut überzeugt von seiner Männlichkeit. Unwillkürlich musste ich grinsen.

Als sein Blick jedoch auf meinen traf, erstarb sein Lächeln und er blickte etwas unsicher zu Lila hinüber. Dann legte er sein Kaninchen in eine Ecke und begann es dort zu bearbeiten. Was genau er mit ihm anstellte, konnte ich nicht sehen, da er sich mit dem Rücken zu uns drehte. Konnte es sein, schämte er sich vor mir? Oder war ihm einfach meine Anwesenheit zuwider?

Ich sah hinüber zu Lila, die soeben die Verbände fertig um meine Beine gewickelt hatte und ihre Hände in einer Schale Wasser wusch und sie dann an einem schmutzigen Tuch abtrocknete. Sie wich meinem Blick aus, ging hinüber zu Ralph und flüsterte ihm etwas zu.

Ich fühlte mich unbehaglich und alles in mir drängte danach, so schnell wie möglich von hier zu verschwinden. Doch wie sollte ich das anstellen? Und irgendwo in mir selbst rief eine Stimme: *Du wolltest sie um jeden Preis finden! Du hast die Organisation verlassen, um nach deinen beiden Freunden zu suchen! Du hast es in Kauf genommen, dass Taylor so schwer verletzt wird, nur um sie zu finden! Und jetzt, wo du sie gefunden hast, willst du einfach abhauen? Wozu dann die ganzen Mühen und Anstrengungen? Warum? Nur um festzustellen, dass sie nicht mehr so sind, wie du sie kanntest? Dass sie sich verändert haben? Dass sie nicht mehr deine Freunde sind, obwohl sie sich alle Mühe geben, dir genau das zu beweisen?*

Ich atmete tief durch. Nein, ich hatte Lila und Ralph endlich gefunden. Jetzt würde ich sie nicht mehr verlassen und ich würde alle Hebel in Bewegung setzen, um sie wieder zu den Fairies zu machen, die ich kannte, auch wenn ich noch keinen blassen Schimmer hatte, wie genau ich das anstellen sollte und ob es überhaupt möglich war. Am besten war es, wenn ich mich langsam an die Frage herantastete, wie genau man zu einem Shuk gemacht wurde.

Lila hatte die Höhle mittlerweile verlassen und ich befand mich nun allein in dem feuchten Raum mit Ralph, der mir noch immer den Rücken zukehrte, während er das Kaninchen traktierte.

Ich wollte aufstehen, sank aber sofort zurück auf meine Pritsche und rieb meine schmerzenden Beine. Die normalen Fairy-Heilkräfte funktionierten bei Wunden der Dunklen Jäger wohl nicht so, wie sie sollten.

»Verdammt«, zischte ich und rieb mir über die Verbände. Die Wunden darunter brannten und juckten höllisch.

Er wandte sich kurz um, musterte mich von oben bis unten, dann widmete er sich wieder konzentriert seinem Kaninchen.

»Ralph, kann ich …«, setzte ich an, wurde jedoch sofort wieder von ihm unterbrochen.

»Am besten, du bleibst einfach ruhig sitzen. Oder noch besser, du legst dich wieder hin«, kam es kurz und knapp aus seiner Ecke.

»Hör zu, Ralph, das, was dort am Rande von Palm Springs passiert ist, ich …«

»Vergiss es.« Wieder dieser schneidende, unangenehme Ton aus seiner Ecke.

»Es tut mir leid, was mit dir geschehen ist, und glaub mir, wenn ich irgendetwas ändern könnte, was seit dem Samhain-Fest geschehen ist, ich würde es tun!«

»Sei still!« Er hielt plötzlich ein Messer umklammert und die Hand, die den Schaft umfasste, zitterte. Die andere hatte er zu einer Faust geballt und er hielt den Kopf gesenkt.

»Du hast ja keine Ahnung!«

In dem Moment betrat Lila die Höhle. Sie blickte stumm von mir zu Ralph und überriss die Situation sofort. Sie ging hinüber zu ihm, legte ihm behutsam eine Hand auf die Schulter und nahm ihm das Messer ab, das sie in einigen Metern Entfernung ablegte.

Ich fühlte mich unwohl in meiner Haut und erneut schrie

alles in mir, so schnell wie möglich zu verschwinden. Doch stattdessen ging ich erneut zum Angriff über.

»Weshalb habt ihr mich gerettet? Aus welchem Grund? Was habt ihr mit mir vor?« Ich verschränkte die Arme vor der Brust.

Sie warfen sich einen Blick zu, schwiegen jedoch beharrlich.

»Die Wahrheit ist, ich traue euch nicht. Irgendetwas ist hier faul und ich versichere euch, ich bin schneller hier raus, als ihr euch vorstellen könnt. Also bitte sagt mir endlich, was hier los ist!«

Erneut Schweigen.

Schließlich trat Lila vor, seufzte und ließ sich dann neben mir nieder.

»Die Wahrheit ist, dass wir von den Shuk geflohen sind«, erklärte sie und sah zu Boden.

Ich erwiderte nichts, wartete auf weitere Erklärungen.

»Wir haben das Haus im Bryce Canyon aufgesucht, um dich zu warnen, wussten jedoch nicht, wie wir es anstellen sollten, zu dir zu gelangen. Doch wir kamen ohnehin zu spät. Das Gebäude stand bereits in Flammen und wir dachten, du seist geflohen. Da haben wir gesehen, wie du gegen diese riesige Shuk-Gruppe angetreten bist und sie, ohne mit der Wimper zu zucken und ohne die geringsten Schwierigkeiten, überwältigt hast. Da waren wir uns nicht mehr sicher, ob du unsere Hilfe überhaupt benötigen würdest. Außerdem muss ich zugeben, dass wir auch ein klein wenig Angst vor dir hatten.«

Sie machte eine kleine Pause, versuchte sich an einem Augenzwinkern, das mehr wie ein Zucken wirkte, warf einen Blick hinüber zu Ralph und fuhr dann fort. Ich sah sie misstrauisch an, unschlüssig, ob ich ihren Worten Glauben schenken sollte.

»Bis die Dunklen Jäger auftauchten. Solche Gestalten habe ich noch nie im Leben gesehen und sie hatten es allein auf dich abgesehen. Und zu unserer Verwirrung hatten sie eine gewaltige Macht über dich. Bereits nach wenigen Sekunden hatten sie dich überwältigt und drohten, dich zu verschleppen. Wir haben dich sofort gerettet, als uns klar wurde, dass sie mir nichts anhaben konnten.«

»Dafür bin ich euch auch unglaublich dankbar, aber die Frage ist immer noch, warum? Ihr seid Shuk, wieso setzt ihr euer Leben für mich aufs Spiel?«

»Dasselbe könnten wir dich auch fragen«, mischte sich nun endlich auch Ralph in das Gespräch ein. Er putzte sich seine blutigen Hände an einem schmutzigen Tuch ab und stellte sich neben Lila.

»Wir wissen, dass du uns gesucht hast. Über mehrere Monate und im Death Valley ist es dir schließlich gelungen. Du hast sogar Taylors Leben aufs Spiel gesetzt, nur um uns zu finden«, fügte Lila hinzu und ich erkannte Bewunderung und Dankbarkeit in ihrem Blick.

»Ich wollte es nicht wahrhaben, dachte du hättest uns längst aufgegeben, aber schon damals, als ich dir gegenüberstand, hätte ich erkennen sollen, dass ich dir nicht egal bin«, erklärte Ralph, ohne mir jedoch in die Augen zu sehen.

»Wir wissen, dass du uns nicht traust, und auch wir wissen nicht, was wir von dir halten sollen. Eine Urfairy, noch dazu eine so mächtige. Aber Tatsache ist, dass wir von den Shuk geflohen sind und nicht wissen, wohin wir sollen. Vielleicht können wir uns zusammentun und dich – bei was auch immer du vorhast – unterstützen.« Das Lächeln, das Lila hervorbrachte, wirkte beinahe flehend.

»Es stimmt, ich war auf der Suche nach euch. Ich sah noch Hoffnung für euch. Doch mittlerweile weiß ich nicht, ob es die noch gibt.« Ich seufzte. »Eure Augen ...« Dann brach ich ab, starrte auf meine ineinander verschlungenen Finger.

Lila und Ralph warfen sich einen vielsagenden Blick zu und sahen mich dann traurig an.

»Wir sind aber noch keine vollständigen Shuk«, erklärte sie eindringlich und ich wusste, dass ich nun erfahren würde, wie man zu einem Shuk wurde. Doch ich fragte nicht, hoffte, sie würden es mir selbst erzählen.

»Um vollständig in die Gemeinschaft der Shuk aufgenommen zu werden, müssen wir unsere Gefühle beinahe vollkommen abschalten. Ein Prozess, der zeigt, welche Grenzen du bereit bist zu überschreiten, um Tanians Sache vollständig zu dienen. Erst wenn du gewisse« – er suchte nach dem richtigen Wort – »Opfer gebracht und Missionen erfüllt hast, bist du ein vollwertiges Mitglied. Es ist ähnlich wie bei den Pruebas der Fairies, die sich immer weiterentwickeln. Nur kann man die Sache mit den Augen bei den Shuk fast schon als Fluch oder Krankheit bezeichnen, die sich immer weiter in uns hineinfrisst, bis unsere Iris komplett golden ist. Uns beiden – Lila und mir – fehlt nur noch die letzte Mutprobe sozusagen, um vollwertige Shuk zu sein.« Ralph schluckte und biss dann die Lippen aufeinander.

»Wer würde so etwas freiwillig tun?«, warf ich ein und zog die Augenbrauen hoch.

»Na ja«, setzte Lila an. »Sie haben Mittel und Wege, dafür zu sorgen, dass du bereit bist, alles, wirklich alles zu geben, um in den Kreis aufgenommen zu werden.« Irrte ich oder wirkte sie ein klein wenig schuldbewusst?

»Wie viele Shuk gibt es, die diesen letzten Weg nicht gegangen sind?«, wollte ich nachdenklich wissen.

»Soweit wir wissen, keine außer uns.«

»Wie?«, rief ich ungläubig aus. »Ihr wollt mir allen Ernstes erzählen, dass ihr die einzigen sozusagen halben Shuk seid, die es geschafft haben, vor ihren eigenen Reihen zu fliehen?«

Sie sahen sich erneut an und nickten. Ich versuchte, ihnen einen wenig überzeugten Blick zuzuwerfen.

»Tut mir leid, aber das hört sich für mich sehr unglaubwürdig an – und dennoch sagt mir irgendetwas, dass ihr nicht lügt.«

Ich dachte nach. Was sollte ich nun tun? Ich musste irgendwie versuchen, Azarael zu kontaktieren. Aber was würde dann mit Ralph und Lila geschehen? So, wie sie da vor mir standen, konnte ich sie unmöglich sich selbst überlassen. Und dann war da immer noch die warnende Stimme in meinem Hinterkopf, die ganz laut »Falle!« rief. Ich hatte noch nie von Shuk gehört, die noch keine vollkommenen waren. Halbe Shuk gab es nicht. Genau genommen gab es auch keine Fairy, die je von den Shuk zurückgekehrt und von diesen goldenen Augen geheilt worden wäre. Bis vor Kurzem war ich selbst der Meinung gewesen, dies sei unmöglich, und dennoch hatte ich die Hoffnung für meine Freunde nie aufgegeben. Ich hatte gesehen, wie sie unter den Shuk litten, hatte in ihren noch unvollkommen verwandelten Augen die Möglichkeit erahnt, sie retten zu können. Eine Möglichkeit, die nun nicht mehr gegeben war.

Und doch, wenn ich die beiden ansah, erkannte ich aus irgendeinem Grund, dass sie die Wahrheit sagten. Irgendwie waren wir drei sogar in derselben Situation. Sie waren vor den Shuk geflohen und ich vor den Fairies.

Ein Gedanke schlich sich in mein Bewusstsein, noch klein und kaum zu fassen. Und dennoch wurde er klarer und klarer, je intensiver ich darüber nachdachte. War es möglich? Konnte ich sie ...

»Was ist deine Mission, Sophie?«, fragte Lila in dem Moment und sah mich interessiert an. Und schon war mein Misstrauen wieder da.

»Das ... das kann ich euch nicht sagen«, erwiderte ich und sie blickten traurig zu Boden.

»Verständlich, dass du uns nicht traust. Ich würde mir selbst auch nicht trauen. Nicht mit diesen Augen«, sagte Lila traurig. »Aber ich kann es nicht ändern. Nicht mehr. Ich fürchte, diese Augenfarbe gehört jetzt zu mir wie meine Haarfarbe.«

Ich seufzte. »Ich würde euch so gerne glauben. Wirklich, aber die Wahrheit ist, ja, mit diesen Augen fällt es mir schwer. Ihr seht denjenigen, gegen die ich kämpfe, zu ähnlich und außerdem weiß ich, wie überzeugend Tanian sein kann, mit welchem Mitteln sie andere auf ihre Seite ziehen kann.«

»Wir haben Tanian nie getroffen«, sagte Ralph da und hoffte wohl, mich mit dieser Aussage zum Umdenken gebracht zu haben.

»Bitte, Sophie, wir wissen nicht, wohin wir gehen können. Es wird nicht mehr lange dauern, bis die Shuk uns hier in diesen Höhlen gefunden haben, und wir wissen nicht – nein, wir wollen uns auch gar nicht vorstellen, wie sie mit Verrätern umgehen. Bitte lass es uns nicht erfahren!«

Lilas Stimme klang eindringlich und brannte sich in meinen Kopf. Ich konnte sie doch unmöglich im Stich lassen, nicht nach dem, was sie für mich getan hatte. Sie hatte sich gegen die Fairies gestellt, um mein Leben zu retten, und nun wandte sie sich gegen die Shuk mit demselben Risiko.

»Was erwartet ihr von mir?«

»Du schaffst es seit Monaten, vor den Fairies und den Shuk zu fliehen. Unsichtbar ziehst du von Ort zu Ort und niemand weiß, wie du das schaffst.« Sie sah mich bewundernd an und ich begann, auf meiner Unterlippe zu kauen.

Wenn ich ihnen von der Organisation erzählte, gab es kein Zurück mehr. Die große Frage war, wem vertraute ich mehr? Azarael oder meinen zu Shuk gewordenen Freunden?

KAPITEL 9

Ich spürte den Kristall, noch bevor ich ihn sah. Ein seltsames, aufregendes Knistern erfüllte die Luft und ließ mich nervös in sämtliche Ecken der Höhle spähen.

Ich hatte es getan. Die Entscheidung war gefallen. Vor wenigen Minuten hatte ich mein Misstrauen offen gegen meine beiden Freunde ausgesprochen und ihnen meine Hilfe verwehrt. Aber was hätte ich sonst tun sollen? Die Wahrheit war, ich konnte ihnen einfach nicht mehr trauen, nicht mit diesen Augen und nicht mit dem unguten Gefühl, dass sie doch zu den Shuk übergelaufen waren und mich nur aus einem Grund gerettet hatten: nämlich damit sich mein persönlicher Fluch und Tanians Rache an mir erfüllte.

Die beiden saßen mir mit steinernen Mienen gegenüber und verspeisten das zuvor über einem magischen Feuer zubereitete Kaninchen. Die ganze Höhle war noch erfüllt von dem stickigen Rauch.

Und da sah ich ihn. Unscheinbar lag er in einer Ecke und ähnelte mehr einem matten, wertlosen Kieselstein. Aber ich erkannte sofort, was er war. Die Frage war nun, wie konnte ich ihn mir holen, ohne dass Lila und Ralph etwas davon bemerkten? Und wie konnte ich die Nachricht entschlüsseln?

Wie hatte er es überhaupt geschafft, mir hier eine Nachricht zukommen zu lassen? Woher wusste er, wo ich mich befand? Dass ich überhaupt noch am Leben war? Vielleicht war es ja gar keine Nachricht von Azarael? Vielleicht kommunizierten die Shuk auf die gleiche Art?

Nervös saß ich auf der Pritsche. Ich hatte Hunger und bei dem Geruch des gebratenen Fleisches lief mir das Wasser im Mund zusammen. Schließlich stand Ralph auf und gab mir etwas von dem Fleisch ab, auf das ich mich hungrig stürzte.

Nachdem ich ihnen gesagt hatte, dass ich ihnen nicht helfen könne, waren sie enttäuscht gewesen, hatten sich aber ansonsten relativ gefasst gezeigt – wieder ein Indiz für mich, ihnen nicht zu trauen. Doch sie hatten mich weder mit einem Bann noch sonstigem magischen Abwehrzauber belegt, was mich mehr als verwirrte. Sie bedachten mich lediglich mit vernichtenden Blicken. Vermutlich konnten sie meine Entscheidung sehr gut verstehen.

Ich sah wieder hinüber zu dem am Boden liegenden Kristall, der meine Aufmerksamkeit wie ein Magnet auf sich zog.

Entschlossen stand ich auf, prüfte, ob meine Beine mich tragen würden, und sofort hielten Ralph und Lila inne und blickten mich erstaunt an.

»Was hast du vor?«, sagte Ralph und schluckte einen großen Bissen hinunter.

»Ich ... ich muss mal.« Das war das Beste, was mir in dem Moment einfiel. Die beiden warfen sich einen kurzen Blick zu, dann erhob sich Lila wortlos, nickte mir zu und bedeutete mir, ihr zu folgen.

Am Höhleneingang angekommen, stolperte ich bewusst, was angesichts der Tatsache, dass meine Beine bei jedem Schritt höllisch schmerzten, nicht unglaubwürdig war. Beim Aufprall schlossen sich die Finger meiner linken Hand schnell um den Kristall. Schon war Lila zur Stelle, die mir aufhalf, mir wortlos einen Arm um die Schulter legte und mich stützte.

Die Tunnel, durch die sie mich führte, lagen komplett im Dunkeln. Ralph hatte ein kleines bläulich schimmerndes Licht erschaffen, das nun vor uns herschwebte und flackernd einen von Steinen und Schutt bedeckten Weg beleuchtete. Ich wusste nicht, wie lange wir unterwegs gewesen waren, aber schließlich konnte ich ein mattes Licht erkennen und atmete bald darauf frische Luft ein. Wir hatten das Ende des Ganges erreicht. Über uns strahlte das sternenübersäte Firmament und ich atmete durch. Frische, klare Nachtluft strömte durch meine Lungen und ich merkte augenblicklich, wie sich meine Sinne schärften, ich wacher wurde und automatisch nach allen Seiten Ausschau hielt. Erstaunt stellte ich fest, dass wir uns immer noch im Canyon befanden.

»Keine Sorge. Seit das Haus abgebrannt ist, sind auch die Shuk aus der Gegend verschwunden. Du hast nichts zu befürchten«, erklärte Lila soeben, als sie meinen Blick bemerkte, mit dem ich die gesamte Umgebung abscannte.

»Ich könnte fliehen«, bemerkte ich und sie brachte ein mattes Lächeln zustande.

»Und wenn schon. Du willst uns nicht helfen, ohne dich sind wir ohnehin verloren. Was würde es uns nutzen, dich hier festzuhalten?« Sie wandte sich von mir ab und sah hinauf in den Himmel. »Ich dachte, wir sind Freunde und wären immer füreinander da. Ich war mir sogar sicher, dass du uns helfen würdest, vor allem, da du so viel auf dich genommen hast, um uns zu finden.«

Als sie sich wieder zu mir drehte, schimmerten Tränen in ihren Augen. »Ich habe so viel für dich riskiert, habe dein Leben gerettet, hätte eine unerträgliche Strafe in Kauf genommen – du weißt ja nicht, was die Zeit in Las Vegas für mich bedeutet hat! Gefangen im eigenen Körper, der handelt, wie jemand anderer – ein Mensch! – es ihm befiehlt. Gefangen in einer Marionette. Und die Zeit bei den Shuk …«

Sie brach ab, schüttelte den Kopf. »Das kann sich niemand vorstellen.«

Ich sah schuldbewusst zu Boden. Natürlich war mir klar, dass sie es jetzt auf die Tour versuchte, und um ehrlich zu sein, diese Methode war um einiges wirksamer. Ich spürte, wie mich Gewissensbisse plagten, und seufzte.

»Lila, wirklich, ich … ich kann euch nicht helfen. Ich selbst werde von einer Organisation beschützt, die sich nie – wirklich niemals – darauf einlassen würde, Shuk bei sich aufzunehmen.«

»Bist du dir da so sicher?«

Ihr Einwand ließ mich stutzen und ich sah sie verwirrt an. Sie brachte ein Lächeln zustande.

»Hast du vergessen, wer mich aus dem Bann befreit hat? Ich weiß sehr wohl, von wem du beschützt wirst. Von Engeln. Und ich weiß auch, dass sie sich gegen die Fairy-Regierung gestellt haben. Was macht dich so sicher, dass sie nicht auch verfolgte Shuk unter ihren Schutz stellen? Ralph und ich könnten sehr wertvoll für eure Organisation sein. Du weißt, ich kann gegen die Dunklen Jäger …«

Ich kam nicht dazu, weiter über ihren Vorschlag nachzudenken, denn innerhalb kürzester Zeit waren wir von großgewachsenen Gestalten umgeben, die uns alle mit ihren goldenen Augen finster anblickten. So viel zum Thema, die Shuk hätten die Gegend verlassen.

Ich ging leicht in die Knie und damit in Angriffsstellung. Meine Beine brannten immer noch, aber darauf konnte ich jetzt keine Rücksicht nehmen. Prüfend musterte ich die Shuk reihum und schätzte unsere Chancen ein. Es waren dreizehn und ich wusste, es würde nicht leicht sein, sie zu überwältigen, aber mittlerweile war ich stärker und konnte es schaffen. Jedoch, wenn Lila mir die Kräfte entzog, hatten sie leichtes Spiel mit mir.

»Ich wette, in dieser Höhle befindet sich der zweite Abtrünnige, Ralph Nero, nicht wahr?« Eine schlanke Frau mit schönen kastanienbraunen, langen Haaren trat vor, die ich sofort erkannte und ungläubig anstarrte. Ich war mir sicher gewesen, dass ich Angelika Tailarin im Death Valley vernichtet hatte. Aber sie war es definitiv. Ihr unverwechselbares, schön geschnittenes ovales Gesicht und das beeindruckende, in sämtlichen Silber- und Goldtönen glitzernde Prueba waren einmalig.

Mit einem Nicken wandte sie sich an zwei ihrer Männer, die sich sehr präsent links und rechts neben ihr aufgebaut hatten. Folgsam betraten sie die Höhle über den Eingang, der wenige Meter neben mir und Lila in die Felswand führte. Ralph saß in der Falle, sollte dieses Labyrinth keinen Hinterausgang besitzen.

»Du hast ernsthaft geglaubt, wir wüssten nicht, dass ihr euch hier irgendwo versteckt haltet?« Diese Worte waren an Lila gerichtet, die bei dem scharfen Ton zusammenzuckte.

»Und zu dir, liebe Cayuga, noch einmal passiert uns so etwas wie im Todestal nicht. Ich habe ganz in der Nähe eine Horde Dunkle Jäger gesehen, die sicherlich nur darauf warten, dass du deine Kräfte einsetzt, damit sie dich zu ihren Herrinnen bringen können.«

Ich starrte sie an. Pokerte sie oder sprach sie die Wahrheit? Es war natürlich nicht auszuschließen, dass Dunkle Jäger nach wie vor im Bryce Canyon patrouillierten.

Ich sah, wie Lila neben mir zitterte, doch noch immer verharrte sie völlig reglos. Dann wanderte ihr Blick hinüber zu mir und sie sah mich flehend an. Was wollte sie von mir? Ich konnte ihr nicht helfen. Oder doch?

Ich spürte den Kristall in meiner Hand. Spitz stachen die geschliffenen Ecken in meine Haut. War er unsere Rettung?

In diesem Moment ertönte ein ohrenbetäubendes Bersten aus dem Innern des Felsenberges hinter uns. Die Erde begann zu beben und Flammen züngelten aus der Öffnung.

Erschrocken sahen wir uns um. Niemand konnte sich mehr auf den Beinen halten, da die Erde unaufhaltsam zitterte, sich Risse bildeten und ganze Bäume darin verschwanden.

»Ralph!« Lilas Stimme war kaum zu hören in dem Lärm des Grollens und Bebens.

Ich reagierte instinktiv, packte sie am Arm und riss sie zur Seite, bevor ein riesiger Spalt sie verschlucken konnte, der sich immer weiter ausdehnte und uns von den Shuk trennte. Ich sah, wie einige von ihnen von ihm erfasst und in die Tiefe gerissen wurden. Andere erhoben sich kreischend in die Höhe, flogen fluchend davon.

»Wir müssen in die Höhle!« Lila hustete und würgte von dem ganzen Staub und Schutt, der um uns wirbelte.

»Nicht nötig«, brachte ich hinter vorgehaltener Hand hervor und wies zum Höhleneingang. Ralph brach wie eine menschliche Fackel daraus hervor und begann, sich vor Qualen schreiend auf dem Boden zu wälzen.

In Windeseile schuf ich einen großen Wasserball und löschte das Feuer, das im Begriff war, ihn zu verschlingen. Er sah schrecklich aus. Schwarze, tiefe Krater zogen sich über sein Fleisch, in das sich seine gesamte, mittlerweile nur noch aus Fetzen bestehende Kleidung gefressen hatte. Doch ich erkannte zu meiner Verblüffung auch, dass die Haut bereits begann, sich zu regenerieren.

Lila stützte ihn, doch er wurde bewusstlos und sank wie ein nasser Sack in ihre Arme.

»Wir müssen hier weg!«, brüllte Lila über den Lärm zu mir und meine Augen wanderten zu der Felswand, die immer noch bebte und jetzt drohte, in sich zusammenzufallen, was zweifelsohne eine riesige Lawine aus Schutt und Geröll auslösen würde.

Aber wohin sollten wir so schnell verschwinden? Teleportation war unsere einzige Chance, aber ich hatte es nie gelernt und hätte auch nicht gewusst, wohin ich hätte auf die Schnelle teleportieren können. Das Risiko, über die Transportdimension entdeckt zu werden, schien mir angesichts des berstenden Berges das kleinere Übel zu sein.

Und ich erkannte, dass mir nur noch eine Wahl blieb. Ich musste meine Entscheidung widerrufen.

»Kannst du teleportieren?«, rief ich Lila zu und zu meinem Erstaunen nickte sie.

Ich umfasste den Stein, den ich immer noch in der Hand hielt, und reichte ihn ihr. »Bring uns dorthin!«

Lila sah mich erstaunt an, nahm den Stein jedoch sofort und hielt ihn sich vor ihr Prueba, um ihn zu scannen. Er leuchtete für einen kurzen Moment weiß auf, dann erlosch er wieder. Lila sah mich verblüfft an, dann ergriff sie meine und Ralphs Hand und augenblicklich wurde ich von einem Gefühl erfasst, das wohl am ehesten mit der Fahrt auf einem Karussell zu vergleichen war, das sich auf höchster Stufe um die eigene Achse drehte. Immer und immer wieder wirbelte ich in Windeseile um mich selbst, ich sah Sterne und seltsame bunte Schwaden an mir vorüberziehen und fühlte mich schwerelos. Schließlich verschwand das Gefühl so schnell, wie es gekommen war, und völlig benommen fiel ich auf den Boden.

Es war hell, genauer gesagt erbarmungslos hell. Die Sonne brannte auf uns herab und die Hitze versengte mir innerhalb weniger Sekunden die Fußsohlen im heißen, aufgeheizten Sand.

Ich sah mich sprachlos um.

Sand. Nichts als Sand um uns herum. Wohin das Auge blickte, gelber Sand, der sich in Dünen auftürmte und wieder abfiel, endlos weit.

»Wo hast du uns hingebracht?« Ich sah Lila fassungslos an, war felsenfest davon überzeugt, von ihr hereingelegt worden zu sein. Andererseits, hier waren keine Shuk und auch sonst keine Verfolger. Hier war niemand. Nicht einmal ein Tier.

Lila kauerte neben dem bewusstlosen Ralph im heißen Sand und es schien ihr vollkommen egal zu sein, wo wir uns befanden. Ihr Gesichtsausdruck war so voller Sorge, dass ich mich augenblicklich zu ihr setzte.

»Wir müssen zusehen, dass wir hier irgendwie Schatten bekommen«, sagte sie und ich überlegte. Kurz entschlossen begann ich, mit einigen geübten Bewegungen aus meinem Handgelenk den Sand hoch aufzutürmen, um ihn anschließend mit einer Wassersäule, die ich aus dem Nichts erschuf, zu festigen, sodass der feuchte Sand wie eine Wand vor uns aufragte und uns Schatten bot. Die Wassersäule ließ ich einige Momente weiter bestehen, sodass Lila trinken konnte und ich auch Ralphs Brandwunden, die bereits deutlich besser aussahen, kühlen konnte.

»Wo sind wir?«, fragte ich erneut, diesmal in versöhnlichem Ton.

»In einer Wüste außerhalb von Dubai«, erklärte sie nüchtern und reichte mir den Kristall.

* * *

Schweiß rann mir über den Rücken, klebte an meinem Hals und perlte immer wieder von meiner Stirn ab, die ich mir regelmäßig mit einem mittlerweile gelblichen Stofftaschentuch abwischte. Wir waren jetzt seit mehreren Stunden in dieser brütenden Hitze unterwegs und der unebene, sandige Boden, auf dem unsere Beine immer wieder abrutschten, erschwerte uns das Vorankommen zusätzlich. Trotz des kühlen Windwirbels, den ich um uns erschaffen hatte, und der vielen Pausen fiel uns das Laufen schwer. Außerdem mussten wir Ralph stützen, der zwar mittlerweile wieder selbst gehen konnte, jedoch noch so geschwächt war, dass er es allein niemals geschafft hätte, sich auch nur einen Meter voranzuquälen. Natürlich hätten wir uns dafür entscheiden können, auf die kühle Nacht zu warten, um dann weiterzugehen, einen Ausweg aus dieser brennenden Hitze zu finden, doch wir wollten nicht riskieren, entdeckt zu werden, falls uns jemand über die Teleportationsdimension unbemerkt gefolgt war. In diesem Fall war es besser, so schnell wie möglich von dem Ort zu verschwinden, an dem wir gelandet waren.

Irgendwann jedoch sank Lila erschöpft zu Boden und auch ich hatte alle Mühe damit, mich nicht neben sie in den Sand zu werfen und alle viere von mir zu strecken.

»Lila«, keuchte ich und hatte Mühe, den schwankenden Ralph nun allein zu stützen, der sich mit seinem gesamten Gewicht auf mich lehnte. »Wir dürfen nicht stehen bleiben. Sonst erleben wir den nächsten Tag nicht mehr.«

»Pah«, erwiderte sie nur und hielt sich eine Hand schützend gegen die Sonne vors Gesicht. »Wir Fairies sind übernatürliche Wesen. Es ist ein Leichtes für uns, dieser Wüste zu trotzen.«

»Vielleicht«, gab ich zu und drohte in die Knie zu gehen. »Ich möchte es aber dennoch nicht drauf ankommen lassen. Bitte, steh auf, ich bin mir sicher, es kann nicht mehr weit sein. Soll ich dir noch ein wenig Wasser erschaffen?«

Doch Lila rührte sich nicht vom Fleck. »Ich warte einfach, bis das Kamel dort drüben hier ist und mich mitnimmt.«

Ich seufzte. Es war nicht die erste Halluzination, die einer von uns innerhalb der letzten Stunden gehabt hatte. Ich selbst hatte geglaubt, vor uns eine Oase umgeben von großen, grünen Palmen zu sehen, und Ralph hatte felsenfest behauptet, ein Meer vor sich zu erblicken.

»Lila, das bildest du dir nur ein. Ich bitte dich, steh auf und komm mit!«

Ralph stieß ein Stöhnen aus und verlagerte das Gewicht ein wenig, sodass zum Glück nicht mehr alles auf meinen Schultern lastete. Ich konnte meinen Rücken ein wenig durchstrecken, dabei wanderte mein Blick flüchtig über den Horizont. Nein, das war unmöglich! Konnte es sein, sah ich jetzt schon Lilas Fata Morgana?

Dort hinten, direkt in der kleinen Senke zwischen zwei aufragenden rötlichen Sanddünen, bewegte sich ein, nein, bewegten sich mehrere kleine schwarze Punkte, die in der Tat wie eine kleine Kamelkarawane aussahen. Ich kam mir vor wie in einem Märchen aus Tausendundeiner Nacht, als sich langsam, aber inzwischen deutlich sichtbar, die Silhouetten von sage und schreibe sieben Kamelen abzeichneten.

Jetzt sank auch ich lächelnd in den Sand und riss dabei den armen Ralph mit mir. Es war mir egal. Die Kamele waren echt, und noch besser, die Reiter hatten uns gesehen und kamen auf uns zu. Schnell löschte ich den Windwirbel auf, um uns nicht als übernatürliche Wesen zu enttarnen. Jetzt erkannte ich auch, dass ein vermummter Mann die Karawane anführte und dass die Kamele mit Touristen besetzt waren, die Jeans und Turnschuhe trugen, dicke Reiserucksäcke auf den Rücken, und begeistert Fotos von der beeindruckenden Landschaft schossen. Als die Kamele uns schließlich erreicht hatten, wurden wir neugierig von oben beäugt.

Der Kamelführer blickte uns der Reihe nach prüfend an und sein Blick blieb an dem immer noch mit Wunden übersäten, schwachen Ralph hängen.

Ich stand entschlossen auf und sprach ihn in perfektem Arabisch an. Insgeheim dankte ich wieder einmal der Fairy-Gabe, in allen Sprachen heimisch zu sein und jede einzelne wie unsere Muttersprache zu beherrschen.

»Bitte, wir haben uns verlaufen. Können Sie uns helfen?«

Erstaunen stand im braungebrannten Gesicht des Mannes. Anscheinend hielt er uns ebenfalls für Touristen und seine Verwunderung, dass ich seine Sprache so fließend beherrschte, vermochte er nicht zu verbergen.

Er musterte zuerst uns und danach seine Kamele.

»Hm.« Er grummelte etwas Unverständliches in seine Verschleierung. »Wir sind gerade auf dem Weg zu unserer Raststation für den Abend. Wenn wir die Kamele immer mit zwei Personen besetzen, müsste es gehen.«

Er wandte sich an die Touristen und versuchte ihnen in brüchigem Englisch zu erklären, was er vorhatte. Sie blickten ihn verwirrt an, einige schienen zu verstehen und nickten.

Ich bot meine Hilfe an und übersetzte seine Worte für die englischsprachigen Touristen, sodass nun jeder wusste, was er vorhatte.

Wenig später sanken die Kamele unter Befehlen des Führers in die Knie und die Touristen verteilten sich neu, sodass nun drei Kamele frei waren. Lila und ich hievten den stöhnenden Ralph auf eines und setzten uns auf die anderen beiden Kamele, die auf einen weiteren Befehl ihres Herrn wieder schaukelnd in die Höhe stiegen und ihren Weg fortsetzten.

Die Reise per Kamel erwies sich als sehr wackelig, aber bequem und auf jeden Fall angenehmer, als zu Fuß weiter durch die Wüste zu torkeln.

Es dauerte jedoch noch mindestens eine weitere Viertelstunde, bis wir in der Ferne ein großes Tor erkennen konnten, hinter dem sich ein riesiges, umzäuntes Areal befand, in dem ich wiederum kleinere Hütten ausmachte. Das musste die Raststation sein, von welcher der Kamelführer gesprochen hatte, und richtig, die Kamele hielten genau darauf zu.

Wenig später passierten wir das große Tor, die Kamele bogen nach rechts ab in Richtung eines kleineren, mit einer Plane belegten Zelts und hielten davor. Sie ließen ihre Passagiere absteigen, die sich daraufhin streckten und dehnten und begannen, aufgeregt miteinander zu reden und ihre Erlebnisse auszutauschen. Lila und ich halfen Ralph, der nun wesentlich besser aussah. Seine Wunden waren wieder einen großen Teil geheilt und auch sein Blick war nicht mehr so glasig, sondern etwas klarer.

Der Kamelführer, der seine Tiere mittlerweile an einen anderen abgegeben hatte, der sie nun wegführte, trat auf uns zu.

»Wir sind Ihnen sehr dankbar. Sie haben uns das Leben gerettet«, erklärte ich und überlegte im selben Moment, was ich ihm wohl als Entlohnung anbieten könnte. Ich trug kein Geld bei mir oder sonstige Wertgegenstände.

Doch er nickte einfach nur, reichte uns drei Plastikflaschen und deutete mit einem Kopfnicken auf eine kleine Ansammlung von Zelten, die ein wenig abseits standen.

»Ihr werdet erwartet.« Das war alles, was er dazu zu sagen hatte, und er trottete von dannen, seinen Kamelen hinterher, deren Spuren bereits in dem trockenen Sand verwehten.

Sofort begann mein Herz schneller zu schlagen. Das konnte nur eines bedeuten.

KAPITEL 10

Die Sonne verschwand soeben in sämtlichen Rot- und Goldtönen hinter den beinahe schwarz daliegenden Dünen. Wir hatten beschlossen, dass ich zuerst allein nachsehen würde, wer uns in diesen Zelten erwartete. Lila befand sich in einigen Metern Entfernung bei Ralph. Beide saßen jetzt in dem mittlerweile abgekühlten Sand und tranken gierig aus den Wasserflaschen, die ihnen der Kamelführer wenige Augenblicke zuvor beim Eintreffen in der Station gereicht hatte.

Ich atmete tief durch, schob die schwere, mit rötlichen Kordeln benähte Zeltplane beiseite und trat ein.

Der Geruch von frisch gegrilltem Fleisch, das Aroma einer Wasserpfeife und entspannende Klänge orientalischer Musik versetzten mich augenblicklich in eine andere Welt. Das Innere des Zelts war mit weiteren dichten Laken und Tüchern behangen und im ersten Moment war es schwer, in dem schummrigen Licht etwas zu erkennen. Dann konnte ich Kissen ausmachen, die auf mit wunderschönen Schnörkelmustern verzierten dicken Teppichen lagen und auf denen es sich der Länge nach Personen bequem gemacht hatten, die reihum an einer großen, bauchigen Shisha sogen.

Ich trat näher, räusperte mich und blickte die Männer der Reihe nach an. »Verzeihen Sie, aber ...«

Ein Mann schnitt mir mit einer Handbewegung das Wort ab und deutete ins Zeltinnere, welches durch weitere dicke Tücher und Laken verhangen wurde. Ich nickte dankbar und arbeitete mich nach hinten durch. Der Geruch nach gebratenem Fleisch wurde stärker und mein Magen knurrte. Wann hatte ich das letzte Mal etwas zu mir genommen? Das spärliche Stück Kaninchen in der Höhle, und selbst das schien bereits eine Ewigkeit zurückzuliegen. Und dann sah ich ihn.

Azarael lag ähnlich wie die Männer zuvor der Länge nach ausgestreckt auf zwei dicken, rot gemusterten Polstern, den Kopf auf einem großen Kissen ruhend. In einer Hand hielt er etwas, das aussah wie ein Stück gebratenes Fleisch.

Ich trat zu ihm. Er hatte den Blick auf das gewölbte Zeltdach geheftet und sah nicht auf; auch nicht, als ich mich ihm gegenüber auf einem Polster niederließ und ihn wie gebannt anstarrte.

»Wieso hast du die beiden Shuk mitgebracht?« Plötzlich waren seine blauen Augen genau auf mich gerichtet. Ich fühlte mich unbehaglich, obwohl seine Stimme weder wütend noch böse klang.

»Sie haben mir das Leben gerettet«, erklärte ich mit fester Stimme. »Zwei Mal.«

Er nickte. Dann richtete er seinen Oberkörper auf und musterte mich.

Meine Blicke wanderten über das leichte Leinenhemd, das offen auf seiner durchtrainierten Brust lag, und die ebenfalls weiße Stoffhose, die bereits leicht vergilbt war. Sein Gesicht wirkte brauner, als hätte er zu viel Zeit im Sonnenstudio verbracht. Wie lange hielt er sich schon hier in diesem Lager auf? Was hatte Lila gesagt? Ich sei beinahe eine Woche lang bewusstlos gewesen? Was war in dieser Zeit mit Azarael und den anderen Mitgliedern geschehen? Und wo war Taylor?

Er reichte mir eine Flasche Wasser und eine kleine Tonschale, in der sich das gebratene Fleisch befand. Ich konnte nicht anders und stürzte mich gierig auf das Essen, wobei mir seine belustigten Blicke nicht entgingen. Doch es war mir egal.

»Wo ist Taylor?«, brachte ich schließlich hervor. Seine Miene blieb unverändert, er beobachtete mich, ließ sich zurück auf sein Polster fallen und verschränkte beide Arme hinter dem Kopf.

»Zuerst du. Erzähl, was ist seit dieser Nacht im Bryce Canyon geschehen, als du dich mir wieder einmal widersetzt hast, nicht weggelaufen und stattdessen nochmal zum Haus zurückgekehrt bist?«

Ich schluckte, aber seine Stimme war immer noch ruhig, klang beinahe amüsiert. Also berichtete ich knapp, was passiert war, seitdem er mich verlassen hatte, und hoffte, bald etwas über den Verbleib von Taylor und den anderen zu erfahren.

Er nickte erneut, als ich meine Erzählung beendet hatte, und rieb sich nachdenklich den Kopf.

»Deine Bewusstlosigkeit erklärt, weshalb ich dich so lange

nicht kontaktieren konnte. Aber ich hatte nicht erwartet, dass du das Risiko eingehen würdest, zu teleportieren. Meine Absicht war, dich zu kontaktieren und danach abzuholen, was weitaus sicherer gewesen wäre als der Weg, den du gewählt hast.«

»Nicht ich habe teleportiert, sondern Lila. Es war die einzige Möglichkeit, so schnell wie möglich von dort fortzukommen. Natürlich ist mir auch klar, dass es ein immens hohes Risiko war, aber mein Leben war mir in diesem Moment wichtiger.«

Er schwieg einen Moment und dachte wohl angestrengt nach.

»Wo ist Taylor?«, wagte ich einen erneuten Versuch, doch er ging gar nicht darauf ein, was in mir ein ungutes Gefühl weckte.

»Ich hatte eigentlich geplant, mich hier ein wenig länger aufzuhalten. Es ist das ideale Versteck. Hier vermutet man einen Engel samt noch ungezeichneter Prinzessin und eine abtrünnige Urfairy am wenigsten. Aber jetzt hat sich das geändert. Ich denke, wir müssen so schnell wie möglich von hier weg.«

Ich nickte und stimmte ihm in allen Punkten zu. Erneut schluckte ich einen Bissen hinunter und spülte mit einem erfrischenden Schluck kühlen Wassers nach.

»Was ist mit Lila und Ralph? Wirst du sie ebenfalls schützen wie mich und Rose?« Mein Blick wanderte hinüber zu dem schlafenden blonden Mädchen, das auf einem gelben Polster, umgeben von dichten Vorhängen, schlummerte. Ich hatte sie erst während meiner Erzählungen bemerkt und überlegte nun, wer von der Organisation sich sonst noch hier aufhielt. War vielleicht der Kamelführer ein Engel oder Fairy gewesen? Waren Taylor und die anderen in der Nähe? Würden sie jeden Moment auftauchen? War das der Grund, weshalb Azarael meinen Fragen auswich?

Der Engel verengte die Augen und richtete seinen Blick wieder starr nach oben auf die Zeltplane.

»Ich habe mich immer gefragt, wann es so weit sein würde und du mich vor diese Entscheidung stellst. Es war nur eine Frage der Zeit, bis du die beiden findest – oder sie dich. Du bist so entschlossen zu dieser Rettungsmission aufgebrochen, hast offenbar keinen Moment näher über die Konsequenzen nachgedacht, wohin mit deinen beiden Freunden, solltest du tatsächlich in der Lage sein, sie von den Shuk zu retten. Und nun fällt dir ein, dass du ja mich fragen könntest, ob ich sie aufnehme. Aber vergiss bitte eines nicht, Sophie, die Organisation ist keine Auffangstation für gestrandete, von der Regierung und den Shuk verfolgte Fairies. Wir haben ein Ziel, und ich hoffe sehr, dass du dieses Ziel nicht aus den Augen verloren hast.« Sein Blick wanderte hinüber zu der schlafenden Rose und dann wieder zu mir.

»Nein, natürlich habe ich das Ziel nicht vergessen. Es ist mir wichtiger denn je!«, konterte ich sofort.

»Und?« Er zog erwartungsvoll die Augenbrauen hoch. »Hast du dich seit unserem Gespräch damals im Bryce Canyon auf Auroras wahre Liebe konzentriert? Hast du eine Eingebung, wo sich dieser Mann befinden könnte?«

Ich wich seinem Blick aus. Die Wahrheit war, seit dem Kuss zwischen Azarael und mir, seitdem Taylor aufgewacht war und die Shuk samt den Dunklen Jägern uns überfallen hatten, seit meiner Rettung durch Lila und Ralph, war mir dieser besondere Fairy nicht mehr in den Sinn gekommen. Azarael hatte recht, ich hatte das Ziel aus den Augen verloren. An meinem Schweigen erkannte er wohl, was ich dachte, denn er schloss die Augen und atmete tief ein und aus.

»Dann geh heute Nacht in dich und sag mir morgen früh, wohin wir reisen sollen. Ich denke, ich brauche dir nicht zu erklären, dass diese Suche jetzt oberste Priorität hat.«

Ich nickte. »Natürlich nicht. Aber du wirst auch verstehen, dass die vergangenen Geschehnisse es nicht zugelassen haben, mich auf diesen besonderen Fairy zu konzentrieren.«

Er nickte und sah mich verständnisvoll an. Sein Blick verweilte lange auf mir, länger, als es normal gewesen wäre, und ein seltsamer Ausdruck trat in seine Augen. Mein Herz begann wild zu pochen und etwas in meiner Magengegend zog sich zusammen. Unser Kuss schob sich lebhaft in meine Erinnerung. Das Gefühl, dieses wunderbare Gefühl seiner weichen, fordernden Lippen auf meinen. Seine starken Arme, die mich umfassten.

Hastig brach ich den Blickkontakt ab und fragte erneut: »Wo sind Taylor und die anderen?«

Und plötzlich veränderte sich seine Miene, als hätte er diese Frage zum ersten Mal gehört. Eine große Sorgenfalte trat auf seine Stirn und er atmete tief durch.

»Um ehrlich zu sein, ich weiß es nicht«, gestand er und meine Augen weiteten sich.

»Wie?«

Azarael schloss für einen Moment die Augen. Als er sie wieder öffnete, lag ein Ausdruck tiefsten Bedauerns darin.

»Ich habe Erin nach Palm Springs gebracht, aber auch dort waren die Shuk mittlerweile eingetroffen. Ich hielt es für meine Pflicht, zuallererst die wehrlose Rose von dort fortzubringen. Als ich jedoch zurückkehrte, war niemand mehr dort. Im Bryce Canyon dasselbe. Leider kann ich sie nicht über die übliche Weise kontaktieren und lokalisieren. Aber ich bin zuversichtlich, dass sie wohlauf sind und versuchen, mich irgendwie zu finden. Ein Gefühl sagt mir, dass sie leben und es ihnen gut geht.«

Sicherlich sollte der letzte Satz mich beruhigen.

»Woher hast du gewusst, dass ich in der Höhle war?«

Ein Lächeln stahl sich auf sein Gesicht. »Du hast den Canyon nicht verlassen, befandest dich immer noch in der Nähe des Hauses. Das hat dich in gewisser Weise gerettet. Du warst die Einzige, die ich lokalisieren konnte.«

Ich nickte stumm und meine Gedanken schweiften ab zu Taylor. Würde es je eine Zeit geben, in der ich mir keine Sorgen um ihn machen musste? Zuerst die Zeit nach dem schrecklichen Beltane-Fest, als ich dachte, ich würde ihn nie mehr wiedersehen, dann, als ich ihn selbst ins Koma befördert und nicht gewusst hatte, wie ich ihm helfen konnte. Und jetzt, da er wieder aufgewacht war und ich Hoffnung für uns beide gesehen hatte, tauchten die Shuk auf und machten erneut alles zunichte. Wo befand er sich, zum Teufel? Ich hoffte, dass er auch diesmal zäh genug war, um zu überleben und zu mir zurückzufinden. Allerdings hatte er sich zum Zeitpunkt des Angriffs in sehr schlechtem Zustand befunden und es war nicht auszuschließen, dass ... Nein! Nein! So durfte ich gar nicht denken.

Ihm geht es gut! Ihm geht es gut!, redete ich in Gedanken auf mich selbst ein.

In diesem Moment setzte sich Azarael auf.

»Deine« – er zögerte, suchte nach dem richtigen Wort. »Begleiter, ihr könnt in dem Zelt gegenüber schlafen. Du wirst verstehen, dass ich es nicht zulassen kann, dass sich die beiden in direkter Nähe zu Rose aufhalten.«

Er wies mit einem Kopfnicken hinüber zu der immer noch friedlich schlafenden Prinzessin. Ich nickte.

»Natürlich.« Nach einer kleinen Pause fügte ich hinzu: »Ich bleibe bei ihnen, wenn du nichts dagegen hast, und danke für deine Hilfe.«

Er nickte mir stumm zu. Ich hatte inzwischen das gesamte Fleisch aufgegessen und nahm einige weitere Schlucke aus der Wasserflasche.

»Hast du etwas zu essen für die beiden?«

Azarael beantwortete meine Frage mit einem Kopfnicken. Ich folgte seinem Blick hinüber zu einem weiteren, hinter einer Plane verborgenen Raum, aus dem ein köstlicher Duft herüberwehte.

»Bring ihnen zwei Schüsseln. Wasser auch.«

Er stand auf und schob den dünnen Vorhang beiseite, um

sich auf eine am Boden liegende Matratze, etwa einen halben Meter neben Rose zu legen. Ihn so dicht bei ihr zu sehen, gab mir unwillkürlich einen Stich.

Ich schluckte. »Danke dir und … gute Nacht.«

»Euch auch«, erwiderte er, ohne weiter aufzublicken.

Ich drehte mich um und steuerte das beiliegende Zelt an, um meinen Freunden Essen zu besorgen.

* * *

Trotz des relativ unbequemen Nachtlagers auf einer harten Matratze direkt auf dem sandigen Boden schlief ich sehr gut. Geweckt wurde ich etwas unsanft durch Lila, die mich am Oberarm rüttelte und mir aufgeregt ins Ohr zischte.

»Wach auf! Ein Engel will dich sprechen!«

Ich setzte mich auf, rieb mir die Augen und gähnte verschlafen. Dann rappelte ich mich etwas umständlich hoch, sah mich um und erblickte durch einen Schleier von bunten Tüchern das verschwommene Gesicht Azaraels, der die Arme verschränkt hatte und in eine heftige Diskussion mit Ralph verstrickt war. Die Verwirrtheit des Schlafs fiel in einem Atemzug von mir ab und ich teilte den Vorhang, um den Streithähnen entgegenzutreten.

»Guten Morgen«, sagte ich und die beiden verstummten.

Azarael erwiderte meinen Gruß und bat mich mit einem Kopfnicken zur Seite.

»Was hattest du mit Ralph zu reden?«, fragte ich ohne Umschweife.

»Das fragst du allen Ernstes? Was sollte ich wohl mit ihm zu besprechen haben?«

Ich verdrehte die Augen. »Ich sagte doch, ich bürge für die zwei. Sie werden Rose nichts antun!«

»Und was macht dich so sicher?«

»Ich weiß es! Sie haben mich zweimal gerettet, das zweite Mal sogar gegen eine große Anzahl Shuk. Dabei wurde Ralph schrecklich verletzt. Lila hat mich hierherteleportiert. Bitte, Azarael, ich übernehme die volle Verantwortung für sie. Wenn wir sie im Stich lassen, ist das ihr Todesurteil.«

Dass ich selbst den beiden zunächst sehr skeptisch gegenübergetreten war und mich sogar dagegen entschieden hatte, ihnen zu helfen, durfte er auf keinen Fall erfahren. Jetzt galt es, ihn von ihrer Unschuld zu überzeugen und mich für sie einzusetzen, so wie sie es von mir erwarteten. Das war ich ihnen für unsere Rettung schuldig.

Er sah mich sehr skeptisch an und trat einen Schritt zurück.

»Ich denke, ich muss dich nicht mehr daran erinnern, was alles auf dem Spiel steht.«

»Nein, musst du nicht. Ich weiß, welches Risiko ich eingehe, wenn ich sie in Rose' Nähe lasse, aber ich verspreche dir, dass ihr nichts geschehen wird. Lila und Ralph können sich als sehr nützlich für uns erweisen. Als Witchdrawal kann sich Lila Dunklen Jägern widersetzen und sie wissen mit Sicherheit interne Details über die Shuk, die sie an uns weitergeben können. Ralph ist ein fantastischer Feuer-Elementarier! Außerdem hast du mich doch gefragt, wohin wir als Nächstes reisen, und hier ist meine Antwort: Shanghai.«

Jetzt sah er überrascht auf und seine steife Haltung wurde weicher. Er legte den Kopf ein wenig schief und sah mich an, als ob er durch mich hindurchblicken könne.

»Hattest du eine Vision?«

Ich schüttelte den Kopf. »Nein, eine Eingebung.« Und das war nicht gelogen. Shanghai war mir einfach so eingefallen, vermutlich weil ich mir oder vielmehr ihm etwas beweisen wollte. Ich wusste nicht, ob uns dieser Ort auf unserer Suche nach Rose' wahrer Liebe voranbringen würde. Aber etwas war sicher: Wir würden dort auf etwas oder jemand Besonderen stoßen. Das seltsame Kribbeln und die Elektrizität auf meiner Haut, die ich mittlerweile so gut kannte, verrieten es mir. Und auf jeden Fall war es weit genug von Dubai entfernt.

Azarael hatte die Stirn in Falten gelegt und dachte angestrengt nach.

»Das erfordert einiges an Vorbereitung«, sagte er mehr zu sich selbst als zu mir. »Aber es ist eine gute Wahl. Ich werde mich um alles kümmern.«

»Wirst du Lila und Ralph mitnehmen?«

Sein Mund glich nun einem dünnen Strich.

»Unter einer Bedingung«, lenkte er ein.

»Die wäre?« Ich ahnte nichts Gutes.

»Wir belegen sie mit einem Bann. Sie werden nicht in der Lage sein, Magie auszuüben, uns zu verraten oder sonst auf irgendeine Weise auf sich aufmerksam zu machen. Und du selbst wirst diesen Bann mit meiner Hilfe ausführen, denn dafür ist hohe Geistmagie notwendig. Außerdem werden wir sie dort lassen, sobald wir die Angelegenheit erledigt haben, und weiterziehen. Sie werden so lange dort ausharren, bis wir den Fluch gebrochen haben, und sich nicht von der Stelle bewegen.«

Ich starrte ihn mit offenem Mund an und war ehrlich überrascht. Diese Antwort klang gut, sehr gut. Insgeheim überlegte ich, ob es sein konnte, dass er diesen Einfall nicht erst seit gestern hatte. Womöglich dachte er schon länger darüber nach, wie genau er Ralph und Lila in der Organisation halten konnte, ohne sämtliche Mitglieder – darunter vor allem Rose – zu gefährden. Hatte er nicht gestern noch gesagt, dass er sich schon gefragte hatte, wann ich mit dieser Frage zu ihm kommen würde?

»Das klingt sehr fair«, sagte ich und er nickte.

»Ich werde alles veranlassen.«

* * *

Es war kaum zu glauben, aber bereits zwei Tage später saßen wir in einem Flugzeug auf dem Weg nach China – mit gefälschten Ausweisen und gefälschten Visa.

Es war Nacht und die Stewardessen hatten bereits die Klappen vor den Fenstern heruntergezogen, sodass im Innern ein schummriges Licht herrschte, das lediglich von ein paar Leselampen an der Decke sowie der Notbeleuchtung kam. Rechts neben mir schnarchte Ralph leise, links neben mir befand sich der schmale Gang. Direkt mir gegenüber saß Rose am Fenster und daneben Azarael, der sie bewachte wie ein Jagdhund, stets misstrauisch gegenüber den beiden Shuk, die wir gemeinsam wie angekündigt mit einem Bann belegt hatten. Sie hatten es wehrlos über sich ergehen lassen, verstanden, warum er dies tun musste, und vielleicht auch, weil sie so ihre Loyalität uns gegenüber beweisen wollten.

Ich warf einen Seitenblick auf den Engel, von dem mich lediglich der Gang trennte, über den hin und wieder ein Passagier huschte, auf dem Weg zur Toilette oder um sich kurz die Beine zu vertreten. Er sah mich nicht an, und wenn, dann nur flüchtig, niemals länger als eine Sekunde. Ich wusste nicht, was ich verbrochen hatte, weswegen er mich mied. Ob es noch immer daran lag, dass ich Lila und Ralph mit nach Dubai gebracht hatte? Aber ab einem gewissen Punkt hatte ich beschlossen, ihn ebenfalls so zu behandeln wie er mich.

Ich stand auf und ging gebückt den Gang entlang in den hinteren Teil, eine schmale Treppe hinab zu den Toiletten. Das Dröhnen der Motoren klang in meinen Ohren und es kribbelte unter meinen Füßen. Ich stellte mich vor eine kleine Theke und schenkte mir ein Glas kühles Wasser ein. Es tat unglaublich gut, wie es meine trockene Kehle hinabrann, und ich streckte und dehnte meine steifen Glieder. Ein Blick auf den Monitor zu meiner Rechten zeigte, dass wir noch knapp drei Stunden zu fliegen hatten. Ich seufzte und wandte mich den Toilettenkabinen zu, da hörte ich Schritte auf der Treppe. Ich drehte mich um und sah mich augenblicklich einem blonden Mädchen gegenüber, das mich scheu und etwas verschlafen anlächelte.

»Na, auch ein wenig die Beine vertreten?«, fragte sie und schenkte sich ein Glas Orangensaft ein.

»Mhm.« Ich erwiderte ihr Lächeln, nickte ihr zu und machte Anstalten, die Treppe nach oben zu gehen.

»Wolltest du nicht auf die Toilette?«

Ich stutzte. Ja, das hatte ich eigentlich vorgehabt, aber jetzt fühlte ich mich plötzlich unwohl in ihrer Gegenwart und wollte schleunigst wieder zurück auf meinen Platz.

»Ich ... nein, ich ...«

Doch sie unterbrach mich sofort.

»Kann ich mit dir offen reden, Sophie?«

Ich drehte mich langsam zu ihr um. Mir war mehr als unbehaglich zumute, obwohl ich nicht wusste, wieso. Lag es an dem Fluch, dass ich sie nicht mehr direkt ansehen konnte? Ich schluckte und zwang mich, ihr direkt in die grauen Augen zu blicken, die sie auf mich gerichtet hatte, irgendwie unsicher.

»Natürlich«, sagte ich mit fester Stimme.

Sie atmete tief durch, schien erleichtert.

»Ich ... ich weiß nicht, was zwischen dir und Azarael vorgefallen ist«, begann sie und ich blickte zur Seite, stieß ein Lachen aus.

»Glaub mir, ich auch nicht. Vermutlich nimmt er es mir übel, dass Lila und Ralph hier sind.«

Sie nickte. »Ja, wahrscheinlich.« Sie machte eine Pause

und begann, nervös an ihren Fingern zu spielen. »Hör zu, Sophie, du sollst wissen, dass ich dir vertraue, und wenn du ihnen vertraust, dann tue ich das auch. Ich … ich glaube, ich habe mich nie so richtig bei dir dafür bedanken können, was du in Palm Springs für mich getan hast.«

Ich wehrte sofort ab. »Rose, tu das nicht. Bedanke dich nicht bei mir. Wenn ich nicht gewesen wäre, dann wärst du gar nicht erst in diese Situation gekommen. Die Shuk hätten dich gar nicht erst gefunden. Vermutlich …«

»Nein«, widersprach sie mir kopfschüttelnd. »Ich denke, irgendwann, ich weiß nicht, früher oder später, hätten entweder sie mich gefunden oder ihr. Ich hab dir doch erzählt, dass ich so ein komisches Gefühl hatte, zu meinem Onkel und meiner Tante reisen zu müssen. Weißt du was, ich glaube, dieses Gefühl hat mich in Wahrheit zu dir geführt.«

Ich nickte. Sie hatte recht. Die besonderen Fairies wurden auf eine seltsame, beinahe beängstigende Weise von mir angezogen, sodass sie mir früher oder später begegneten. Nichts anderes war mir zuerst mit Carl und dann mit Rose passiert. Sie hatte in England Kunst studiert und sogar über einen ganzen Kontinent hinweg diesen Drang verspürt, zu mir zu kommen. Und jetzt war sie hier, inmitten dieser Mühle aus Angst, Verfolgung, Gerettet- und Beschütztwerden. Jetzt war sie es, die die ganze Aufmerksamkeit des obersten Engels in Anspruch nahm.

»Aber das ist nicht der Grund, weshalb ich mit dir sprechen wollte«, fuhr sie fort und jetzt sah ich interessiert auf.

»Ich möchte gezeichnet werden«, sagte sie mit fest entschlossener Stimme und schenkte mir einen sehr ernsten Blick.

Ich lächelte unwillkürlich. »Hast du dir das auch gut überlegt? Ich meine, schau mich an, sehe ich besonders glücklich aus?«

»Nein, aber du siehst verdammt gut aus!«, konterte sie sofort und ich stieß ein Seufzen aus.

»Glaub mir, Rose. Das gute Aussehen der Fairies ist nur ein Täuschungsmanöver. Ich denke, wir reizen die Menschen somit, sich uns anzuschließen, und glaub mir, ich weiß, wovon ich rede. Du hättest mich sehen sollen, bevor ich als Cayuga erwachte. Ich war moppelig, hatte viel zu krause Haare, unreine Haut ...«

»Aber jetzt bist du wunderschön, elegant und vor allem eines: mächtig und wahnsinnig stark.«

Ich schwieg, wusste nicht, was ich darauf antworten sollte.

»Weißt du, Sophie, ich möchte genauso stark sein wie du. Ich möchte genauso selbstbewusst sein und vor allem möchte ich nicht länger behandelt werden wie ein rohes Ei, das am besten in Watte verpackt und versteckt wird!«

Sie seufzte, strich sich eine Locke zurück ins Haar und brachte ein mattes Lächeln zustande.

»Verstehst du mich?«

Ich lehnte mich an die Plastikwand und blickte kurz hoch zur Decke, an der eine grelle Lampe leuchtete.

»Oh, ich denke, ich verstehe dich sehr gut. Du möchtest Teil der Organisation sein. Du möchtest an sämtlichen Aktionen teilhaben, du willst behandelt werden wie ein vollwertiges Mitglied, aber du vergisst eines, Rose. Du musst dein gesamtes bisheriges Leben aufgeben, deine Freunde, deine Familie, alles.«

»Ja, ich weiß, ich hatte bereits ein Gespräch mit Erin. Sie hat mir alles gesagt, was ich über die Fairies wissen muss.«

»Und du bist zu allem bereit?« Ich zog prüfend die Augenbrauen hoch und musterte sie. Ihr Blick war sehr entschlossen.

»Ich möchte eine Fairy werden.«

»Und du weißt auch, als wer du erwachen wirst?«

Sie nickte. »Als die Prinzessin, auf der dieser schreckliche Fluch liegt. Ich hatte ein paar äußerst interessante, aufschlussreiche Einheiten bei Evangeline.«

Ich musste unwillkürlich lächeln und dachte an die etwas eigensinnige, aber äußerst begabte Desideria Evangeline, meine Lehrerin, seit ich von der Organisation gerettet worden war.

»Dann weißt du also, welches Schicksal dich erwartet, sobald du zwanzig wirst und du nicht …« Ich brach ab. Wusste sie von der Möglichkeit, den Fluch zu brechen? Und wenn nicht, sollte ich es ihr überhaupt erzählen?

»… du dich nicht vorher verliebst«, vollendete sie meinen Satz und machte damit meine Überlegungen zunichte.

»Azarael hat es dir also erzählt«, schlussfolgerte ich und sie nickte.

»Und ich glaube, ich bin gar nicht so weit von meiner wahren Liebe entfernt.«

Meine Augen weiteten sich vor Überraschung. »Du bist schon verliebt? Hast du einen Freund? Bei den Menschen?«

Doch sie schüttelte den Kopf. »Nein, ich bin Single. Ich will damit sagen, dass ich glaube, dass ich mich bereits verliebt habe.«

Ich sah, wie sich Röte in ihr Gesicht stahl, und ahnte Böses. Doch dann überlegte ich, mit welchen Fairies sie bisher engen Kontakt gehabt hatte. Erin kam mir als Erste in den Sinn, doch als weibliche Fairy zählte sie in diesem Fall nicht. Obwohl, genau genommen war auch gleichgeschlechtliche Liebe eine Option. Dann waren da Balladion, Arion – nein, sie waren Engel. Der Fluch musste von einem Fairy gebrochen werden. Evangeline zählte ebenfalls nicht. Kam nur noch …

»Azarael hat sich rührend um mich gekümmert, seit er mich aus dem Chaos in Palm Springs gerettet hat«, begann sie und bestätigte damit meine Vermutungen.

»Du hast dich in den Engel verliebt?«

Sie schlug die Augen nieder und blickte beschämt auf ihre Fußspitzen.

»Ich weiß ja, dass er unmöglich meine wahre Liebe sein kann, es muss ein Fairy sein, nicht wahr? Aber irgendwie fühle ich mich zu ihm hingezogen.«

Ich biss mir auf die Lippen. Das durfte doch alles nicht wahr sein. Taylor war wieder einmal verschwunden, ich machte mir wahnsinnige Sorgen um ihn und hier stand ich und wurde doch allen Ernstes eifersüchtig wegen Rose! Statt dass ich froh war, sie glücklich und verliebt zu sehen, was die Rettung der gesamten Fairy-Welt bedeuten konnte! Doch ich wusste nicht, ob es so gut für sie war, in den Engel verliebt zu sein, und ich bezweifelte sehr stark, dass er ihre Liebe erwiderte. Oder etwa doch?

Ich schüttelte den Kopf, wie um diese seltsamen Gedanken zu vertreiben.

»D-das … das ist ein Anfang«, brachte ich schließlich hervor und plötzlich kam mir mein Gespräch mit Natascha in den Sinn, das Urzeiten zurückzuliegen schien.

Wir hatten uns damals über sehr ähnliche Dinge unterhalten, weshalb ich mich für die Fairies entscheiden sollte, welche Möglichkeiten mich erwarteten und dass Taylor nicht gut für mich sein würde, dass ich ihn mir schnellstmöglich aus dem Kopf schlagen sollte. Ich warf einen Blick auf Rose, die immer noch sehr nervös neben mir stand und auf meine weitere Reaktion wartete. Sollte ich sie ebenfalls warnen, sich nicht wegen Äußerlichkeiten und einem Gefühl für das Leben einer Fairy zu entscheiden?

»Ich weiß nicht, ob du …«, versuchte ich das Gespräch in diese eine Richtung zu lenken. Sofort hob Rose abwehrend die Hände.

»O nein, nicht dass du jetzt denkst, dass ich wegen ihm eine Fairy sein möchte! Nein, so oberflächlich darfst du nicht von mir denken!«

Autsch, das saß. Ich selbst war leider zum Teil so oberflächlich gewesen.

»Ich möchte eine Fairy werden, weil ich in der Lage sein möchte, mich selbst zu verteidigen.«

Mein Blick wurde ernst.

»Das ist ein guter Grund.«

»Verstehst du mich? Ich möchte auf mich selbst aufpassen können, mich gegen die Shuk wehren können, so wie du. Ich möchte stark sein. Wirst du mich zeichnen?«

Ich schluckte, wusste nicht, was ich darauf antworten sollte. Die Wahrheit war, die Organisation hatte Rose bisher nicht gezeichnet, weil Rose zunächst große Zweifel gehegt hatte, und dann, weil sie nicht wollte, dass die restliche Fairy-Welt auf irgendeine Weise von ihr erfuhr. Wenn sie ein Mensch bliebe, ohne Prueba, so glaubten sie, wäre sie sicherer als eine Frisch-Gezeichnete. Aber dabei vergaßen sie vollkommen, dass Rose ein Mitspracherecht hatte. Sie wurde in gewisser Weise behandelt wie ich, als ich noch nicht über Cayugas besondere Kräfte verfügt hatte, als ich noch genauso schutzbedürftig war wie Rose hier. Und ich wusste wahrscheinlich besser als jeder andere, wie sie sich im Moment fühlte.

»Rose, ich verstehe dich, ich verstehe dich wirklich. Aber ich sollte mich vielleicht besser mit Azarael absprechen. Wir ...«

»Nein, bitte. Ich habe bewusst dich gefragt, weil ich weiß, dass du dich einen Teufel darum scherst, was Azarael macht. Ich meine, du hast zwei Shuk mitgebracht, einfach so, und er ist nicht ausgeflippt.«

Ich lächelte und fühlte mich irgendwie geschmeichelt.

»Oh, wir hatten unseren« – ich suchte kurz nach dem richtigen Wort – »ich meine, eine kleine Meinungsverschiedenheit. Wir hatten eine kleine Meinungsverschiedenheit wegen Ralph und Lila. Aber wir haben einen Kompromiss gefunden.«

Sie nickte, biss die Lippen kurz aufeinander, lächelte dann.

»Siehst du, das meine ich. Du schaffst es, ihn zu allem zu überreden, was du möchtest. Bitte, Sophie, zeichne mich und bring mir bei, was du kannst!«

»Whoaw!« Ich trat einen Schritt zurück. »Bisher haben wir nur von der Zeichnung gesprochen!«

Sie grinste. »Du bist in meinen Augen die beste Fairy der Welt. Und ich will von der Besten lernen.«

Ich stieß ein freudloses Lachen aus. »Oh, du hast noch nicht viele Fairies kennengelernt. Ich bin sicher, dann würdest du anders denken. Evangeline zum Beispiel ist eine sehr gute Lehrerin.«

»Hör mir auf mit Evangeline«, fuhr sie mir ins Wort. »Sie ist irgendwie seltsam. – Ich meine es ernst, Sophie, ich möchte von niemandem außer dir gezeichnet und unterrichtet werden. Ich denke, in Shanghai werden wir genug Zeit haben.«

Ich legte einen Finger an den Mund, konnte aber ein Grinsen nicht unterdrücken.

»Was ist hier los? Geht es dir gut?« Azarael stand plötzlich vor uns, doch seine Sorge galt nicht mir, sondern Rose. Er musterte sie von Kopf bis Fuß. Als er sich vergewissert hatte, dass sie wohlauf war und auch ansonsten recht vergnügt dreinsah, wanderte sein Blick vorwurfsvoll zu mir.

Erneut stahl sich ein Grinsen auf mein Gesicht. »Komm

schon, Azarael. Wir sind einfach nur zwei Frauen, die gemeinsam aufs Klo gehen, wie Frauen es eben tun.«

Er zog die Augenbrauen zusammen und sein Blick flog von mir zu Rose und wieder zurück. Dann drehte er sich um und schritt ohne ein weiteres Wort wieder die Treppe hinauf.

Rose und ich tauschten vielsagende, verschwörerische Blicke und ich nickte ihr zu. Ich würde sie zeichnen und ich würde ihr alles beibringen, was ich wusste, was ich bisher gelernt hatte. Sie würde in der Lage sein, sich zu verteidigen.

KAPITEL 11

Am Flughafen wimmelte es nur so von Menschen. Ich hatte noch nie so viele auf einem Haufen gesehen und war im ersten Moment einfach nur geflasht. Azarael hatte uns gezielt durch die Massen bugsiert, stets auf den Schutz der verblendeten Rose bedacht. Ich, die ich mich selbst verblenden konnte, hatte alle Mühe, auch Lila und Ralph mit einem Zauber zu versehen und dabei nicht die Orientierung zu verlieren. Schließlich hatten wir es doch irgendwie geschafft, uns zwei Taxis zu rufen, die uns aus dem Stadtzentrum herausbrachten. Und wieder einmal kam uns die Fähigkeit der Fairies, in allen Sprachen dieser Welt heimisch zu sein, sehr zugute, denn die chinesischen Taxifahrer sprachen fast ausschließlich Chinesisch. Ich nannte ihm den Namen einer Kreuzung, aus meinem Mund hörte es sich an wie Hu Tsching Ping Gong Lu/Zu Gang Lu, und er setzte sich folgsam in Bewegung. Meine Blicke wanderten skeptisch über viele Warnleuchten, die an seinem Armaturenbrett aufblinkten, und ich krallte mich wegen des rasanten Fahrstils an der verschlissenen Halterung fest. Wie die Chinesen Auto fuhren, würde ich wahrscheinlich nie verstehen. Chaotisches Drängeln von links nach rechts und von rechts nach links, sie bogen von einer Fahrspur auf die andere ab, ohne zu blinken, ohne sich umzusehen – sie hupten einfach wild als Warnung drauflos. Auf der Rückbank sah ich Ralph und Lila sitzen, ähnlich angespannt wie ich selbst. Sie warfen einander immer wieder Blicke zu, die ich nicht einschätzen konnte. Ich tat alles in meiner Macht Stehende, um die beiden zu schützen, musste sie immer wieder gegenüber Azarael verteidigen und dennoch schlich sich dauernd diese Stimme in meinen Kopf, die mich vor ihnen warnte. Die goldenen Augen wirkten bedrohlich, egal wie freundschaftlich und versöhnlich sie mich anblickten. Aber solche Gedanken schob ich stets beiseite. Ich hatte mich jetzt dafür entschieden, ihnen zu vertrauen. Also musste ich dazu stehen.

Nach etwas über einer Stunde Fahrt schließlich bog das Taxi in eine breite Einfahrt ein, die von einer großen Doppelschranke gesichert wurde, an der zu jeder Straßenseite ein Wachhäuschen stand, besetzt mit einem mürrisch dreinblickenden Chinesen. Azarael bezahlte soeben sein Taxi, neben ihm stand Rose, die etwas unsicher die Umgebung musterte. Nachdem auch wir unserem Fahrer das Geld gegeben hatten, stiegen wir aus und standen nun vor vielen großen Häuserblocks, die sich zwischen spärlichem Grün hinter den Wachhäusern befanden.

»Das hier ist eine Wohnblocksiedlung, in der vor allem ausländische Paare leben, die in der Stadt arbeiten – die meisten davon zeitlich beschränkt. Ich habe uns ein Appartement im siebten Stock dieses Blocks für ein paar Monate gemietet«, erklärte der Engel und ich nickte beeindruckt, wieder einmal verblüfft von seiner Fähigkeit, in kürzester Zeit eine Menge Dinge zu organisieren.

Das Appartement erwies sich als großräumig, mit hellen Möbeln, weißem, marmoriertem Steinfußboden, zwei Bädern, zwei Schlafzimmern, einer geräumigen Küche und einem großen Wohn-Essbereich – alles klimatisiert und bereits mit Lebensmitteln ausgestattet.

»Alle Achtung, Azarael. Zwar nicht ganz so luxuriös, wie es sonst dein Stil ist, aber zweckmäßig und auf die Schnelle einfach genial.« Ich nickte ihm anerkennend zu und er lächelte. Für eine kurze Weile blickten wir einander in die Augen – Blau in Blau – und ich merkte, wie mein Herz begann zu flattern, sah vor meinem inneren Auge die Bilder von unserem leidenschaftlichen Kuss und wandte den Blick schnell ab. Ich eilte zu einem der riesigen Fenster, die außen von großen hölzernen Lamellen verdunkelt wurden, die wie riesige Jalousien wirkten, und blickte auf die anderen Häuserblocks, die unseren umringten.

Rose verschwand im Badezimmer und Ralph und Lila nahmen die anderen Räume in Augenschein. Ich hörte, wie Azarael sich zu mir stellte.

»Nun, wann willst du es tun?«

Ich sah ihn verwirrt an. Ich hatte keine Ahnung, wovon er sprach, versuchte aber, es zu erraten, was nicht schwer war. »Ich denke, ich sollte in die Stadt gehen und dort Ausschau halten. Ich bin sicher, ich kann den für Rose bestimmten Prinzen erkennen, wenn ich auf ihn treffe.«

Er verschränkte die Arme vor der Brust und lächelte. »Und

du bist sicher, dass er sich ausgerechnet in Shanghai aufhält?«

»Ja«, sagte ich betont. Natürlich war ich nicht sicher, aber irgendetwas war hier. Ob es der Prinz war oder jemand anders – eine besondere Persönlichkeit befand sich in unserer unmittelbaren Nähe, davon war ich felsenfest überzeugt.

»Gut«, sagte er nickend. »Aber das meinte ich gar nicht.«

Ich zog überrascht die Augenbrauen hoch. »Was meinst du dann?«

Wieder lächelte er. »Ich meinte, wann willst du Rose zeichnen?«

Ich zuckte kurz zusammen und richtete meinen Blick schnell wieder auf das Fenster. »Wie meinst du das?«

»Komm, Sophie.« Er trat ein wenig näher an mich heran. »Hast du tatsächlich erwartet, ich wüsste nicht, was Rose möchte?«

»Und ist es so verkehrt?« Ich drehte mich zu ihm.

»Nein, das ist es nicht.« Er atmete hörbar ein und aus. »Hättest du mit mir darüber gesprochen? Oder hättest du es einfach getan, ohne dich mit mir zu beratschlagen?«

»Ich hätte dich vor vollendete Tatsachen gestellt«, gab ich wahrheitsgetreu zu und hielt den Blickkontakt zu ihm. Er stieß ein Seufzen aus. Ein frustriertes Lächeln stahl sich auf sein Gesicht.

»Ich hätte auch nichts anderes erwartet. Tu, was du für richtig hältst, aber ich möchte dich noch einmal an das Ziel erinnern.«

»Du musst mich nicht daran erinnern! Ich hab es immer vor Augen.«

»Wirklich?«

Unsere Blicke trafen sich erneut, diesmal lächelte er nicht.

»Hast du etwas von den anderen gehört?«, fragte ich schließlich und enttäuscht sah ich, wie er den Blick senkte und dann kaum merklich den Kopf schüttelte.

»Glaub mir, ich tue alles, um sie zu finden. Sobald ich etwas weiß, gebe ich dir Bescheid.«

Ich nickte und stellte mich wieder vors Fenster. Dann hörte ich, wie er kurz durchatmete, sich umwandte und in einem der Zimmer verschwand; vermutlich um nach Rose zu sehen.

Noch im Bryce Canyon hatten wir uns so gut verstanden, waren Freunde gewesen. Ich hatte begonnen, ihm zu vertrauen, er hatte begonnen, mich zu respektieren. Was war geschehen? Lag das nur an diesem einen Kuss? Oder steckte mehr dahinter? War Rose der Schlüssel? Hatte er tatsächlich Gefühle für sie und konnte es sein, war ich eifersüchtig? Aber nein, er verlangte nach wie vor von mir, nach Rose' wahrer Liebe zu suchen. Das würde er doch nicht tun, wenn er sich selbst für sie interessierte, oder nicht? Ich fuhr mir durch die zerzausten, verschwitzten Locken. Ich brauchte schnellstens eine kalte Dusche.

* * *

Ich teilte Rose meine Entscheidung noch am selben Abend mit und fragte sie, wann sie gezeichnet werden wollte.

»Wenn möglich sofort«, antwortet sie mit glänzenden Augen.

Wir saßen am großen Esstisch. Lila hatte aus Konserven eine wirklich sehr leckere Bolognese-Soße zubereitet, wozu wir teigige Spaghetti aßen. Es schlich sich beinahe so etwas wie banale Normalität ein und wir hätten wirklich eine nette, gemütliche Tafelrunde sein können, wenn da nicht die misstrauischen Blicke gewesen wären, die Azarael den beiden Shuk zuwarf, und unsere Sorge um die restlichen Mitglieder der Organisation, allen voran Taylor, um den meine Gedanken am häufigsten kreisten. Was, wenn er diesmal nicht überlebt hatte? Aber nein, so durfte ich nicht denken. Taylor war zäh, stark und mächtig. Er würde zu mir zurückkehren, wie er es immer getan hatte. Auch die Stimmung zwischen mir und Azarael war angespannt, doch er verzog keine Miene, als ich die Frage an Rose stellte, wann sie gezeichnet werden wolle, und schob weiterhin, den Blick auf die helle Tischplatte gerichtet, einen Löffel nach dem anderen in seinen Mund. Ob er als Engel wirklich Nahrung benötigte, wusste ich nicht. Manchmal kam es mir so vor, als nähme er nur um der Gesellschaft willen an den regelmäßigen Mahlzeiten von uns Fairies teil.

»Gut, dann schlage ich vor, noch heute Nacht.« Ich nickte Rose aufmunternd zu und sie erwiderte mein Lächeln strahlend. Ich warf einen Seitenblick auf Azarael, der immer noch keine Regung zeigte, und wollte ihn etwas fragen, doch Rose plapperte bereits munter drauflos.

»Oh, ich bin ja so aufgeregt! Wird es wehtun? Weiß man sofort, welche Magie man besitzt? Werde ich gleich ein Prueba haben oder entwickelt es sich nach und nach?«

Sie bombardierte mich regelrecht mit Fragen und ich war überrascht und dankbar zugleich, als sich Lila in das Gespräch einklinkte.

»Ich kann mich noch gut an meine Zeichnung erinnern. Und ich möchte dir keine Illusionen machen, ja, es tut weh, verdammt weh sogar, aber es ist auszuhalten«, sagte sie und legte Rose verschwörerisch eine Hand auf den Unterarm.

»Und es ist klar, welche Magie du besitzen wirst«, sagte nun auch Ralph. »Du bist schließlich die Prinzessin. Du bist eine Fünffach-Elementarierin.«

Ich sah, wie Azarael beim Kauen die Augen verengte und kurz innehielt. Er trank einen Schluck Wasser und nahm dann unbeirrt einen weiteren Bissen, als wäre nichts geschehen.

»Dein Prueba wird sich sofort zeigen, zunächst klein und nur zwischen deinen Augenbrauen, und sich im Laufe der Zeit je nach Stand und Entwicklung deiner Magie ausbreiten«, erklärte ich der immer noch bis über beide Ohren grinsenden Rose. Zu meiner Überraschung wandte diese sich direkt an den Engel.

»Jetzt schau nicht so, Azarael«, sagte sie und stupste ihn von der Seite an. Ich sah verblüfft auf. Seit wann waren die beiden so vertraut? »Ich weiß, du heißt meine Zeichnung nicht gut, aber sieh es von der Seite. Du musst dann nicht ständig solche Angst um mich haben. Sophie hat angeboten, mich persönlich zu trainieren, und ich werde mich bemühen, eine gute Schülerin zu sein.«

Ich hatte mich an einem Bissen verschluckt, hustete und bemühte mich schnell, einen Schluck nachzutrinken. Von *angeboten* konnte ja wohl kaum die Rede sein, aber ich erwiderte nichts darauf.

»So, hat Sophie das?« Sein Blick wanderte zu mir. Ich hielt ihm stand.

»Ja, habe ich«, erklärte ich mit fester Stimme. »Sie wird auf diese Welt und sämtliche Kreaturen, die in ihr Leben treten, vorbereitet sein und an Ralph und Lila können wir gleich üben.«

Augenblicklich war es still im Raum. Kein Besteck- oder Geschirrklimpern mehr und auch die Gespräche waren mitten im Satz beendet worden. Alle schienen, als wären sie in der Bewegung erstarrt.

Ich erwartete, dass Azarael wütend wurde, aufstehen, um den Tisch herumlaufen, mich anschreien würde, und machte mich auf all das gefasst. Ich würde ihm die Stirn bieten. Doch stattdessen ergriff Lila das Wort.

»Ach, deswegen hast du uns also mitgebracht? Als Versuchskaninchen für die hochwohlgeborene Prinzessin?« Sie lachte sarkastisch auf. »Und wir haben uns auch noch freiwillig mit einem Bann belegen lassen – um dir zu beweisen, dass wir KEINE Shuk sind! Dass wir immer noch deine Freunde sind und auf deiner Seite stehen, Sophie! Und was ist der Dank?«

Sie erhob sich und sah mich wütend an. Irrte ich oder

glitzerten Tränen in ihren Augen? Es sah aus, als wollte sie noch etwas hinzufügen, aber dann drehte sie sich wortlos um und verschwand in dem Zimmer, das sie mit Ralph bewohnte.

Ich schluckte und starrte auf meinen halb aufgegessenen Teller Spaghetti. Auf der gegenüberliegenden Tischseite quietschten die Beine des Stuhls, als auch Ralph sich erhob, den Mund mit einer Serviette abtupfte und seinen und Lilas Teller in die Küche stellte.

»Lass doch, Ralph, ich kümmere mich später um den Abwasch«, hörte ich Rose betont freundlich neben mir sagen, woraufhin Ralph ebenso wortlos den Wohn-Essbereich verließ.

Schweigen legte sich über den Raum und ich spießte weitere Spaghetti auf meine Gabel, drehte sie und schob sie mir in den Mund. Die anderen folgten meinem Beispiel und so beendeten wir ohne ein weiteres Wort das Abendessen.

* * *

Rose' Zeichnung verlief relativ unspektakulär, zumindest für mich. Sie selbst war ganz aus dem Häuschen, als ich ihr das Fläschchen zu trinken gab und sie bat, das magische Wort »Pruebame« auszusprechen. Sie unterdrückte ihre Schmerzensschreie und brach auch nicht in Krämpfe aus wie ich. Nein, sie akzeptierte die Zeichnung mit allem, was dazugehörte, tapfer, und ich fragte mich unwillkürlich, ob nicht alle Menschen zuerst gefragt und informiert werden sollten, was während der kurzen Prozedur mit ihnen geschah. Meine eigene Zeichnung war mir wie ein Gewaltverbrechen vorgekommen, als Taylor mich zu Boden gerangelt, mir den Mund zugehalten und mich gewaltsam auf magische Weise zum Schweigen gebracht hatte.

Rose standen die Tränen in den Augen und Schweiß glitzerte auf ihrer Stirn, aber sie stand strahlend vor dem Spiegel und betrachtete fasziniert ihr silbern glitzerndes Prueba, das aussah wie eine Blume, die ihren Kelch geschlossen hielt.

Betreten sah ich zu Boden. Ich wusste, warum es einer Rose glich, und beschämt rief ich mir in Erinnerung, dass ich langsam versuchen sollte, wirklich nach dem Einen zu suchen, der für sie bestimmt war und ihre Liebe erwiderte.

Eine halbe Stunde später war sie vor Erschöpfung selig lächelnd eingeschlafen. Ich saß noch eine Weile an ihrem Bettrand und beobachtete sie.

»Ich werde den Fluch brechen, der auf dir liegt, das verspreche ich dir, kleine Prinzessin«, flüsterte ich leise und augenblicklich erschien das Bild des Babys vor meinen Augen, wie es unschuldig in der Wiege vor mir gelegen hatte. So klein, so schutzbedürftig und doch auf so widerwärtige Weise verraten.

* * *

»Ja, das war gar nicht schlecht!«, rief ich über eine große Ebene und meine Worte hallten auf unnatürliche Weise wider.

Meine erste selbst erstellte Dimension hatte noch ihre Fehler und Macken, war aber für unsere Zwecke genau richtig. Es war einfach nur ein großer Raum mit hohen Decken und Wänden, die sämtliche Magie aufsaugten, sodass Rose, ohne groß darüber nachzudenken, Feuerbälle, Wassersäulen und Windhosen gegen sie schleudern konnte.

Sie hatte rote, vor Anstrengung glühende Wangen, ihre blonden Locken hatte sie zu einem Zopf geflochten, aber viele Strähnen hatten sich herausgelöst und klebten ihr nun auf der verschwitzten Stirn und den Schläfen. Sie schlug sich bisher sehr gut, war gelehrig und talentiert. Wie erwartet, war sie eine Fünffach-Elementarierin und diese fünf Elemente trainierte ich der Reihe nach mit ihr. Begonnen hatten wir mit dem Feuer, das mir nach wie vor das vertrauteste und liebste der Elemente war. Nach und nach hatten wir uns dann mit dem Wasser und der Erde beschäftigt und demnächst wollte ich mit dem Beherrschen der Luft anfangen. Den Geist hob ich mir bis zum Schluss auf. Meine eigenen Erfahrungen mit diesem Element saßen mir noch zu sehr in den Knochen und Azaraels Anwesenheit bei jeder Einheit machte es nicht gerade einfacher für mich. Er saß meist in einer Ecke und beobachtete uns stumm. Ich hatte erwartet, dass er sich vielleicht am Training beteiligen würde, aber stattdessen musterte er mich einfach nur. Einmal hatte ich ihn wütend gefragt, ob er nichts Besseres zu tun hätte, als hier herumzulungern – wie eventuell mal nach den anderen Mitgliedern der Organisation zu suchen? Postwendend hatte er mich angebrüllt, dass er alles versuche und selbst ebenso in Sorge sei. Daraufhin hatte er sich allerdings wieder in eine Ecke verzogen und stumm vor sich hin gebrütet.

Irgendwann hatte ich beschlossen, ihn zu ignorieren, und das gelang mir zu meiner eigenen Überraschung sehr gut.

»Jetzt versuch es noch einmal mit einer Wassersäule. Moment, ich erschaffe dir ein wenig Wasser. Dann fällt es dir leichter.«

Und augenblicklich hielt ich eine flüssige Kugel in der Hand, die ich Rose zuwarf. Mit einem Klatschen traf die Kugel sie mitten ins Gesicht und durchtränkte ihr Shirt. Mit triefenden Haaren sah sie mich an.

Erschrocken hielt ich mir die Hand vor den Mund, sie sah hoch – unsere Blicke trafen sich und augenblicklich lachten wir laut auf. Und es tat so verdammt gut, wieder herzhaft zu lachen! Ich kostete dieses Gefühl aus, bis mir der Bauch schmerzte und mir Tränen über mein Gesicht rannen. Als ich mir schließlich den nassen Schleier von den Wangen wischte, sah ich aus den Augenwinkeln, dass Azarael lächelte und aufstand. Er schüttelte, immer noch mit einem Schmunzeln auf dem Gesicht, den Kopf und verließ dann wortlos die Dimension. Verwirrt starrte ich ihm nach, ebenso wie Rose.

Dann klopfte ich mir kurz auf die Hose und ging zu ihr, entschlossen, Azaraels Verhalten wie üblich zu ignorieren.

»Nun, bist du bereit für die Luft?«

Sie atmete tief durch und nickte.

»Gut, dann wirst du lernen, dich selbst zu trocknen.«

Ich fand, dass ich mich als Lehrerin gut schlug für die Tatsache, dass ich selbst nur ein Jahr Ausbildung und provisorische Einheiten bei Evangeline erhalten hatte. Evangeline – sie war uns ein großes Rätsel. Ebenso wie der Rest der Organisation, inklusive des frisch gezeichneten Carl, der als König Korolyan, Rose' Vater, erwachen würde – so seltsam die Vorstellung auch war –, sie alle schienen wie vom Erdboden verschluckt und jeden Abend plagte mich die Sorge um Taylor. War er überhaupt noch am Leben? Hatten die Shuk ihn verschleppt? Gab es noch Hoffnung für ihn, dass er es schaffen konnte, ihnen zu entkommen wie Lila und Ralph? Immer wieder sagte ich mir, dass er es schaffen konnte – wenn nicht er, wer dann? Gerne hätte ich mich mit den beiden darüber unterhalten, wie sie selbst es eigentlich geschafft hatten zu fliehen, aber seit dem Abendessen hatte ich das Gefühl, dass Lila und Ralph mir absichtlich aus dem Weg gingen. Gut, in der geräumigen, aber dennoch für uns fünf beengten Wohnung war es für sie beinahe unmöglich, nicht auf mich zu treffen, zumal immer noch der Bann auf ihnen lag und sie die Wohnung keinen Zentimeter verlassen konnten. Lila nahm es mir immer noch übel, dass ich die Anspielung gemacht hatte, sie als Versuchskaninchen missbrauchen zu wollen, also entschied ich mich noch am selben Abend mit ihr zu sprechen.

Gleich nach dem Abendessen klopfte ich an das kleine

Zimmer, das sie gemeinsam mit Ralph bewohnte. Nachdem ich meinte, ein mürrisches *Ja* von drinnen vernommen zu haben, trat ich entschlossen ein.

Lila lag auf dem Bett und starrte an die Decke. Ralph saß auf dem Boden und blätterte durch irgendwelche chinesischen Zeitschriften, die dort kreuz und quer verteilt lagen. Sie blickten beide hoch und Lila richtete sich sofort auf.

»Was willst du?«, fragte sie barsch.

»Mit euch reden«, antwortete ich in versöhnlichem Ton.

Sie verschränkte die Arme vor der Brust und sah mich finster an, nickte dann jedoch.

»Was gibt es?«

Ich seufzte. »Ich wollte mich entschuldigen. So habe ich das nicht gemeint. Ich hatte bestimmt nicht vor, euch beide als Versuchskaninchen für Rose zu verwenden, das tut mir leid. Ich habe es vielleicht auch schlecht ausgedrückt. Alles, was ich wollte, war eure Hilfe und Unterstützung bei ihrem Training.«

»Ach? Auf einmal? Du kommst wohl nicht voran mit deinem Unterricht?«

Ich blickte ihr in die Augen und sah eine mir vollkommen fremde Person. Was war aus der fröhlichen, ausgeflippten, chaotischen Lila geworden, die ich auf der MS Fairytale kennengelernt hatte? Ein kurzer Blick auf Ralph, der schnell den Kopf abwandte, zeigte mir ebenfalls, dass ein riesiger Keil zwischen uns getrieben worden war, und ich wusste nicht, wie ich ihn entfernen konnte.

»Was ist nur mit uns passiert? Wir waren doch so gute Freunde! Erinnert ihr euch nicht an unsere gemeinsame Zeit auf der Akademie?«

Ralph starrte auf eine der Zeitschriften.

»Es ist zu viel passiert, denke ich«, sagte Lila, aber ihre Stimme klang bei Weitem nicht mehr so zornig wie zuvor. Sie schien angestrengt über etwas nachzudenken.

»Weißt du, es ist nicht allein die Tatsache, dass du uns für Rose' Training einspannen wolltest«, begann sie schließlich zu erklären. »Es ist vielmehr, wir sitzen hier beide fest, können nichts tun, um uns zu beweisen, werden behandelt wie Gefangene und im Prinzip ergeht es uns ähnlich wie bei den Shuk. Das hatten wir nicht erwartet, nachdem wir dich gerettet hatten.«

Ich runzelte die Stirn und fuhr mir reflexartig mit der Hand durch die Haare. »Das tut mir leid, aber ihr müsst auch verstehen, dass Azarael euch misstraut. Ihr habt das Aussehen von Shuk und ihr seid hier gemeinsam mit der Prinzessin, was sie einem wahnsinnigen Risiko aussetzt. Ich finde, ihr müsst es ihm hoch anrechnen, dass er euch überhaupt in ihrer Nähe duldet.«

»Das ist mir auch klar, Sophie«, fuhr Lila mir ins Wort. »Aber ich weiß nicht, was wir tun können, um ihn vom Gegenteil zu überzeugen, wenn wir hier festsitzen und der Bann auf uns liegt.«

Ich schloss die Augen und atmete dann tief durch. Azarael würde mich töten, aber ich wollte ihnen mein Vertrauen beweisen.

»Ich weiß, wie der Fluch der Fairies gebrochen werden kann«, sagte ich und auf einmal war es mucksmäuschenstill im Zimmer. Ralph hatte von seinen Zeitschriften aufgesehen und starrte mich ungläubig an.

»Nicht dein Ernst«, sagte Lila, aber ihr Blick verriet mir, dass sie nicht ganz so überrascht war, wie sie vorgab.

Ich nickte und dann berichtete ich von Cayugas Zauber und davon, dass es eigentlich unser oberstes Ziel sein müsse, Rose' wahre Liebe zu finden.

»Und warum sitzen wir dann noch hier herum?«, fragte Lila und schien plötzlich sehr euphorisch.

»Weil Rose trainiert werden muss. Wenn wir nur so wenige sind, ist es unmöglich, sie dort draußen zu beschützen. Sie muss in der Lage sein, sich zu einem gewissen Grad selbst zu verteidigen.«

Ralph nickte. »Und wo willst du den Mann für sie finden?«

»Oder die Frau?« Lila grinste.

»Keine Ahnung. Vielleicht sollten wir mal mit ihr auf eine Single-Party.«

»Keine schlechte Idee«, lachte Ralph.

Nach einer kleinen Pause, in der wir alle wieder ernst wurden, sah Lila mir in die Augen.

»Wenn du immer noch möchtest, dass wir dir beim Training mit Rose helfen ...«

Ich sah sie dankbar an und lächelte. Ich wusste, dass ich nicht von heute auf morgen jegliches Misstrauen ihr gegenüber ablegen konnte, genauso wenig wie sie mir im Moment zu hundert Prozent vertrauten. Aber es war ein Anfang. Ein Anfang, der sich für mich gut anfühlte.

* * *

In der Nacht schlief ich unruhig, wurde von seltsamen Träumen geplagt, konnte sie jedoch nicht fassen. Sie waberten wie undurchsichtige Schwaden um mich herum, wie Geister, die sich um mich drehten, mir undeutliche Worte zuriefen, heulten und dann wieder im Nichts verschwanden.

Keuchend und vor Schreck ganz steif in den Gliedern wachte ich auf, wusste im ersten Moment nicht, wo ich mich befand, was mit mir geschehen war. Ich setzte mich auf, griff mir an die Stirn, die schweißnass war, und strich mir die wirren Haare zurück auf den Rücken. Was hatte das zu bedeuten? Die meisten Albträume und Visionen, die Cayuga mit mir teilte, waren klar und hatten eine gewisse Botschaft, aber dies heute bereitete mir Gänsehaut und eine furchtbare Angst überkam mich. Angst vor dem, was noch geschehen würde, vor dem, was vor mir lag. Mein Herz schlug schnell und plötzlich baute sich der Gedanke an meinen Fluch in mir auf. Nein. Ich schüttelte den Kopf. Nein, ich durfte diese Angst nicht gewinnen lassen. Ich war stark. Ich war eine Urfairy! Ich würde Rose mit meinem Leben beschützen! Und dann tauchte da immer wieder Tanians Gesicht vor meinen Augen auf. Ihre grünen, intensiven Augen, ihr blasses, wunderschönes Gesicht. Meine Schwester, meine Familie, und doch war sie diejenige, die alle Fäden in den Händen hielt. Und was, wenn jemand den Spieß umdrehte und ihr Schicksal besiegelte? Jemand, der sie besiegen konnte?

Zitternd stand ich auf und tappte auf nackten Füßen hinüber in die Küche auf der Suche nach einem Glas mit frischem Wasser.

Ich erschuf einen zarten Nieselregen und hielt mein Gesicht hinein, um mich zu erfrischen. Dann holte ich aus einem der Oberschränke ein Glas, und kurz darauf füllte es sich von selbst mit klarem, kaltem Wasser.

»Sophie?«

Erschrocken drehte ich mich um. Dabei fiel mir das Glas aus der Hand und zerbarst auf dem kalten Fliesenboden in tausend Scherben. Bei dem Lärm zuckte ich zusammen, ging geistesabwesend in die Hocke und sammelte mit zittrigen Händen die Glasstücke ein. Natürlich schnitt ich mich dabei und plötzlich konnte ich die Tränen nicht mehr halten. Ich wusste nicht, wieso, ob die Träume dieses Gefühlschaos in mir ausgelöst hatten, aber plötzlich weinte ich hemmungslos, sank schwer atmend und schluchzend vollends in mich zusammen, vor mir die Scherben des zerbrochenen Glases, den blutenden Finger wenige Zentimeter vor meinen Augen.

»Sophie«, sagte Azarael bestürzt, beugte sich über mich, schob seine Arme unter meine Kniekehlen und um meine Schultern und hob mich behutsam hoch. Ich ließ den Kopf gegen seine Schulter fallen und konnte nicht aufhören zu schluchzen.

Er trug mich weg von den Scherben, die sich – wie ich über seinen Rücken und durch einen Schleier aus Tränen zu meinem Erstaunen sehen konnte – von selbst zu einem Glas zusammensetzten und die Flüssigkeit wieder aufsaugten, und legte mich vorsichtig auf die helle Couch. Dann nahm er sanft meinen blutenden Finger in seine warmen Hände und hauchte einen Kuss darauf.

Meine Augen weiteten sich, als ich sah, wie die Haut langsam begann, sich zu schließen, und der pochende Schmerz versiegte. Vor Überraschung vergaß ich zu weinen und sah ihn voller Erstaunen an.

»Wieso hast du das getan? Die Mini-Wunde wäre in wenigen Minuten sowieso verheilt gewesen!« Meine Stimme klang brüchig und verschnupft.

Er lächelte milde. »Du hast mir leidgetan.«

Dann wurde er sehr ernst.

»Was ist los mit dir, Sophie? Hattest du einen Traum? Eine Vision?«

Ich schüttelte den Kopf, schluckte.

»Du weißt, du kannst dich mir anvertrauen.«

Ich nickte, schluckte erneut. »Es war keine Vision und auch kein Traum, wie ich sie sonst immer habe – keine Erinnerung an Cayugas frühere Leben. Es war seltsam, schrecklich, angsteinflößend.« Ich sah auf meinen Finger, an dem noch ein wenig verkrustetes Blut an der wieder unversehrten Haut klebte.

»Azarael, ich muss dir etwas sagen«, begann ich und mir schlug das Herz bis zum Hals. Ich wusste, ich hätte es schon viel früher tun sollen, aber irgendwie hatte ich es nicht geschafft, irgendjemandem von meinem schrecklichen Schicksal zu erzählen.

Er blickte mich ernst an, seine Finger zuckten für einen Moment, als wolle er nach meiner Hand greifen, ließ es aber in letzter Sekunde bleiben.

»Tanian ...«, begann ich und wusste im ersten Moment nicht, wie ich es ausdrücken sollte. »Sie ... sie hat mich verflucht. Sie hat mir davon erzählt, als ich ihr im Death Valley begegnet bin.«

Er schwieg, blickte mich unverwandt an und wartete, dass ich weitersprach.

»Ich werde es sein, die die Prinzessin in diesem Leben tötet.«

Seine Miene war unverändert. Er sah mich noch immer durchdringend, aber sanft an und ich konnte nicht erkennen, was er von mir dachte.

»Ich werde es sein, die diesen Planeten und alles Leben darauf ins Verderben stürzt«, versuchte ich ihm die Bedeutung dieses Fluchs weiter zu verdeutlichen.

»Ich habe schon verstanden«, sagte er daraufhin und nun ergriff er wirklich meine Hand. Warm und unglaublich vorsichtig umschlossen seine Finger die meinen.

»Und du denkst, ich glaube auch nur einen Moment daran, dass du zu solch einer Tat fähig bist?« Seine Worte waren klar und berührten etwas in meinem Innersten.

»Ich ...«, setzte ich an, doch er unterbrach mich sofort.

»Du bist eine Urfairy, du bist in der Lage, dich gegen deinen Fluch zu wehren. Ich weiß das, weil ich dich kenne. Du wirst so etwas nicht tun.«

»Und woher willst du das wissen?« Meine Worte klangen beinahe verzweifelt.

»Weil ich dir vertraue.«

Ich machte eine abwertende Handbewegung. »Ich weiß nicht mehr, ob ich mir selbst trauen kann.«

Ich wusste nicht, woher dieses plötzliche Misstrauen und diese Verzweiflung kamen. Bis vor wenigen Stunden war ich mir selbst noch ganz sicher gewesen, dass ich alles schaffen konnte, wenn ich nur an mich glaubte, und dass ich als mächtige Urfairy auf jeden Fall in der Lage sein würde, diesen Fluch über mich selbst zu brechen. Doch jetzt, nach nur einem seltsamen Albtraum, war alles anders. Die Selbstzweifel überrannten mich, nahmen mich vollkommen ein und löschten jegliches Vertrauen in mich selbst aus.

»Sophie.« Azarael hatte sich nun über mich gebeugt und lehnte sanft meinen Oberkörper an seine Brust. Dann zog er mich in seine geborgene Umarmung und begann, mich vorsichtig am Oberarm zu streicheln.

»Ich beweise dir jetzt, wie sehr ich dir vertraue.«

Die Worte sprach er dicht an meinem Ohr und sehr leise aus, aber sie lösten eine Gänsehaut aus, die ich auf meinem gesamten Körper fühlte.

»Ich weiß von diesem Fluch schon seit geraumer Zeit.« Wieder diese leise Stimme, die sich anhörte, als käme sie direkt aus meinem Kopf, und ich hörte für einen kurzen Moment auf zu atmen.

»Ich habe deine Schwestern aufgesucht, gleich nachdem du dich gemeinsam mit Taylor auf die Suche nach Ralph und Lila gemacht hast, und wollte von ihnen wissen, weshalb sie dich so erbarmungslos jagen.«

Ich wagte nicht zu sprechen, hielt immer noch die Luft an, so ungeheuerlich waren die Worte.

»Calenleya erklärte sich schließlich bereit, mit mir darüber zu reden. Ich war der Erste, außerhalb der Urfairies und weniger Mitglieder der Fairy-Regierung, der von diesem zweiten Fluch erfuhr, und im ersten Moment war ich genauso schockiert und sprachlos wie du selbst vermutlich, als du davon erfahren hast.«

Er machte eine Pause, gab mir damit die Gelegenheit, etwas dazu zu sagen, aber meine Kehle war wie zugeschnürt.

»Noch im selben Moment habe ich die Schwestern für töricht gescholten. Ich habe ihnen gesagt, dass du stark genug bist, stärker als Tanians Macht, stärker als jeder Fluch, den sie ausspricht. Du wirst die Prinzessin nicht töten. Das weiß ich.«

Endlich fand ich meine Sprache wieder. »Das glaubst du?« Meine Stimme klang brüchig und so leise, beinahe wie ein Piepsen.

»Das glaube ich«, erwiderte er mit fester Stimme.

Ich seufzte. »Bis vor Kurzem habe ich selbst daran geglaubt. Rose ist mir in den wenigen Trainingseinheiten und der gemeinsamen Zeit hier ans Herz gewachsen. Ich mag sie, mag sie sogar sehr. Ich könnte es nicht übers Herz bringen, ihr etwas anzutun, und bin nach wie vor entschlossen, sie mit meinem Leben zu verteidigen, um die Menschen und auch die Fairies zu schützen. Aber Tanians Macht ist groß. Viel größer als die meine. Niemand kann sich gegen das Schicksal wehren, Azarael, niemand. Das müsstest doch selbst du als Engel sehen, oder nicht?«

Er richtete sich auf und schob meinen Oberkörper ein klein wenig zurück, sodass ich ihm direkt in die schönen tiefblauen Augen blicken konnte.

»Überleg mal, Sophie. Ich weiß schon lange von deinem Fluch und doch lasse ich es zu, dass du hier gemeinsam mit Rose auf engstem Raum zusammenlebst, dass du sie trainierst und dass du sogar zwei Shuk in ihre unmittelbare Nähe bringst. Ist das nicht ein Zeichen meines unerschütterlichen Vertrauens in dich?«

Ich wandte den Blick ab, starrte wieder auf meine in sich verknoteten Finger, konnte die Ungeheuerlichkeit in seinen Worten kaum fassen. Er hatte recht! Er hatte so ein tiefes Vertrauen in mich! Vertrauen, das weit über das normale Maß hinausging. Zitternd brachte ich nur ein Wort heraus.

»Wieso?«

Er heftete seinen Blick fest auf mein Gesicht und ich hatte ihn noch nie entschlossener, noch nie ernster, noch nie schöner gesehen.

»Weil ich dich liebe und weil ich es nicht zulassen werde, dass deine Seele an einem Fluch zugrunde geht. Deine Liebe zu anderen Wesen wird ihn überwinden und diese Welt retten.«

Ich spürte, wie sich meine Augen erneut mit Tränen

füllten. Doch dann legte ich, einem Impuls folgend, meinen Kopf in den Nacken, griff an seinen Hinterkopf und zog ihn zu mir. Als unsere Lippen sich trafen, war es seltsam anders als damals in der Dimension. Der Kuss war nicht leidenschaftlich, er war unglaublich sanft und zart, so vorsichtig, als würden wir einander zum allerersten Mal berühren und spüren. Aber dies geschah nicht zum ersten Mal. Es war schon so oft geschehen. Meine Seele und er – sie gehörten zusammen, liebten sich über den Tod hinaus und ich wusste, dass ich dieses einzigartige Vertrauen, diese Liebe, dieses unglaubliche Gefühl, das er für mich, für Cayugas Seele empfand, nicht enttäuschen konnte. Tanian durfte unter keinen Umständen gewinnen und dieses Band zerstören.

Doch im nächsten Moment zog sich der Engel auch schon von mir zurück und wandte den Kopf ab.

»Es tut mir leid, Sophie. Ich weiß, dass dein Herz Taylor gehört und das respektiere ich. Aber mein Herz wird immer Cayuga gehören.«

Er machte eine Pause, rutschte von mir weg und alles in mir schrie förmlich nach seiner Berührung, wollte zurück in seine Umarmung, seinen Kuss. Doch stumm blieb ich sitzen. Allein die Erwähnung von Taylors Namen ließ schreckliche Schuldgefühle in mir hochkochen und auch brennende Sehnsucht und Sorge um ihn.

»Ich habe eine gute Nachricht für dich, Sophie.« Irrte ich oder betonte er meinen Namen besonders intensiv? »Ich habe Nachricht von Balladion. Sie sind wohlauf. Auch Taylor ist unter ihnen.«

»Was?« Ich klang beinahe hysterisch und mein Kopf begann, sich zu drehen. »Wie geht es ihm? Wo ist er? Wann kann er hier sein?«

Ein trauriges Lächeln stahl sich auf Azaraels Gesicht. »Es geht ihm den Umständen entsprechend. Er kann die Reise nach China noch nicht antreten, aber er ist auf dem Weg der Besserung. Balladion wird in Kürze hier eintreffen und mich über alles informieren. Du wirst bald mit ihm sprechen können.«

Er stand auf und ließ mich aufgewühlt auf dem Sofa zurück.

»Du wirst ihn bald sehen.«

KAPITEL 12

»Schneller! Das muss schneller gehen!« Meine Stimme drang in jeden Winkel der Halle und Rose wischte sich den Schweiß von der Stirn. Sie sah müde aus, abgekämpft, aber ihr Blick vermittelte mir Entschlossenheit. Sie wollte unter allen Umständen beweisen, zu welchen Leistungen sie imstande war.

Ihr gegenüber, in etwa zehn Metern Entfernung, stand Ralph und lächelte ihr anerkennend zu.

»Ich fand, das war wirklich gut.«

Er sah bei Weitem nicht so abgekämpft aus wie Rose, und das, obwohl er einiges eingesteckt hatte, nämlich vor allem meine Demonstrationen aller vier Elemente.

»Ich würde sagen, für heute ist es genug«, tönte da Lilas Stimme von der Seite. Sie, die als Witchdrawal selbst keine Elementarkräfte besaß, wohnte unserem Training meist am Rande bei und gab Rose Tipps. Manchmal ließ sie sich von ihr auch angreifen und machte ihr deutlich, welche Fehler sie beging und wie man diese am besten verhinderte.

»Gut.« Ich nickte und beendete das Training. »Ich schätze, es ist ohnehin Zeit fürs Mittagessen.«

* * *

Wenig später saßen wir, Rose, Lila, Ralph und ich, gemeinsam mit Azarael am großen Esstisch. Azarael hatte mich zur Begrüßung umarmt, was mein Herz erneut zum Rasen gebracht hatte. Gerne hätte ich ihn nach Taylor und den anderen aus der Organisation gefragt, wusste aber nicht, inwiefern er beabsichtigte, auch Ralph, Lila und Rose zu informieren. Aus diesem Grund schwieg ich. Während des Essens sprach er nur von Belanglosigkeiten, erkundigte sich nach Rose' Trainingsfortschritten und wollte wissen, was wir für den Nachmittag geplant hatten.

»Ich dachte, wir schauen uns ein wenig die Stadt an«, sagte ich und blickte ihn durchdringend an. Ich wusste nicht, weshalb ich das vorschlug, hatte es eigentlich überhaupt nicht vorgehabt, aber irgendetwas in mir sagte mir, dass es richtig war.

Er hörte sofort auf zu essen und sah mich aus seinen blauen Augen an.

»Wie?«

»Na ja.« Ich schob seelenruhig weitere chinesische Nudeln umständlich auf eine Gabel. »Wir haben noch gar nichts von der Stadt gesehen. Und – ich meine – wenn man schon in so einer gigantischen Stadt ist, sollte man doch etwas von ihr gesehen haben.«

Plötzlich war es still geworden. Alle hatten aufgehört, sich Bissen in den Mund zu schieben, und beobachteten gespannt, wie Azarael reagieren würde.

»Und wie stellst du dir das vor?« Er sagte diese Worte ganz ruhig, legte dabei aber die Hände neben seinen Teller.

»Rose kann inzwischen sehr gut mit ihren magischen Fähigkeiten umgehen und ich bin ja bei ihr – selbstverständlich sind wir beide magisch verblendet«, erklärte ich.

»Und wenn Dunkle Jäger oder Shuk auftauchen?«

»Dafür nehmen wir Ralph und Lila mit. Azarael, wenn wir sie auf ewig verstecken, werden wir womöglich nie herausfinden, wer ihre wahre Liebe ist! Nur wenn wir sie mit unter Menschen nehmen, werden wir vielleicht den Hauch einer Chance haben, ihren Prinzen zu finden.«

Der Engel atmete tief durch. Dann richtete er seine eisblauen Augen erneut auf mich.

»In Ordnung.«

»In Ordnung?« Ich konnte ein leichtes Schmunzeln nicht unterdrücken, das er sofort erwiderte.

»In Ordnung«, wiederholte er und tupfte sich den Mund mit einer Papierserviette ab. »Ich sagte doch, ich vertraue dir. Ich vertraue dir sogar so sehr, dass ich Rose' Leben in deine Hände lege.«

Ich schluckte und hörte auf zu lächeln. Am Tisch war es totenstill. Ich spürte die Blicke förmlich auf mir, wie sie versuchten zu ergründen, was zwischen mir und dem Engel vorging, welche Worte ungesagt blieben.

Jetzt war es an mir, ernst und beinahe missmutig dreinzublicken. Ich wusste nicht, wie ich mit seiner Aussage umgehen sollte. Natürlich war es schön, dass er mir so bedingungslos vertraute, und natürlich hieß ich es gut, dass er auf meiner Seite stand bezüglich meiner Idee, mit Rose unter Menschen zu gehen. Aber plötzlich fühlte ich eine Last auf meinen Schultern, die vorher nicht da gewesen war. Insgeheim fragte ich mich, was gewesen wäre, wenn er mir diese Unternehmung verboten hätte. Hätte ich mich ihm widersetzt? Nach unserem gestrigen Gespräch?

»Was hast du geplant?«, riss er mich aus meinen Gedanken und ich bemerkte aus den Augenwinkeln, dass die anderen begonnen hatten, ihre Mahlzeit fortzusetzen, uns aber immer wieder verstohlen beobachteten.

»Nun ja, ich ...«, setzte ich an. Die Wahrheit war, ich hatte noch keine Idee, wohin genau wir gehen sollten. Lilas Idee mit der Single-Party kam mir wieder in den Sinn.

»Im Zentrum der Stadt, im alten Teil, gibt es einen großen, schönen Garten, den Yuyuan Garden. Vielleicht wollen wir uns den zusammen ansehen? Ich schätze, die Gefahr, dort entdeckt zu werden, ist nicht besonders hoch. Vor allem tagsüber.«

Die Worte kamen aus meinem Mund, ohne dass ich beabsichtigt hatte, sie auszusprechen. Ich wusste nicht, woher ich so plötzlich von dem Garten wusste. Eine neue Art Eingebung und ich versuchte, dem Engel über meinen Blick deutlich zu machen, dass dieser Garten etwas Besonderes enthalten würde. Etwas, was uns auf unserem Weg weiterbringen würde. Vielleicht sogar den Prinzen.

Azarael nickte knapp und alles in mir begann zu kribbeln. Spannung baute sich auf, die bis in meine Fußspitzen spürbar war.

»Wirst du uns begleiten?« Ich hatte nicht beabsichtigt,

dies so flehend klingen zu lassen, und zu meiner Erleichterung nickte er.

»Natürlich.«

* * *

»Was läuft da zwischen dir und Azarael?«, wollte Lila wenig später wissen. Wir standen mitten im Wohnzimmer und sie bandagierte sich die Handgelenke.

Irgendwie sah es so aus, als brächen wir zu einem Survivaltrip auf. Ralph hatte einen großen grauen Rucksack geschultert und versuchte sich an schnellen Drehungen, hob die zu Fäusten geballten Hände immer wieder in die Höhe, als erwarte er, augenblicklich von einem unsichtbaren Geist angegriffen zu werden.

»Nichts«, sagte ich betont ruhig und band mir die Schnürsenkel. Einen Fuß hatte ich dabei auf die Lehne des hellen Sofas gestellt.

Lila verschränkte die Arme und sah mich skeptisch an.

»Erzähl mir nichts. Da läuft doch was!«

Ich stellte einen Fuß etwas ungeschickt auf und wackelte für einen Moment. Schnell entschied ich mich, das Thema zu wechseln.

»Azarael hat mir gestern erzählt, dass er Nachricht von Balladion hat. Er, Taylor und die anderen sind wohlauf.«

»Das freut mich für dich«, sagte sie, aber ihre Stimme hörte sich nicht danach an. Sie wandte sich ab und schulterte ebenfalls einen kleinen Rucksack.

»Dann werdet ihr uns sicherlich bald nicht mehr brauchen und uns hier in irgendein Appartement abschieben.« Sie sagte diesen Satz eher beiläufig, aber mir war sofort klar, was er zu bedeuten hatte. Schnell griff ich nach ihrer Hand.

»Lila, ich werde euch immer an meiner Seite brauchen. Ihr seid meine besten Freunde. Und euch bei mir zu wissen, als Schutz für Rose und mich selbst – das ist ein gutes Gefühl. Aber so war es nun einmal vereinbart. Und es ist ja nur so lange, bis der Fluch gebrochen ist.«

»Wirklich? Und was sagt mir, dass ihr uns danach nicht einfach töten werdet?« Sie zog die Augenbrauen hoch, hielt die Arme noch immer verschränkt vor der Brust.

Langsam hatte ich genug von ihren Zickereien. So war sie doch früher nicht gewesen, oder etwa doch?

»Dann lass es sein. Dann geh! Ich habe es riskiert, den Schutz der Organisation für mich selbst zu verlieren, habe Azarael hintergangen, indem ich zwei Shuk mit hierhergebracht habe, und du misstraust mir immer noch? Wenn das dein Ernst ist, dann pack deine Sachen und geh. Dann brauchst du mir aber nie wieder unter die Augen zu treten!«

Wütend verließ ich den Wohnraum auf dem Weg zu Rose' Zimmer. Ich hörte, wie Lila mir etwas Unverständliches nachrief, und dann, wie Ralph begann, mit ihr zu diskutieren, aber es war mir egal. Ich hatte es langsam satt. Die letzten Wochen voller Misstrauen, voller Anschuldigungen, voller Streitereien – ich wollte nicht mehr. Dann sollten sie doch alle gehen. Ich war durchaus in der Lage, Rose selbst zu beschützen. Und ich war fest entschlossen, diesen einen Fairy-Mann zu finden, der uns alle retten konnte. Irgendwo dort draußen steckte Rose' wahre Liebe.

»Rose? Bist du so weit?«

Rose saß auf ihrem Bett und stand sofort auf, als ich hereinkam. Sie wirkte nervös und zittrig, aber lächelte freudig.

»Ja, bin ich.«

Ich erwiderte ihr Lächeln. »Schön.«

»Sophie?«, hielt sie mich zurück.

»Ja?«

»Was ist, wenn ich dort draußen wirklich dem einen Fairy begegne? Wie soll ich mich verhalten?«

»Ganz natürlich. Wenn er es ist, wird er dich erkennen und von dir begeistert sein.« Ich stellte mich dicht zu ihr und umarmte sie. »Du wirst ihn umhauen und er dich.«

Beinahe sentimental dachte ich an meine erste Begegnung mit Taylor zurück. Es schien Jahrhunderte her zu sein, dass ich ihm damals in Lloret de Mar begegnet war, und doch spürte ich sofort das Kribbeln im Magen und das Klopfen meines Herzens. Sein dunkler Blick, der sich so faszinierend, beinahe magnetisch in den meinen gebohrt hatte.

»Jetzt komm. Ich freue mich schon. Es wird ein schöner Tag. Das Wetter ist herrlich und ich bin echt schon gespannt auf diesen Garten.«

Doch noch im großen Essraum erwartete uns ein zutiefst missmutig dreinblickender Azarael, der sich am Tresen abgestützt hatte und mich bei unserem Eintreten sofort eindringlich ansah. Ralph und Lila waren noch in ihrem Zimmer und er zog mich und Rose in die Küche.

»Hört zu, ich muss für kurze Zeit fort.«

»Was? Jetzt?«, entfuhr es mir und ich spürte, wie mir die Farbe aus dem Gesicht wich.

Er nickte. »Irgendetwas stimmt da nicht. Balladion hätte längst hier sein müssen. Ich kann ihn zwar kontaktieren, aber da geht etwas Seltsames vor sich. Ich möchte dem gern auf den Grund gehen.«

Ich nickte. »Dann verschieben wir den Ausflug eben.«

Ich hörte selbst, wie enttäuscht meine Stimme klang, wusste aber, dass ich allein mit Rose, Ralph und Lila das Haus nicht verlassen konnte. Die Gefahr war einfach zu groß, und ohne den Engel …

»Sophie, was hast du für ein Gefühl, diesen Garten betreffend?« Er sah mich durchdringend an. Ich erwiderte seinen Blick und musste nicht lange überlegen.

»Intensiv, wie eine magnetische Anziehung.«

Er nickte. »Ist es wie damals bei Rose?«

Ich überlegte. »Nein, anders, noch intensiver. Azarael, ich weiß, dass dort etwas ist.«

Erneut nickte er, biss die Zähne zusammen und ich konnte förmlich sehen, wie er einen inneren Konflikt ausfocht.

»Dann möchte ich, dass du gehst.«

»Allein?« Ich erwartete ein Nicken, doch zu meiner Überraschung schüttelte er den Kopf.

»Nein, Rose allein mit Ralph und Lila zu lassen, halte ich

für keine gute Idee. Nimm sie mit. Bleib aber nicht länger als nötig. Ich bin so schnell wie möglich zurück.«

* * *

Ich war alles andere als euphorisch, als wir zu unserem kleinen Abenteuer aufbrachen, und in das kribbelnde, spannungsgeladene Gefühl mischten sich nun wildes Herzklopfen, schweißnasse Hände und zittrige Knie. Aber ich reckte den Kopf hoch, versuchte mich selbstbewusst und stark zu geben und die anderen davon zu überzeugen, dass ich durchaus in der Lage war, sie vor allen Gefahren zu schützen, vor allem Rose.

Zunächst brauchten wir eine Weile, bis wir den Eingang zum Garten überhaupt fanden, denn er lag mitten in einem verwinkelten, von tausend Gassen und Straßen umgebenen Teil der Stadt, in dem man sich augenblicklich wie in einer anderen Welt fühlte: hohe Häuser mit spitz nach oben zulaufendem Dachfirst, gestützt von großen roten Säulen; rote, wunderschön geschnitzte Vertäfelungen zierten die Fenster. Dazwischen eilten Unmengen von Chinesen umher, mit Rucksäcken, Taschen, Fotoapparaten, Essenstüten und anderen Dingen behängt. Wir vier fielen unter ihnen nicht sonderlich auf. Ich hatte mich nach bestem Wissen und Gewissen bemüht, uns in asiatisch aussehende Menschen zu verblenden, alle mit dichtem schwarzem Haar, klein und sehr dünn.

Nach einer halben Stunde des Herumirrens fanden wir

schließlich die große, weiße Mauer, auf der ein steinerner Drache thronte und wachsam ein Auge auf den Eingang zum Yuyuan Garden hielt.

Der Garten selbst war ein einziger Traum. Wunderschöne Felsen, überwuchert von dichtem, sattem Grün, gruppierten sich um alte Pavillons und lange, mit Schnitzereien verzierte Brücken, die über Teiche führten, in denen sich Goldfische, Kois und vereinzelt Schildkröten tummelten. Ich wurde immer selbstsicherer, meine Sorgen und Zweifel gerieten zunehmend in den Hintergrund und augenblicklich mutierte ich zum Touristen, zückte mein Handy und schoss begeistert ein Bild nach dem anderen. Und auch die anderen blühten förmlich auf. Vergessen war unser kleiner Streit von heute Morgen und bald schon posten wir hier und da vor einem kleinen, verwinkelten Bonsai, setzten uns auf die Felsenformationen oder fotografierten uns beim Fischefüttern.

»Hier ist es wie im Märchen«, schwärmte Lila und schoss ein Bild von einer kleinen Felsenhöhle, um die sich üppiger Efeu rankte.

Unterdessen wurde mein Interesse von einem großen Baum geweckt, der inmitten einer weiteren Felsengruppe stolz seine verwinkelten Äste in sämtliche Richtungen streckte. Bei seinem Anblick überkam mich ein seltsames Gefühl, eine Erinnerung an eine längst vergessene Zeit, an eine andere Welt. Dieser Baum verhieß Leben, Macht und Energie. Ich wusste nicht, weshalb, aber er zog mich magisch an, das Kribbeln in meiner Magengrube verstärkte sich. Das musste es sein! Unser Ziel! Mein Ziel! Der Grund für meinen Ausflug hierher.

»Sophie?«, hörte ich dumpf Rose' Stimme.

»Hm?« Es fiel mir schwer, mich auf sie zu konzentrieren.

»Alles in Ordnung? Wir möchten jetzt dann gehen«, erklärte sie und aus den Augenwinkeln sah ich, wie sie einen prüfenden Blick auf ihre Armbanduhr warf. »Wir sind schon über zwei Stunden hier und ganz ehrlich, ich glaube nicht, dass mir meine große Liebe heute noch begegnet, so traumhaft dieser Garten vielleicht auch sein mag.«

»Hm, ja, vielleicht hast du recht«, sagte ich noch immer mit dieser monotonen Stimme. Ich konnte den Blick nicht von dem Baum nehmen, wollte zu ihm gehen, meine Hand an seinen Stamm legen, ihn spüren.

»Sophie? Wirklich alles in Ordnung?«, vergewisserte sie sich erneut.

Ich schüttelte meinen Kopf und sah sie an, als wäre ich soeben aus einem Traum erwacht. »Ja, ja, natürlich. Gehen wir. Ich ...«

Ich warf einen Blick zurück zu dem Baum und spürte sofort wieder seine seltsame Anziehungskraft.

»Ich bin sofort bei euch. Gebt mir nur noch eine Minute.«

Ich konnte nicht widerstehen. Ich musste zu ihm, meine Hand an seine Rinde legen. Energie, es war pure Energie, die mich durchflutete, in meine Adern drang und mich von innen ausfüllte. Wie war es möglich, dass hier solch eine Pflanze wuchs? Spürte außer mir denn niemand, wie außergewöhnlich mächtig er war?

Ich konnte mich nicht erinnern, schon einmal so etwas gefühlt zu haben, und dennoch … Eine Erinnerung schlich sich in meine Gedanken. Da war ein Baum. Ein Baum, auf dem wir immer gesessen hatten, meine Schwestern und ich. Ein Baum, der uns mit Magie, Energie und Macht versorgte, der immer für uns da war und wir für ihn. Er war der lebensspendende Mittelpunkt aller Fairies.

Der Baum des Lebens.

Wie vom Blitz getroffen zog ich meine Hand zurück. Der Baum hatte unter meiner Berührung begonnen zu vibrieren und seine Äste schwangen im Wind, obwohl die Luft still und stickig war.

Jemand zog mich an meinem T-Shirt weg von ihm, weg von dem Garten, hinaus auf einen Platz, der von Menschen nur so wimmelte.

»Sophie, was war das?«, hörte ich Lilas ängstliche Stimme.

»Ich weiß es selbst nicht«, antwortete ich ihr verwirrt. »Hast du es nicht gespürt?«

»Na ja, der Baum begann plötzlich zu leuchten, als du ihn berührt hast. Sämtliche Blicke waren auf dich gerichtet. Ich schätze, wir haben eindeutig zu viel Aufmerksamkeit auf uns gezogen und sollten schleunigst von hier verschwinden.«

Sofort sah ich mich um und bemerkte die vielen neugierigen und auch ängstlich blickenden Augenpaare, die mich musterten.

»Du hast recht. Schauen wir, dass wir hier wegkommen.«

»Ralph versucht bereits, uns ein Taxi zu rufen.«

»Wo ist Rose?« Als ich sie nirgends entdecken konnte,

wurde ich panisch, drehte mich hin und her. Wie hatte ich nur so töricht sein können!

»Sie ist bei ihm, alles gut.« Lila legte mir eine Hand auf die rechte Schulter und bugsierte mich durch die Menschenmassen zur nächsten größeren Straße und dort standen sie auch schon und winkten aufgeregt. Ein Taxi hatte den Blinker gesetzt und wartete mit laufendem Motor.

* * *

»Meinst du, Azarael wusste von dem Baum?«, fragte Lila, als sich das Fahrzeug in Bewegung setzte und uns weg vom Zentrum brachte.

Ich schüttelte den Kopf. »Nein, mit Sicherheit nicht. Ich hatte die Idee mit dem Garten.«

»Ich hoffe nicht, dass andere Wesen auf uns aufmerksam wurden«, sprach Ralph unsere Bedenken aus. Er saß vorn auf dem Beifahrersitz und musste sich umständlich zu uns umdrehen.

Ich hatte mittlerweile den Kopf gegen die Scheibe gelehnt. Meine Gedanken drehten sich und eine plötzliche Müdigkeit überkam mich. Auf einmal fühlte ich mich seltsam erschöpft und ausgelaugt.

»Meinst du, wir müssen Shanghai verlassen?« Rose hatte aufgehört aus dem Fenster zu sehen und sah mich an.

Ich zuckte nur matt mit den Schultern. »Möglich. Aber ich denke nicht. Wenn wir Shuk oder Dunkle Jäger oder sonstige Wesen auf uns aufmerksam gemacht haben, glaube ich nicht, dass sie in der Lage sind, uns bis in unser abgelegenes Stadtviertel zu verfolgen.«

»Wir müssen dennoch vorsichtig sein. Du hast keine Ahnung, wie gut organisiert die Shuk sind«, murmelte Lila und eine Sorgenfalte legte sich auf ihre Stirn.

* * *

Ich sperrte unser Appartement auf, deaktivierte vorübergehend die Schutzzauber, damit wir eintreten konnten, und stellte sofort fest, dass Azarael noch nicht zurück war. Stirnrunzelnd sah ich mich in der Wohnung um. Es war ungewöhnlich, selbst für ihn, nicht einmal eine verborgene Nachricht in einem Kristall oder sonstigen magischen Artefakt zu hinterlassen, aber ich schloss daraus, dass er sich immer noch um die anderen aus der Organisation kümmerte, und hoffte, dass er in der Lage war, alle wohlbehalten hierherzubringen.

Rose, Ralph und Lila hatten sich erschöpft auf dem Sofa niedergelassen und besprachen das Geschehene, während ich die Schutzzauber hochzog, was mir diesmal unendliche Mühe bereitete. Was war dort in dem Garten passiert und was hatte es mit diesem seltsamen, magischen Baum auf sich?

»Wieso haben wir nichts von dieser Energie gespürt?«, fragte Rose soeben. »Ich meine, für mich sah er aus wie ein ganz gewöhnlicher, großer Baum.«

»Vielleicht weil du frisch gezeichnet bist.«

»Und wieso konntet ihr ihn dann auch nicht spüren?«, hakte sie weiter nach und stellte ein Bein auf.

Lila zuckte mit den Schultern. »Vielleicht weil wir noch keine vollständigen Shuk sind.«

Ich seufzte und stellte mich hinter den Küchentresen.

»Ich vermute, dass ich diese Energie spüren konnte, weil ich eine Urfairy bin.«

Drei Köpfe wandten sich zu mir um.

»Wir Urfairies haben eine viel innigere, viel bedeutendere Verbindung zur Natur als jedes andere Lebewesen. Wir spüren besondere Pflanzen, bevor wir sie sehen. Und das dort in diesem Garten war ein besonders alter, wertvoller und mächtiger Baum. Was mir Sorgen bereitet, ist die Möglichkeit, dass es vielleicht eine Falle meiner Schwestern war.«

Drei Augenpaare starrten mich entsetzt an. Ich senkte den Blick und seufzte erneut. Meine Hand rutschte am Tresen ab und ich konnte mich kaum noch auf den Beinen halten. Was war nur los mit mir?

»Leute, ich muss mich dringend ein wenig hinlegen, in Ordnung?«, brachte ich matt hervor.

Sofort blickten die drei mich beunruhigt an.

»Alles in Ordnung?«, fragte Lila und stand auf.

Ich nickte. »Ja, ja, ich denke, ich muss mich nur kurz ausruhen. Die Schutzzauber sind aktiviert. Ihr seid sicher. Weckt mich einfach nach einer Stunde, okay?«

Sie biss die Lippen aufeinander, nickte jedoch.

Als ich mich auf den Weg in mein Schlafzimmer machte, hallten Azaraels Worte in meinem Kopf wider.

Rose allein mit Ralph und Lila zu lassen, halte ich für keine gute Idee.

Doch ich musste ins Bett, die Beine hochlegen, die Augen schließen, nur einen kurzen Moment. Es war ja nicht für lange ...

* * *

Erschrocken riss ich die Augen auf, sah mich um. Stockdunkle Nacht umfing mich, machte mich orientierungslos. Was war geschehen? Wie lange hatte ich geschlafen?

Doch noch bevor ich einen Blick auf den Wecker werfen konnte, der auf einem kleinen Beistelltischchen stand, hörte ich Gelächter aus dem angrenzenden Raum.

»Wuhu! Nicht dein Ernst?« Das war Rose, die laut kicherte.

»Nein, wirklich! Das habe ich getan«, antwortete Ralph, ebenso laut lachend.

Ihre ausgelassene Stimmung beruhigte mich augenblicklich. Es war alles in Ordnung. Sie saßen noch im Esszimmer, vermutlich war die Nacht eben erst hereingebrochen. Es ging ihnen gut.

Kein Grund, sich zu ängstigen.

Ich ließ den Kopf zurück in das Kissen sinken und entschied mich, noch ein wenig liegen zu bleiben, über den Baum nachzudenken.

Langsam schlossen sich meine Lider erneut.

* * *

Als ich das nächste Mal erwachte, fühlte ich mich frisch, stark und absolut ausgeruht. Es war immer noch stockdunkel, doch eine seltsame Ruhe hatte sich über die gesamte Wohnung gelegt. Meine Freunde hatten sich vermutlich längst in ihre Schlafräume zurückgezogen.

Ein Piepsen drang unnatürlich laut durch die Stille und ließ mich aufschrecken. Aber es war nur mein Handy, das ich auf dem Beistelltisch abgelegt hatte und das mir verriet, dass eine Nachricht eingetroffen war. Ein kurzer Blick auf die Uhr. Es war zwei Uhr nachts. Wer schrieb mir so spät? Azarael? Nein, er würde nicht über das Handy kommunizieren, sondern eine andere Art finden, mich zu kontaktieren, über einen Kristall oder einen Traum.

Die Nachricht kam von Lila.

Ich runzelte die Stirn. Was wollte sie so spät von mir und weshalb kam sie nicht einfach ins Zimmer?

Es ist absolut MEGA hier! Du musst unbedingt kommen!

Augenblicklich setzte ich mich im Bett auf. Der Nachricht folgten unzählige Bilder. Mit offenem Mund starrte ich auf die beleuchteten Hochhäuser, die in grellen Neonfarben blitzenden, blinkenden Geländer und Brücken. Ein Bild zeigte ein beleuchtetes Drachenboot, das auf einem breiten, dunklen Fluss schipperte, und jedes Seil, jeder Mast, jedes Fenster, alles an ihm leuchtete in bunten Lichtern und Farben.

Ich wollte schon antworten *Was soll das?*, dann jedoch ließ mich der letzte Satz alarmiert aufhorchen.

Du musst unbedingt kommen?

Hastig tippte ich.

Wo seid ihr?

Ich musste nicht lange auf eine Antwort warten.

Bar Rouge! Schnapp dir ein Taxi und komm!

Entschlossen tippte ich auf den grünen Hörer. Es dauerte eine gefühlte Ewigkeit, bis sie abnahm, und mein Herz raste. Alles an mir war aufs Äußerste gespannt. Die Fragen hämmerten in meinem Kopf. Wie? Was? Weshalb? Aber ich verdrängte sie mit aller Macht. Jetzt zählte nur noch eines: Sie so schnell wie möglich zurückzuholen.

»Hey!« Lila schrie so laut in das Telefon, dass ich mein Handy einige Zentimeter von meiner Ohrmuschel weghalten musste.

»Verdammt, Lila! Kommt sofort zurück! Wo ist Rose? Geht es ihr gut?«

»Mach dich mal locker, Schwester!« Sie kicherte am anderen Ende.

Schwester? Wie viel hatte sie bereits getrunken? Nein, nein, nein, das durfte doch alles nicht wahr sein.

»Ist Azarael bei euch?«

»Ace?« Lila hickste. »Der alte Spielverderber? Neeee! Wir sind mit Alice und Bryan hier.«

»Alice und Bryan?«

»Ja, unsere neuen Nachbarn. Sie haben uns auf einen Willkommensdrink mit in die Stadt genommen. *hicks* Aber steht doch alles auf dem Zettel, den ich dir hingelegt hab! Jetzt schwing endlich deinen Arsch hoch und komm her!«

»Lila, was sind das für Leute? Vertraut ihnen nicht! Verlasst den Club! Kommt so schnell wie möglich her! Vielleicht ist es noch nicht zu spät!«

Ich hörte die Panik in meiner Stimme, das Drängen, doch Lila schien nur eines herauszufiltern: dass ich nicht kommen würde.

»Spießerin«, sagte sie, dann ertönte ein Klicken in der Leitung und die Verbindung brach.

Wenig später ertönte ein erneutes Piepsen.

Eine weitere SMS.

Ein Bild mit einer Adresse in chinesischen Schriftzeichen.

»Bar Rouge«, murmelte ich und alles an mir war in heller Aufregung, als ich mich aus dem Bett schwang. Zum Glück hatte ich mich nicht groß ausgezogen, als ich mich hingelegt hatte, und trug immer noch meine Jeans und die helle Bluse.

Der Garten!

Alles in mir schrie *Falle*. Adrenalin pumpte durch meine Venen, als ich hinüber ins Esszimmer sprintete, dort die kurz auf einen Zettel gekritzelte Nachricht vorfand und weiter in den Flur hastete.

Fünf Minuten später saß ich in einem Taxi, das zwar genügend Gas gab, aber dennoch über eine Stunde bis ins Zentrum brauchte. Gerne hätte ich uns irgendwie beschleunigt, aber ich wusste nicht wie, saß mit zitternden Knien auf der Rückbank, spielte nervös mit den Fingern und starrte auf die Uhr, die mittlerweile 2:30 Uhr anzeigte.

Wer waren Bryan und Alice? Was hatten sich Rose, Lila und Ralph nur dabei gedacht, die Wohnung zu verlassen, und wie war ihnen das überhaupt gelungen? Hatte ich nicht ausdrücklich gesagt, hier seien sie sicher? Und durch den Bann, den ich ja persönlich über die Wohnung gelegt hatte, hätten sie überhaupt nicht nach draußen gelangen, geschweige denn jemanden einlassen können. Meine Müdigkeit kam mir in den Sinn und dass es mir unglaublich schwergefallen war, vorhin am Abend die Zauber hochzuziehen. War ich etwa unvorsichtig, schlampig gewesen, sodass mir ein Fehler unterlaufen war?

Ich fuhr mir durch die Haare und faltete die Hände ineinander, legte sie mir vors Gesicht, ließ meine Knie unkontrolliert auf und ab hüpfen. Und unbarmherzig sprangen die Zahlen der Uhr weiter.

Bar Rouge? War das ein Club oder eine kleine versteckte Lounge? Aber die Bilder, die Lila mir geschickt hatte, ließen mich leider etwas vollkommen anderes erwarten. Das waren Fotos vom Bund. Das war die Bezeichnung für eine lange Uferpromenade inmitten des Shanghaier Stadtzentrums, die am westlichen Ufer des Huangpu-Flusses gelegen einen fantastischen Blick auf das Wirtschaftszentrum Pudong gegenüber bot. Ich hatte schon viel von der nachts mit tausend Lichtern beleuchteten Promenade gehört.

Gott, was würde wohl Azarael sagen? Das wollte ich mir gar nicht ausmalen. Schätzungsweise würde sein unerschütterliches Vertrauen in mich gefährlich ins Wanken geraten. Aber vielleicht konnten wir es ihm verheimlichen? Vielleicht ging alles gut? Wer wusste schon, wann er zurückkehrte? Bis dahin lagen wir alle vielleicht wieder selig schlummernd in unseren Betten? Ich betete inständig, dass es so sein würde.

KAPITEL 13

Das Taxi hielt und ließ mich an einem großen Bürgersteig direkt gegenüber dem Bund aussteigen. Kein Zweifel, von dieser blinkenden Welt hatte Lila Bilder geschickt. Ich war hier richtig.

Schnell steckte ich dem Fahrer die entsprechenden Geldscheine entgegen und hastete weiter, der Richtung folgend, die mir der Chinese genannt hatte.

Die *Bar Rouge* war keinesfalls eine versteckte kleine Kneipe. Nein, sie war eine große Diskothek im obersten Stockwerk eines gigantischen Wolkenkratzers mit einer ausladenden Terrasse, auf der sich mehrere Bars, Tanzsäulen und exklusive Lounges befanden, von denen aus man einen traumhaften Blick auf die glänzende Lichterwelt des Bund hatte. Zu meiner Verzweiflung war der Club sehr gut besucht und so musste ich mich durch schwitzende, schreiende, feiernde Massen kämpfen und hatte keinen Überblick.

Hoffentlich sind meine Freunde überhaupt noch hier!, schoss es mir durch den Kopf. *Was, wenn sie längst weitergezogen sind?* Erneut brandete Panik in mir auf. Am liebsten hätte ich alle mit einer Windhose zum Schweigen gebracht, wäre in alle Gehirne gleichzeitig eingetaucht, um sie dazu zu bewegen, von hier zu verschwinden. Da entdeckte ich sie. Sie hatte sich an der Theke direkt auf der Terrasse einen Platz ergattert und beobachtete staunend eine sehr biegsame Table Dancerin an einer Stange. Eine kleine Chinesin stellte soeben einen bunten Cocktail vor ihre Nase. Sie deutete mit einem Kopfnicken zu einem großen, gut gebauten jungen Mann hinüber, der sein Glas hob und ihr zuprostete.

Jetzt konnte ich mich nicht mehr zurückhalten. Zum Teufel mit den Menschen hier, zum Teufel mit Lila und Ralph! Da war Rose! Wenn es mir nur gelang, sie wieder heil nach Hause zu bringen! Ich stieß, rempelte, drückte. Leute riefen mir hinterher, schimpften – es war mir egal.

»Rose!«

Sie sah auf. Als sie mich erkannte, grinste sie breit und schlang mir die Arme um den Hals.

»Hey, dass du doch noch gekommen bist! Ich sag gleich Ralph und Lila Bescheid, sie sind dort hinten mit Alice und Bryan!«

Sie deutete zu einem kleinen Stehtisch, um den sich Ralph und Lila sowie zwei mir unbekannte Personen gruppierten. Eine kleine, junge Frau mit halblangen, blonden Haaren, die ihr in großen Wellen auf die Schultern fielen, sah Lila mit einem breiten Lächeln entgegen und entblößte dabei makellose, wenn auch leicht gelbliche Zähne. Ihr Gesicht war von Sommersprossen übersät und in der Hand hielt sie eine Sektflasche. Neben ihr stand ein großer Mann etwa in ihrem Alter mit dunklen, kurzen Haaren. Er hatte den Arm um sie gelegt und lächelte ebenfalls. Ich sah auf den ersten Blick, dass es sich hier um Menschen handelte, und irgendwie fiel mir ein kleiner Stein vom Herzen. Mittlerweile kannte ich mich gut genug mit Verblendung aus, um zu wissen, dass jeder Fairy und Engel, der nur ein bisschen trainiert hatte, aussehen konnte wie jeder x-beliebige Mensch. Aber diese beiden hier waren mit Sicherheit keines von beidem.

»Sie sind in das Appartement uns gegenüber gezogen«, erklärte Rose soeben. »Sie haben heute Abend bei uns geklingelt und uns auf einen Sekt eingeladen. Und – na ja – es blieb nicht bei der einen Flasche, wenn du verstehst.«

Sie stieß mich mit vielsagend in die Rippen, doch ich schenkte ihr nur einen vernichtenden Blick.

»Wie um alles in der Welt seid ihr nur auf den Gedanken gekommen, die Wohnung zu verlassen?«, schrie ich außer mir vor Zorn und stellte zu meiner Genugtuung fest, dass Rose kurz zusammenzuckte.

»Ach, komm schon, Sophie!« Sie zog einen Schmollmund, beinahe wie ein Teenager, den die Mutter aus der Disco ziehen muss. »Jetzt sei nicht so ein Spielverderber! Einmal möchte ich Spaß haben! Nur ein Mal! Ab morgen können wir dann wieder die Welt retten!«

»So, Schluss jetzt.« Ich riss ihr entschieden das Glas aus der Hand, stellte es auf den Tresen und packte sie am Oberarm. »Wir verschwinden jetzt von hier. So schnell wie möglich!«

»Guten Abend, die Damen.« Ein junger Mann hatte sich unbemerkt zu uns gestellt und ich erkannte sofort, dass es sich bei ihm um den Spender von Rose' Cocktail handelte.

Doch sein Blick ruhte unverwandt auf mir. Er hatte unglaublich schöne grüne Augen und ich überlegte für einen kurzen Moment, ob er ein Fairy war.

»Guten Abend und vielen Dank«, sagte ich barsch und bemühte mich vergeblich, eine dunkle Haarsträhne vor mein Gesicht zu legen. Himmel, wie hatte ich nur so dämlich sein können, mich nicht zu verblenden? Hatte ich denn gar nichts dazugelernt seit der Zeit, als ich am Las Vegas Sign so viel Aufmerksamkeit auf mich gezogen hatte? Aber in der ganzen Aufregung und Panik hatte ich einfach nicht daran gedacht.

»Keine Ursache«, säuselte er und trat einen Schritt auf mich zu. Ich packte Rose fest am Handgelenk, da ich spürte, wie sie ein paar Schritte zurückgehen wollte.

»Neu in Shanghai?«, fragte er weiter und sein Blick glitt über mein Gesicht, mein Dekolleté, meine ganze Figur und mit jeder Sekunde fühlte ich mich unwohler in meiner Haut.

»Tourist«, sagte ich und drehte mich ein wenig von ihm weg.

»Wie lange seid ihr beide noch hier?«

»Nur noch heute.«

»Oh, dann sollten wir die Nacht ausnutzen! Noch einen Drink?« Er hob erwartungsvoll sein mittlerweile leeres Glas.

Ich schüttelte den Kopf. »Nein danke, wir gehen gerade.«

»Ja, warum nicht?« Rose kicherte unaufhaltsam neben mir. Anscheinend war sie von dem jungen Mann sehr angetan. »Vielleicht ist er MEIN Fairy«, sagte sie weiter und begann zu prusten.

»Verdammt, das ist kein Spiel!« Jetzt schrie ich sie an.

»Und er ist definitiv kein Fairy!« Wieso ich den letzten Satz hinzugefügt hatte, wusste ich nicht, aber die Antwort des jungen Mannes ließ mir das Blut in den Adern gefrieren.

»Was macht Euch da so sicher, Mylady?« Mir stockte der Atem. Ich riss die Augen auf. Verdammt.

Sofort drehte ich mich um, suchte mit Blicken nach Lila und Ralph, die immer noch mit Bryan und Alice fröhlich feiernd am Stehtisch lachten und tranken.

Alles begann sich um mich herum zu drehen und ich konnte nur einen Gedanken fassen: Weg, wir mussten so schnell wie möglich von hier verschwinden!

Ich musste versuchen, zu retten, was noch zu retten war, und das war Rose. Sie musste um jeden Preis beschützt werden, koste es, was es wolle.

Doch da wurde ich selbst unsanft am Handgelenk gepackt und der Fremde zog mich hart zu sich heran.

»Sehr gewagt, heute Nacht auszugehen, wenn Ihr mich fragt, Cayuga.« Er hauchte mir meinen Namen ins Gesicht und kostete seinen Triumph aus. »Und Ihr wollt die Party doch wohl noch nicht verlassen? Ich wäre untröstlich.«

Mein Herz schlug mir bis zum Hals. Was sollte ich nur tun?

Ich riss mich von ihm los, packte Rose und schob sie hinüber zu den anderen. Lilas Blick traf mich.

»Weg! Schnell weg!«, keuchte ich, doch da war der Mann auch schon wieder dicht hinter mir, riss mich von Rose weg und wollte mich hinüber zur Balustrade zerren. Ich sah keinen anderen Ausweg, versuchte die Magie so dosiert wie möglich einzusetzen, drang für einen kurzen Moment in seinen Kopf ein und zwang ihn, mich freizugeben. Er keuchte auf und taumelte zurück. Diesen Moment nutzte ich, rannte hinüber zu Rose, Lila und Ralph und schob sie vor mir her.

»LAUFT! SO SCHNELL IHR KÖNNT! TELEPORTIERT! BRINGT ROSE IN SICHERHEIT! NUR LAUFT! SCHNELL!«

»Das lasst ihr schön bleiben.«

Nein, wie schwer war dieser Kerl abzuhängen? War er ein Defenderre oder ein Seeker oder etwas ganz anderes? Ein neuer Kämpfer, ausgebildet, um abtrünnige Fairies wie mich zu suchen?

»Kopfgeldjäger«, beantwortete er meine unausgesprochene Frage. Verdammt, er war Geist-Elementarier.

»Und mit Verlaub, auf Euren Kopf ist eine so hohe Summe ausgesetzt, Mylady ...«

»Ich schätze, die förmliche Anrede könnt Ihr Euch sparen!« Ich beschloss, sämtliche Vorsicht außer Acht zu lassen, und sah nur noch einen Ausweg: meine Magie.

Doch da spürte ich es. Noch bevor ich sie sah, merkte ich, wie ich plötzlich müde wurde, kraftlos. Ich schwankte und es fiel mir schwer, mich überhaupt noch auf den Beinen zu halten.

»Dunkle ... Jäger«, keuchte ich und meine Blicke wanderten zu Rose, die mich mit großen Augen ansah. Auch sie schwankte und hielt sich mit einer Hand an einer der Tanzsäulen fest. Als hätten sie gemerkt, dass etwas nicht stimmte, hatten die Menschen um uns herum aufgehört zu feiern. Einige standen stumm, mit offenen Mündern da und beobachteten das Geschehen, wussten nicht, was da vor sich ging.

»Lila ...« Kraftlos wanderten meine Blicke umher zu unserer einzigen Chance, gegen die Dunklen Jäger bestehen zu können. Mit Schreck sah ich, wie sie bewusstlos zusammensackte. Ralph neben ihr konnte sie gerade noch auffangen, bevor auch er die Anwesenheit der Dunklen Jäger spürte und in die Knie ging. Ich hatte nur noch einen Gedanken: ich musste meine Freunde und vor allen Dingen Rose beschützen. Allerdings war mir auch klar, dass die Dunklen Jäger für die Regierung arbeiteten und Rose von dieser Seite keine Gefahr drohen würde. Für Ralph und Lila wiederum standen die Dinge anders. Mit letzter Kraft stemmte ich meinen Oberkörper hoch und schaffte es gerade noch, die Augen meiner Shuk-Freunde zu verblenden. Dann konnte ich sie auch schon sehen, die Schatten, die langsam auf uns zukrochen, konnte ihre beängstigenden, zischenden Laute vernehmen, die sich so unmenschlich und grausam anhörten, dass mich unwillkürlich eine Gänsehaut überkam und ich zusammenzuckte. Wie um alles auf der Welt hatten meine Schwestern es nur zulassen können, dass sich solche Geschöpfe auf der Erde bewegten und auch noch in ihrem Sinne handelten?

Dann geschah etwas, was mir das Blut in den Adern gefrieren ließ. Ich stockte und beobachtete ungläubig, wie sich eine Gestalt aus den Schatten schälte. Nein, so etwas war nicht möglich! Die Dunklen Jäger hatten keine Körper! Das hatte Azarael mir gesagt. Sie waren Wesen, die allein in der Dunkelheit existieren konnten und sich von der Magie anderer Wesen ernährten. Doch ob ich es glaubte oder nicht, dort, wenige Meter vor mir, entstieg eine menschenähnliche Gestalt den Schatten, baute sich vor uns auf, und ich musste bei seinem Geruch nach Blut und Fäkalien augenblicklich würgen. Was waren das nur für Wesen? Dagegen waren die Shuk ja nichts!

»Das ist sie.« Die Stimme der Gestalt war leise und krächzend, klang, als käme sie von weit her, und hallte unnatürlich wider. Ich wusste, auch ohne dass ich aufgesehen hätte, wen er meinte.

Jemand trat zu der Schattengestalt. »Ich habe nicht gelogen. Meinen Lohn!«

Es war der fremde Fairy, der mich erkannt hatte.

»Nicht so schnell«, zischte der Jäger und ich konnte spüren, wie der Fairy ein paar Schritte zurückwich. »Ich muss die Schwestern herbitten. Sie werden sie sofort richten wollen.«

Mein Herz schlug mir bis zum Halse.

Sofort richten wollen. Die Worte hallten in meinem Kopf wider und für einen Augenblick erstarrte ich, alles um mich herum drehte sich, meine Atmung setzte aus und ich konnte keinen klaren Gedanken mehr fassen. Richten! Sie würden mich auf der Stelle töten und mit dem Dunklen Jäger in meiner Gegenwart und der bewusstlosen Lila hatte ich keine Chance, mich gegen sie zu wehren! Ich würde sterben!

Und dann schoss mir ein anderer Gedanke durch den Kopf. Vielleicht war es so das Beste. So wäre Rose in Sicherheit. Meine Schwestern konnten ihr eventuell sogar einen noch größeren Schutz bieten, als es die Organisation tat. Und ich mit meinem mysteriösen Fluch wäre nicht mehr. Gut, Tanian gäbe es nach wie vor, aber vielleicht bestand die winzige Möglichkeit, dass meine Schwestern auch sie über die Dunklen Jäger würden überwältigen können. Dann würde Rose nichts mehr im Weg stehen. Sie wusste, wie ihr Fluch zu brechen war. Vielleicht sahen sich die Fairies nun einer einmaligen Chance gegenüber, sich über ihr Schicksal der Wiedergeburt zu erheben.

Matt sank ich in mich zusammen, bereit, mich meinem Schicksal zu ergeben. Ich hatte verloren. Das Spiel war vorbei.

»Wer sind die anderen?« Zischend riss mich die Stimme des Jägers zurück in die Realität.

»Keine Ahnung. Ich habe sie erkannt und nicht gezögert. Das Lösegeld lautet auf ihren Kopf. Wer sie begleitet, ist mir egal.« Der fremde Fairy klang sauer.

Lautlos schwebte die Gestalt an mir vorbei, hinüber zu Rose und musterte sie. Ich konnte spüren, wie sie zitterte, doch sie hatte den Kopf erhoben und sah der Gestalt mutig entgegen.

»Hm, sie scheint mir eine Frisch-Gezeichnete zu sein und die anderen beiden … hm …« Er murmelte einige unverständliche Worte vor sich hin und dann geschah alles ganz schnell.

Ralph bäumte sich mit letzter Kraft und griff törichterweise von hinten den Dunklen Jäger an. Er fiel durch die anscheinend skelettlose Gestalt hindurch, die hämisch zu grinsen schien, sofern das in dem gesichtslosen, irgendwie wabernden Kopf überhaupt zu erkennen war.

»Törichter Bursche.« Er beugte sich herab und zu meinem Entsetzen sah ich, wie schwarze Schwaden sich auf Ralphs zusammengesunkenen Körper legten und er begann zu rauchen, als wäre der Nebel hochgiftig. Ralph schrie augenblicklich auf und mir rannen Tränen aus den Augen, als ich sah, wie er sich langsam auflöste. Ein erstickter Schrei kam aus meiner Kehle und ich krallte meine Fingernägel ineinander, nur um irgendetwas spüren zu können.

Ein plötzliches Rauschen erfüllte die Luft und gleißendes Licht nahm mir die Möglichkeit, etwas zu erkennen. Ich spürte, wie ich gepackt, unsanft gefesselt und schließlich geschlagen wurde. Zuerst dumpf, mein Blick flackerte, dann heftiger und langsam verlor ich das Bewusstsein.

KAPITEL 14

Ich hatte Schmerzen am ganzen Körper, doch am schlimmsten war wohl der dröhnende Kopf, der mir jegliches Denken unmöglich machte. Langsam, aber sicher fand ich ins Wachsein zurück, allerdings wagte ich nicht, die Augen zu öffnen, aus Angst, was mich wohl erwartete. Ich war nicht tot, so viel konnte ich mit Sicherheit sagen. Nur stand die Frage im Raum: Würde ich es gleich sein oder hatte mich jemand gerettet? Vielleicht der Kopfgeldjäger, der um seine Kohle betrogen worden war? Ich hätte es ihm nicht verdenken können, wenn er mich irgendwie hätte festhalten und meine Schwestern erpressen wollen. Andererseits konnte ich mir auch nicht vorstellen, dass irgendjemand, sei es Fairy, Shuk oder Engel, auch nur die geringste Chance gegen diesen erschreckend mächtigen Dunklen Jäger hatte.

Die Erinnerung überwältigte mich mit einem Mal. O Gott, der arme Ralph! Was hatte er für Qualen aushalten müssen, bevor er erlöst worden war! Diesmal hatte ich die Gewissheit. Ralph war tot. Er würde nie wiederkommen. Nie wieder würde ich über seine Witze lachen. Nie wieder die Hoffnung haben, dass es nochmal so sein würde wie zu unserer Zeit auf der MS Fairytale. Meine Augen brannten und füllten sich mit Tränen. Ich dachte an Lila. Hatte sie den Mord mit angesehen? Wusste sie, was mit ihm geschehen war? Es würde ihr das Herz brechen und vielleicht auch die letzte Brücke zur normalen Fairy-Welt kappen. Sie war ohnehin bereits mit einem Bein eine Shuk. Ralph ein weiteres Mal zu verlieren – ich konnte mir nicht vorstellen, dass sie das verkraftete. Und was war mit Rose?

Um diese Fragen zu beantworten, musste ich meine Augen öffnen, mich umsehen, feststellen, wo ich mich befand, wer mich gerettet hatte.

Ich nahm allen Mut zusammen und öffnete die Lider. Zunächst nahm ich alles verschwommen wahr. Weiß, Schwarz, Grau. Dann konnte ich Konturen erkennen, Umrisse von Möbeln, Bildern ... Gleißendes, helles Sonnenlicht blendete mich und ich bemerkte ein großes Panoramafenster direkt gegenüber dem riesigen Bett, in dem ich lag. Ich schirmte meine Augen vor den Sonnenstrahlen ab und erkannte erste Farben. Holzverkleidete glänzende Wände, kleine glitzernde Kristalle, die als Beleuchtung in die Decke eingearbeitet waren und wie Sterne strahlten, einen schwarzen, flachen Monitor, ebenfalls in eine Wand eingearbeitet, und zu meiner Rechten einen großen Spiegel. Ich lag auf vielen in Blau- und Goldtönen gehaltenen Kissen und Decken und sah schrecklich blass aus. Aber allem Anschein nach fehlte mir ansonsten nichts. Meine dichten braunen Locken fielen mir ungebändigt über den Rücken und ich trug ein weißes, leichtes Nachthemd, das – sofern ich es unter der dichten Decke sehen konnte – knapp über dem Knie endete. Was mich jedoch am meisten irritierte, war der Ausblick aus dem riesigen Panoramafenster. Jetzt, da sich meine Augen an das helle Licht gewöhnt hatten, erkannte ich blaues, traumhaftes Wasser, auf dessen Oberfläche sich das glitzernde Sonnenlicht brach, darüber ein wolkenfreier, strahlender Himmel bis zum Horizont. Ich befand mich allem Anschein nach auf einem Schiff. Jetzt konnte ich auch das leise Vibrieren spüren, das die mit Wassermagie betriebenen Turbinen verursachten, die sämtliche Fairy-Schiffe fortbewegten. Ich erkannte eine Tür, die in einen angrenzenden Raum führte.

Kurzerhand versuchte ich, meine Beine über den Bettrand zu schieben, was mir auch erstaunlich gut gelang. Die Schmerzen ließen von Minute zu Minute nach und ich fühlte mich besser, kräftiger. Hatte mich Azarael gerettet und auf ein Schiff gebracht? Nein. Das sah ihm nicht ähnlich. Die Organisation verfügte nicht über Fairy-Schiffe, außer es war ihnen in der letzten Zeit gelungen, eines zu kapern, was ich dann doch für recht unwahrscheinlich hielt. Nein, es war eher anzunehmen, dass ich irgendwie auf eine Fairy-Akademie geraten war – ob absichtlich oder unabsichtlich, das vermochte ich nicht zu sagen. Meine Fußsohlen streiften den weichen Teppichboden und meine Zehen bohrten sich unwillkürlich in den kühlen Hochflor. Ich testete, ob sie mein Gewicht trugen, und verlagerte Stück für Stück meine Position, bis ich, ohne mich festzuhalten, aufrecht stand. Meine ersten Schritte waren wacklig, wurden aber bald fester und sicherer. Ich tappte hinüber zum Panoramafenster. In der Tat ein Schiff, und dazu ein recht großes. Ich war mir mittlerweile sicher, dass ich auf einer der Akademien war. Aber auf welcher Fairy-Schule besaßen die Schüler solch große Kabinen? Nein, Kabine war der falsche Ausdruck. Das hier war eine Suite – eine Luxussuite – und mir kam die Royal Area meines alten Schiffes in den Sinn. War dies so ein für Mitglieder der Regierung und Schicksalsfairies reservierter Bereich? Zustehen würde mir diese Unterkunft, immerhin war ich eine der Urfairies. Aber was mir ein Rätsel aufgab, war die Tatsache, dass ich noch immer lebte. Hatten sie mich denn nicht erkannt?

Ein Blick in den Spiegel und ich schüttelte unwillkürlich den Kopf. Nein, meine Erscheinung war unverwechselbar. Die hohen, markanten Wangenknochen, der leicht gebräunte Teint, die vollen roten Lippen und mein größtes Markenzeichen, die stechenden, eisblauen Augen sowie das für mich typische silber-blaue Prueba. Außerdem, der Kopfgeldjäger hatte mich eindeutig als Cayuga identifiziert.

Ich beschloss, mich weiter im Zimmer umzusehen, und öffnete die angrenzende Tür. Am liebsten hätte ich sie sofort wieder geschlossen, doch ich verharrte in meiner Position und starrte sprachlos auf die Person, die dort auf einem goldgelben breiten Sofa saß und seelenruhig an einer Tasse nippte. Sie trug ein blassgrünes Seidenkleid mit einem hohen Beinausschnitt, der ihre grazilen, schlanken Beine zeigte, die sie übereinandergeschlagen hatte und auf denen sie nun ihre Hände mit der Tasse abstützte. Ihre stechend grünen Augen musterten mich von Kopf bis Fuß, verengten sich zu Schlitzen. Schließlich warf sie sich ihren langen, dunkelblonden

Zopf über die Schulter und lächelte mich an. Doch das Lächeln erreichte ihre Augen nicht und sie wirkte dadurch sehr kühl und triumphierend.

»Schwester.« Sie nickte mir zu und deutete mit einer Bewegung auf einen der beiden goldgelben Sessel, die ihr gegenüberstanden. Dazwischen stand nur ein kleiner mit einer ovalen Glasscheibe bedeckter Beistelltisch, auf dem eine Orchidee ihre weißen Blütenkelche dem Licht aus einem weiteren Panoramafenster entgegenreckte.

Ich starrte sie einfach nur an, unfähig mich zu bewegen. Dann – es kam mir wie nach einer halben Ewigkeit vor – zwang ich mich selbst aus meiner Starre und setzte langsam einen Fuß vor den anderen, ließ sie dabei nicht aus den Augen. Schließlich erreichte ich den ersten der beiden Sessel und nahm beinahe lautlos darin Platz.

Ich beobachtete sie, musterte sie von Kopf bis Fuß, versuchte sie einzuschätzen, wartete, dass sie erneut das Wort ergriff, was sie nach wenigen Augenblicken schließlich auch tat.

»Du wunderst dich sicherlich, weshalb du noch am Leben bist, nicht wahr?« Ihre säuselnde Stimme ließ keine Freundlichkeit durchschimmern. Sie schien diesen Moment wahrlich zu genießen und ich konnte nicht umhin, eine kleine Ähnlichkeit zu unserer anderen Schwester, Tanian, zu erkennen. Am liebsten hätte ich ihr das ins Gesicht gesagt, doch ich war momentan nicht in der Lage, ihr irgendetwas entgegenzusetzen. Erst musste ich die Situation einschätzen, überblicken und einordnen, wie meine Chancen standen, wo genau ich mich befand, welche Pläne sie mit mir hatte. Denn dass sie Pläne hatte, stand außer Frage.

Ich lehnte mich ein Stück weit zurück, faltete die Hände ineinander und erwiderte ihren Blick.

»In der Tat – Schwester.« Das letzte Wort sprach ich betont verächtlich aus und ihr süffisantes Grinsen wurde noch breiter.

»Nun, das hast du meiner unverhohlenen Neugier zu verdanken, dass wir beschlossen haben, dich noch ein klein wenig länger am Leben zu lassen.«

»Wie großzügig von dir.« Diese sarkastische Bemerkung hatte ich mir beim besten Willen nicht verkneifen können.

Jetzt wurde ihre Miene ernst und sie stellte die Tasse mit einem heftigen Klirren auf der Glasplatte ab.

»Gut, Schluss mit den Nettigkeiten. Natürlich werden wir dich töten. Daran führt kein Weg vorbei. Ich weiß das und du weißt es mittlerweile auch, wie ich mir sicher bin.«

Ich kniff die Augen zusammen, erwiderte nichts darauf, wollte gar nicht wissen, woher sie wusste, dass ich über meinen Fluch informiert war.

»Ich muss es kurz machen. Einige unserer Schwestern heißen es nicht für gut, dich auch nur einen weiteren Tag hier auf der Fairytale zu behalten.«

Auf der Fairytale? Ich sah auf. Ich befand mich also wieder auf dem Schiff, auf dem ich die tollste Seite der Fairies kennengelernt hatte, den Luxus, die Freundschaft, die Magie. Unwillkürlich schlug mein Herz schneller und ein Wort schob sich in meine Gedanken: Heimat.

»Wer sind die Fairy und die Frisch-Gezeichnete, die mit dir hierhergebracht wurden?«, fragte sie weiter.

Ich seufzte. Was sollte ich ihr sagen? Die Wahrheit? In Rose' Fall wäre es vermutlich das Beste. Und wie konnte ich den Zustand von Lila beschreiben? Ich hätte sie gerne mit eigenen Augen gesehen, mit ihr über das Geschehene geredet, vor allem über Ralph.

»Ich warte, Sophie Cayuga. Ich sage es noch einmal: wenn es nach den anderen ginge, wärst du bereits tot. Also stell meine Geduld nicht auf die Probe.«

Ich erwiderte wieder nichts, sah sie einfach nur an, musterte sie von Kopf bis Fuß. Wie hatte sie sich so verändern können? Ich hatte meine älteste Schwester, Calenleya, die die einzigartige Gabe der Geduld verleihen konnte, immer als freundliche, herzensgute Frau gekannt. Ich hatte sie geachtet, verehrt und oft ihren Rat eingeholt, wenn ich selbst nicht mehr weiterwusste. Dieser Blick, den sie mir schenkte, woher kam dieser unergründliche Hass?

»Weshalb hasst du mich so, Calenleya?«, stellte ich meine Frage laut und beobachtete, wie sie kaum merklich zusammenzuckte. Sofort jedoch manifestierte sich wieder die unergründliche Miene auf ihrem Gesicht.

Ich beschloss, einen weiteren Schritt zu wagen. »Liegt es nur an diesem Fluch, den Tanian ausgesprochen hat? Kann ein Fluch so viel Zwietracht und Böses säen zwischen Schwestern, die eigentlich zusammenhalten und gemeinsam dagegen kämpfen sollten? Was habe ich euch je getan? Ich war es, die versucht hat, Auroras Fluch aufzuhalten, ihn abzumildern, während ihr alle tatenlos zugesehen habt und mehr noch – sogar geflohen seid! Und was ist der Dank dafür? Ihr verfolgt mich, stellt sogar solch abscheuliche Kreaturen wie die Dunklen Jäger in eure Dienste. Im Grunde seid ihr nicht viel besser als Tanian.«

Calenleya schluckte. Ich sah, wie ihre Miene erneut flackerte und sofort wieder ernst wurde.

»Das verstehst du nicht. Und versuch nicht, mich weiter abzulenken.« Jetzt mied sie meinen Blick, starrte auf die Glasplatte.

Ich seufzte. »Die Fairy ist Lila Liliané, meine Freundin aus meiner Zeit als Frisch-Gezeichnete.«

Calenleya sah auf, stutzte und runzelte die Stirn. »Liliané? War das nicht die, die sich deinetwegen gegen uns gestellt hat und von uns …«

Sie brach ab. Ich verzog die Augen zu Schlitzen. »Ja, die ihr an die Menschen als magische Sirene verkauft habt. Genau die. Es gelang mir, sie zu befreien.«

Den Teil, dass sie von Shuk gefangen genommen und verschleppt worden war, verschwieg ich sicherheitshalber. Es schien, als wüssten die Urfairies samt Regierung nichts davon und wenn mein Verblendungszauber noch immer hielt, wovon ich ausging, war es besser, sie so lange wie möglich in Unwissenheit zu halten.

Meine Schwester schien ihren eigenen Gedanken nachzuhängen und hatte eine Hand grübelnd an ihr Kinn gelegt.

»Bitte, bestraft sie nicht noch mehr. Ich denke, sie hat

wirklich genug durchgemacht und ist bereit, sich widerstandslos in die Gesellschaft einzugliedern.«

Ich wusste nicht, ob sie mir so viel Vertrauen entgegenbringen würde, aber ich konnte nur an die Zeit zurückdenken, in der wir uns oft mit Rat und Tat zur Seite gestanden und die Meinung und Einschätzung des anderen geachtet hatten. Ich konnte nur hoffen, dass ein Hauch dieses Vertrauens noch in ihr steckte. Wenn es so war, ließ sie es sich nicht anmerken.

»Und die Frisch-Gezeichnete?« Ich hörte, wie so etwas wie Nervosität in ihrer Stimme mitschwang.

Ich atmete tief durch, bevor ich antwortete. »Das weißt du doch bereits, nicht wahr, Calenleya?«

Erneut zeichnete sich das süffisante Lächeln auf ihrem Gesicht ab.

»Ich möchte es aus deinem Mund hören.«

Ich konnte nicht anders und stieß ein verächtliches Seufzen aus. »Ach, und auf einmal würdest du mir glauben?«

»Kommt darauf an.« Jetzt war ihre Stimme schneidend, das Lächeln war verschwunden und eiskalte Berechnung lag in ihrem Blick. »Sag mir, Sophie, wer ist das junge Mädchen?«

»Ihr menschlicher Name ist Rose. Ich habe sie erst vor Kurzem gezeichnet und bereits begonnen, sie im Umgang mit den Elementen zu unterrichten.«

»Den Elementen?« Calenleya beugte sich vor und klebte förmlich an meinen Lippen. Mit Sicherheit wusste sie ganz genau, wer Rose wirklich war, oder konnte es sich zumindest denken. Aber meine Erzählung war für sie anscheinend so etwas wie Vorfreude. Ja, wie ein kleines Kind, das es an Weihnachten kaum erwarten kann, den geschmückten Baum und die Geschenke zu sehen.

»Den Elementen.« Ich nickte und konnte mir ein kleines Lächeln nicht verkneifen. »Sie ist eine Fünffach-Elementarierin und damit weißt du genau, was das bedeutet.«

Jetzt klang ihre Stimme beinahe ehrfürchtig. »Es ist also Auroras Seele, die in diesem Mädchen schlummert.«

Jetzt war es an mir, mich im Sessel zurückzulehnen und ihr ein süffisantes Grinsen zu schenken. »Stell dir vor, sie ist es und ich habe sie bisher nicht getötet, im Gegenteil. Ich habe alles dafür getan, dass die Shuk sie nicht in die Finger bekommen, habe sie so gut wie möglich in die Fairy-Welt eingeführt und sie so weit trainiert, dass sie sich zumindest verteidigen kann.«

Calenleya lehnte sich ebenfalls zurück, musterte mich und hinter ihrer Stirn schienen die Gedanken zu rasen.

»Dann, würde ich sagen, hatte sie bisher großes Glück. Und dein Engel, Azarael, hat noch mehr Glück als Verstand. Wie konnte er dich über Monate hinweg so eng mit ihr zusammenlassen? Du hättest sie jede Sekunde töten können und damit wäre …«

»Du musst mir nicht erzählen, was geschieht, wenn Aurora stirbt!« Ich hatte mich erhoben, biss die Zähne aufeinander und starrte sie wütend an. Mein ganzer Körper bebte. Diese Wut hatte ich viel zu lange unterdrückt. »Und stell dir vor, im Gegensatz zu euch, meinen *Schwestern*, vertraut mir dieser Engel, den ich eigentlich kaum kenne, mehr, als ihr es vielleicht je getan habt! Er glaubt, nein, er weiß, dass ich als Urfairy in der Lage bin, mich über diesen Fluch zu erheben und mich gegen ihn zu wehren! Er ging sogar so weit, dass er mich mit ihr allein gelassen hat, solch ein Vertrauen legt er in mich!«

»Ich sagte bereits, er hat mehr Glück als Verstand. Und was weiß er schon von uns Fairies? Gegen Tanians Flüche kann man sich nicht wehren, das weißt du so gut wie ich. Sie erfüllen sich, ohne jeden Zweifel. Früher oder später wirst du sie töten, so viel steht fest.«

»Ach, und woher willst du das wissen? Ich dachte immer, du kennst mich von all unseren Schwestern am besten! Sag mir, Calenleya, wann hat es jemals in der Vergangenheit den Fall gegeben, dass Tanian eine aus den eigenen Reihen, eine von uns, verflucht hat?«

Calenleya schwieg, biss die Lippen aufeinander.

»Siehst du!« Ein kleines triumphierendes Lächeln breitete sich auf meinem Gesicht aus. »Das ist noch nie zuvor geschehen. Woher willst du wissen, dass ich mich nicht gegen meinen Fluch stellen kann? Ich bin allemal so mächtig wie Tanian!«

Irrte ich oder schlich sich so etwas wie Traurigkeit in ihren Blick?

»Cayuga, du weißt nicht, wie gern ich dir glauben würde, aber es ist schlichtweg unmöglich. Tanian ist stärker als du und ich glaube, das ist dir auch sehr gut bewusst.«

Ich schwieg, dachte an mein letztes Zusammentreffen mit

ihr zurück. Sie hatte vielleicht recht. Was die Elementarkraft betraf, war Tanian mir überlegen, aber was die eigene Willenskraft anging, die persönliche innere Stärke, ich wusste, das stand auf einem anderen Blatt.

Ich entschied mich, die Distanz zu meiner großen Schwester zu überwinden, umkreiste langsam Schritt für Schritt den Glastisch und ließ mich zögernd und in gewissem respektvollen Abstand neben ihr auf dem goldgelben Sofa nieder.

»Ich werde diesen Fluch überwinden. Ich werde Aurora nicht töten. Das schwöre ich beim Baum des Lebens«, sagte ich und versuchte so viel Vertrauen und Sicherheit in meine Stimme zu legen, dass sie mir einfach glauben musste.

Calenleya drehte den Kopf und sah mich aus ihren grünen Augen durchdringend an.

»Der Baum des Lebens, ist das dein Ernst?«

Mit dieser Abweisung hatte ich nicht gerechnet. Ihre Augen sprühten beinahe vor Zorn und Verachtung.

»Nur durch ihn war es uns möglich, dich zu finden. Deine Verbindung zur Magie und zum Leben hat dich verraten. Und du willst immer noch auf ihn schwören? Auf den Baum, der dich verraten hat?«

Ich wich ein paar Zentimeter von ihr zurück und sah sie verwirrt und mit aufgerissenen Augen an. »Wie ... wie meinst du das?«

Sie atmete tief durch. »Wir haben überall auf der Welt Samen von ihm in Bäume der Menschen gestreut und wir wussten, dass es nur eine Frage der Zeit sein würde, bis du auf einen solchen *präparierten* Baum stoßen würdest.

Mandaya war sich sicher, du würdest seinem Rufen nicht widerstehen können und ihn berühren.«

Mir schoss das Bild von dem Baum im Yuyuan Garden in den Kopf. Diese Energie! Natürlich! Diese Macht verströmte nur der Baum des Lebens! Der Baum, von dem die Urfairies einst ihre Macht erhalten hatten und mit dem wir so eng verbunden waren wie mit sonst nichts anderem.

»Als du ihn berührt hast, wurden wir augenblicklich alarmiert und wussten, wo du dich aufhältst. Die Kopfgeldjäger, die überall in jeder Stadt, jedem Land positioniert sind, mussten nun nur noch die Augen aufhalten und bereits wenige Stunden später gingst du uns in die Falle. Ein durch und durch brillanter Plan der Regierung, das muss ich schon sagen.«

»Wie? Was? Der Regierung?« Mir rutschte das Herz in die Hose. Ich ahnte, was sie gleich sagen würde, wollte es aber nicht hören. Und dennoch quälte sie mich mit ihrem Triumph.

»Du wurdest durch die Berührung des Baumes energetisch so geschwächt, dass du für mehrere Stunden außer Gefecht gesetzt warst. Und für Bryan und Alice, zwei von der Regierung engagierte Desideria, war es ein Leichtes, von deinen Freunden in die ach so geschützte Wohnung gelassen zu werden. Sie haben sie zusätzlich mit magisch verändertem Sekt gefügig gemacht und in ihnen den Wunsch gepflanzt, auszugehen, wo der Kopfgeldjäger sie bereits erwartete. Und natürlich wollten sie unbedingt, dass du dir diesen Spaß nicht entgehen lässt. Mit ein bisschen Antrieb von Bryan hat dich deine Freundin – wie, sagtest du, hieß sie noch einmal? Ach, richtig, Lila – regelrecht mit Bildern bombardiert. Und natürlich kamst du, um sie zu retten. Außerdem funktionierte das Ganze auch deshalb so gut, weil euer Beschützerengel Azarael just in diesem Moment mit der Befreiung seiner Anhänger zu tun hatte und beschäftigt war.«

Ich wollte erneut aufschreien, sagen, dass sie nicht weitersprechen sollte, doch ich konnte nicht. Stattdessen begannen meine Augen zu brennen und ich spürte, wie sich erste Tränen sammelten. Alles eine riesige, zugegeben wirklich gut durchdachte Falle, auf die sogar die Engel hereingefallen waren.

»Es gelang uns, mithilfe der Dunklen Jäger viele Mitglieder eurer sogenannten Organisation nach dem Brand im Bryce Canyon gefangen zu setzen. Wir haben es sogar geschafft, vorübergehend einen Engel zu manipulieren. Balladion hat im richtigen Moment natürlich Kontakt zu Azarael aufgenommen und ihm einen von uns präparierten Hinweis zukommen lassen. Und dieser hat wie erwartet reagiert und hat alles stehen und liegen lassen, um ihnen zu Hilfe zu eilen. Doch leider tat er uns den einen Gefallen nicht und verbarg deinen Aufenthalt nach wie vor. Aber hier kam uns ja dann der Samen vom Baum des Lebens zu Hilfe, der dich uns offenbarte.«

Meine Augen brannten und ich konnte die Tränen nur mit Mühe und Not zurückhalten, aber noch wollte ich mir diese Blöße nicht geben.

»Ich glaube nicht, was ich da höre! Wie könnt ihr nur so

intrigant und böse sein! Was ist aus meinen Schwestern geworden?« Ich spie ihr die Worte vor die Füße und empfand nichts als Abscheu für sie und alle, die mit ihr unter einer Decke steckten.

Sie schwieg, nahm einen letzten Schluck aus ihrer Tasse und stand auf.

»Gut, wir haben genug geplaudert.«

Sie drehte sich kurz zu mir, musterte mich noch einmal.

»Diese Kabine ist magisch abgeriegelt und an jedem Ausgang, sei es vor der Zimmer- oder den Terrassentüren, sind im Verborgenen Dunkle Jäger postiert. Eine Flucht oder der Einsatz deiner Kräfte sind daher unmöglich, spar dir die Kraft. Du kannst diese Suite als deine persönliche Todeszelle betrachten und wir haben sie so unglaublich luxuriös gestaltet, um dir den noch verbleibenden Aufenthalt so angenehm wie möglich zu machen.«

Sie nickte mir breit grinsend zu, wandte sich zum Gehen, doch irgendetwas bewog sie noch einmal dazu, sich umzudrehen.

»Glaub mir, es ist nur zu deinem Besten, Cayuga, und ich hoffe, dass wir, wenn du ein weiteres Mal erwachst, erfolgreich waren und den Fluch brechen konnten.«

Damit wandte sie sich wieder von mir ab. Doch jetzt konnte ich ein verächtliches Lachen nicht unterdrücken.

»Den Fluch brechen, dass ich nicht lache – ihr? Ihr wisst ja noch nicht einmal, was dazu nötig ist!«

Alles in mir schrie, es ihr zu sagen, vielleicht hatte sie ja recht und es war besser, mich aus dem Weg zu schaffen.

Dann jedoch kamen mir Azaraels Worte wieder in den Sinn und entschlossen atmete ich tief durch. Ich würde nicht aufgeben!

Calenleya war stehen geblieben, hatte sich wieder zu mir umgedreht und versuchte, mich einzuschätzen.

»Es ist traurig, wie du versuchst, dich zu retten. Aber du sollst wissen, dass ich dich immer noch sehr schätze, Schwester. Und ich freue mich schon, wenn wir uns einst irgendwann in einer fernen Zeit wiedersehen, und kann nur hoffen ...«

»Dann wird das alles von vorne losgehen! Ihr werdet mich jagen und ich werde nicht wissen, warum! Calenleya, es gibt eine Möglichkeit, den Fluch zu brechen, aber wenn ihr mich tötet, wird es euch nie gelingen!«

Ihr Blick wurde traurig, doch sie wandte sich wortlos um und verließ das Zimmer. Ich brach zusammen, schob die Beine neben mich auf das Sofa, vergrub mein Gesicht in meinen Armen und schluchzte hemmungslos. Alles war verloren. Alles.

* * *

Nachdem ich mich wieder beruhigt und einigermaßen gefangen hatte, stand ich auf und drehte mich um mich selbst, nahm mein neues Gefängnis genauestens in Augenschein. Außer dem geräumigen Wohnzimmer mit dem goldgelben Sofa, dem Glastisch und den dazu passenden Sesseln, in dem sich zudem ein riesiger, in die Wand eingelassener Flachbildfernseher befand, gehörte zu der Suite noch ein großes Badezimmer, ein Ankleidebereich und das Schlafzimmer mit dem ausladenden Doppelbett, in dem ich aufgewacht war. Von den Panoramafenstern im Wohn- und Schlafbereich hatte man einen herrlichen Ausblick auf den langgezogenen Balkon und dahinter das strahlend blaue Meer. Es war in der Tat eine Traumsuite und, wenn man hier nur wohnte und nicht gefangen war, der pure Luxus. Aber ich hatte nur einen Gedanken: Ich musste hier raus!

Ich öffnete die großen Terrassentüren. Eine herrliche Meeresbrise strömte herein und erfüllte den Raum mit salziger, aber frischer Luft. Doch sobald ich auch nur in die Nähe der Türöffnung kam, wurde ich von einem heftigen Schlag erfasst, der mich zurückwarf, mir die Luft raubte und mich für einen Moment Sterne vor den Augen sehen ließ. Ich brauchte eine Weile, um mich zu sammeln, aufzurappeln und kurz durchzuschnaufen. Als ich mich der Zimmertür näherte, registrierte ich zuallererst eines: ein großes Auge mit gelber Iris und schwarzem Schlitz als Pupille, welches mich böse anstarrte.

»Wage es erst gar nicht«, drohte mir eine tiefe, grollende Stimme. Ich blieb stehen, verschränkte die Hände vor der Brust und lächelte schief.

»Ach? Meine Schwestern sind allen Ernstes der Meinung, ich lasse mich von einem Scanner einschüchtern?«

Ich musste lachen. Dann jedoch nahm ich die Tür genauer unter die Lupe. Das Auge war mit Sicherheit nicht alles, was sie an Abwehrmechanismen eingebaut hatten. Vorsichtig streckte ich die Hand nach dem dunkelbraunen, wunderschön gemaserten Holz aus und ignorierte die Protestrufe des kullernden Auges.

»Eddi, könntest du für einen Moment bitte die Klappe halten?«, bat ich entnervt und rollte mit den Augen.

»Eddi? Mein Name ist Horacio!«, empörte er sich und schon wieder konnte ich ein amüsiertes Prusten nicht unterdrücken. Wie grotesk war die Situation eigentlich? Ich saß hier in einer Luxussuite fest und erwartete jeden Moment mein Himmelfahrtskommando in Form meiner Schwestern und lachte über das Auge meines Türscanners? Eigentlich sollte ich panisch versuchen, irgendwie die Zauberbanne zu brechen, mich durch die Tür zu prügeln, den Boden aufreißen zu lassen – Hauptsache, ich konnte irgendwie entkommen, noch bevor meine Schwestern zurückkehrten. Stattdessen verspürte ich ein seltsames Gefühl, ein Gefühl des Nachhausekommens und einen Anflug von Glück. Ja, so schwer ich es mir eingestehen wollte, auf eine groteske und sehr eigenartige Weise war ich froh, hier zu sein, wieder an Bord des Fairy-Schiffes, auf dem ich einst zum allerersten Mal diese wundersame Welt betreten hatte. Allein der Anblick eines Scannerauges machte mich glücklich, etwas, was mir in der Welt der Menschen, in der ich mich die letzten Monate bewegt hatte, fehlte. Doch genug mit den Sentimentalitäten. Mit jeder Sekunde, die ich weiter in diesem Gefängnis verbrachte, schwand die Möglichkeit, irgendwie zu überleben.

Horacio indes fuhr fort mit seinen Protesten und ich versuchte ihn weitestgehend zu ignorieren. Mein Blick wanderte erneut über das dunkle Holz. Ich wagte es nicht, es mit meiner bloßen Haut zu berühren, und entschied mich für etwas anderes. Ich streckte eine Hand gerade nach vorne aus und schuf einen kleinen Wasserball, den ich entschlossen gegen die Tür schleuderte.

Nichts geschah.

Nichts, außer dass Horacio empört blinzelte und Wasser wie Tränen aus seinen Augenwinkeln rann.

Ich zögerte. Sollte ich sie doch berühren? Langsam streckte ich die Hand aus und strich dann mit nur einem Finger über das glatte Holz. Ein erneuter Schlag warf mich mit gewaltiger Energie zurück und ich krachte gegen das goldgelbe Sofa. Wieder dieser Schmerz, der mir beinahe die Luft zum Atmen raubte, und es dauerte eine Weile, bis ich wieder deutlich sehen konnte.

Was zum Teufel waren das für Bannzauber?

Ratlos blickte ich mich weiter im Raum um. Gab es noch eine Möglichkeit, hier auszubrechen? Die Fenster fielen aus, ebenso die Tür. Was war mit den Schränken? Andererseits, wie konnte ich mithilfe der Schränke schon entkommen? Ich verwarf den Gedanken, mich in den Schränken zu verbarrikadieren und zu hoffen, dass meine Schwestern so an meine Flucht glauben würden.

Ich hatte nur eine Chance. Jemand musste mich von außen retten. Doch wie konnte ich es schaffen, Azarael oder irgendjemanden von der Organisation zu erreichen? Ein weiterer Gedanke schoss mir in den Kopf. Calenleya hatte gesagt, sie hätten Mitglieder der Organisation gefangen genommen und sie für ein Ablenkungsmanöver für Azarael missbraucht. Vermutlich war die halbe Organisation mittlerweile in ähnlicher Gefangenschaft wie ich.

Blieben nur noch Lila oder Rose. Ich ging davon aus, dass sie sich ebenfalls an Bord der MS Fairytale aufhielten. Bestand eventuell die Möglichkeit, dass sie sich nicht wie ich in einem derartigen Hochsicherheitsgefängnis befanden? Wieso hatten sich meine Schwestern überhaupt die Mühe gemacht, mich derart luxuriös unterzubringen? Nur, weil sie meine letzten Momente so schön wie möglich gestalten wollten? Ja, ganz bestimmt! Meine Schwestern waren ja dermaßen um mein Wohl besorgt – da konnte es einem schlecht werden.

Fragen über Fragen und mittlerweile kehrten die Kopfschmerzen mit voller Wucht zurück. Vielleicht, wenn ich mich ein paar Minuten ausruhte ...

Ich ging hinüber zum Bett und legte mich hin. Es war trotz allem ein herrliches Gefühl, in die unendlich weichen Kissen zu sinken, zu spüren, wie die Glieder immer schwerer wurden und ich meine Augen kaum noch offen halten konnte. Langsam driftete ich in einen unruhigen Schlaf ab.

»Sophie?« Eine Stimme – laut, durchdringend, besorgt.

Ich sah mich um. Nichts als Nebel, undurchsichtiger, milchiger Nebel, der sich feucht auf meine nackte Haut legte. Wo war ich? Ich drehte mich in alle Himmelsrichtungen, aber wohin ich auch sah, überall nur diese wolkige Masse.

»Sophie?« Erneut diese Stimme, doch ich konnte sie nicht orten.

»Hier! Ich bin hier!«, rief ich so laut ich konnte, doch ich hörte mich irgendwie erstickt und leise, beinahe brüchig an.

Ich räusperte mich, schrie erneut und diesmal kam ein Echo.

»Sophie! Ich finde dich! Ruf weiter! Ich finde dich!«

Und ich schrie, schrie aus Leibeskräften, bis mir die Lungen brannten, ich heiser war und keinen klaren Ton mehr herausbringen konnte.

»Sophie!« Dicht an meinem Ohr.

Überrascht drehte ich mich um, doch noch immer konnte ich nichts sehen. Verdammt, irgendwo musste er doch sein! Er klang so nah.

»Azarael?« Ich drehte mich erneut um meine eigene Achse.

»Ich kann dich hören, das reicht. Wo bist du?«

»Ich ... ich weiß nicht. Hier ist so viel Nebel.«

»Das ist eine Traumwelt. Wir Engel können eure Traumwelt betreten. Wo bist du in der Realität, Sophie?«

In der Realität? Der Realität? Was bedeutete das? Ich war doch hier, hier in diesem Nebel. In dieser seltsamen, undurchsichtigen Welt.

»Ich bin hier«, brachte ich krächzend hervor und versuchte wieder, die Stimme zu lokalisieren.

»Nein, Sophie. Wo ist dein Körper? Wo haben sie dich hingebracht? Wo ist Rose? Wo sind Lila und Ralph?«

Ich verstand noch immer nicht.

»Mein Körper ist doch hier«, erklärte ich und hörte selbst, wie verwirrt und dumpf meine Stimme klang.

Azarael seufzte. »Versuch dich zu erinnern, Sophie! Wohin haben sie dich gebracht?«

»Wer?«, wollte ich wissen.

»Verdammt!« Er wurde wütend, hielt sein Temperament aber unter Kontrolle. »Sophie, wenn du es nicht versuchst, wird es unmöglich für mich und die anderen, euch zu finden. Bitte!«

Er klang jetzt sehr eindringlich, beinahe flehend. Doch ich wusste nicht, was er von mir wollte.

»Aber ich bin doch hier, ganz in deiner Nähe. Du hast mich gleich gefunden.«

Er seufzte. »Das hat keinen Zweck. Sophie, du musst aufwachen. Sie haben selbst deinen Geist mit einem Bann belegt, sodass ich dich nicht einmal in deinen Träumen erreichen kann. Ich versuche es später noch einmal.«

Und die Stimme erstarb.

»Azarael?« Meine eigenen Worte hallten jetzt beinahe unnatürlich laut wieder.

»Azarael?«

Doch niemand antwortete.

»Steh auf!«

Jemand rüttelte mich unsanft, riss mich gewaltsam aus meinem Schlaf. Ich blinzelte gegen das grelle Sonnenlicht, das mir unbarmherzig ins Gesicht stach. Allmählich konnte ich eine Person im Raum wahrnehmen, die etwa einen Meter vom Bettrand entfernt stand und mich abwartend musterte. Sie musste die Vorhänge zurückgezogen haben, denn sie schwangen noch leicht vor und zurück.

Immer noch verschlafen setzte ich mich auf und sah sie an.

»Ahilea?«

»Steh auf, wir wollen mit dir reden.«

Ihre kleine, zierliche Gestalt wandte sich zum Gehen und für einen kurzen Moment sah ich nur noch ihre krause, tiefschwarze Lockenmähne im Türrahmen.

Sie wollten mit mir reden? Das konnte nur eines bedeuten, im Nebenzimmer war die gesamte Riege meiner Schwestern und dazu vermutlich noch einige Mitglieder der Regierung anwesend. Ich atmete tief durch. Dann war es jetzt so weit. Für einen Moment blickte ich aus dem Fenster. Wie hatte ich nur so dumm sein und wertvolle Zeit im Bett verbringen können? Eventuell wäre mir die Flucht gelungen, hätte ich es nur intensiver versucht. Aber ein beunruhigend fremdes Gefühl breitete sich in meiner Brust aus. Ein seltsames Gefühl der Zufriedenheit. Ich konnte und wollte nicht mehr. Wollte mich nicht mehr verstecken, nicht mehr davonlaufen, ich war froh, dass es einfach nur vorbei war. Ein neues Leben würde für mich kommen, eine neue Chance.

Doch dann stockte ich. Moment, ich war Sophie! Für mich, für Sophie, würde es keine zweite Chance geben. Sie, nein, ich, wäre für immer verschwunden. Das konnte, nein, das durfte nicht passieren! Mein – Sophies! – Leben durfte noch nicht enden nach so kurzer Zeit. Sie konnte noch so viel erleben, so viel sehen, so viel fühlen. Taylor war gerettet, ich würde ihn wiedersehen, wenn ich irgendeinen Weg aus dieser Lage fand …

»Kommst du nun, oder was?« Ahilea streckte den Kopf erneut durch die Tür. Sie wirkte nervös und ich schob schnell meine Beine über den Bettrand.

»Ihr werdet wohl warten können, bis ich so weit bin«, sagte ich, warf mir einen Morgenmantel um die Schultern, der auf einem hellen Stuhl lag, und wollte hinüber ins andere Zimmer eilen. Doch dann besann ich mich für einen Moment, atmete tief durch, stellte mich aufrecht vor den Spiegel und blickte mir in die eisblauen Augen. Kopf hochgereckt, Kinn nach vorne – ich würde mich niemals unterkriegen lassen.

Langsam und bedächtig schritt ich hinüber in das Wohnzimmer, das jetzt sehr klein wirkte mit den elf wunderschönen Frauen darin, die mir allesamt skeptisch bis erwartungsvoll entgegenblickten.

»Schwestern«, sagte ich mit betont gelassener, ruhiger Stimme und schritt auf sie zu.

Jede Einzelne von ihnen beäugte mich kritisch, musterte mich von Kopf bis Fuß. Manche ungläubig, andere beinahe ehrfürchtig, wie ich fand.

»Es ist lange her, dass wir alle vereint waren«, fügte ich hinzu und stellte mich vor die Wand, in die der große Flachbildfernseher eingearbeitet war.

Niemand sagte ein Wort und ich vermutete, nein, hoffte, dass sie von meinem Auftreten überrascht und sprachlos zugleich waren. Dann jedoch ergriff Calenleya, die Älteste von uns, das Wort.

»Du weißt, dass du gegen uns keine Chance hast. Vor allem nicht in diesem …«

»Was? Gefängnis? – Ich muss sagen, so schlecht finde ich es gar nicht. Im Gegensatz zu euch bin ich Schlimmeres gewohnt«, unterbrach ich sie und konnte ein kleines Schmunzeln nicht unterdrücken. »Ihr werft euch ja richtig ins Zeug. Bei eurem letzten Mord an mir hat es gerade mal für ein Kerkerloch gereicht. Ihr steigert euch! Oder was ist diesmal anders?«

»Du hast nicht das Recht, Fragen zu stellen!« Ambrosora brauste auf und stellte sich mir mit ihrer bauschigen Lockenpracht entgegen.

»Und wer will mir das verbieten. Du etwa?« Ich zog amüsiert die Augenbrauen hoch. »Was bildest du dir ein, Schwesterchen? Dass ich hier krieche und euch Informationen über die Engel und die Organisation vor die Füße werfe?«

»Schweig.« Calenleyas einschneidende Stimme brachte mich und Ambrosora sofort zum Schweigen. Sie war noch immer unsere älteste, weiseste Fee, zu der wir aufsahen – auch ich in gewisser Weise, obwohl es in mir brodelte.

»Ich habe keine Zeit und auch keinen Nerv für diese Spielchen. Sophie – Cayuga, du weißt, wir sind dir überlegen. Aus diesem Gefängnis kannst du nicht entkommen. Die Zauberbanne sind zu stark. Sieh es ein, du hast verloren. Und tief in deinem Inneren weißt du, dass du sterben musst.«

Ich schwieg und blickte sie trotzig an.

»Du hast es mir selbst gesagt. Dieses Mädchen, Rose, wird als unsere Prinzessin erwachen und du stellst aktuell die größte Gefahr für sie und diese Welt dar.«

»Und wie immer habt ihr keine Lösung für dieses Problem. Abgesehen von dem Schwestern-Mord natürlich. Ihr tut so, als hätte ICH einen Fehler gemacht. Aber ich bin die Einzige, die etwas gegen Tanians Fluch unternommen hat. Die Einzige von diesem eingebildeten Haufen Schicksalsfairies hier! Und jetzt nehmt ihr euch das Recht heraus, euch über mich zu erheben, eine Art Gerichtsverhandlung abzuhalten, anstatt die Lösung anzugehen. Ambrosora, den Schmollmund kannst du dir schenken. Es nutzt sich ab langsam!«

Das hatte gesessen. Für einen Moment wurde es absolut still im Raum, nur das immerwährende Vibrieren des Schiffes war zu hören.

»Das Problem heißt Tanian. Und entweder ihr kümmert euch endlich darum und kommt zu euch, oder euch ist auch in den nächsten Jahrhunderten nicht zu helfen«, sagte ich ruhig und ließ meinen eisblauen Blick fest auf meinen Schwestern ruhen. Ich wusste, dass es im Prinzip hoffnungslos war, aber irgendetwas wollten sie von mir erfahren und dann würde ich meinen Triumph auskosten.

Calenleya fing sich als Erste. »Ja, sie war schon immer unser größtes Problem. Aber ist es das nicht grundsätzlich? Unser Schicksal? Sie hat es zu deinem ganz persönlichen Schicksal gemacht, dass du immer und immer wieder sterben musst, damit Aurora den Hauch einer Chance hat, zu überleben. Ihre Rache ist süß, ich weiß, und es tut mir unendlich leid, dich so zu sehen und dich ein weiteres Mal töten zu müssen.«

»Gar nichts müsst ihr, wenn ihr bereit seid, kurz euren Verstand einzuschalten!« Ich trat einen Schritt vor. »Ich war über Monate mit Rose zusammen und ich habe sie nicht angegriffen oder versucht, sie zu töten. Im Gegenteil, ich habe alles gegeben, um sie zu schützen! Ich bin eine Urfairy und ich kann mich gegen einen Fluch meiner Schwester wehren! Wenn nicht wir, wer dann? Wir haben die Macht, Tanians Fluch zu brechen! Jeden ihrer Flüche! Jeden! Auch den großen!«

Voller Euphorie blickte ich meinen Schwestern reihum in die Augen. Ich sah Zweifel, Traurigkeit, einige schüttelten den Kopf, wandten sich ab, konnten mir nicht in die Augen sehen. Sie bedauerten, was sie mir bisher angetan hatten, aber ich hatte sie noch nicht dazu bringen können, einen neuen Weg zu gehen in Sachen Fluch.

»Dann sag, Cayuga, wie können wir den Fluch brechen?« Calenleya hatte sich erhoben und stand nun mir direkt gegenüber. Wir waren etwa gleich groß und musterten uns wahrscheinlich mit demselben Kalkül und Misstrauen.

Ich wollte lächeln, zwang mich jedoch, ernst zu bleiben. Das war es, was sie wissen wollten. Wie der Fluch zu brechen war. Ich zögerte. Sollte ich es ihnen schon verraten oder noch ein wenig hinauszögern? Ich hatte keine Ahnung, ob sie mir glauben würden, und wenn ich ihnen mein Wissen offenbarte, gab ich damit auch meinen letzten Trumpf aus der Hand. Was würden sie dann tun? Mich umgehend aus dem Weg schaffen, damit Rose in Sicherheit war? Das musste ich verhindern.

»Nun, waren das alles nur leere Worte? Wie immer?« Ambrosora lächelte abschätzig. Sie war die Schwester, mit der ich mich schon immer am wenigsten von allen verstanden hatte. Sie war flatterhaft, aufbrausend, hochnäsig, eitel und wankelmütig.

»Nicht von dir auf andere schließen«, sagte ich und genoss ihre Gesichtsentgleisung. Ich hatte mir lange genug von ihr Frechheiten sagen lassen. Ich war genauso eine Urfairy wie jede von ihnen und diese Überheblichkeit machte mich wahnsinnig. Zumal ich die Einzige war, die hier wenigstens versuchte, den Karren aus dem Dreck zu ziehen. Ich atmete tief durch. Zum Wohle dieser Welt und um Rose zu schützen, musste ich es ihnen sagen.

»Wie ihr alle wisst, habe ich der jungen Prinzessin damals, als alles begann, kein Geschenk überreicht. Der Fluch ereilte sie, noch bevor ich ihr meine Gabe schenken konnte. Dies nutzte ich, um eine Möglichkeit zu finden, Tanians schreckliches Schicksal von ihr abzuwenden.«

Ich machte eine Pause, blickte erneut reihum, sah, dass ausnahmslos alle mich mit wachen Augen verfolgten, wie Kinder, die gebannt einem Märchen lauschten. Wie kam es, dass niemand von ihnen sich auch nur einmal gefragt hatte, weshalb ich einst nicht gemeinsam mit ihnen zurück zum Lebensbaum geflohen war? Weshalb ich als Einzige zurückgeblieben war?

»Ich habe sie mit einem einzigartigen Prueba versehen und ihr ein von Liebe erfülltes Leben versprochen. Die Prinzessin muss noch vor ihrem zwanzigsten Lebensjahr ihre wahre Liebe finden und ihre Gefühle müssen erwidert werden. Die Rose, die sie als Zeichen meines Geschenks auf alle Ewigkeit zwischen den Augen trägt, wird dann aufblühen.«

Ambrosora stieß ein heißeres Lachen aus. »Was? Und damit ist Tanians Fluch gebrochen? Das soll alles sein? Tut mir leid, aber das glaube ich nicht.«

»Die Liebe.« Ich sah, wie Calenleya eine Hand an die Wange gelegt hatte und intensiv überlegte. »Wir wissen, dass sie die größte Macht im gesamten Universum ist.«

»Gefühle sind stärker als das Schicksal«, sagte ich ruhig und stellte zu meiner Freude fest, dass sie lächelte.

»Also bitte«, mischte sich Ambrosora mit ihrem gewohnt verächtlichen Ton ein. »Gefühle! Dass ich nicht lache. – Calenleya, das ist viel zu einfach! Dann müssten wir ja nur mit ihr um die Häuser ziehen und darauf warten, dass sie sich verliebt und derjenige ihre Liebe erwidert.«

»Wie immer ist dein abwertender Ton völlig unangebracht und nicht zielführend«, widersprach ich. »Aber ich scheine ja noch Schwestern zu haben, die mit- und weiterdenken. Es muss die einzige, die wahre Liebe sein. Sie zu finden, ist sehr schwierig und manche schaffen es nie.«

»Wie alt ist Rose?«, wandte sich unsere älteste Schwester unbeirrt an mich.

Ich zuckte mit den Schultern. »Ich glaube, neunzehn.«

Verdammt, warum hatte ich sie das nie gefragt?

»Wir werden das herausfinden. Wenn es stimmt, bleibt uns noch exakt ein Jahr.«

»Calenleya, ihre große Liebe ist mit Sicherheit ein Fairy.« Ich trat einen Schritt vor, ging behutsam auf sie zu und sie wich nicht zurück.

»Beltane ist das nächste größere Fest, an dem sämtliche Fairies aufeinandertreffen.« Sie dachte laut nach.

»Aber sie wird dann auch als die Prinzessin erwachen und mit Sicherheit werden viele Jungen ihre Gefühle vortäuschen, nur um in ihrer Nähe sein zu können«, warf Orima ein.

Calenleya nickte. Dann runzelte sie die Stirn und blickte mich wieder direkt an.

»Wieso hast du uns das nicht schon längst erzählt, Cayuga? Wieso rückst du erst jetzt, nach so vielen Jahrhunderten, damit heraus? Weshalb?« Sie schrie beinahe und ich sah, wie sich Tränen in ihren Augenwinkeln sammelten. Schockiert trat ich einen Schritt vor, wollte nach ihrer Hand greifen, doch sie entzog sie mir rasch. Beinahe schien es, als wollte sie ausholen, um mich zu ohrfeigen, doch im letzten Moment hielt sie sich zurück.

»Wieso, Cayuga? Wieso?«

Ich schluckte. Sollte ich ihr die Wahrheit sagen? Klang das glaubhaft? Was würden sie von mir denken? Doch ich hatte keine Wahl. Ich sah zu Boden. »Weil ich meiner eigenen Macht nicht vertraute. Weil ich mir nicht sicher war, ob es mir gelingen würde, den Fluch zu brechen. Ich machte mich allein auf die Suche nach demjenigen, der für sie bestimmt war, doch nirgendwo in ganz Ayrion konnte ich ihn finden und musste tatenlos mit ansehen, wie Aurora starb und mit ihr unsere gesamte Welt. In Talaon dann konnte ich mich nicht daran erinnern. Erst hier auf der Erde, in diesem Leben, kehrte die Erinnerung an mein besonderes Geschenk an die Prinzessin zurück.«

»Ach, und jetzt bist du dir sicher, dass du so den Fluch

brechen kannst? Auf einmal?« Natürlich war es wieder der Pessimismus von Ambrosora, der mich aufblicken sah.

»Jetzt, liebe Schwester, weiß ich, dass ich, nein, wir alle einzigartig sind und dass wir alle die Macht besitzen, unsere Schwester aufzuhalten! Ich weiß, dass wir den Fluch brechen können, denn in diesem Leben ...«

Ich brach ab, stockte, zwang mich dann weiterzusprechen.

»Denn in diesem Leben habe ich selbst gelernt, was es heißt, wahre Liebe für ein anderes Wesen zu empfinden, was es bedeutet, mit ganzer Seele zu lieben.«

Ich dachte an Taylor, an die Angst, die ich seinetwegen ausgestanden hatte, die Achterbahn der Gefühle, in der ich seinetwegen feststeckte. Ich dachte an Azarael, unseren Kuss ... Diese intensiven Gefühle ...

»Schwestern, wenn ihr das jemals selbst erlebt habt, werdet ihr verstehen. Diese Macht ist stärker als jedes Schicksal. So werden wir den Fluch brechen. Dessen bin ich mir sicher.«

»Gut.« Calenleya nickte. »In Ordnung. Ich danke dir für deine ehrlichen Worte, Cayuga. Und glaub mir, es tut mir leid, sehr leid, dass wir dich erneut töten müssen. Aber ich denke, du wirst verstehen, dass wir keine andere Wahl haben.«

Entsetzt sah ich auf, starrte sie ungläubig an. Hatte ich mich verhört?

»Habt ihr nicht zugehört? Wenn ich es nicht besser wüsste, würde ich glauben, jemand hat einen Bann auf euren Verstand gelegt!«

»Doch«, fiel mir nun Tatanka ins Wort. Sie sah mich aus

ihren dunkelgrünen, sanften Augen mitleidig an. »Und wir sind dir sehr dankbar dafür, Cayuga. Für alles. Aber versteh, dass wir kein Risiko eingehen können. Auroras Leben hat oberste Priorität. Du wirst in einem neuen Leben erwachen und dann wird dieser ewige Kreislauf vorbei sein.«

Sie lächelte und erwartete wohl, dass ich wie ein Kind *vernünftig* sein, keinen Widerstand leisten würde. Was erwarteten sie von mir? Wie gut kannten sie mich?

Ja, mein Leben, Cayugas Leben würde erneut beginnen, aber Sophie ...

»Nein, ihr habt nichts begriffen. Denn ohne mich schafft ihr es nicht. Und zwar weder in diesem noch in irgendeinem anderen Leben«, sagte ich mit entschlossener, fester Stimme.

»Wofür?«, fragte Ambrosora, doch es klang nicht mehr ganz so verächtlich.

»Ich kann erkennen, in welchem Menschen, in welchem Fairy, sprich: in welcher Seele sich Auroras wahre Liebe befindet. Ich kann sehen, wer zu ihr gehört, und damit, wer uns retten wird. Und das kann keine von euch.«

Ich hoffte, dass niemand sah, wie meine Lippen zitterten, wie mir der Schweiß bei dieser Lüge ausbrach, aber es war meine einzige Chance, zu überleben.

KAPITEL 15

Ich stand am Fenster, blickte hinaus aufs offene Meer, auf die glitzernden Wellen, die zarten, hauchdünnen Schaumkronen der Gischt und nippte an einem Glas Wasser.

Meine Lüge hatte sich für mich ausgezahlt. Meine Schwestern hatten beschlossen mich am Leben zu lassen – vorerst. Allerdings lebte ich nach wie vor in Gefangenschaft inmitten dieser luxuriösen Suite, umgeben von mächtigen Zauberbannen mit einem melodramatischen Auge als einzige Verbindung zur Außenwelt. Ab und zu wurde ich von einer meiner Schwestern besucht, wobei mir Tatanka und Valandriela am liebsten waren.

Ich konnte nicht umhin, Rose und Lila zu beneiden, die sich beide frei an Bord bewegten, mehr noch, sich eine Kabine teilten und den Unterricht besuchen durften. Das war eine weitere Bedingung, die ich aushandeln konnte. Lila wurde nicht mehr als Gefangene betrachtet, nicht mehr nach Las Vegas zurückgebracht und durfte wieder Schülerin sein, wie vor ihrem Beltane-Fest. Zugegeben, es war schwierig gewesen, dies durchzuboxen, aber angesichts meiner flammenden Rede, dass ich die Einzige war, die Rose' wahre Liebe erkennen konnte, hatten sie – wenn auch widerwillig – zugestimmt. Ich hatte erwartet, dass Lila mir bei ihrem ersten Besuch euphorisch von ihren Zirkeleinheiten erzählen würde, ich sie glücklich und froh würde erleben dürfen, nachdem ihr das erlaubt wurde, was mir verwehrt war. Aber ich hatte mich getäuscht. Lila war in ein dunkles Loch gefallen. Der Tod von Ralph hatte sie sehr verändert und der Gedanke an Claire, meine ehemalige Kabinenmitbewohnerin, kam mir in den Sinn, die ihre dramatischen Erlebnisse an Samhain nie hatte überwinden können. Lila würde den Dunklen Jägern und auch den Fairies der Regierung nie verzeihen können. Doch sie besuchte gehorsam den Unterricht und auch wenn sie keine magischen Fähigkeiten besaß, durfte sie dennoch an allen Elementarzirkeln teilnehmen, da sie sich einfach an den Kräften der anderen Schüler bedienen konnte. Für sie war dies Ablenkung von der Trauer um Ralph und ihrem eigenen Dasein. Während ihrer regelmäßigen Besuche bei mir versuchte ich sie aufzumuntern, ihr zu sagen, dass sie es doch jetzt gut hatte, nicht mehr davonzulaufen brauchte und nicht wie ich in einer Todeszelle festsaß. Ich drang nicht durch ihre Mauer aus Melancholie, gab aber die Hoffnung nicht auf, dass sie ihre Trauer eines Tages würde überwinden können. Was sie brauchte, war Zeit. Etwas, von dem ich nicht wusste, wie viel mir davon noch blieb, wie lange meine Lüge meine Schwestern noch davon abhielt, mich zu töten. Ich gab Lila Unterricht im Verblendungszauber und verblendete ihre Augen selbst immer wieder aufs Neue. Dadurch konnten wir ihre Tarnung gut aufrechterhalten und niemand wusste, welche Augen sich tatsächlich in ihrem Gesicht verbargen.

Rose durfte mich nicht besuchen und ich verstand meine Schwestern, dass sie hier kein Risiko eingingen. Aber ich vermisste sie. Von Lila wusste ich, dass sie den Unterricht unter anderen Fairies sehr genoss, und ich begann mich zu fragen, ob wir sie nicht besser gleich zu Beginn an eine der Akademien hätten übergeben sollen.

Ich hatte weiterhin versucht, mich irgendwie zu befreien, doch alle Versuche waren gescheitert. Was mich verwirrte, waren seltsame Träume von Azarael in einer nebelverhangenen Welt, die ich nicht recht zuordnen konnte. Manchmal schien ich kurz davor, ihre Bedeutung zu entschlüsseln, die Lösung war greifbar nahe, aber immer, wenn ich meinte zu verstehen, war alles wieder weg, wie ausgelöscht.

Sosehr ich mich auch freute, wieder auf der Fairytale zu sein, so glücklich ich auch war, noch am Leben und nicht mehr ständig auf der Flucht zu sein, so sehr ödete mich mein neues, schrecklich langweiliges Leben in dieser Luxus-Gefängniszelle auch an.

Ich gähnte und nahm einen weiteren Schluck des kühlen Wassers. Dann wandte ich mich vom Fenster ab und ging hinüber in das edle Wohnzimmer mit den goldgelben Möbeln. Dort, auf ebenjener Couch, auf der ich noch vor wenigen Wochen gemeinsam mit Calenleya gesessen und über mein Überleben diskutiert hatte, ließ ich mich nieder, die Beine angewinkelt, und schaltete mithilfe einer einzigen Handbewegung den riesigen Fernseher an.

Zunächst zappte ich wahllos durch Programme der Menschen. Es war zwölf Uhr mittags und fast auf jedem Sender liefen die Nachrichten. Die Rede war von politischen Debatten, Wahlkampagnen anderer Länder, von Krieg, Tod, Verderben, Flüchtlingen, die Hals über Kopf ihr Land verließen auf der Suche nach einem Neuanfang, einem besseren Leben, nach Hoffnung. Mit weiteren Handbewegungen schaltete ich auf die Fairy-Sender und blieb dort beim Fairy Channel One hängen.

Ich stutzte, denn dort, hinter einer brünetten Fairy-Moderatorin, war ein Bild von einer dunkelhaarigen, hübschen Fairy mit stechend blauen Augen. Darunter glitzerten in großen Buchstaben die Worte: *Wo hat sich Cayuga so lange versteckt?* Ich verschluckte mich beinahe und begann zu husten. Sofort drehte ich den Ton lauter.

»Berichten zufolge wurde auf einer der Fairy-Akademien die zwölfte Urfairy Cayuga gesichtet und die Aufregung in der gesamten Fairy-Welt ist natürlich dementsprechend groß. Woher kommt sie? Wann ist sie erwacht? Wo hat sie sich so lange versteckt? Die Schwestern schweigen sich über diese Tatsache aus, was die Vermutung nahelegt: Steckt Cayuga eventuell mit Tanian unter einer Decke? Dies und mehr in unserer heutigen Sondersendung: *Cayuga – ist sie zurück?* Fakten und Daten über den Mythos der zwölften Schicksalsfairy. Heute um zwanzig Uhr!«

Ich war einigermaßen überrascht. Damit hatte ich nicht gerechnet, dass meine Schwestern meine Rückkehr an die große Glocke hängen würden. Ein weiterer Gedanke schoss mir in den Kopf. Wusste die halbe Welt bereits von Rose?

Panik überkam mich und ich wollte unbedingt sofort mit Calenleya sprechen.

Ich stolperte, so hastig stand ich von dem schmalen Sofa auf und ging zur Tür.

»Hey, Horacio!«, rief ich dem Auge zu, das sofort blinzelte, mich suchte und dann böse fixierte.

»Sie wünschen?«

»Ich muss unbedingt mit Calenleya sprechen!«, schrie ich ihn an.

»Tut mir leid, Miss. Die oberste Schicksalsfairy hat für einige Tage das Schiff verlassen«, erklärte er seelenruhig.

»Was?« Ich war fassungslos. Calenleya hatte das Schiff verlassen? Weshalb? Wo war sie hin?

»Dann Tantanka oder eine der anderen! Irgendjemanden aus meiner – Familie.« Das letzte Wort sprach ich betont verächtlich aus.

»Ich werde versuchen, die hochwohlgeborenen Schwestern zu kontaktieren«, gab er in gewohnt hochnäsiger Manier zurück. »Jedoch haben Sie Besuch.«

»Ich habe *was?*«, fragte ich und realisierte kaum, was er gesagt hatte. Meine Gedanken drehten sich immer noch um den Fernsehbericht und um Rose. Wenn Tanian erfuhr, dass sich Rose auf der Fairytale befand, war sie nirgends mehr sicher. Ich wusste zwar um den Schutz der Schiffe, bezweifelte aber, dass sie Tanian würden aufhalten können. Mit Sicherheit würde es ihr gelingen, hier einzudringen, sie sofort umzubringen oder sie immerhin zu verschleppen.

»Sie haben Besuch.«

Ich betete inständig darum, dass es Lila sein möge, und wenn sie es war, würde ich ihr befehlen, sofort Rose zu mir zu bringen – Verbot der Schwestern hin oder her. Wenn Tanian Rose wollte, musste sie an mir vorbei!

»Lila?«, sagte ich hoffnungsvoll.

»Ein Mann«, erklärte Horacio in einem seltsam säuselnden Ton und zum ersten Mal kam mir die Überlegung, ob Scanneraugen schwul sein konnten. »Ein dunkler Mann.«

Ich zog die Augenbrauen hoch. »Ein dunkler Mann? Wie heißt er?«

»Er nennt sich Frank«, antwortete Horacio, immer noch in dem säuselnden, verschwörerischen Ton.

»Frank?«, fragte ich, mehr zu mir selbst als zu dem Scanner. »Ich kenne keinen Frank. Aber er soll eintreten.«

Mein Herz klopfte mir bis zum Hals. Konnte es sein, dass sich jemand aus der Organisation verblendet eingeschlichen hatte, um mich zu befreien? Azarael vielleicht? Oder Taylor?

Ich trat ein paar Schritte zurück, zupfte kurz an dem weißen, weiten Kleid, das ich mittlerweile am liebsten trug, weil es einfach wahnsinnig bequem war, und starrte gebannt zur Tür, deren Klinke sich soeben bewegte. Der Scanner schloss für einen kurzen Moment das Auge, um dem Besucher zu signalisieren, dass er eintreten konnte, dann wurde die Tür auch bereits geöffnet.

Ein sehr hagerer Mann mit dunklem, südländischem Teint trat ein. Er hatte ein eingefallenes Gesicht, dunkel umrandete Augen und wirkte um Jahre gealtert.

»Frankie!«, stieß ich überrascht aus. Ich konnte nicht anders, ich eilte auf ihn zu und schloss ihn in meine Arme.

Mit meinem ehemaligen Seeker, der mir seit den schrecklichen Anschlägen an Samhain nicht mehr unter die Augen gekommen war, hatte ich nun wirklich nicht gerechnet. Insgeheim war ich beinahe davon ausgegangen, ihn nie mehr wiederzusehen. Und jetzt stand er da. Ich löste mich von ihm und sah ihn ungläubig an.

»Frankie«, wiederholte ich, diesmal mit leicht erstickter Stimme.

Er musterte mich von Kopf bis Fuß.

»Sophie?«, fragte er dann zögernd und ich nickte lachend.

»Ja, ja, natürlich bin ich es.«

Er lächelte schüchtern. »Ich war mir nicht sicher.«

»Wie bist du hier überhaupt reingekommen? Die lassen im Normalfall nur meine engsten Freunde zu mir.« Immer noch ungläubig musterte ich ihn. Er sah nicht gut aus; um ehrlich zu sein, hätte ich ihn beinahe nicht erkannt. Die Erlebnisse und vor allem der Verlust seiner Frau Natascha und seines ungeborenen Kindes hatten ihn tief gezeichnet.

»Es war auch nicht gerade einfach«, gestand er und lächelte müde.

»Komm, setz dich. Möchtest du etwas trinken?«, fragte ich und deutete auf einen der goldenen Sessel.

Mit einem Nicken ließ er sich darauf nieder. »Hast du Whiskey?«

Hatte ich nicht und daher schüttelte ich traurig den Kopf.

»Die geben mir nur Wasser, sorry.« Und ich reichte ihm ein Glas, das er lächelnd annahm.

»Sieh dich an«, stellte er dann anerkennend fest. »Du siehst toll aus. Eine Urfairy, wer hätte das gedacht, als wir dich damals in Lloret aufgelesen hatten.« Er nahm einen kleinen Schluck und lächelte mich auf eine beschützende, beinahe väterliche Weise an. »Nun gut, Taylor hat es vielleicht geahnt. Er war immer der Meinung, du seist etwas Besonderes.«

Er zwinkerte mir zu und ich lächelte breit.

»Danke.« Das Lächeln auf meinem Gesicht erstarb und traurig senkte ich den Blick. Ich wusste, wenn ich ihn nach Taylor fragte, würde er mir keine Auskunft geben können. Aber ich vermisste ihn so sehr, dass es schmerzte. Ich wollte wieder in seinen Armen liegen, in seine dunklen Augen abtauchen, durch seine dicken Haarsträhnen fahren.

»Irgendwie steht unsere Beziehung unter einem schlechten Stern«, sagte ich plötzlich und sah erschrocken auf. »O Gott, habe ich das soeben laut gesagt?«

Frankie lächelte. »Ihr habt einiges zusammen durchgemacht, nicht wahr?«

»Nun ja.« Ich schluckte, konnte aber nicht mehr dazu sagen.

Frankies Lächeln verschwand aus seinem Gesicht und er sah sich prüfend um. »Tolle Suite.«

»Mein Gefängnis«, erklärte ich nüchtern, und er zog die Augenbrauen hoch.

Dann erklärte ich ihm die Umstände, weshalb ich hier festgehalten wurde, wie meine Schwestern wirklich von mir dachten und bei wem es sich um Rose handelte. Aber ich verschwieg meinen Fluch und auch, dass ich Teil einer Organisation um den obersten Engel Azarael war.

Frankie blickte sich indessen noch immer im Raum um.

»Und du sagst, hier sind übermächtige Banne am Werk?«

Ich nickte. »Ja, Banne, die ich allein nicht überwinden kann.« Ich biss die Zähne zusammen.

»Wirst du hier überwacht und belauscht?«, wollte er weiter von mir wissen, ohne die Augen von der Zimmermöblierung zu nehmen.

Ich runzelte die Stirn. »Ich weiß nicht. Nun, vorstellen könnte ich es mir. Mich überrascht nichts mehr, wenn es um meine Schwestern geht.«

Diese Antwort gefiel ihm nicht. Eine steile Falte erschien auf seiner Stirn.

»Gut, dann versuch gut zuzuhören. Ich wurde von unserem …« Er suchte nach den richtigen Worten und ich verstand zunächst gar nichts. »… von demjenigen kontaktiert, von dem du dich schon immer fernhalten solltest.«

Er zog bedeutungsvoll die Augenbrauen hoch. Von dem ich mich schon immer fernhalten sollte? Was hatte das zu bedeuten? An meinem Blick schien er zu sehen, dass ich ihn nicht verstand.

»Nun, kennst du noch das Spiel? *Feuer / Erde / Wasser / Wind gegen Geist*? Ich habe immer gegen ihn verloren, erinnerst du dich?«

Jetzt fiel der Groschen. Das war ein Spiel, dem Schnick-Schnack-Schnuck der Menschen nicht unähnlich, bei dem man sämtliche einem zur Verfügung stehenden Elemente gegen den anderen einsetzte – natürlich in kleinen Dosen, ohne großen Schaden anzurichten, und darin lag die eigentliche Herausforderung des Spiels. Und Frankie und Taylor hatten es immer mit voller Leidenschaft gespielt, wobei Taylor stets gewonnen hatte. Augenblicklich schlug mein Herz schneller.

Ich nickte. »Natürlich erinnere ich mich.«

Frankies Miene erhellte sich.

»Oh, das waren wunderschöne Zeiten, nicht wahr? Damals hattest du bereits diese Träume von Cayugas früherem Leben, nicht?«

Wieder runzelte ich die Stirn, wusste nicht, worauf er hinauswollte, nickte jedoch.

»Hast du sie immer noch?«, hakte er nach.

»Träume? Nein, seit ich erwacht bin, nicht mehr.«

»Wirklich nicht?«

Ich runzelte die Stirn, versuchte in seinem Gesicht zu lesen. Ihm schienen diese Träume sehr wichtig und ich versuchte verzweifelt, zu erraten, was er mir sagen wollte.

»Ich … ich …«, begann ich immer noch grübelnd.

»Keine Träume mehr?« Er riss die Augenbrauen hoch. »Versuch dich zu erinnern.«

Die Wahrheit war, der Einzige, von dem ich hin und wieder verwirrende Träume hatte, war Azarael – umgeben von dichtem Nebel. Da ging mir ein Licht auf!

»Doch, doch ich habe manchmal Träume. Doch sie handeln meistens von …« Ich suchte nach einem Wort, mit dem ich den Engel beschreiben konnte. »Vögeln.«

Ich sah, wie Frankie stutzte und sich dann ein Lachen verkneifen musste. Dann nickte er zu meiner Freude.

»Du musst versuchen, weiter von diesen Vögeln zu träumen.«

Ich konnte nicht anders, ich lachte los. »Okay, das werde ich.«

»Wirklich, Sophie!« Seine Miene war ernst und ich schluckte weitere Lacher hinunter.

»Es ist wichtig. Sie können dir helfen, auch wenn …« Er stockte für einen Moment, blickte sich nervös im Raum um. »… dein Geist blockiert ist.«

Mein Lächeln erstarb und Frankie stand hastig auf.

»Gut, ich muss dann gehen. Ich hatte nur zehn Minuten mit dir. Dann muss ich das Schiff schon wieder verlassen.«

»Was? Schon? Aber Frankie!« Ich stand ebenfalls auf.

»Ich wünsche dir alles Gute, Sophie, und dass deine Träume in Erfüllung gehen.« Er zog mich in eine Umarmung.

»Was?« Ich war vollkommen überfordert mit der momentanen Situation. »Wie willst du überhaupt von Bord kommen? Du kannst hier nicht teleportieren und meines Wissens legt das Schiff so schnell nicht ab.«

»Ein Vögelchen hat mir gezwitschert, wie es geht.« Er zwinkerte mir zu und wandte sich dann an Horacio.

»Bitte lass mich raus.«

Horacio erwachte blinzelnd, öffnete die Tür und ich war allein.

Nachdenklich ließ ich mich wieder auf das Sofa fallen. Was hatte das zu bedeuten? Taylor hatte Kontakt mit Frankie aufgenommen, damit er mich besuchte. Oder war es vielleicht gar nicht Frankie gewesen, sondern Taylor selbst in einer Verblendung, die er mir nicht offenbarte? Und seine Botschaft war noch verwirrender. Ich sollte weiterhin von Azarael träumen? Mein Geist war blockiert? Am liebsten hätte ich mich mit Lila beraten, aber wir schwiegen Dinge über die Organisation und andere Geheimnisse tot aufgrund der Überwachung durch meine Schwestern.

Und wieder schien die Lösung zum Greifen nah, aber ich konnte sie nicht fassen. Es war, als ob mich mein eigenes Denken behinderte.

Und auch ein anderer Gedanken schwand mehr und mehr aus meinem Gedächtnis. Weshalb hatte ich unbedingt mit meinen Schwestern sprechen wollen? Ich konnte mich nicht mehr daran erinnern, sosehr ich es auch versuchte.

Mit einer Handbewegung schaltete ich den Fernseher ein, zappte durch die Menschensender und sucht den Fairy Channel One, konnte ihn aber nicht finden.

* * *

Am Nachmittag erhielt ich Besuch von Ambrosora, die eine – ihrer Meinung nach – fabelhafte Neuigkeit für mich hatte und zu meiner großen Überraschung in Begleitung von Rose erschien. Ich eilte ihr beinahe überstürzt entgegen, war so froh, sie endlich zu sehen, wollte sie umarmen – doch etwa einen halben Meter vor ihr wurde ich von einem Schlag erfasst und taumelte rückwärts gegen einen Schrank. Ambrosora grinste breit. Ihre immer noch ausgestreckte Hand deutete auf mich. Verdammt, in dieser Bannhölle hatte ich keine Chance gegen sie!

»Ich dachte mir, dass du dich sicher freust, wenn ich unsere kleine Prinzessin mit auf einen Abstecher zu dir nehme«, säuselte meine Schwester und ließ sich in einen der goldenen Sessel fallen. Augenblicklich hielt sie ein Glas Wasser in den Händen, nahm einen kräftigen Schluck und ich versuchte, ihre betont fröhliche Miene zu entschlüsseln.

Rose blieb in der Nähe der Tür stehen und wir musterten uns einen Moment.

»Wie geht es dir?«, fragte ich beinahe schüchtern und ließ meinen Blick über ihre schönen Haare und das leuchtende Gesicht wandern. »Du siehst gut aus.«

Sie lächelte und wurde leicht rot. »Danke. Mir geht es auch wirklich gut. Der Unterricht ist genial, ich lerne sehr viel, und stell dir vor: Am Wochenende findet eine Party im *Elements* statt!«

Ich konnte ein kleines Schmunzeln nicht unterdrücken und dachte an meine erste eigene Party im *Elements* als Frisch-Gezeichnete zurück. Ich war ähnlich euphorisch gewesen wie sie jetzt.

»Ja, genau«, schaltete sich nun Ambrosora in unser Gespräch ein und schwenkte das Wasser in ihrem Glas, als wäre es Wein. »Am Wochenende findet eine Party im *Elements* statt, Cayuga, und was hältst du davon, hinzugehen?«

Ich kniff die Augenbrauen zusammen und musterte meine Schwester. Was sollte das denn? Ich kam mir beinahe vor wie Aschenputtel, die einer neuen fiesen Schikane ihrer bösen Stiefschwester ausgesetzt war.

Wieder nahm sie einen Schluck und stellte anschließend ihr Glas auf die gläserne Oberfläche des Tisches.

»Ich weiß, dass du von den Engeln gelernt hast, wie man sich verblendet. Und Calenleya würde diese Eigenschaft gerne für die Suche nach Rose' wahrer Liebe hernehmen. Wer weiß, vielleicht befindet sie sich direkt vor unserer Nase, und welche Gelegenheit bietet sich hierfür besser als eine kleine Party, bei der so ziemlich alle Jungen dieses Schiffes zugegen sein werden?«

Aha, daher wehte der Wind. Ich ließ mich im Sofa zurücksinken und verschränkte die Arme vor der Brust. Zugegeben, es war eine gute Idee, aber da gab es doch einen Haken? Als ich diese Frage laut stellte, schmunzelte sie erneut.

»Du wirst natürlich in Begleitung erscheinen.«

»Natürlich«, sagte ich nur und sah mich bereits gemeinsam mit Ambrosora das Fest betreten, stets darauf gefasst, von einem mächtigen Schlag getroffen zu werden. Wie ein Hund an der Kette, das mit einem Elektroschocker bewaffnete Herrchen im Nacken.

»Und dass ich die Gelegenheit nutzen könnte zu fliehen, der Gedanke ist euch nicht gekommen?«

Endlich hatte ich es geschafft, dass ihr das Lächeln vom Gesicht schwand und sie ihren Mund zu einem dünnen Strich verzog.

»Das wirst du nicht tun.« Ihre Stimme war kalt. »Du würdest die Prinzessin doch nicht im Stich lassen, oder etwa deine Freundin Lila? Du hast gesagt, du bist in der Lage, dich über deinen eigenen Fluch zu stellen. Also steh dazu, Cayuga.«

Ich hielt ihrem Blick stand. Vor ihr würde ich mir keine Blöße geben und mir keinen einzigen Spruch gefallen lassen. »Ich weiß genau, was ich zu tun habe, das braucht mir von euch keine zu erklären«, sagte ich und stellte zufrieden fest, wie souverän ich klang.

Zu meiner Überraschung trat ein Lächeln auf ihr Gesicht, als wäre nichts geschehen.

»Schön. Ich werde dich am Samstag um acht Uhr abholen.«

Damit lehnte sie sich wieder in ihrem Sessel zurück und legte die Fingerspitzen aneinander.

»Was ist dein eigener Fluch?« Rose' Augen musterten mich von Kopf bis Fuß. Sie wirkte mit einem Mal ängstlich und ich wusste nicht, wie ich ihr diese Antwort überhaupt geben sollte.

»Ah«, kam es gehässig aus Ambrosoras Ecke, »wie ich sehe, hast du der Prinzessin nichts von deinem kleinen Geheimnis erzählt. Und ich möchte wetten, dass auch dein Traumprinz Taylor nichts davon weiß.«

»Ach, halt die Klappe«, fuhr ich sie an, woraufhin sie nur schallend gackerte. Ich bemühte mich, sie zu ignorieren, und wandte mich an die Prinzessin. »Rose, es ist nichts …«, begann ich, wurde jedoch sofort von ihr unterbrochen.

»Welcher Fluch liegt auf dir? Ist das der Grund, weshalb sie dich hier festhalten wie eine Gefangene? Hat der Fluch mit meinem Fluch zu tun?«

»Jetzt wird es interessant.« Ambrosora sah grinsend von einem zum anderen und schien das Ganze wahnsinnig zu genießen.

»Zu deiner Information, das ist hier keine private Bühnenshow zu deiner Unterhaltung.« Ich schenkte ihr einen bösen Blick, atmete tief durch und versuchte, mich für einen Moment zu sammeln. Ich seufzte und sah aus der großen Fensterfront. Über den blauen Himmel zogen heute große weiße Wolken, durch die die Sonnenstrahlen nur manchmal brachen und wunderschöne helle Streifen an den Horizont zauberten.

»Rose, ich kann es dir nicht sagen«, gestand ich ihr schließlich und blickte auf den Boden. »Es ist besser für dich, nichts davon zu wissen. Glaub mir, je mehr du darüber weißt, desto mehr gerätst du in Gefahr und ich möchte nicht, dass du irgendetwas in einen Fluch interpretierst, der sich vielleicht nie erfüllt. – Und du ...« Ich zeigte mit dem Zeigefinger direkt auf Ambrosora. »... wirst den Teufel tun und es ihr sagen, hörst du mich?«

Sie hob theatralisch die Hände in die Luft, setzte zu einer patzigen Erwiderung an, wurde jedoch von Rose unterbrochen.

»Wie meinst du das, *der sich vielleicht nie erfüllt*? Mein Fluch hat sich doch auch immer und immer wieder erfüllt. Wie kannst du da sagen, dass das deiner nicht auch tun wird? Gibt es eine Möglichkeit, selbst zu bestimmen ...«

»Nein, Rose, du verstehst das falsch«, sagte ich und schüttelte den Kopf. »Dein Fluch erfüllt sich immer wieder, da er von einer Urfairy über dich ausgesprochen wird. Wenn jedoch diese Urfairy eine ihrer Schwestern verflucht, ist es möglich, dass diese sich über ihren Fluch erhebt, da sie der Urfairy ebenbürtig ist.«

»Aber du bist Tanian nicht ebenbürtig, das hast du selbst einmal zu mir gesagt. Damals, als ihr im Death Valley gekämpft habt, hast du verloren.«

»Ja, in der Elementarmagie vielleicht. Aber nicht wenn es darum geht ...«

»Ich möchte wissen, welcher Fluch auf dir liegt, Sophie. Du weißt alles über mich, sogar mehr. Manchmal kommt es mir vor, als würdest du mich besser kennen als ich mich selbst. Ich finde es nur fair, wenn ich ebenso viel über dich weiß wie du über mich.«

Ich seufzte und dachte über ihre Worte nach. Sollte ich ihr die Wahrheit sagen? Aber wie würde sie darauf reagieren? Es stimmte, mittlerweile kannte ich sie ziemlich gut und ich entschied, das Risiko einzugehen.

»Tanian hat mich dazu verflucht, dich zu töten und deinen Fluch auszulösen«, sagte ich und beobachtete ihre Reaktion ganz genau.

Wie erwartet erschrak sie, wurde blass und starrte mich mit ausdrucksloser Miene an. Ihre Gedanken schienen sich zu überschlagen und ich konnte sehen, wie es in ihr arbeitete. Sämtliche Gefühle mir gegenüber wurden infrage gestellt und sie sank ein kleines Stück in sich zusammen. Ambrosora klatschte lachend in die Hände. Für sie war die ganze Szene wahrscheinlich wirklich wie ein gelungenes Theaterstück.

Doch in diesem Moment stellte sich Rose wieder aufrecht hin und blickte mich entschlossen an.

»Sophie, ich weiß, dass du mich niemals gefährden würdest. Ich vertraue dir mein Leben an. Wenn sich jemand gegen ihren Fluch stellen kann, dann du.«

Ich lächelte. »Danke, das bedeutet mir viel.«

Rose trat einen Schritt zurück und irgendwie kam es mir vor, als würde sie trotz ihrer euphorischen, flammenden Worte vor mir fliehen.

»Kindchen.« Ambrosora stand auf und stellte sich neben Rose. »So schön deine kleine Ansprache auch war, wir Urfairies sind uns da leider nicht so sicher. Deswegen bist du in unserer Obhut auch besser aufgehoben als in ihrer. Weitere Besuche sind dir daher nicht gestattet.«

Und mit einem kurzen triumphierenden Blick zu mir fügte sie hinzu: »Das mit der Party war eine dumme Idee. Natürlich ist es Blödsinn, dich hier rauszulassen. Mit Sicherheit kannst du auch durch Wände spüren, ob sich Rose' Prinz in der Nähe befindet, nicht wahr?«

Ich sprang auf, wollte etwas erwidern, aber da waren beide bereits hinter der massiven Tür verschwunden.

Verdammtes Miststück! Sie hatte Rose nur aus einem Grund mit in meine »Zelle« gebracht! Nämlich damit ich ihr brühwarm von meinem eigenen Fluch erzählte und damit Misstrauen in der Prinzessin mir gegenüber weckte. Vermutlich hatte Rose die Schwestern angefleht, mich freizulassen, wollte wissen, warum sie mich einsperrten. Wie ich sie kannte, hatte sie nicht lockergelassen, den Grund zu erfahren, hatte sich vielleicht sogar im Geheimen einen Fluchtplan für mich überlegt. Dem hatte Ambrosora mit einem vernichtenden Schlag ein Ende bereitet. Rose würde jetzt freiwillig auf Abstand zu mir gehen.

Ich biss die Zähne zusammen. Verdammt, verdammt, verdammt! Es musste doch irgendeinen Ausweg aus meiner Situation geben!

Ich sann über Ambrosoras letzten Satz nach. *Mit Sicherheit kannst du auch durch Wände spüren …* Konnte ich das? Irgendwie hatte ich noch nie intensiv darüber nachgedacht, was genau mich zu den besonderen Fairies führte, wie etwa zu Carl oder Rose. Ich hatte es zunächst für Zufall gehalten, dann aber festgestellt, dass diese Fairies von mir angezogen wurden, sogar über Kontinente hinweg – wie in Rose' Fall. Und ich war mir ganz sicher gewesen, dass sich eine weitere besondere Person in Shanghai befunden hatte.

Moment, genau! Shanghai! Lebte der Prinz etwa in Shanghai? Sollte ich meinen Schwestern davon erzählen? Dann kam mir etwas anderes in den Sinn. War es möglich, hatte ich von Dubai aus bereits den Samen des Lebensbaums in Shanghai gespürt?

Ich seufzte frustriert und fuhr mir durch die Haare. Aber eines stand fest: Hier auf diesem Schiff hatte ich kein besonderes Kribbeln im Bauch, spürte keine magnetische Anziehung, keine Elektrizität. Eines war sicher: Unser Erlöser, Rose' wahre Liebe, befand sich nicht auf der Fairytale.

* * *

»Sophie!«

»Sophie!«

»Sophie, bitte!«

Azaraels Stimme fand wieder durch diesen grellen Nebel zu mir, der in meinen Augen brannte und durch den ich nicht sehen, den ich nicht durchdringen konnte. Wie immer kam sie aus allen Richtungen und ich drehte mich im Kreis, um ihn zu lokalisieren.

»Azarael? Ich bin hier!«, rief ich laut und hoffte, er würde mich finden können.

»Kannst du mir heute sagen, wo du bist? Wohin haben sie dich gebracht? Wo ist Rose?«

»Ich sagte doch schon, dass ich hier bin! Hier irgendwo mitten in diesem Nebel!«, rief ich zurück und langsam wurde ich wütend.

Wieder und wieder irrte ich inmitten dieser feuchten Wolken umher, wurde bei meinem Namen gerufen und versuchte, ihm in Dauerschleife Antwort auf dieselbe Frage zu geben.

Frustriert schreckte ich aus dem Traum hoch und griff mir an die Stirn.

»Wie oft denn noch?«, sagte ich keuchend und strich mir eine wirre Haarsträhne aus der Stirn.

Ich hatte mittlerweile regelrecht Angst vor dem Einschlafen, denn beinahe jede Nacht plagte mich dieser Traum. Ich sank zurück in die Kissen und grübelte lange nach. Doch schon bald übermannte mich die Müdigkeit und ich merkte, wie ich erneut in den Nebel abdriftete.

KAPITEL 16

Es war kurz vor acht Uhr abends, als am Samstag drei meiner Schwestern ungefragt meine Suite betraten. Ambrosora, Mandaya und Keona. Ich hatte auf dem Sofa gelegen und durch das Fenster hinausgestarrt, meinen Gedanken nachgehangen. Daher schrak ich zusammen und fiel beinahe von der Kante.

»Los, zieh dich an. It's partytime!«, flötete Ambrosora und stellte sich breit grinsend hinter einen der Sessel.

»Was ist das jetzt wieder für ein Spiel?« Ich veränderte meine Position keinen Zentimeter.

»Ich sagte doch, dass du uns auf eine Party im *Elements* begleitest.«

»Ach?« Ich zog die Augenbrauen hoch. »Ich dachte, das sei eine dumme Idee und ich sollte den Prinzen – wie hast du es bezeichnet? – durch Wände lokalisieren?«

»Und?« Jetzt zog sie die Augenbrauen hoch. »Schon erfolgreich gewesen?«

Ich verengte die Augen. Was sollte ich erwidern? Wenn ich verneinte, hätte ich eine Chance, auf die Party zu gehen, und damit die Möglichkeit, Rose wiederzusehen und vielleicht zu fliehen, auch wenn ich wusste, dass mich die drei nicht aus den Augen lassen würden, bereit mich jederzeit zu überwältigen, und dass ich wahrscheinlich unter einen Bann gestellt würde. Aber das Risiko musste ich eingehen.

Ich seufzte. »Nein, hier in diesem verbannten Raum kann ich überhaupt niemanden lokalisieren. Der Gedanke hätte euch auch schon unlängst kommen müssen, in Anbetracht der Zeit, die ich bereits hier rumsitze.«

Ambrosora nickte. »Gut. Du wirst dich verblenden, sodass dich niemand erkennt. Wir werden dich bannen. Du wirst keine Elementarkräfte und auch sonst keine Zauber wirken können. Du gehst auf die Party und siehst dir die Jungen und Mädchen an. Sonst nichts. – IST DAS KLAR?«

Die letzten Worte sagte sie leise, aber sehr betont. Ich verdrehte die Augen.

»Ambrosora, es ist rührend, wie du hier versuchst dich wichtigzumachen. Und für dich wiederhole ich mich gern: ICH weiß, was ich zu tun habe. Und das lasst ihr mich tun oder ihr lasst es ganz bleiben und ich sitze hier bis zum Geburtstag der Prinzessin rum und trinke Wasser. Ist DAS klar?« Mit diesen Worten erhob ich mich und ließ meine Schwester einfach stehen. Wie selbstverständlich ging ich zur Tür. Ich wusste, wie sie entscheiden würden. Ihnen blieb gar keine Wahl.

* * *

Die Party im *Elements* war bereits in vollem Gange, als ich gemeinsam mit Ambrosora, Mandaya und Keona die Dimension betrat. Seit meinem letzten Besuch hier hatte sich nicht viel verändert.

Es gab immer noch die vier Bereiche: einen Wasserbereich mit großem See, Wasserfall, Palmenbar, aufsteigenden Wassersäulen und einem himmlischen Sandstrand bei Nacht, einen Feuerbereich mit brennenden Fackeln, Kerzen, Mini-Vulkanen, einen Luftbereich mit butterweichen Wolkenmöbeln, alles nebelbedeckt, und einen Erdbereich, der vielmehr einem undurchdringlichen Dschungel mit allerhand Palmen, Lianen, Farnen und sonstigem Gewächs glich. Diese vier Bereiche waren im Kreis angeordnet und verschwammen an den Grenzen miteinander. In der Mitte befand sich eine Art Tanzfläche, die aus einem Glasboden bestand, unter dem ein blauer Nachthimmel mit Millionen Sternen leuchtete.

Die Urfairies neben mir fielen natürlich sofort auf wie bunte Hunde, wurden mit Respekt behandelt und man hielt Abstand zu ihnen. Sie wurden nicht mehr von Engeln flankiert wie damals Ambrosora von Arion, sondern Defenderre und Seeker standen wachsam neben ihnen, um sie zu schützen. Ich selbst hatte mich in der Verblendung einer Frisch-Gezeichneten unter die Menge mischen müssen und konnte beinahe unbemerkt das Geschehen genießen, wären da nicht die beobachtenden Blicke meiner Schwestern gewesen, denen nichts, nicht einmal die kleinste Bewegung meinerseits, zu entgehen schien.

Rose befand sich umringt von vielen Jungen und Mädchen auf der Tanzfläche, wo sie sich vergnügt der Musik hingab. Und einige Meter daneben entdeckte ich auch Lila, die sie keinen Moment aus den Augen ließ. Natürlich erkannten mich die beiden nicht und das sollte laut meinen Schwestern auch auf jeden Fall so bleiben. Ich sollte meine Arbeit im Verborgenen tun, Ausschau nach einem Jungen halten, der für Rose bestimmt war. Ich hatte im Prinzip keine Ahnung, wer ihre Gefühle erwidern würde, sprich, für wen Rose überhaupt selbst Gefühle entwickeln konnte. Ich wusste nur eines mit Sicherheit: dass sich hier auf diesem Schiff kein besonderer Fairy befand – von Rose, meinen Schwestern und mir einmal abgesehen. Doch um meine Tarnung und meine einzige Überlebenschance aufrechtzuerhalten, musste ich schauspielern, so gut ich konnte. Und wer weiß, vielleicht kam mir meine Intuition ja tatsächlich zu Hilfe, wie es bisher schon so oft der Fall gewesen war, und hier befand sich wider Erwarten dennoch der Prinz?

Ich beobachtete Rose, ob sie mit einem Jungen tanzte – oder mit einem Mädchen? Konnte es sein, dass vielleicht auch ein Mädchen als Retterin der Fairies infrage kam? Stirnrunzelnd musterte ich die Frisch-Gezeichneten, die ihr am nächsten standen und die sie offensichtlich alle kannte. Es waren zwei Mädchen – eine schwarzhaarig, die andere brünett –, mit denen sie sich auffallend häufig unterhielt. Daneben ein großgewachsener, blonder junger Mann, der sehr an ihr interessiert schien. Er ließ sie keinen Augenblick aus den Augen, versuchte, wo es nur ging, ihre Aufmerksamkeit auf sich zu lenken, sie zu berühren oder ihr ein Lächeln zu entlocken. Rose selbst beachtete ihn aus Höflichkeit, aber näher schien er sie nicht zu interessieren.

Ich biss mir auf die Lippen. Nein, so hatte das alles keinen Sinn. Ich musste mich näher auf Rose einlassen, wissen, was sie insgeheim dachte, fühlte, wollte. Und so entschied ich mich, eine Macht einzusetzen, die mir – zugegeben – bisher nicht besonders viel Glück gebracht hatte, von der ich jedoch glaubte, sie mittlerweile beherrschen zu können. Ich konnte nur hoffen, dass meine Schwestern mir nicht auch die Geistkraft blockiert hatten. Ich wusste, dass ich weder Feuer, Wasser, noch Erde oder Luft beherrschen konnte. Mit Sicherheit auch nicht Geist. Aber dennoch musste ich es versuchen.

Ich atmete tief ein, konzentrierte mich und erhielt prompt einen Schlag. Verdammt! Natürlich! Mein Geist WAR blockiert. Ich dachte an Frankies Besuch und das, was er gesagt hatte. Ich warf Ambrosora einen flehenden Blick zu. Sie schüttelte den Kopf.

»Bitte!«, bildete ich mit den Lippen das Wort. »Es geht um Rose! Ich werde den Prinzen sonst nicht finden!«

Und wie durch ein Wunder nickte sie doch tatsächlich und ich konnte nach einigen Versuchen in Rose' Gedanken abtauchen.

Sie hatte noch nicht gelernt, sich gegen solche Angriffe zu wehren, und hier im *Elements* hätte sie im Normalfall auch nichts dergleichen zu befürchten gehabt. Somit gelang es mir verhältnismäßig leicht, in ihre Gedanken einzudringen.

Ich war sie, fühlte wie sie, dachte wie sie und binnen kürzester Zeit wusste ich nicht mehr, wo sie begann und ich aufhörte. Wir waren eins.

Ich sah mich immer wieder bewundernd um. Die Schönheit

dieser Dimension war so einzigartig, so fantastisch, dass sie mit Worten kaum zu beschreiben war. Der Wasserbereich mit seinen sprudelnden, glitzernden Fontänen, dann das glühende Feuer, die zarten Wölkchen und Nebelschwaden im Luftbereich und der undurchdringliche Dschungel des Erdbereichs. Ich konnte es immer noch nicht glauben, dass ich, die kleine Kunststudentin aus nicht gerade reichen Verhältnissen, hier gelandet war! Und ich war glücklich! Glücklich, gute Freunde gefunden zu haben wie Madita und Angelique und wie Tobias. Meine Gedanken schweiften kurz zu Lila und Sophie ab. Lila war mir nach wie vor nicht geheuer. Irgendetwas stimmte nicht mit ihr und seit Ralph gestorben war, erkannte ich sie sowieso nicht wieder, ja hatte beinahe Angst vor ihr. Dank Sophie sah man ihr diese furchteinflößenden Shuk-Augen nicht mehr an, doch ich war mir nicht sicher, wie viel Ungeheuer noch in ihr steckte. Und Sophie – seit unserem letzten Gespräch hatte ich Angst. Ich wusste, wie mächtig sie war, vielleicht mächtiger als jede andere Urfairy hier an Bord. Und dieser Fluch machte sie plötzlich zu meinem Feind. Ihr wunderschönes, ebenmäßiges Gesicht kam mir in den Sinn mit den eisblauen Augen. Augen, in denen die Entschlossenheit lag, für eine Sache alles zu geben, für ein Ziel zu allem fähig zu sein. Ich hatte selbst gesehen, welche Mächte sie entfesseln konnte, damals, als ich ihr zum allerersten Mal begegnet war und diese andersartigen Wesen mit den goldenen Augen mich entführten. Ja, sie war mächtig. Unberechenbar. Gefährlich. Und schön. Und sie übte eine Faszination auf beinahe jedes Wesen aus, das ihr näherkam, mich eingeschlossen.

»Hey, hast du Lust auf einen Drink?«

Tobias riss mich aus meinen Gedanken und deutete mit dem

Kopf hinüber zur Palmenbar im Wasserbereich. Ich musterte ihn kurz. Er war unglaublich süß und dass er an mir interessiert war, daraus machte er kein Geheimnis. Und ich? Ich fand ihn nett, sehr nett sogar, aber sosehr ich es mir auch wünschte, mehr für ihn zu empfinden und ihn vielleicht damit zu demjenigen zu machen, der den Fluch um mich und damit um die gesamten Fairy-Welt brechen konnte, so sehr musste ich mir auch eingestehen, dass ich mir hier keine falschen Hoffnungen zu machen brauchte. Keiner würde dieses Herzklopfen in mir auslösen, das ein anderer schon längst in mir ausgelöst hatte. Aber das durfte nie jemand erfahren! Er war sicherlich nicht derjenige, der für mich bestimmt war. Außerdem erwiderte er meine Gefühle nicht, dessen war ich mir sicher.

»Hey, was stehst du hier so angewurzelt rum und blockierst alles?«

Grob wurde ich beiseitegestoßen und verlor daher den Kontakt zu Rose' Gedanken. Am liebsten hätte ich der dunkelhaarigen, ziemlich wild aussehenden Fairy einen Feuerball an den Kopf geschleudert, so wütend war ich in diesem Moment. Beinahe hätte ich erfahren, für wen Rose' Herz schlug! War es immer noch Azarael? Ich hielt ihre Gefühle nach wie vor für eine kleine Schwärmerei, die unmöglich die Rettung der Fairy-Welt bedeuten konnte. Oder hatte sie sich mittlerweile in jemand anderen verliebt? Verdammt, jetzt würde ich es wahrscheinlich nie erfahren.

»Pass doch selber auf!«, schrie ich die andere Fairy an und verzog die Augen wütend zu Schlitzen. In dem Moment erkannte ich sie und meine Wut verrauchte augenblicklich.

Vor mir stand keine Geringere als die Amazonenfairy, zu der meine damals sehr verhasste Zirkelgenossin Tanja geworden war, die Barbie der ganzen Akademie – stets schick, adrett gekleidet, hochnäsig, eitel. Und jetzt? Jetzt wirkte sie wie eine dem Dschungel entsprungene Wilde, mit den muskulösen Armen und Beinen und den in alle Richtungen abstehenden, wirren, mahagonifarbenen Locken.

»Tanja«, entfuhr es mir überrascht und ich sah, wie sie kurz innehielt und mich nun genauer musterte.

Sie hob leicht das Kinn und verschränkte die Arme vor der Brust. »Kennen wir uns?«

»Vom Sehen«, fügte ich schnell hinzu und wandte mich rasch ab. Sie würde mich natürlich nicht erkennen, nicht mit dieser Verblendung. Dennoch war es ein seltsames Gefühl, sie hier wiederzutreffen, und schlagartig wurde mir bewusst, wie sehr sich alles verändert hatte, nein, wie sehr ich mich verändert hatte.

Ich spürte förmlich ihre verwirrten Blicke auf mir, als ich mich entfernte. Doch mittlerweile plagten mich andere Gedanken als die Sorge, was sie wohl von mir dachte. Mir kam zum ersten Mal in den Sinn, dass ich hier auf meine alten Zirkelkameraden treffen würde, die sich mittlerweile im vorletzten Ausbildungsjahr befanden und im kommenden Jahr bereits ihre Abschlussprüfungen ablegen würden. Wo war die Zeit nur geblieben? Und was war mit mir, nein, mit ihnen geschehen? Wie hatten sie sich weiterentwickelt? Wussten sie bereits, welchen Weg sie nach der Akademie einschlagen würden? Irgendwie kam es mir so unglaublich banal vor, dass sich für die anderen aus meinem Zirkel nicht alles um die Rettung der Fairies und dieser Welt drehte. Sie hatten wahrscheinlich gefeiert, während ich mich gegen die Shuk gewehrt hatte oder von den Dunklen Jägern heimgesucht worden war. Sie hatten über Prüfungen gesessen oder sich Praxistests unterziehen müssen, während ich um mein Überleben kämpfte.

Ich zog mich zurück, suchte mit den Augen nach Rose und fand sie wenig später an der Palmenbar im Wasserbereich, dicht neben dem Jungen, von dem ich nun wusste, dass er Tobias hieß, und mit dem sie lachte und scherzte. Ich beobachtete die beiden einen Moment und überlegte, ob ich es noch einmal wagen sollte, in ihre Gedanken einzudringen. Diesmal musste ich vorsichtiger vorgehen, mir einen Ort suchen, an dem ich nicht so schnell entdeckt wurde, am besten dicht in ihrer Nähe.

Entschlossen ging ich ebenfalls hinüber zur Bar, stellte mich in einigen Metern Entfernung neben sie und bestellte einen alkoholfreien Cocktail. Ich ließ mich in einen großen, runden Sessel fallen, der leicht abseits stand, zog die Beine an, nippte an dem fruchtigen Getränk und fixierte Rose. Kurz bevor ich erneut in ihren Kopf eindrang, beobachtete ich rasch die Umgebung. Natürlich wurde ich von meinen drei Schwestern beäugt, die mich mit Argusaugen überwachten, allen voran Ambrosora. Aber sonst schien niemand weiter von der Frisch-Gezeichneten in dem runden Sessel Notiz zu nehmen, die immer wieder an ihrem Drink nippte und dabei eine Blondine an der Bar taxierte. Ich atmete entschlossen ein und aus und entschied mich zu einem neuen Versuch. Diesmal gelang es mir beinahe noch leichter, in ihren Kopf einzudringen, vermutlich weil sie durch diesen Jungen weiter abgelenkt wurde.

»Und? Schmeckt dein Drink?«, wollte Tobias von mir wissen und stellte sich ganz dicht neben mich. So dicht, dass sich unsere Unterarme auf der kühlen Thekenfläche berührten und ich unwillkürlich eine Gänsehaut bekam.

»Danke, sehr gut.« Wie um meine Antwort zu unterstreichen, nahm ich schnell einen langen Schluck über den Strohhalm. Dieser Cocktail, der den Namen »Water Fusion« trug, schmeckte ungewöhnlich und belebte meine Sinne. Er sollte dem Barkeeper zufolge eine besondere Wirkung auf Wasser-Elementarier haben. Da ich selbst eine Fünffach-Elementarierin war, hätten vermutlich auch die anderen Cocktails diese Wirkung auf mich ausgeübt, aber ich hatte mich aufgrund der schönen Farbe für diesen entschlossen: eine gelungene Mischung aus sämtlichen Blautönen – Aquamarin, Türkis, Hellblau, Dunkelblau, dazwischen frostiges Eisblau –, die in einer sich auf und ab drehenden Spirale abwechselnd nach oben und unten wirbelten.

Tobias hob sein Glas abwartend und blickte mir tief in die Augen, während ich mit meinem Glas gegen seines stieß, und wieder einmal kam mir in den Sinn, dass er wirklich sehr intensive, helle, blaue Augen hatte. Augen, in die ich mich wirklich verlieben konnte.

Doch wie so oft kamen mir andere blaue Augen in den Sinn. Augen, die mein Herz berührten und es auf eine ganz besondere Art zum Klopfen brachten, wie es bisher noch niemandem gelungen war. Das Bild eines anderen jungen Mannes entstand vor meinem inneren Auge. Das Bild von einem hochgewachsenen, durchtrainierten Körper, blonden, halblangen Haaren, die ihm meist in wirren Strähnen ins Gesicht fielen, ein markantes Gesicht mit ungewöhnlich weichen und gleichzeitig kantigen Zügen, hohen Wangenknochen und einem wahnsinnig intensiven Blick. Und wenn er lachte, fühlte ich mich augenblicklich wie im Himmel.

Doch dieses Lächeln verbarg er meist hinter einem zusammengekniffenen Mund, hinter ernst und besorgt blickenden Augen, jedoch begannen diese zu leuchten, wenn jemand anders den Raum betrat. Ich seufzte unwillkürlich bei dem Gedanken daran, wie er sie ansah, die Frau, der ich nie würde das Wasser reichen können, sosehr ich mich auch bemühte.

»Rose?« Ich stutzte, blickte auf und erschrak. Vor mir stand nicht länger Tobias. Vor mir stand kein Geringerer als der Engel Azarael! Der junge Mann, an den ich noch bis vor wenigen Minuten gedacht hatte.

Er musterte mich mit diesem intensiven Blick, mit dem er mich immer bedachte. Ernst – wie ein Vater, der sich um seine Tochter sorgt.

»Ist alles in Ordnung mit dir? Wie geht es dir? Wo sind Sophie und Lila?«, fragte er und blickte sich um.

Ich schluckte, sah ihn an. Wie immer galt sein nächster Gedanke Sophie. Ich wusste, dass ich nicht eifersüchtig sein sollte, wusste, dass das ungerecht war, aber dieser bittere Gedanke ließ sich nicht verdrängen.

»Es geht ihnen gut, Lila ist hier bei mir und Sophie ist ...«

»Hier«, unterbrach er mich und ich sah überrascht auf. Auch er schien verwirrt. Ich erwartete, dass er sich nach ihr umdrehte, so wie

ich es unwillkürlich tat, doch er fixierte mich nachdenklich, kniff die Augen zusammen und röntgte mich beinahe.

»Wie ... wie meinst du das?«, stammelte ich, doch bereits als ich diese Worte aussprach, bemerkte ich, wie sich etwas in seinem Blick veränderte. Er wurde weicher, sanfter.

»Geht es dir gut?«, fragte er.

Ich wollte sagen, dass ich das doch bereits sagte, doch zu meiner Überraschung hörte ich mich sagen: »Ja, es geht mir gut. Sie haben mich am Leben gelassen. Doch ich weiß nicht, wie lange noch.«

»Ich habe versucht, dich telepathisch zu erreichen, jedes Mal ohne Erfolg.«

»Die Träume«, stieß ich überrascht aus und fasste mir an den Kopf. Er nickte.

»Ja, die Träume. Doch ich kam nicht an dich heran und du hattest eine Blockade, hast nicht verstanden, was ich von dir will. Ich habe versucht, es dir zu erklären, habe sogar deinen alten Seeker gesucht ...«

»Azarael«, setzte ich an, doch er schüttelte den Kopf.

»Hör zu, ich weiß jetzt, wo du bist. Ich werde alles tun, um euch da rauszuholen, ich ...«

»Nein!« Jetzt war es an mir, ihn zu unterbrechen. »Nein, Rose geht es hier besser. Ich habe sie noch nie so glücklich erlebt wie hier. Auf der Akademie kann sie lernen, sie wird von meinen Schwestern beschützt und ich denke, die Chancen stehen gut, dass sie hier auch ihre wahre Liebe findet. Und ich denke, auch Lila kann hier eher in ihr altes Leben zurückfinden und vergisst das, was die Shuk ihr angetan haben.«

Er seufzte und ich sah, wie er mit sich rang. Die Vorstellung, Rose *und Lila in die Obhut der Fairy-Regierung zu geben, behagte ihm überhaupt nicht.*

»Was ist mit dir? Du wirst gefangen gehalten?«

Ich seufzte. »Ja, und wenn ich ehrlich bin, wundert mich das auch nicht. Mein Fluch lässt sie vorsichtig sein, aber ich konnte sie überzeugen, dass ich in der Lage bin, meinen Fluch zu überwinden.« Ich schluckte, überlegte, ob ich ihm die ganze Wahrheit sagen sollte. »Ich habe gesagt, dass ich allein weiß, wer Rose' wahre Liebe ist.«

Ich schloss die Augen, wartete seine Reaktion ab, aber er nickte nur. »Schlau von dir. Aber wie lange, meinst du, werden sie dir glauben?«

Ich seufzte. »Das ist es ja. Ich denke, sie haben mir zunächst geglaubt. Aber je mehr Zeit verstreicht, desto mehr zweifeln sie an mir. – Dabei geben sie mir noch nicht einmal die Gelegenheit, nach diesem einen Fairy zu suchen, weder an Bord des Schiffes noch sonst irgendwo. Ich weiß nicht, was genau ihr Plan mit mir ist. Es ist heute das erste Mal, dass sie mir gestatten, meine Suite zu verlassen.«

Er nickte wieder, dann stahl sich ein Lächeln auf sein Gesicht. »Und du hast nichts Besseres zu tun, als Rose' Kopf auf interessante Neuigkeiten zu durchstöbern?«

Ich erschrak für einen Moment, dann erwiderte ich sein Lächeln. »Na ja, ich muss doch wissen, was sie denkt, was sie fühlt, ob sie bereits jemanden kennengelernt hat.«

Jetzt lachte er laut. »Guter Plan, sehr guter Plan. Außerdem ist es mir so endlich gelungen, Kontakt mit dir aufzunehmen. Die Banne in dieser Dimension sind bei Weitem nicht so stark wie dort, wo du dich sonst aufhältst.«

Er zog mich in seine Arme, hielt mich fest. Ich spürte seinen Herzschlag dicht an meiner Brust und fühlte mich augenblicklich geborgen und sicher. Ich fühlte, wie er an meinem Haar roch, dann seinen Kopf an meinem Hals vergrub und sich dann anschließend, wenn auch widerwillig, von mir zurückzog.

Es fühlte sich an, als hätte mir jemand ein Glas eiskaltes Wasser mitten ins Gesicht geschüttet und mir für einen Moment den Atem geraubt, als ich erneut so brutal aus dem diesmal um einiges intensiveren Kontakt mit Auroras Gefühls- und Gedankenwelt gerissen wurde.

Schwer atmend fand ich mich in dem runden Sessel wieder und sah mich keuchend um. Zu meiner Überraschung hatte sich nichts in meiner näheren Umgebung verändert. Mein Drink war noch genauso voll wie vor wenigen Augenblicken. Die Leute um mich herum kümmerten sich noch genauso wenig um mich wie zuvor und ich sah wenige Meter entfernt Rose und Tobias nebeneinander. Nein, sie standen einander gegenüber und blickten sich irgendwie verstört an.

Entsetzt stand ich auf. Was war da gerade geschehen? Wo steckte Azarael? Ich sah mich nach allen Seiten um, konnte ihn allerdings nirgends entdecken. Niemand schien von dem Szenario, dass sich dort drüben direkt vor der Bar abgespielt hatte, Notiz genommen zu haben. Niemand bis auf mich und natürlich Ambrosora.

Mit vor Wut blitzenden Augen stand sie in einigen Metern Entfernung und schüttelte den Kopf. Ihre Stimme zischte in meinem Kopf.

»So war das nicht gedacht, dass du deine Geistkräfte einsetzt, um nach deinem Engel zu rufen! – Ist hier nun dieser Prinz oder nicht?«

Resigniert schüttelte ich den Kopf und antwortete in Gedanken: »In dieser Dimension befindet sich niemand, der auch nur annähernd die Gefühle in Rose auslöst, die wir zur Rettung der Fairy-Welt benötigen.«

Sie nickte. »Gut, dann bringen wir dich zurück in deine Suite. Und wag es nicht einmal, überhaupt nur an Flucht zu denken!«

Ich rollte mit den Augen. Nein, diesmal hatte ich nicht vor zu fliehen. Ich wollte wirklich zurück auf mein Zimmer, um das, was ich eben erlebt, was ich erfahren hatte, zu überdenken.

* * *

Zurück in meiner Suite lief ich unruhig auf und ab. Rose war immer noch in Azarael verliebt.

Verliebt.

Aber war es auch Liebe? Die tiefe, einzigartige Liebe? Und was mich noch viel mehr verwirrte, war die Frage: Bestand die Möglichkeit, dass er in irgendeiner Art und Weise ihre Gefühle erwiderte? Ihrer Meinung nach war das nicht der Fall, doch ich war mir da mittlerweile nicht mehr so sicher. Ich kannte den Engel recht gut und die Fürsorge, die er ihr entgegenbrachte, hatte ich immer als etwas zu übertrieben empfunden.

Und allein die Möglichkeit, dass es so sein könnte, machte mich auf eine schreckliche Art wahnsinnig nervös.

Sosehr ich mir auch sagte, dass Taylor der Einzige für mich war und es für uns alle das Beste war, wenn sich die beiden ineinander verliebten, dieses nagende Gefühl wollte und wollte nicht verschwinden.

Ich musste unbedingt direkt mit dem Engel sprechen. Diese seltsamen Nebelträume ... Es musste einen Weg geben, sie zu durchbrechen, sodass sein Geist zu mir gelangen konnte – so wie eben, als wir uns beide in Rose' Kopf wiedergetroffen hatten. Ich musste ihm sagen, dass sie sich in ihn verliebt hatte. Doch wie würde er darauf reagieren?

In diesem Moment ertönte ein riesiger Knall und das Schiff bebte und wackelte so heftig, dass ich mich kaum auf den Beinen halten konnte.

KAPITEL 17

Binnen weniger Minuten hörte ich Schreie, Kampfgeschrei sowie das Einschlagen von Feuer- und Wasserbällen. In meiner Suite war ich gefangen, konnte weder fliehen noch mich an den Kämpfen beteiligen. Wie ein Löwe im Käfig lief ich im Raum auf und ab, starrte aus jedem Fenster, versuchte, irgendetwas zu erkennen, doch draußen herrschte nichts als rabenschwarze Nacht.

Als ich jedoch bei einem weiteren Versuch, meine Nase an der Scheibe plattzudrücken, den silbernen Knopf betätigte und damit den Öffnungsmechanismus der Glastüren aktivierte, stellte ich fest, dass die Schutzzauber offensichtlich außer Gefecht gesetzt waren, denn ich konnte – ohne von einem Schlag getroffen zu werden – hinaus auf den Balkon treten. Ich hörte hinter mir weitere Explosionen, vernahm Horacios Kreischen, als jemand versuchte, seine Tür aufzubrechen, und entschied mich blitzschnell. Ich eilte hinter einen dicken Pfeiler und kletterte von dort an einem dünnen Drahtseil die Fensterfassade hinauf, wo ich mich auf einen kleinen Vorsprung rettete. Dort kauerte ich mich in den Schatten eines weiteren Pfeilers und wartete ab, wer dort unten soeben meine Suite demolierte. Ein ohrenbetäubendes

Krachen und Knallen war zu hören, ein Zischen, Knistern, ein Schwall Wasser ergoss sich über den Balkon. Ich verharrte still und hielt mich verbissen an einer Metallstrebe fest.

Auf der einen Seite hoffte ich, dass dort unten niemand Geringeres als Mitglieder der Organisation eingebrochen waren, um mich von diesem Schiff zu holen. Auf der anderen Seite – was würde mit Rose geschehen? Oder Lila? Nein, ich musste versuchen, bei ihnen zu bleiben.

Ich zuckte für einen kurzen Moment zusammen, als Gestalten auf den Balkon traten, und duckte mich weiter in den Schatten. Es fiel mir schwer, in dieser gekrümmten Haltung und in der Dunkelheit etwas zu erkennen, aber ich meinte fünf Personen zu sehen, die sich über die Brüstung des großen Balkons beugten und in die Tiefe spähten. Ihre Gesichter waren wie schwarze Flecken, unmöglich zu identifizieren, und doch, als sie sich für einen kurzen Moment umdrehten, meinte ich das goldene Flackern in ihren Augen entdeckt zu haben. Unwillkürlich drückte ich mich noch mehr an die kalte Fassade des Schiffs und beobachtete sie. Es wäre ein Leichtes für mich gewesen, sie auszuschalten, doch ich überlegte, was sie hier suchten. Es schien mir unwahrscheinlich, dass ich ihr Ziel war. Es war eher anzunehmen, dass sie nach Rose Ausschau hielten, und ich konnte mir auch schon genau vorstellen, wer sie geschickt hatte. Die Frage war nur, woher wussten sie, dass wir uns hier auf diesem Schiff befanden? Wie hatten sie das nur erfahren können?

Ich entschied mich, es auf meine Weise herauszufinden. Ich sog Luft in meine Lungen, ließ mich los und sprang hinunter, wo ich zwar etwas wacklig, aber dennoch mit beiden Beinen auf dem harten Balkonboden landete. Sofort nahmen die fünf Shuk Verteidigungshaltungen ein, gingen leicht in die Hocke und streckten die Arme nach vorne aus, bereit, jegliche Elementarmagie zu rufen.

Als sie mich erkannten, stutzten sie und warfen sich vielsagende Blicke zu, aber sie griffen mich nicht an.

»Ihr habt mich wohl erwartet«, sprach ich sie an und eine von ihnen trat vor.

»Wir sind nicht wegen dir hier, Cayuga«, sagte die Frau mit seltsam ruhiger, gefasster Stimme. Sie klang nicht böse, nicht überheblich, nicht einmal besonders angriffslustig.

»Lasst mich raten, ihr seid wegen ...« Ich brach ab, wusste nicht, wie viel sie wussten. War das eine Falle?

Mein Gegenüber zog die Augenbrauen hoch und sah mich aus den golden schillernden Pupillen prüfend an. Unwillkürlich musste ich an Lilas und Ralphs Augen denken. Dieses Gold war mir in der letzten Zeit so vertraut geworden, dass ich beinahe vergessen hatte, es zu fürchten. Doch als ich hinter mir dumpfe Schreie hörte, die aus dem Bauch des Schiffes kamen, erinnerte ich mich schmerzhaft an die Szenen, die ich versucht hatte zu verdrängen. Szenen, die unglaubliche Brutalität, Schmerz, Tod, Elend und Grausamkeit zeigten. Und ich war diesen Szenen nur um Haaresbreite entkommen – mit Taylors Hilfe, der beinahe sein Leben gelassen hätte und von den Engeln gerettet worden war.

Die Shuk registrierten mein Zögern und lächelten sich an.

»Was ist los, Cayuga? Bekommst du es mit der Angst zu

tun? Du, die große Urfairy, die so viele von uns mit nur einem Atemzug vernichtet hat? – Ich verrate dir was, wir sind viele, sehr viele sogar, und du kannst uns nicht aufhalten.«

Jetzt hatte sie ein triumphierendes, gehässiges Lächeln aufgesetzt und ich sammelte in meinem Inneren die Energien, die ich benötigte, um die Elemente freizusetzen. Ich überlegte, welchen Schaden ich wohl anrichtete, wenn ich sie jetzt entfesselte, kam dann jedoch zu dem Schluss, dass es besser war, einen Teil des Schiffes zu zerstören, als zuzulassen, dass die Shuk sämtliche frisch gezeichneten Fairies entführten und andere töteten. So etwas wie an Samhain würde sich auf der Fairytale nicht wiederholen. Dann jedoch registrierte ich zu meinem Entsetzen, dass mein Körper sich plötzlich schwach anfühlte, ausgezehrt und müde, und mit einem Mal wusste ich, dass ich mich verausgabt hatte. Über einen so langen Zeitraum hinweg keine Magie zu verwenden, hatte mich geschwächt, und mich dann im *Elements* komplett am Geist einer anderen Person zu vergreifen, hatte sein Übriges getan. Im Moment sah es so aus, als würde ich nichts gegen die Shuk ausrichten können. Doch ich blickte ihnen entschlossen entgegen. Davon würden sie nichts erfahren.

»Wenn ihr so viele seid, habt ihr ja nichts zu befürchten. Was wollt ihr hier? Warum hat Tanian euch geschickt?«

»Oh, das ist leicht. Wir sollen Unruhe stiften, damit du entkommen kannst.« Das Lächeln, das sie mir schenkte, war eisig, aber amüsiert.

Ich sah sie überrascht an, überlegte, ob sie eventuell die

Wahrheit sagten. Als jedoch alle anfingen zu lachen, verfinsterte sich mein Blick.

»Warum die Spielchen?« Ich hatte keine Lust, mich weiter mit ihnen zu unterhalten. Stattdessen überlegte ich fieberhaft, wie ich Rose und Lila zu Hilfe eilen konnte. Doch dieser kurze Augenblick des Zögerns und Nachdenkens wurde mir zum Verhängnis. Die Shuk griff an, jedoch nicht mit Magie, sondern mit unglaublicher körperlicher Stärke. Sie warf mich mühelos mit nur einem Schlag gegen die Schläfe auf den Rücken, dass mir die Ohren klingelten, und trat mir dann in den Magen.

»Wir haben dazugelernt, Cayuga. In der Magie können wir dir nicht das Wasser reichen. Wohl aber im Kampf. Packt sie!«

Die letzten Worte waren an ihre Begleiter gerichtet, die sich über mich beugten und mir weitere Schläge verpassten. Ich bekam gerade noch mit, wie sie ihnen zurief, sie sollten nicht auf die anderen warten. Die Arbeit sei erledigt. Dann wurde mir schwarz vor Augen und ich hatte nur noch einen Gedanken. Wie hatten sie mich nur so mühelos überwältigen können?

* * *

Rauschen. Dröhnen. Vibrationen.

Ich hatte keine Ahnung, wo ich mich befand. Alles, was ich fühlte, war mein schmerzender Körper. Ich lag auf der Seite und bei jeder kleinsten Bewegung durchzuckte mich ein stechender Schmerz in der Schulter. Doch ich versuchte, das zu ignorieren, und setzte mich langsam auf. Als ich endlich aufrecht saß, waren die Schmerzen nicht mehr ganz so schlimm, schienen sogar halbwegs verschwunden zu sein. Ich rieb mir den Kopf und blickte mich um. Ich befand mich in einem abgedunkelten Zimmer, auf einem – zugegeben – sehr bequemen Bett mit weicher Matratze und unzähligen Kissen. Der Boden war mit einem hellen Teppich ausgelegt, auf dem ich ein dezentes Muster erkennen konnte. Außer dem Bett befanden sich nicht viele Möbel hier – ein Nachttisch mit einer unscheinbaren Lampe, eine kleine Kommode mit einem wackelig aussehenden Stuhl mit geschwungenen Beinen und einer niedrigen Lehne sowie ein schmaler, verspiegelter Schrank. Es war dieses letzte Möbelstück, welches mich stutzig machte, vor allem der Spiegel. War er ein blindes Fenster, durch das ich nicht hindurch-, andere jedoch zu mir hereinsehen konnten? Ich betrachtete mein Spiegelbild prüfend und kam zu dem Schluss, dass ich zwar ein wenig mitgenommen aussah, jedoch bei Weitem nicht so, wie ich mich zu Anfang gefühlt hatte. Meine Haare kringelten sich ungebändigt um meinen Körper und ähnelten einem dicken Winterpelz, aber meine Augen beobachteten gewohnt scharf die Umgebung, immer wachsam, auf alles gefasst.

Dem leisen Vibrieren nach zu urteilen, befand ich mich auf einem Schiff. Allerdings hatte es nicht annähernd die Ausmaße der MS Fairytale oder sonst eines Schiffs der Fairy-Akademie. Vermutlich eine kleinere Yacht oder Ähnliches. Dem Motorengeräusch nach kam dies am ehesten infrage.

Ich hörte Schritte über meinem Kopf. Sie waren polternd und liefen in die andere Richtung des Schiffes, dann eine Treppe hinab und kamen auf die Tür zu, hinter der ich mich befand. Ich versteifte mich, kontrollierte, ob mir irgendwelche Energiereserven geblieben waren. Natürlich war dem nicht so. Ich war leer und ausgelaugt. Aber dennoch reckte ich mein Kinn nach oben, entschlossen meinem Kidnapper Schrägstrich Retter erhobenen Hauptes entgegenzutreten. Ich war inzwischen oft genug eingesperrt und gefangen genommen worden und hatte keine Angst mehr vor dem Moment, in dem ich endlich das Gesicht des Täters zum ersten Mal sah. Ich rechnete mit allem: Shuk, Fairy, selbst Tanian – und hoffte dennoch auf ein Gesicht der Organisation. Umso mehr überraschte es mich selbst, dass ich einen kleinen Schrei ausstieß, als Azarael den Raum betrat und mir sofort ein Lächeln schenkte.

Noch ehe ich aufstehen konnte, war er schon bei mir und umarmte mich und ich erwiderte die Umarmung genauso herzlich, genauso klammernd.

Als wir uns voneinander lösten, fiel mir auf, dass er müde und abgespannt aussah, etwas, das ich nicht von ihm kannte. Egal, wie ausweglos die Situation gewesen war, er hatte stets gefasst und strukturiert reagiert – eben wie ein Anführer, der es gewohnt war, zu debattieren, zu planen und zu leiten. Ihn jetzt so zu sehen, machte mir mehr Angst, als ich je zuvor in seiner Gegenwart gespürt hatte.

»Was ist los? Wo ist Rose? Lila?«, fragte ich sofort und ahnte, dass mit beiden etwas nicht stimmte.

Er schüttelte den Kopf. »Ihnen geht es gut, für den Moment zumindest.«

»Was soll das heißen?«

»Taylor ist es gelungen, die Dimension, in der sich das *Elements* befindet, vorübergehend zu schließen, sodass die Shuk nicht eindringen konnten.«

Ich runzelte die Stirn und ignorierte für einen Moment mein hüpfendes Herz, das bei dem Wort *Taylor* unwillkürlich einen Salto geschlagen hatte. »Wie er hat sie geschlossen? Was bedeutet das? Sitzen sie jetzt da drin fest?«

Er nickte und fuhr sich durch die Haare – wieder eine Geste, die ich noch nie an ihm gesehen hatte. »Ja, fürs Erste können sie diese Dimension nicht verlassen.«

»Und du wartest ab, bis die Luft rein ist, und öffnest sie dann wieder, nicht wahr?« Ich hörte, wie drängend meine Stimme sich anhörte, doch er senkte den Blick.

»Ja, wir werden sie wieder öffnen, auf jeden Fall. Rose muss unter allen Umständen wieder in Sicherheit gebracht werden, aber das ist nicht so einfach.«

Er seufzte, fuhr sich schon wieder durch die Haare und ich bekam es langsam wirklich mit der Angst zu tun. Ich setzte mich noch weiter auf und sah ihn direkt an.

»Azarael, was ist passiert?«

Er wich meinem Blick aus, rückte sogar ein Stück von mir ab und starrte auf den Boden. »Die Fairytale wurde komplett zerstört.«

Ich brauchte einen Moment, bis die Worte in meinem Kopf ankamen und ich sie verstand. »Wie ... wie bitte?«

»Das ganze Schiff liegt mittlerweile auf dem Grund des Meeres.«

Ich sagte nichts, legte meine Hand stumm an meinen Mund und starrte nun ebenfalls wie er geradeaus.

Eine Weile schwiegen wir, verharrten beide in ebendieser Position. Ich war so entsetzt, dass ich keinen klaren Gedanken fassen konnte. Alles, was mir in den Sinn kam, waren die vielen, vielen Fairies, die auf dem Schiff gelebt und gearbeitet hatten, für die die Fairytale ein Zuhause gewesen war, ein Ort, an dem sie sich sicher fühlen konnten, eine Festung, die nun nicht mehr war. Zerstört von den Feinden mit den goldenen Augen, den Feinden, die meiner Freundin Lila so ähnlich sahen, Feinden, die von meiner Schwester angeführt wurden, meiner Schwester, die ich hasste und irgendwie auf eine gewisse groteske Art und Weise respektiert hatte. Doch das war nun endgültig vorbei. Ein leiser Gedanke schlich sich mir in den Kopf, kaum mehr als ein flüchtiger Einfall und dennoch ließ er mich bald nicht mehr los. Tanian musste aufgehalten werden, um jeden Preis.

»Aber sie leben noch? Die Fairies, die im *Elements* waren, oder nicht?«, fragte ich schließlich sehr leise.

Zu meiner Erleichterung nickte er. »Ja, es gibt nur ein kleines Problem.«

Ich schwieg, wartete ab, bis er mir eine Erklärung lieferte.

»Mit dem Untergang der Fairytale hat die Dimension des *Elements* ihre Basis verloren, den Ort, von dem aus man sie betreten und wieder verlassen kann, was bedeutet, dass wir momentan nicht wissen, wo sich die Dimension befindet.«

Ich wollte entsetzt reagieren, kurz aufschreien, die Hände vors Gesicht legen, doch stattdessen saß ich einfach nur da, hörte die Worte und sie hallten in meinem Kopf wider und wider.

Ein groteskes Bild erschien vor meinem inneren Auge, ein Bild, das viele junge Fairies und Frisch-Gezeichnete zeigte, allesamt gefangen in einer künstlichen Welt der Elemente. Sie hatten mit Sicherheit Angst, Panik, wussten nicht, was mit ihnen geschah, was noch geschehen würde. Doch dann kam mir in den Sinn, dass mit ihnen auch drei meiner Schwestern und einige Lehrkräfte gefangen waren. Vielleicht wussten sie einen Ausweg? Immerhin hatten sie einst die Dimension erschaffen. Als ich meine Überlegung Azarael mitteilte, zuckte er mit den Schultern und meinte teilnahmslos: »Kann sein.«

»Kannst du nicht irgendwelche Fairies in der Organisation damit beauftragen, die Dimension zu suchen? Du hast so viele Leute, die für dich arbeiten, mit Sicherheit …«

Doch mit einem Blick brachte er mich zum Schweigen, denn in diesem Blick lag ein unglaublicher Schmerz.

»Von der Organisation ist nicht mehr viel übrig«, gestand er schließlich leise und stand auf.

»Was soll das heißen?«

Als er nicht antwortete, versuchte ich, ebenfalls aufzustehen, was mir schließlich gelang. Ich war noch etwas zittrig auf den Beinen, konnte mich aber aufrecht halten und stellte mich hinter ihn.

»Azarael, was hat das zu bedeuten?«

Er ließ den Kopf hängen, wirkte so verletzt und enttäuscht, dass ich ihm eine Hand auf die Schulter legte und versuchte, ihn irgendwie zu trösten.

»Sämtliche Engel haben sich von mir abgewandt und ein Großteil der Fairies wurde von den Shuk verschleppt oder getötet.«

Er drehte sich zu mir um und sah mich an.

»Abgewandt?« Ich flüsterte dieses Wort beinahe.

Er nickte.

»Sie haben meine Vorgehensweise infrage gestellt, vor allem, als ich dir freie Hand ließ in Bezug auf …« Er brach ab, drehte sich wieder von mir weg und ich wusste schlagartig, was er hatte sagen wollen.

»Lila und Ralph, nicht wahr? Sie kamen nicht damit klar, dass sich Shuk in der Organisation befanden, noch dazu in meiner und Rose' Gesellschaft.«

Er nickte. »Sie sind der Meinung, meine Gefühle zu dir machen mich weich, zerbrechlich, lassen mich das Ziel aus den Augen verlieren.« Und nach einer Weile fügte er hinzu: »Und vielleicht haben sie auch in gewisser Weise recht.«

Er drehte sich wieder zu mir um und sah mir jetzt ungewohnt ernst in die Augen. Mein Herz begann heftig zu klopfen, doch nicht vor Freude, sondern als ob es ahnte, dass gleich etwas Beängstigendes geschehen würde.

»Ich weiß, dass du und Taylor, dass ihr … Na ja, in diesem Leben komme ich nicht gegen diese Gefühle an und das muss ich respektieren – vor allem, da er und eine Handvoll andere mir immer noch treu sind.«

Er schluckte, sah zu Boden. Dann wandte er sich zum Gehen und ich hielt ihn nicht auf. »Keine Sorge, wir finden die Dimension des *Elements*. Und wenn es das Letzte ist, was ich tue. Ich rette diese Erde!«

Ich war mir nicht sicher, ob diese Worte wirklich an mich gerichtet waren oder ob er sie nicht einfach nur zu sich gesagt hatte.

Mit einem leisen Klicken schloss sich die Tür hinter ihm und ich ließ mich zurück aufs Bett fallen.

In meinem Kopf drehte sich alles. Die Fairytale gesunken, so viele Fairies tot, verschleppt und meine Freunde gefangen in einer verschwundenen Dimension. Na ja, etwas Positives hatte das Ganze ja. Wenn wir die Dimension nicht finden konnten, konnte Tanian das mit Sicherheit auch nicht.

Ich grübelte. Vielleicht war es so gerade das Beste. Wenn wir Rose so lange in der Dimension festhielten, bis sie einundzwanzig wurde und sich somit der Fluch nicht mehr erfüllen konnte. Doch war das überhaupt möglich? Konnten so viele Fairies in einer Dimension über so lange Zeit überleben?

Nachdenklich ließ ich mich wieder zurück in die Kissen fallen, starrte an die weiße Decke, lauschte den Wellen, die krachend gegen die Wand des Schiffs brachen, das sich schnell fortbewegte.

Ich hatte Azarael so vieles nicht gefragt, wie er mich hatte aus dem zerstörten Schiff retten können zum Beispiel. Aber angesichts der Tatsache, was mit der Fairytale geschehen war und mit der Dimension des *Elements*, schien meine eigene Rettung irgendwie nebensächlich, zumal er es bisher immer auf mysteriöse Weise geschafft hatte, mich zu schützen und aus aussichtlosen Situation herauszumanövrieren. Er war und blieb mein persönlicher Schutzengel und ihn so verletzt und leidend zu sehen, brach mir beinahe das Herz.

Eine andere Frage war: Weshalb hatte er mich retten können und dabei die Fairytale ihrem Schicksal überlassen? War ihre Situation so ausweglos gewesen? Welche Macht hatte Tanian eingesetzt?

Tanian.

Immer wieder Tanian.

Und erneut dieser Gedanke. Jemand musste sie aufhalten, irgendwer.

* * *

Die Türklinke wurde erneut betätigt und ich überlegte, was ich von dem Engel noch alles wissen musste, doch dann erstarrte ich mitten in der Bewegung.

Wir sahen uns einfach nur an und die Zeit stand still. Alles um uns herum verschwand, es zählten nur noch wir beide.

Ich wusste nicht wie, aber plötzlich rannte ich auf ihn zu, ignorierte jeden Schmerz, schlang meine Arme um seinen Hals und presste mich mit meinem ganzen Körper schutzsuchend an ihn. Sofort erwiderte er die stürmische Umarmung, drückte mich und hielt mich so fest, dass ich beinahe keine Luft bekam, aber es war mir egal. Alles, was ich in dem Moment spüren wollte, war Taylor. Nach den vielen Sorgen, den Enttäuschungen, den Schicksalsschlägen war er mein einziger Trost, an dem ich mich noch festhalten konnte. Und er war real! Nicht nur in meinen Träumen, nicht nur in meiner Vorstellung. Er war hier bei mir, ganz nah.

Er trug ein weißes Hemd, eine dunkle Jeans und seine Haare waren feucht, als hätte er gerade geduscht.

»Sophie«, keuchte er und vergrub seinen Kopf in meinem Haar.

»Ich dachte, ich sehe dich nie wieder«, antwortete ich und schmiegte mich an ihn.

Dann trafen sich unsere Lippen und alles um mich herum begann sich zu drehen. Dies hatte nichts mehr mit den zärtlichen, sanften Küssen zu tun, die wir zuvor ausgetauscht hatten. Dieser Kuss steckte voller Leidenschaft, Sehnsucht, Schmerz und Leid. Unsere Zungen spielten miteinander und ehe ich mich's versah, riss ich an seinem Hemd und streifte es ihm über die muskulösen Schultern. Er hatte sich verändert, war durchtrainierter, sehniger geworden. Meine Hand strich sanft über seine Brust, die sich schnell hob und senkte, und auch er erkundete mich stürmisch. Ehe ich mich's versah, lag ich nur noch in Unterwäsche auf dem Bett, eng umschlungen von seinem starken Körper, und mein Herz raste.

In diesem Moment gab es nur noch ihn und mich.

Keine Shuk.

Keine Fairies.

Keine Engel.

Keinen Fluch.

KAPITEL 18

Ich öffnete die Augen, blinzelte und nahm dann den warmen Körper an meiner Seite wahr, der mich fest umschlungen hielt. Sofort stahl sich ein Lächeln auf mein Gesicht, ein Lächeln, das aus meinem tiefsten Inneren kam und das alles in mir wärmte. Taylor. Er war hier. Bei mir. Es war kein Traum, keine Vision, keine Vorstellung. Er war real. So real, wie jemand nur sein konnte.

Doch dann kam mir ein Gedanke und das Lächeln verschwand augenblicklich. Wie konnte ich hier ernsthaft liegen, zusammen mit der Liebe meines Lebens, und glücklich sein, während meine Freunde in einer Dimension feststeckten, von der niemand wusste, wie sie zu finden und wieder zu öffnen war. Und ein weiterer Gedanke schoss mir durch den Kopf, eine Idee, und die war gleichzeitig beängstigend und genial.

Taylor neben mir bewegte sich. Er richtete seinen Oberkörper auf, sodass sich sein Gesicht jetzt nur wenige Zentimeter über dem meinen befand.

»Guten Morgen.« Er strich mir sanft eine Haarlocke aus der Stirn. »Na, gut geschlafen?«

Ich erwiderte sein Lächeln matt. »Danke. Ich hatte den besten Schlaf seit Langem.«

Ich drückte ihm einen langen Kuss auf den Mund und setzte mich dann ebenfalls auf. Meine Locken fielen mir wallend und weich über den Rücken und er nahm sie zur Seite und begann, meinen Hals zu küssen. Ich kicherte.

»Lass das.« Doch er begann jetzt mich zu kitzeln, warf mich zurück in die Kissen und bedeckte nun mein gesamtes Gesicht mit Küssen, bevor er seine Lippen sanft auf die meinen legte.

»Taylor«, flüsterte ich leise und stemmte sanft, aber bestimmt meine Hände gegen seine Brust. »Ich meine es ernst. Lass das.«

Er stutzte und zog angesichts meiner betont ernsten Miene, hinter der ich jedoch ein kleines Schmunzeln nicht verbergen konnte, einen Schmollmund.

»Was ist los?« Er setzte sich auf und ich tat es ihm gleich.

»Irgendwie fühlt es sich falsch an, dass wir beide so glücklich sind, wo doch so viele unglücklich, allein und am Boden zerstört sind. Außerdem habe ich eine Idee, die ich Azarael unterbreiten muss.«

Er nickte betreten und legte dann die Stirn in Falten. »Was ist das für eine Idee?«

Ich schwieg einen kurzen Moment, überlegte, ob ich es ihm sagen sollte. Andererseits war er Taylor, der Mann, von dem ich schon so oft gedacht hatte, ich würde ihn nie mehr wiedersehen, der Mann, den ich über alles liebte, der mich mehr als einmal gerettet hatte, der Mann, dem ich mein Leben anvertraute.

»Wir sollten Tanian ausschalten«, verkündete ich mit fester Stimme und er reagierte, wie ich es erwartet hatte.

Er stieß einen Seufzer aus, dann ein kleines amüsiertes Lachen. »Und du meinst, das hätten wir noch nicht in Betracht gezogen? Noch nicht versucht?«

Ich schwieg, starrte vor mir auf die Bettdecke. Seine Hand tastete nach meiner. »Tanian versteckt sich gut, zu gut. Es ist nahezu unmöglich, sie ausfindig zu machen, und selbst wenn es uns gelänge, meinst du, sie lässt uns so einfach zu sich durch, um sie zu erledigen? Du hast bereits mit ihr gekämpft, ich habe es gesehen.« Er machte eine kleine Pause und streichelte mit seinen Fingern sanft meinen Handrücken. »Sie hat dich überwältigt – mühelos.«

Ich entzog ihm meine Hand und fuhr mir durch die Haare.

»Wir müssen das geschickt anstellen. Ich kann, wenn ich mich nur ausreichend konzentriere, herausfinden, wo sie ist. Aber wir müssen sie töten. Das ganze Morden muss aufhören und ich glaube nicht, dass es aufhört, wenn Rose ihren Fluch überwunden hat.«

Er sah mich an und nickte. »Sprich mit Azarael. Vielleicht hat er eine Idee.«

Ich beugte mich zu ihm hinüber und küsste ihn. »Komm mit.«

Damit stand ich auf und schlüpfte in Kleidung, die ich zuvor einem spärlich bestückten Schrank entnommen hatte. Eine kurze Jeans und eine weiße Bluse, die ich mir unter der Brust verknotete. Taylor zog sich seine dunkle Jeans wieder an und streifte sich sein Hemd über. Er entschied sich mit einem schiefen Lächeln angesichts der ausgerissenen Knöpfe dann doch dafür, oberkörperfrei an Deck zu gehen. Zuvor jedoch zog er mich dicht an sich.

»Ich liebe dich und ich bin froh, dich wiederzuhaben. Jetzt lasse ich dich nie mehr los!«, flüsterte er mir ins Ohr und ein warmer Schauer lief mir kribbelnd über den Rücken.

»Ich auch«, erwiderte ich. Mit diesen Worten gingen wir gemeinsam aus dem kleinen Schlafraum, einen sehr schmalen, holzverkleideten Gang entlang zu einer steilen Treppe. Durch eine niedrige, ebenfalls hölzerne Tür gelangten wir ins Freie, wo uns augenblicklich ein kühler Wind und salzige Meeresluft entgegenschlug.

Über uns strahlte die Sonne, keine Wolke war zu sehen. Der Motor der kleinen Yacht war leise, und beinahe lautlos zischte sie durch die Wellen. Über mehrere Stufen gelangten wir ans Steuerdeck, hinter dem ein Mann in einer schwarzen Lederjacke und mit einer dunklen Sonnenbrille stand und uns zunickte.

»Frankie!«, stieß ich überrascht aus und umarmte ihn. Er erwiderte die Umarmung kurz, ließ dabei aber keine Sekunde das Steuer los und richtete seinen Blick sofort wieder auf den Horizont.

»Was für eine Überraschung!«, fuhr ich fort.

»Ach, wirklich?« Er zog die Augenbrauen hoch und schenkte mir einen schiefen Seitenblick. »Nachdem ich dich auf der Fairytale besucht und mit dem Zaunpfahl auf meine Verbindung zur Organisation hingewiesen habe, bist du allen Ernstes überrascht, mich hier zu sehen?«

Ich überlegte kurz und schüttelte den Kopf. »Nein, eigentlich nicht.«

Ich sah mich kurz um und stellte schnell fest, dass ein gewisser Jemand fehlte. »Wo ist Azarael?«

»Er ist unterwegs«, antwortete Frankie kurz, den Blick wieder stur auf das vor ihm liegende Wasser gerichtet.

»Hm, hat er gesagt, wann er wiederkommt?«

»Jetzt.«

Ich wirbelte herum und da kam er auch schon die Reling entlang. Wie üblich lässig in Jeans und heute einem engen T-Shirt bekleidet. Er nickte Taylor kurz zu und wandte sich dann an mich.

»Na, gut geschlafen?« Irrte ich mich oder lag ein seltsames Flackern in seinen Augen, das ich nicht recht zuordnen konnte?

»Danke, gut«, erwiderte ich leicht irritiert. »Kann ich kurz mit dir reden?«

Er nickte und deutete wieder auf die Treppe, die wir vor Kurzem erst heraufgekommen waren.

Taylor und ich folgten ihm und bald darauf saßen wir in einer Art Wohnraum mit einer grauen Couch, einem Glastisch und vielen Sesseln – und mit einem herrlichen Ausblick auf das blaue Wasser, in dem sich die blitzenden Strahlen der Sonne spiegelten und tanzende Lichtreflexe an die Decke und Wände des Raumes zauberten.

Azarael kam ohne Umschweife zum Punkt.

»Also, was gibt es?« Er warf Taylor einen prüfenden Blick zu, bevor er seine Aufmerksamkeit mir zuwandte.

»Wir müssen Tanian aufhalten.«

Er reagierte nicht wie erwartet mit Gelächter oder Verachtung. Er faltete die Hände und legte sie unter sein Kinn. »Und wie hast du dir das vorgestellt?«

Für einen Augenblick war ich verwirrt, gewann jedoch sofort die Fassung wieder. »Du weißt, dass ich in der Lage bin, sie aufzuspüren.«

Er nickte. »Weiter?«

»Eine Urfairy zu töten, ist nicht einfach, aber möglich. Dank meiner Schwestern habe ich am eigenen Leib erfahren müssen, wie leicht es doch geht, wenn man nur die richtigen Mittel verwendet – sprich, die Schicksalsfairy entsprechend schwächt.«

Azarael nickte wieder.

»Wir müssen versuchen, Dunkle Jäger auf unsere Seite zu ziehen.«

Jetzt lachte er. »Du willst *was*?«

»Ich meine es ernst, Azarael. Irgendwie müssen sie zu kontrollieren sein und ich denke, es ist das Beste, wenn ich zu meinen Schwestern und zur Regierung zurückkehre und ihnen diesen Vorschlag unterbreite.«

Er warf Taylor einen vielsagenden Blick zu, auf den hin dieser mit ernster Miene nickte. Daraufhin richtete Taylor zu meiner Überraschung das Wort an mich.

»Das war ohnehin unser Plan.«

Beide nickten mir lächelnd zu und ich sah sprachlos von einem zum anderen.

»Wir haben uns gedacht«, sagte Azarael und beugte sich

kaum merklich zu mir herüber, »dass du wirklich in den Schutz der Regierung und deiner Schwestern zurückkehren solltest. Ich weiß, wie du es geschafft hast, dass du am Leben bleibst. Sie werden sich hüten, dich zu töten, wenn du die Einzige bist, die Rose' Prinzen finden kann. Wir hatten eigentlich vielmehr im Sinn, dass du über sie herausfinden kannst, wo sich die *Elements*-Dimension befindet, aber natürlich kannst du gleichzeitig genauso gut herausfinden, wie die Dunklen Jäger zu bändigen sind.«

Ich wollte etwas erwidern, wurde jedoch von Taylor davon abgehalten. »Azarael konnte über einen Traum mit Rose in Verbindung treten. Es geht ihnen gut. Die Regierung hat wohl bereits einen Weg gefunden, ihnen zu helfen. Wir denken, es wird das Beste sein, wenn wir dich so schnell wie möglich zu ihnen bringen.«

»Am besten, du gibst dich als Schiffbrüchige aus, bist während des Angriffs auf die Fairytale ins Meer gesprungen und hast dich irgendwie gerettet«, fuhr Azarael fort.

»Sie werden dich wieder aufnehmen«, setzte daraufhin Taylor fort. »Die Beltane-Zeremonie findet in wenigen Wochen statt und auch Rose' Geburtstag rückt immer näher. Die Zeit drängt. Wenn du Tanian erledigen willst, dann so schnell wie möglich.«

Ich blickte sprachlos von einem zum anderen. »Und seit wann seid ihr einer Meinung?«

Die beiden sahen sich an. »Seit wir wissen, wie stark du wirklich bist«, erklärte Taylor.

»Wir glauben an dich, die zwölfte Fairy.«

Ich schluckte und wieder war da dieser Gedanke, der jetzt Gestalt angenommen hatte. Ich würde sie alle hintergehen müssen.

* * *

Ich atmete tief durch. Das klare Wasser unter mir war ruhig und schwappte immer wieder gegen die Schiffswand. Ich trug leichte Kleidung und stand am Bug der Yacht, bereit zum Sprung. Taylor stand neben mir, Azarael in einigen Metern Entfernung und Frankie beobachtete uns von seiner Position hinter dem Steuer aus.

Ich griff nach Taylors Händen und mein Blick flackerte kurz hinüber zu dem Engel. Irgendwie fühlte ich mich nicht wohl, wenn er mich und Taylor zusammen sah. Andererseits, jetzt war nicht der Zeitpunkt, um auf irgendjemanden Rücksicht zu nehmen.

»Irgendwie habe ich ein ganz mieses Gefühl dabei, dich schon wieder zu verlassen«, sagte ich und blickte hinaus auf das Meer.

Taylor schloss mich in seine Arme und drückte mich. »Ich glaube an dich und ich vertraue dir. Und ich werde alles daransetzen, bald wieder bei dir zu sein, und wir werden uns wiedersehen – wie wir uns immer wiedergesehen haben.«

Mein Blick huschte hinüber zu Frankie, der mir aufmunternd zunickte. Ich dachte an mein Gespräch mit ihm zurück, das wir vor Urzeiten geführt zu haben schienen – vor meiner Entscheidung für die Fairies.

Kehre zurück und besuche deine Oma, vergewissere dich, dass es ihr gut geht. Du wirst sehen, es wird sich alles fügen.

Und wenn ich nun nie die Gelegenheit bekommen würde, zu ihr zurückzukehren und nach ihr zu sehen? Ich hatte so viele Pläne gehabt, so viele Vorstellungen … Meine Träume vom Fairy-Leben, sie alle hatten sich nicht so entwickelt, wie ich es mir ausgemalt hatte. Ganz und gar nicht.

Aber – ich atmete bei diesem Gedanken tief durch – ich hatte die Chance, etwas daran zu ändern und es anderen Fairies zu ermöglichen, ein sorgloses Leben zu führen. Tanian musste gestoppt und Rose gerettet werden.

Ich wusste, ich konnte das schaffen.

Die Organisation würde mich nicht im Stich lassen, aber mir war ebenso klar, wenn ich jetzt dorthinunter in die Fluten sprang, würde ich auf mich allein gestellt sein – vielleicht zum ersten Mal in meinem Leben.

Ich sah Taylor in die dunklen Augen und ohne diesmal auf Azarael zu achten, küsste ich ihn. Seine Arme pressten mich an sich und auch ich drückte ihn an mich. Ich wollte zurück, zurück zu dem Tag, an dem ich ihn hier auf dieser Yacht wiedergesehen hatte, zurück zu den wenigen glücklichen Stunden, die ich gemeinsam mit ihm verbracht hatte.

»Komm zu mir zurück«, flüsterte er mir ins Ohr, als wir uns voneinander gelöst hatten.

Ich lächelte. »Ich gebe mein Bestes, wenn du versprichst, hier zu sein, wenn ich zurückkehre.«

Er nickte und küsste mich erneut. »Versprochen.«

Daraufhin wandte ich mich von ihm ab, dem offenen Meer

zu, bereit hineinzuspringen. Azarael räusperte sich, wollte offenbar etwas sagen, entschied sich dann jedoch dafür, einfach nur zu nicken.

Und dann sprang ich.

* * *

Kalt, nass und klar umfing mich das Wasser, als ich eintauchte. Ich hatte nicht vor, sofort wieder an die Oberfläche zu schwimmen. Stattdessen brachte ich mit ein paar wenigen Handbewegungen die Wassermassen um mich herum dazu, mich schnell vorwärtszutragen. Schneller als jeder Fisch, schneller, als vielleicht sogar jedes U-Boot sich unter Wasser fortbewegen konnte, pflügte ich durch die Fluten und entfernte mich immer weiter von den Menschen, den Fairies, den Engeln, die ich liebte, denen ich vertraute.

Ich ließ meinen Sinnen freien Lauf, schaltete meinen Kopf ab und wusste instinktiv, dass mein Geist mich ans Ziel tragen würde.

Das helle Blau um mich herum, die strahlende Sonne, deren glitzernde Strahlen blitzend durch die Wasseroberfläche drangen, das alles war pure Ironie. Sie begleiteten mich auf einer Mission, die ebenso gut den Tod für mich bedeuten konnte. Aber ich wusste eines: Solche Szenen wie auf der MS Fairytale durften sich nie wieder zutragen und ein großer Schritt würde der Tod von Tanian sein. Natürlich würde sie es schaffen, wiedergeboren zu werden, daran hatte ich keinen Zweifel, aber ich schwor mir, sie auch dann zu finden und erneut zu vernichten. Die Shuk würden ohne ihre Führung zunächst nicht mehr ganz so stark agieren, verloren vielleicht sogar an Magie, und diesen Moment mussten wir ausnutzen, um auch sie größtenteils zu vernichten. Das waren wir Fairies unserem eigenen Volk und den Menschen dieser Welt schuldig.

Ich wusste nicht, wie lange ich mich bereits im Wasser befand, aber plötzlich verdunkelte sich der Himmel um mich herum und ich spürte am Temperaturverlust und den immer unruhigeren Wellen, dass ein Sturm aufzog. Ich verdrehte die Augen. Prima, das hatte mir gerade noch gefehlt. Ich vertraute meinen Wasser-Elementarier-Kräften vollkommen und einen Sturm zu überwinden würde ich schaffen. Meine Sorge galt meinen Energiereserven, die der Sturm kräftig reduzieren würde.

Innerhalb weniger Minuten befand ich mich inmitten meterhoher Wellen, die mich in die Luft warfen, um mich nur wenige Augenblicke später wieder aufzunehmen und mit sich in die Tiefe zu reißen. Wind peitschte um mich herum und raubte mir die Orientierung und den Atem, mein Körper wurde hin und her geschleudert und ich hatte Mühe, mich mit meinen Wasserkräften über der Oberfläche zu halten und nicht vollends in die Tiefen des Ozeans gesaugt zu werden. Zum ersten Mal seit langer Zeit hatte ich wieder das Gefühl von Panik, als meine Lungen nach Sauerstoff schrien, ich verzweifelt versuchte, nicht wild um mich zu schlagen, um irgendetwas greifen zu können, was mir half, mich über Wasser zu halten. Ich spürte, wie ich immer mehr die Kontrolle verlor und mein Körper das Kommando übernahm, im Überlebenskampf jegliche Magie vergaß.

Ich geriet in einen Strudel, wurde schnell nach unten gesogen und es wurde dunkel um mich …

Dann, ich war schon nicht mehr ganz bei Bewusstsein, begann irgendetwas in mir zu kämpfen. Ich riss die Augen auf in der trüben Finsternis, bannte mit letzter Kraft das Wasser um mich herum und katapultierte mich nach oben, der Luft und dem Leben entgegen.

Frische, klare Luft empfing mich, die meine Lungen gierig in sich aufsogen. Die Wellen umspielten mich kräuselnd, ruhig, die Sonne schien wieder strahlend auf mich herab, fast ironisch, als wäre nichts gewesen.

Ich verstand die Welt nicht mehr. Was war passiert? Wohin war der Sturm so plötzlich verschwunden? Oder hatte ich mir das alles nur eingebildet? Nein, das war unmöglich. Die Atemnot, die Panik – das hatte ich mir nicht ausgedacht. Ich war nahe daran gewesen, das Bewusstsein zu verlieren. Hatte mich meine Magie in letzter Sekunde gerettet? Das konnte ich kaum glauben, denn wohin war dann der Sturm so schnell verschwunden? Wir Fairies konnten das Wetter nicht beeinflussen, das war nicht möglich.

Vielleicht hatte ich das Bewusstsein verloren und befand mich nun in einer Welt jenseits? Existierte dieses ruhige Wasser, auf dessen Oberfläche sich glitzernd die Sonne und ein paar weiße Schäfchenwolken spiegelten, vielleicht nur in meiner Fantasie? Ich wusste nicht, was real war und was nicht, aber hatte ich eine andere Wahl?

Ich ließ mich treiben, versuchte meine Kräfte zu sammeln und überlegte, wo ich mich befand. Ich hatte komplett die Orientierung verloren und damit war genau das eingetreten, wovor ich mich so gefürchtet hatte.

Ich musste mich sehr anstrengen, um mich erneut fallenlassen zu können, um mich meinen Gefühlen und meiner Magie hinzugeben. Doch ich spürte, dass mir das jetzt schwererfiel. Der Kampf gegen das Unwetter hatte mir mehr abverlangt, als ich geglaubt hatte, und dennoch schaffte ich es irgendwie, ruhig im Wasser zu treiben, die Augen zu schließen und mich auf Tanian zu konzentrieren, auf ihre Energie, ihre mächtige, unverwechselbare Aura.

Und dann spürte ich etwas, vielmehr ich spürte *sie*, diese pure, schwarze, dunkle Macht. Den Hass, die Aggression, aber auch die unglaubliche Magie, die sie umgab. Kein Zweifel, das war Tanian, und sie war ganz in meiner Nähe. Unwillkürlich kam mir der Gedanke, ob sie mir wohl das Unwetter geschickt hatte? Nicht um mich zu vernichten, nein, um mich zu prüfen. Sicherlich wusste sie bereits, dass ich auf dem Weg zu ihr war. Tanian hatte ein sicheres Gespür für die Gedanken anderer Wesen, seien es nun Fairies, Menschen oder Engel.

Zügig lenkte ich die Bewegungen des Wassers, das meinen Körper beinahe lautlos trug, und ein mächtiger Sog erfasste mich. Jetzt war ich mir sicher. Tanian wollte, dass ich zu ihr kam. Sie wusste, dass ich zu ihr wollte, und sie wusste vermutlich auch, weshalb.

Mit ein paar kontrollierten Atemzügen versuchte ich mich

zu sammeln. Ich hoffte, dass meine Kräfte ausreichten, um sie zu töten. Gleichzeitig bemerkte ich irgendwo tief in mir selbst die Gewissensbisse, dass ich Azarael und, noch schlimmer, Taylor und Frankie angelogen hatte.

Ich hatte nie vorgehabt, zur Regierung und zu meinen Schwestern zurückzukehren. Ich wusste, sie würden mich wieder gefangen nehmen, in eine Luxussuite mit magischen Bannen sperren und mir niemals die Chance geben, gemeinsam mit Dunklen Jägern gegen Tanian anzutreten.

Nein, wenn ich meine Schwester erledigen wollte, dann musste ich das ganz allein tun, und ich würde es schaffen, vielmehr, ich *musste* es schaffen, denn nur dann hatte Rose eine Chance zu überleben, eine Chance, den großen Fluch zu brechen.

KAPITEL 19

Nachdem ich mich eine Weile hatte treiben lassen und der Sog mich dabei immer weiter gezielt in eine Richtung führte, spürte ich plötzlich eine Veränderung. Die Anziehung verlor an Kraft, sodass ich immer langsamer wurde und schließlich eine Insel erkennen konnte. Eine Insel, die mir schrecklich bekannt vorkam. Vor allem den Berg in ihrer Mitte hatte ich als von Luft und Nebel umringten, riesigen Vulkan in Erinnerung, der – als ich ihn das letzte Mal gesehen hatte – beinahe zu meinem Grab geworden wäre. Das hier war Samhana, die Insel, die die Elemente Feuer und Luft symbolisierte und die an der ersten Samhain-Feier, die ich miterlebt hatte, untergegangen war. Anscheinend hatte sie sich wieder erholt, wenn auch nicht vollständig. Der riesige Vulkan war jetzt schwarz verkohlt und auch die gesamte restliche Insel schien von totem, rötlich schwarzem Gestein bedeckt.

Als ich das Ufer erreicht hatte, konnte ich mehr von der Landschaft erkennen. Die damals so vielen schmucken kleinen Häuser, die sich um den Vulkan gruppierten und in denen das ganze Jahr über so gut wie niemand lebte, waren eingefallen, die Dächer fast vollständig abgedeckt, die Mauern nur noch bruchstückhaft erhalten. Einige wuchernde Ranken hatten sich durch die losen Ziegel gearbeitet und waren dabei, sich die Insel zurückzuerobern. Die Erde und auch das Wasser um die Insel herum verdrängten Feuer und Luft Stück für Stück aus ihrem Territorium.

Ich senkte den Kopf und betrachtete die vor mir liegenden schwarzen Steine, um die eine nicht mehr klare, sondern bräunlich dunkle Flüssigkeit schwappte. Leicht angewidert setzte ich meinen nackten Fuß auf die glitschigen, von Algen bedeckten Felsen und kämpfte mich die ansteigende Promenade empor. Weshalb hatte sie mich hierhergelockt? Um mir das Ausmaß der Zerstörung vor Augen zu führen? Um mir zu zeigen, wie mächtig ihre Shuk waren? Doch noch während ich mir diese Fragen stellte, wurden sie mir beantwortet. Aus den Häuserruinen vor mir traten Wesen.

Wesen in goldenen Mänteln, mit goldenen Augen und goldenen Pruebas. Allesamt Shuk.

Ich atmete aus. Ich hätte es wissen müssen. Wieso hatte sich das niemand gedacht? Nachdem die Insel, die die gesamte Fairy-Welt für zeremonielle Zwecke zum Samhain-Fest genutzt hatte, von den Shuk zerstört worden war, fanden sie es anscheinend unglaublich genial, hier ihr Lager aufzuschlagen. Hier, an dem Ort, an dem sie so unendlich viele Fairy-Seelen in den Tod gestürzt hatten. Die Erinnerung holte mich ein, ich sah mich wieder als Frisch-Gezeichnete Sophie am Boden kauern, um mich herum Schreie, die übermächtigen Shuk, die wahllos Fairies angriffen, Tod und die unglaubliche Angst, in wenigen Sekunden das eigene Leben zu verlieren.

Ich sah mich wieder gemeinsam mit Taylor, wie wir uns durch den dunklen Tunnel kämpften, wie das Beben ausbrach und wir nur wenige Augenblicke davon entfernt waren, vom Vulkan verschluckt und für immer begraben zu werden. Damals hatte ich geglaubt, ihn verloren zu haben. Doch ich hatte mich geirrt. Ich hatte ihn wiedergesehen, mehr noch, ich hatte erfahren dürfen, dass er meine Gefühle tatsächlich erwiderte, dass er eine Chance für uns beide sah, ein Paar zu werden. Doch so vieles hatte sich seit diesem verhängnisvollen Fest verändert. Ich hatte mich verändert. Ich war nicht mehr dieselbe. Ich war jetzt eine Urfairy. Eine geächtete Urfairy, die im Begriff war, vermutlich den schlimmsten Fehler ihres bisherigen Fairy- und auch Menschenlebens zu begehen.

Ich reckte den Kopf in die Höhe, entschlossen, mich nicht von den immer zahlreicheren Shuk, die wie Tiere aus ihren Höhlen krochen, einschüchtern zu lassen. Doch sie beobachteten mich einfach nur, musterten mich verstohlen, griffen aber nicht an. Vermutlich hatte Tanian ihnen befohlen, mich in Ruhe zu lassen. Und das ließ mich stutzig werden. Weshalb machte sie es mir so einfach, zu ihr zu gelangen? War sie sich so sicher, mich zu besiegen?

Ich seufzte und ging direkt auf eine größere Gruppe der Shuk zu.

»Wo ist Tanian?«, fragte ich ohne Umschweife und verschränkte die Arme vor der Brust.

»Bist du Cayuga?«, beantwortete ein großer Mann mit bulligem Körperbau, aber wunderschönen, golden leuchtenden Augen meine Frage mit einer Gegenfrage.

»Das wisst ihr doch bereits, oder nicht?« Ich verlagerte mein Gewicht von einem Bein auf das andere.

Der Shuk warf den direkt um ihn Stehenden einen bedeutsamen Blick zu. Doch noch bevor er etwas sagen konnte, schob sich ein zierliches, noch sehr junges Mädchen in den Vordergrund und musterte mich prüfend von Kopf bis Fuß.

»Stimmt es, dass du zweien von uns zur Flucht verholfen hast und sie von ihrem Fluch geheilt hast?«

Ich konnte nicht anders und zog überrascht die Augenbrauen hoch. Ich musste mir gut überlegen, was ich darauf antwortete, nickte aber.

»Ich habe zwei Freunden geholfen und ja, sie haben ihre Shuk-Seele überwunden«, erklärte ich bestimmt.

Der bullige Shuk stieß daraufhin ein verächtliches Schnauben aus. »Dass ich nicht lache. Niemand kann das. Der Fluch einer Shuk ist unüberwindbar. Er wird sich erfüllen wie jeder andere Fluch auch.«

»Dieser Teil vielleicht. Meine Freunde aber konnten ihr böses Wesen überwinden. Sie haben ihre Gefühle nicht abgeschaltet und haben sich auf die Seite der Fairies geschlagen und sogar ihr Leben riskiert, um eine von uns zu beschützen.«

Das junge Mädchen riss die goldenen Augen auf und schien für einen Moment bestürzt, dann jedoch trat eine seltsame ausdruckslose Miene auf ihr Gesicht. »Wie ist das möglich? Verfluchte Shuk haben keine andere Wahl. Wir schalten in der Regel unsere ganze Seele ab, um nicht vom Schmerz des Schicksals überwältigt zu werden. Wie kannst du dir sicher sein, dass deine *Freunde*, wie du sie nennst, kein falsches Spiel mit dir spielen?« Bei dem Wort *Freunde* malte sie mit ihren Fingern Anführungszeichen in die Luft.

Ich runzelte die Stirn, ließ mich jedoch keine Sekunde verunsichern. »Ganz einfach, weil einer von ihnen sogar dabei gestorben ist, eine Fairy zu schützen. Deswegen vertraue ich der anderen zu hundert Prozent.«

Der bullige Shuk wechselte mit den anderen vielsagende Blicke. »Wie dem auch sei. Du wirst erwartet.«

Mit einem Nicken wies er mich an, ihm zu folgen. Als ich den anderen daraufhin den Rücken zudrehte, hörte ich, wie hinter mir lautes Gemurmel ausbrach.

Was hatte das zu bedeuten? Machten sie sich etwa Hoffnung? Hoffnung, wie Lila und Ralph zurück ins Fairy-Leben zu finden? Ihren eigenen Fluch zu überwinden?

Ich wusste, wie die Shuk entstanden waren. Sie alle waren Fairies, die an ihrer Taufe von Tanian mit einem schrecklichen Schicksal *beschenkt* worden waren. Doch statt sich von Tanian abzuwenden, wurden sie ironischerweise zu ihren Gefolgsleuten, agierten hart, herzlos, verbittert, mordeten und entführten Fairies gnadenlos, um sie zu rekrutieren und sie zu welchen von ihnen zu machen. Doch wie genau die Transformation zu einer Shuk vonstattenging, das wusste ich immer noch nicht, obwohl ich monatelang mit zwei von ihnen unter einem Dach gelebt hatte. Ralph und Lila hatten beide bereits die goldenen Augen besessen, doch wie hatte Ralph gemeint? Es sei wie ein Geschwür, wie eine Krankheit gewesen, die sich immer weiter in ihm ausgebreitet hatte?

Doch was genau bedeutete das? Was hatten sie während ihrer Gefangenschaft durchmachen müssen? Sie waren brutal gefoltert worden, das hatte ich selbst gesehen. Mit Sicherheit war versucht worden, sie einer Gehirnwäsche zu unterziehen. Aber sie hatten es geschafft, zu fliehen, was vor ihnen offensichtlich noch niemand geschafft hatte, und jetzt waren sie eine Art Legende, vermutlich auch durch mich, die ihnen eine erfolgreiche Flucht überhaupt erst ermöglicht hatte.

Ich folgte dem massigen Shuk weiter den Hügel hinauf und traute meinen Augen kaum. Ich kannte das, was ich da vor mir sah, ich glaubte es nur nicht. Es waren fliegende Wolken. Auf so einer Wolke war ich gemeinsam mit Taylor, Ralph und Lila geflogen, als wir zum Samhain-Fest unterwegs gewesen waren und sie uns geradewegs hinein in den Vulkan gebracht hatte. Damals war ich Taylor zum ersten Mal so richtig nahe gewesen und ich konnte noch immer das Kribbeln spüren, wenn ich jetzt daran dachte, wie ich mich an seinen Rücken geschmiegt und seinen unverwechselbaren Geruch eingeatmet hatte. Doch dieses Kribbeln verflog augenblicklich angesichts der Wolke, der ich mich nun gegenübersah. Sie war schwarz, durchzogen von finsteren Schlieren, und rauchte. Natürlich hätte mich dieser Anblick nicht wundern sollen, nachdem ich die gesamte Insel beziehungsweise die Reste davon gesehen hatte. Aber das war es nicht, was mich so traf. Es war vielmehr der Schock, was aus ihr geworden war. Das makellose Weiß beschmutzt, besudelt, nicht mehr wiederzuerkennen. Ich wollte mich nicht daraufsetzen. Es ekelte mich regelrecht vor ihr, mein gesamter Körper sträubte sich und dennoch hatte ich keine Wahl. Ich durfte mir nichts anmerken lassen, denn der Shuk beobachtete mich ganz genau. So reckte ich den Kopf in die Höhe und ging auf die Wolke zu, als ob nichts wäre, als ob sich nicht jede Zelle in mir sträubte und ich einfach nur wegwollte. Mit ernster, unergründlicher Miene bestieg ich hinter ihm das schmutzige Wolkenmaterial, das sich anfühlte wie raue Zuckerwatte, nicht mehr flockig, nicht mehr butterweich wie damals.

Rasant stiegen wir in die Lüfte und ich krallte mich fest in die kratzige Watte. Es war ähnlich und doch ganz anders. Vor mir sah ich den breiten Rücken des Shuk und erneut blitzten Erinnerungsfetzen in mir auf. Lila und Ralph hinter mir, die ähnlich dicht ineinander verschlungen waren wie Taylor und ich. Es war so eine einzigartige, kribbelnde Atmosphäre gewesen – nicht zu vergleichen mit der kalten, eisigen, abweisenden jetzt.

Wie erwartet flog die Wolke hinauf in Richtung Vulkan und senkte sich auch alsbald über die Öffnung, in der uns nichts als pechschwarze Finsternis erwartete. Die Geschwindigkeit verringerte sich und ich wusste, was nun kam. In steilem Sinkflug stieß sie hinab in die Dunkelheit, in der mich nichts als stickige, rauchige Luft erwartete. Ich unterdrückte einen Hustenreiz, packte kurzerhand eine dicke Haarsträhne und hielt sie mir vor den Mund, um mich wenigstens ein bisschen vor der beißenden Luft zu schützen. Unwillkürlich kam mir der Gedanke, dass sie mich hier in dieser dunklen Hölle gefangen halten wollten, inmitten der vielen Leichen, die bereits seit Samhain hier lagern mussten. Ich unterdrückte die aufkommende Panik, schluckte, mobilisierte meine Elementarkräfte, um im Fall des Falles angreifen zu können. Mittlerweile konnte ich nicht einmal mehr die Hand vor Augen erkennen, so finster war es hier, und ich musste den Impuls unterdrücken, einen wärmenden, lichtspendenden Feuerball zu erschaffen.

Es kam mir wie eine Ewigkeit vor, bis die Wolke endlich ihre Geschwindigkeit verringerte und schließlich stehen blieb. Ich sah nichts, wirklich gar nichts, und fragte mich, ob der Shuk wohl über eine spezielle Nachtsicht verfügte, denn er reichte mir eine Hand und zog mich auf festen Boden.

Ich entschied, dass es jetzt vorbei war mit den Höflichkeiten, und ohne zu fragen, schuf ich einen kleinen Ball, der die Umgebung in flackernden Feuerschein tauchte. Der Shuk stieß ein unwirsches Brummen aus, ließ mich aber gewähren.

Ich erkannte hohe schwarze, glatte Felswände, die so gar nicht zu der großen Halle passten, die ich in Erinnerung hatte. Nichts davon war übriggeblieben. Die Felsen, die mich jetzt umgaben, waren glatt, irgendwie gläsern, und schienen sehr massiv zu sein – Vulkangestein, wie ich vermutete. Meterhohe Ascheberge bedeckten den Boden. Mitten durch diese Landschaft aus grauweißem Staub hatte jemand einen Weg geschaufelt, der sich wie ein Pfad in das Felsenlabyrinth hineinschlängelte. Der Gedanke, in der Falle zu sitzen, beherrschte mittlerweile alles in mir und ich war drauf und dran, bei jeder verdächtigen Bewegung des Shuk anzugreifen und ihn zu überwältigen. Er nickte mir zu und wies mich an, ihm zu folgen.

»Wenn du nur ein wenig wartest, wirst du verstehen, warum wir hier kein Licht benötigen«, erklärte er noch, dann machte er sich mit schnellen Schritten auf den Weg.

Was hatte das zu bedeuten? Sollte ich es wagen und den Feuerball löschen? Aber dann war ich ihm ausgeliefert. Nichts zu sehen, bedeutete höchstwahrscheinlich den Tod für mich. Nein, ich würde das Feuer nicht aus der Hand geben. Es war mein Licht, meine Waffe, mein Vertrauen in mich.

Entschlossen und mit erhobener Hand folgte ich ihm auf unebenen Flächen, mitten durch die aufwirbelnde Asche. Ich vermied es, den Blick auf den Boden zu richten, da ich erwartete, dort die verwesten Körper getöteter Fairies zu sehen; ein Anblick, der mir die Torheit meiner Unternehmung hier vor Augen führen würde. Aber ich hatte mich für diesen Weg entschieden. Dies war mein mir selbst auferlegtes Schicksal. Ich, die die Liebe schenkte, trat gegen das Schicksal selbst in den Kampf. Liebe gegen Schicksal? Wer würde hier gewinnen?

Der Weg wurde steiler und ich konnte unter all der Asche Stufen einer Treppe ausmachen. Es fiel mir schwer, sie hinaufzusteigen, da die Asche sie rutschig machte. Zudem flackerte der Schein meines Feuers kräftig, sodass ich den Weg nicht mehr genau sehen konnte, und plötzlich verlosch das Licht ganz. Ein Luftzug löschte die Flammen aus und verschwand so schnell wieder, wie er aufgetaucht war.

Für einen kurzen Moment umgab mich absolute Dunkelheit – bis ich erkannte, was hinter den Worten des bulligen Shuk wirklich steckte. Erstaunt blickte ich mich um. Das finstere, glasartige Material der Wände spendete ein seltsames, fluoreszierendes, bläulich schimmerndes Licht und beleuchtete, wenn auch spärlich, die Umgebung. Alles sah auf merkwürdige Weise wunderschön aus, so grün und blau und schwarz schillernd. So musste es tief unter dem Meer sein, dort, wohin sich nur noch wenige Sonnenstrahlen verirrten.

»Verstehst du jetzt?«, hörte ich die Stimme des Shuk vor mir sagen. Ich nickte, war jedoch unfähig, etwas zu antworten. Waren diese Vulkansteinwände schon immer hier gewesen und ich hatte sie das letzte Mal nur nicht wahrgenommen aufgrund der Geschehnisse? Aber nein, im dunklen Tunnel, durch den ich mit Taylor geflohen war, hatte absolute Finsternis geherrscht. Ein fluoreszierendes Licht hätte ich bemerkt.

Allerdings machte diese Beleuchtung es nicht gerade einfacher, auf dem rutschigen Untergrund vorwärtszukommen, und so stolperte ich mehrmals, fiel einmal sogar hin, rappelte mich jedoch sofort wieder hoch und folgte den plumpen, aber sehr lauten Schritten, die sich vor mir durch einen dunklen Tunnel bewegten. Bald hatte ich ihn eingeholt und bemühte mich, so zu tun, als sei nichts gewesen. Ich richtete meinen Blick nach vorn und sah ein Licht, dessen Intensität stetig zunahm. Zuerst glaubte ich, mir das eingebildet zu haben, doch je näher wir kamen, desto stärker wurde die Helligkeit, bis ich mir die Hände vors Gesicht halten musste, um meine Augen zu schützen. Der Shuk vor mir blieb stehen und ich hatte Gelegenheit, mich umzusehen.

Wir befanden uns jetzt mitten in der großen, unterirdischen Halle, in der das letzte Mal noch die pompöse Abschlusszeremonie stattgefunden hatte. Ein beeindruckendes Schauspiel, bei dem ein riesiges Feuer eine führende Rolle gespielt hatte. Ein wunderschönes Fest – und ich hatte mich bereits selbst schon als Absolventin gesehen, die vor der Entscheidung stand, wie sie ihr zukünftiges Leben als Fairy gestalten würde. Ich hatte damals tatsächlich für einen Moment mit dem Gedanken gespielt, wie Taylor ein Seeker zu werden. Doch wie anders war alles gekommen.

Die Halle war noch genauso gigantisch, wie ich sie in Erinnerung hatte, doch sie glühte jetzt rotgolden. Irgendwie schön, aber auch beängstigend, und dort, wo früher die Plattform gewesen war, auf der die Absolventen ihre Zeugnisse entgegengenommen hatte, stand ein großer goldener Stuhl, beinahe wie ein Thron, und darauf saß eine große, elegante Frau. Sie hatte sich kaum verändert, seit ich sie das letzte Mal gesehen hatte. Nur trug sie heute ein weißes, langes, schulterfreies Kleid, das in der schwarzen Umgebung beinahe von selbst zu leuchten schien. Ihre pechschwarzen Haare fielen ihr locker über die Schultern und das grün-schwarz-golden schillernde Prueba glitzerte in dem goldenen Licht der Halle. Ich sah hoch, suchte ihren Blick, ihre moosgrünen Augen. Sie musterten mich mit unverhohlener Neugier, jedoch nicht überheblich, wie ich es erwartet hatte. Sie nickte dem Shuk zu, der sich daraufhin wortlos verbeugte und die Halle verließ.

Ich glaubte es kaum, aber ich war tatsächlich allein mit Tanian.

KAPITEL 20

»Guten Tag, Schwester«, sprach Tanian als Erstes. »Lange her, dass wir uns das letzte Mal sahen – obwohl, wenn ich bedenke, wie lange wir bereits am Leben sind, ist es eigentlich gar nicht so lange her.«

Ich sagte nichts, bewegte mich aber auf die Plattform zu, auf der sich Tanian ihren Thron erbaut hatte, und blieb wenige Meter vor ihr stehen.

»Was führt dich zu mir? Wie ich höre, warst du auf der Suche nach mir?« Sie lächelte und unwillkürlich kam mir Calenleya in den Sinn, wie sie mich auf der MS Fairytale angelächelt hatte. Auf eine seltsam groteske Weise waren sich die beiden sehr ähnlich, beide konnten auf dieselbe Art lächeln und beide glaubten, mit mir zu spielen.

»Und du hast mich zu dir kommen lassen«, sagte ich und blickte mich demonstrativ im Raum um. »Schön hast du's dir hier eingerichtet. Wirklich hübsch.«

Ich ging ein paar Schritte hin und her und war mir ihrer Blicke absolut sicher, die mir folgten wie die eines Raubtiers, dem seine Beute ins Netz gegangen war.

»Niemand würde dich wohl auf Samhana vermuten, der Insel, die du selbst in Schutt und Asche gelegt hast.«

»Oh, Schutt und Asche würde ich nicht sagen. Ich habe sie lediglich ein wenig verändert und ich für meinen Teil finde sie so sehr viel ansprechender.«

»Na ja, das ist wohl Geschmackssache.« Ich hatte meinen kleinen Rundgang auf der Plattform beendet und stand nun direkt vor dem Thron.

»Weshalb hast du es mir so einfach gemacht, zu dir zu kommen?«, fragte ich ohne Umschweife.

»Nun ja, der kleine Sturm diente als Willkommensgeschenk. Sagen wir, als Test; und du hast dich wirklich gut geschlagen, Schwester. Hut ab. Einer Urfairy wirklich würdig.«

Ich verschränkte die Arme vor der Brust. »Dachte ich es mir doch. Danke für das Geschenk, es war wirklich toll.«

»Gut, ich wollte wissen, weshalb du unbedingt zu mir kommen wolltest. Die Entschiedenheit, mit der du gegen die Naturgewalten gekämpft hast, war beeindruckend. Also, Cayuga, sag mir, was kann ich für dich tun?«

»Wie konntest du die Naturgewalten beeinflussen?« Eigentlich hatte ich diese Frage nicht stellen wollen, sie kam einfach so über meine Lippen, bevor ich genauer darüber nachdachte. »Du solltest mich kennen, für das Schicksal ist nichts unmöglich.« Sie grinste und legte ihr Kinn auf den ineinander verschränkten Fingern ab. Die Ellbogen hatte sie dabei auf die goldenen Stuhllehnen gestützt.

Ich biss die Zähne zusammen. Sie wich mir aus. Schön, was hatte ich auch anderes erwartet. Ich atmete tief ein und aus und wollte ihr ohne Umschweife sagen, dass ich ihren ganzen Spielchen heute ein Ende bereiten würde, als sie sich räusperte und erneut sprach.

»Wie geht es der Prinzessin? Ich hoffe, sie ist wohlauf.« Dann stieß sie ein gekünsteltes Lachen aus. »Aber natürlich ist sie das. Sonst wären wir beide wohl nicht mehr am Leben, was? – Weißt du, es ist dieses Mal eine vollkommen neue Erfahrung für mich, mich einfach hier in meinem Sessel zurücklehnen zu können und den Dingen ihren Lauf zu lassen. Ach, zu gerne wäre ich dabei, wenn du sie vernichtest, aber mit ein wenig Glück kann ich ja aus der Ferne zusehen.«

Sie zwinkerte verschwörerisch mit den Augen und schaffte es doch tatsächlich, dass ich für einen Moment verwirrt war. *Nein,* sagte ich mir entschieden. Ich durfte mich nicht von ihr verunsichern lassen.

»Oh, du bist ja so schlau, Tanian. Ich ...«

Doch sie unterbrach mich erneut. »Ich habe gehört, dein Freund Ralph ist tot. Das tut mir leid. Ich habe ihn gemocht. Er hatte Potential. Sein Verlust ist schrecklich – für die Shuk- und die Fairy-Welt. Aber zum Glück ist Lila wohlauf und wie ich höre, hast du es geschafft, sie zurück in die Gesellschaft einzuführen.« Sie klatschte. »Herzlichen Glückwunsch. Das wäre mir persönlich nie gelungen. Eine Shuk im Herzen der Fairies. Besser geht es nicht!«

Für einen Moment war ich sprachlos. Lila und Ralph hatten mir doch beide versichert, sie hätten Tanian nie kennengelernt. Konnte es sein, dass sie gelogen hatten? Aber nein, ich durfte mir jetzt keine Schwäche erlauben, nicht jetzt, wo es so entscheidend war. Ich musste ihnen und vor allem jetzt Lila vertrauen. Tanian war diejenige, die mich immer hinters Licht geführt hatte.

»Sie ist keine Shuk mehr! Sie war nie eine von euch!«

Tanians Lächeln erstarb, ihr Blick wurde durchdringend und bohrte sich förmlich in meinen. »Und was macht dich da so sicher? Hast du nicht ihre Augen gesehen?«

»Sie sind golden, na und? Ihr Herz ist immer noch das einer Fairy und das allein zählt.«

In ihren Augen glitzerte es verschwörerisch. »Hat man dir je erzählt, weshalb die Augen golden werden?«

Ich nickte. »Du verhängst sie mit einem dämlichen Fluch, einem schrecklichen Schicksal, dem sie nicht entrinnen können und das sie auf diese Weise für immer zeichnet.«

Tanian nickte. »Sehr gut, und dazu noch so treffend formuliert. Dem sie nicht entrinnen können, in der Tat. Aus diesem Grund werden diese Augen auch für immer so bleiben.«

Plötzlich kam mir ein Gedanke und ich wurde beinahe von Euphorie und einem unglaublichen Glück erfüllt. Weshalb nur war ich nicht schon früher darauf gekommen? Ich selbst besaß keine goldenen Augen! Demnach lag kein Fluch auf mir! Tanian hatte geblufft! Sie konnte keinen Fluch über ihre eigenen Schwestern verhängen!

Als hätte sie meine Gedanken gelesen, was sie vermutlich auch getan hatte, meinte sie: »Sei dir da nicht so sicher, Cayuga. Dass du keine goldenen Augen besitzt, liegt daran, dass unsere Mächte sich beinahe ebenbürtig sind und der

Fluch sich nicht optisch bei einer Urfairy zeigt. Ebenso verhält es sich bei Prinzessin Aurora, die als Fünffach-Elementarierin ähnliche Kräfte besitzt wie wir. Deswegen hat auch sie keine goldenen Augen, obwohl sie doch den wohl größten Fluch von allen trägt, nicht wahr?« Sie schluckte und für einen Moment meinte ich, so etwas wie Trauer über ihrem Gesicht wahrzunehmen. Wie ein Schleier, der sich jedoch sofort wieder lüftete. Augenblicklich wechselte ihr Blick zurück zu diesem Ausdruck voller Härte, als verurteile sie sich selbst für den kleinen Moment der Schwäche, der doch eigentlich gar keiner war.

Ich für meinen Teil dachte über ihre Worte genauestens nach. Sie hatte bestätigt, was Azarael mir bereits gesagt hatte. Unsere Kräfte waren sich ebenbürtig. Also konnte ich es schaffen, diesen Fluch zu überwinden, und ein erster Schritt war, Tanian auszulöschen.

»Ich habe keine goldenen Augen, weil dein Fluch keine Wirkung bei mir zeigt«, sagte ich laut und hörte, wie meine eigene Stimme laut und klar an den hohen Wänden widerhallte.

Tanian lächelte nicht. Ihr Blick war unergründlich. »Wenn du das sagst. Aber genug geredet. Weswegen bist du hier? Was möchtest du von mir?«

Jetzt war es an mir, zu lächeln. »Kannst du es dir nicht denken?«

Sie seufzte und stand auf. »Doch, kann ich. Das ist mein persönliches Schicksal. Du bist hier, um mich zu töten.«

Irgendwie hatte ich es geahnt und doch war ich schockiert

von der Ruhe in ihrer Stimme. Sie schien sich ihres Überlebens verdammt sicher zu sein.

»O nein, Cayuga, ich bin mir nicht sicher, dass ich überlebe. Aber ich bin mir sicher, dass sich mein Fluch erfüllen wird, wie er es immer getan hat. Das ist meine immerwährende Rache.«

»Ist dir diese Rache so wichtig? Eine Rache für ein winziges Vergehen, das so lange zurückliegt? Was willst du erreichen? Wie viele Welten müssen noch zerstört werden?« Diese Frage stellten sich vermutlich alle Fairies und ich hoffte, von ihr endlich eine Antwort zu bekommen. Ich beobachtete jeden ihrer Gesichtszüge, jede Regung. Doch ihre Augen waren auf den Boden geheftet, stur und ausdruckslos.

»Du verstehst es nicht, nicht wahr? Ich habe mir dieses Leben nicht gewünscht. Das Schicksal. Aber jemand muss das Böse sein, damit das Gleichgewicht im Universum gewährleistet ist. Diese Welten würden sich früher oder später selbst zerstören. Ich habe es dir damals schon gesagt. Auch diese Erde hier wird von den Menschen, die darauf leben, vernichtet werden. Es wird noch eine Weile dauern, aber früher oder später wird es so sein. Ich tue diesen Welten sogar einen Gefallen.«

Ich schüttelte den Kopf. »Gefallen, dass ich nicht lache. Du zerstört sie, bevor die Menschen überhaupt die Gelegenheit bekommen, etwas zu ändern und ihre Welt zu retten. – Aber darum geht es mir gar nicht. Weshalb hegst du immer noch Rachepläne? Rache für was? Dafür, dass dich König Korolyan vor so langer Zeit nicht auf die Taufe seiner Tochter eingeladen hat? Im Ernst, Tanian? Was hat dieses Verhalten mit einer erhabenen Urfairy zu tun? Ich sag es dir: Nichts. Nicht das Geringste.«

Ihre Miene veränderte sich nicht. Sie war immer noch ausdruckslos. Dann blickte sie auf und ihr Blick wirkte jetzt seltsam verschleiert.

»Es ist nicht wegen Korolyan. Sondern weil alle in mir immer die Böse sehen.«

»Du sagtest doch selbst, dass du das bist?« Ich zog erwartungsvoll die Augenbrauen hoch.

»So einfach ist es für euch. Tanian ist immer die Böse. Tanian verhängt schreckliche Schicksale über die Wesen. Aber hast du dich nie gefragt, weshalb diejenigen, über die ich einen Fluch verhängt habe, so unverwandt zu mir stehen?«

»Weil du sie einer kranken, brutalen Gehirnwäsche unterzogen hast und sie jetzt statt deiner uns Fairies und alle Lebewesen hassen?«

Tanian schüttelte den Kopf. »Nein, weil sie erkannt haben, dass ihre Schicksale notwendig sind.«

»Für was bitte schön sollten solche Schicksale notwendig sein?«

»Für das Erkennen, das Aufwachen, das Realisieren.«

Ich runzelte die Stirn und sie fuhr unbeirrt fort.

»Schicksal formt uns, macht uns zu den Wesen, die wir sind. Macht uns härter, stärker, lässt uns erkennen, was im Leben wirklich zählt. Es ist wichtig und niemand will meine Aufgabe erkennen, will sehen, welch wichtigen Teil ich zu jedem Leben beitrage.«

Für einen Moment sahen wir uns einfach nur an und zum ersten Mal sah ich in ihr eine Schwester. Eine Schwester, die mir vielleicht näherstand als die anderen elf.

Und plötzlich zweifelte ich an meinem Vorhaben. War es richtig, sie zu töten? Aber wenn ich es nicht tat, würde sie Rose töten und damit wieder den unvermeidlichen Kreislauf aus Zerstörung und Leid ins Rollen bringen und nur, weil niemand erkannte, dass ihre Macht zum Leben dazugehörte?

»Na, hast du jetzt Mitleid mit mir?« Sie klang verbittert, wandte mir den Rücken zu.

Ich schwieg, war unfähig, etwas darauf zu erwidern.

»Dann werde ich es dir leichtmachen, dein Mitleid zu vergessen.«

Und noch ehe ich reagieren konnte, schleuderte sie mir einen Feuerball von immenser Wucht entgegen, der mich mehrere Meter zurückwarf, mich gegen eine der massiven goldglänzenden Wände schlug, wo ich keuchend am Boden liegen blieb.

Für einen Moment sah ich Sterne vor den Augen und hatte Mühe zu atmen. Dann kam ich langsam zu mir, überprüfte kurz, ob alles an mir noch heil war, und rappelte mich wieder hoch. Doch es folgte bereits der nächste Angriff. Diesmal packte mich eine Welle, die mich hoch in die Luft trug, von allen Seiten umfing und es mir unmöglich machte, einen Ausweg zu finden. Jedoch fügte sie mir keine Schmerzen zu, ich konnte atmen und es schien, als wolle sie mich einfach nur festsetzen.

»Hast du wirklich allen Ernstes geglaubt, du hättest eine

Chance gegen mich?«, hörte ich Tanians Stimme, konnte aber nicht ausmachen, wo sie sich befand.

Ich biss die Zähne zusammen. Die Macht, die sie mir hier demonstrierte, war gigantisch, aber das hatte ich bereits gewusst. Ich machte mir auch keine falschen Vorstellungen, dass es leicht werden würde, sie zu besiegen, aber ich wusste, dass ich es schaffen konnte. Ich war nicht mehr dieselbe wie damals im Death Valley, als sie mich so mühelos ausgeschaltet hatte.

Ich schloss die Augen, konzentrierte mich auf meine Körpermitte, wo die Energien gebündelt in mir flossen. Dann atmete ich gezielt aus und erzeugte damit eine Windhose, die ein Loch in die Wasserwand vor mir riss, sodass sie mich hindurchtragen konnte, ich dem blau schillernden Tunnel entkam und wieder auf dem dunklen Boden landete. Als ich meine Augen öffnete, blickte ich ins Leere. Tanian war nirgends zu sehen, doch von irgendwoher hörte ich ein monotones Klatschen.

»Sehr gut. Du hast Fortschritte gemacht.«

Im nächsten Moment bebte die Erde und mehrere Wurzeln schossen daraus hervor mit messerscharfen Spitzen, die in atemberaubender Geschwindigkeit auf mich zuschossen. Doch diesmal war ich auf einen Angriff ihrerseits gefasst. Aus meinen Handflächen loderte Feuer, dessen Hitze die Wurzeln innerhalb von Sekunden zu Asche verbrannte, die wie dunkler Schnee zu Boden rieselte.

Ich atmete schwer, doch Tanian gönnte mir keine Pause. Eine Windhose erschien und riss mich von den Füßen, doch mithilfe zweier dicker Felsblöcke, die ich um meine Fußsohlen wachsen ließ, sodass ich aussah wie in Zement eingemeißelt, konnten sie mir nichts anhaben. Sie zerrte an meinem Körper, an meinen Haaren, doch sie vermochte mich nicht von den Felsen zu lösen. Augenblicklich erlosch der Wind und wurde durch einen Feuerwirbel ersetzt, den ich gekonnt mit einer großen Welle beantwortete und auslöschte.

Endlich sah ich Tanian. Sie stand in einer Ecke, von der aus sie versuchte, mich zu überwältigen, und zu meiner Freude bemerkte ich, wie sie schwitzte. Ihr Gesicht hatte sie zu einer Grimasse verzogen und sie musterte mich mit einer Mischung aus Überraschung und Entsetzen.

Den nächsten Angriff sah ich nicht kommen, spürte aber sofort, worauf sie es abgesehen hatte. Ein Schmerz durchfuhr meinen Kopf, als ob jemand versuchte mit einer Axt die Schädeldecke zu spalten. Ich schrie auf, ging in die Knie, rieb mir die Schläfen. Gott, sie versuchte, meine Mauern zu durchbrechen, und das auf eine Art und Weise, wie ich es noch nie erlebt hatte. Ich hatte mit Azarael geübt, mit Evangeline, doch nichts, was sie versucht hatten mit mir zu trainieren, hätte mich je auf diesen Angriff vorbereiten können. Stück für Stück schabte sie an meinem Schutzwall, arbeitete sich Millimeter für Millimeter gezielt vorwärts, nutzte jede Schwachstelle, die sie finden konnte, und das mit einer Brutalität, wie ich sie selbst ihr nicht zugetraut hätte. Ich wollte laut aufschreien, wollte sie anflehen, aufzuhören, nur damit diese entsetzlichen Schmerzen endlich verschwanden, doch ich presste meine Lippen aufeinander und versuchte, meine Mauern aufrechtzuerhalten, mich gegen sie zu behaupten. Ich konnte förmlich spüren, wie ihr Körper vor Anstrengung bebte, ihr der Schweiß ausbrach, sie zitterte und ich wusste das aus dem Grund, weil mein eigener Körper genauso reagierte. Mir wurde schmerzlich bewusst, dass ich diesem Druck nicht mehr lange standhalten würde, und das musste ich auf jeden Fall verhindern. Niemals durfte ich ihr Zugang zu meinen Gedanken, Gefühlen und Erinnerungen gewähren! Das würde mich noch verwundbarer und verletzlicher machen. Es war *eine* Sache, wenn sie mich körperlich besiegte mit den Elementen Feuer, Erde, Wasser und Luft, eine ganz andere jedoch, wenn sie mich auf geistiger Ebene schlug und mir seelische Schmerzen zufügte. Davon würde ich mich nicht so leicht erholen können. Sie würde mich damit nicht töten, jedoch für immer zu einem psychischen Wrack machen.

Ich spannte meinen Körper aufs Äußerste an und wehrte mich gegen den Druck, den Schmerz und spürte dabei jedoch, wie die Barrikade immer mehr Risse bekam und sie sicher bald brechen würde. Nur noch wenige Zentimeter und …

Es war ein lauer Frühlingsmorgen. Die Luft roch nach frischem Gras und war erfüllt vom Gezwitscher der Vögel, die sich nach der Kälte des Winters endlich wieder nach draußen wagten und voller Freude ihre Lieder trällerten. Wunderschöne weiße und goldene Blumen kämpften sich an die Erdoberfläche und reckten der warmen Sonne strahlend ihre Blütenkelche entgegen. Ich stand am Fuße eines riesigen Baumes, dessen mächtiger Stamm sich vor mir in ge-

waltige Höhen emporschraubte, wo er der Sonne stolz sein weit verzweigtes Geäst präsentierte. Dichte Blätter bildeten ein natürliches Schattendach, das sich wie ein gigantisches Zelt spannte, nur sporadisch durchbrochen von kleinen goldenen Sonnenstrahlen, die auf dem Boden leicht im Wind hin und her tanzten. Es war eine himmlische Atmosphäre, ruhig, entspannend und vor allem eines: magisch. Ja, hier herrschte eine einzigartige Stimmung und die Elementarmagie war in jeder Faser dieses Baumes zu spüren. Es gab keinen Zweifel: Dies war der Baum des Lebens und er befand sich nicht auf der Erde, er wuchs auf Ayrion, der Heimatwelt aller Fairies. Ich stutzte, drehte mich um mich selbst. Irgendwo hier musste Tanian sein, denn es gab keinen Zweifel, dies war eine ihrer Erinnerungen, nicht meine. Oder? Konnte es sein, dass sie meine Barrieren letztendlich doch eingerissen hatte?

Ein Geräusch über meinem Kopf ließ mich zusammenzucken und ruckartig nach oben sehen. Dort, in den dichten Baumwipfeln, bewegte sich etwas. Es raschelte, knackte und knisterte. Und schließlich streckte ein kleines Mädchen ihren Kopf durch die Blätter. Sie hing kopfüber von einem Ast und ihr dichtes, schwarzes Haar flatterte in der leichten Brise. Ihr fröhliches Lachen erfüllte die Luft und steckte mich an, sodass ich unwillkürlich grinsen musste. Ich kannte sie. Das war Tanian. Ich schätzte sie auf ungefähr sieben oder acht Jahre und eine Weile beobachtete ich sie, wie sie wagemutig durch die Äste turnte, die unserer Mutter gehörten. Wir Urfairies waren die ersten Fairies, die vom Baum des Lebens erschaffen worden waren, welchen wir als unsere Mutter bezeichneten. Wir waren mit Unsterblichkeit gesegnet und dazu ausersehen, die Fairies mit besonderen magischen Gaben zu beschenken, die unser Volk so einzigartig machten. Während ich dieses glückliche, ausgelassene Mädchen beobachtete, begann ich mich zu fragen, wann aus ihr die verbitterte Frau geworden war, die es sich zur Aufgabe gemacht hatte, ihre Schwestern zu strafen und ihr eigenes Volk für immer auszulöschen. Wie hatte das nur geschehen können?

Ein weiteres Geräusch in meiner Nähe riss mich aus den Gedanken und ließ mich herumwirbeln. Ein anderes Mädchen betrat die Lichtung des Baumes. Sie war älter als Tanian, trug ihr Haar zu einem kunstvoll geflochtenen Knoten hochgesteckt und ihr zarter Körper steckte in einem strahlend weißen Kleid, das sie im leichten Wind flatternd umspielte.

»Tanian, kommst du endlich runter? Wir müssen reden«, forderte sie in strengem Ton. Kein Zweifel, dies war Calenleya, die Älteste von uns, und ich erinnerte mich daran, dass sie sich immer aufgeführt hatte, als wäre sie für die Erziehung von uns Jüngeren zuständig.

»Ich habe jetzt aber keine Lust«, kam es trotzig irgendwo aus den Höhen des Baumes. Tanian war geschickt wie ein Eichhörnchen wieder nach oben geklettert.

»Tanian!« Calenleyas Stimme wurde noch schärfer. »Ich sage es nicht noch einmal. Komm herunter!«

»Nehein!« Es war schwer auszumachen, wo genau sich das Mädchen jetzt befand, da der Wind ihre Stimme aus allen Richtungen herantrug. Zweifelsohne hatte die kleine begabte Göre ein wenig mit der Luft gespielt, um ihre große Schwester zu verwirren.

»Tanian, ich hole dich sonst eigenhändig herunter!« Die Ungeduld ließ Calenleyas Stimme vibrieren.

»Versuch es doch«, tönte es herausfordernd von oben.

Unsere älteste Schwester zögerte nicht lange, streckte die Hand aus und sofort brach eine grünliche, dicke Ranke aus ihrer Innenfläche hervor, die in Windeseile nach oben schoss und in den Wipfeln verschwand. Ein quiekender Aufschrei und nur wenige Sekunden später verkündete ein Krachen und Knacken die Ankunft eines kleinen Mädchens in einem zerfetzten, beschmutzten, an manchen Stellen aber immer noch weißen Kleidchens. Sie landete plump auf dem moosbedeckten weichen Boden und befreite sich zeternd von der grünen Ranke, die sich immer noch um ihren zarten Körper schlang. Ihre grünen Augen sprühten vor Zorn, während sie sich abmühte, die dicken Wurzelstränge mit den Fingern zu zerreißen, was ihr nicht wirklich gelang. Schließlich ließ Calenleya das Grünzeug mit einem Fingerschnippen verschwinden und half ihrer Schwester auf die Beine, nur um sie wenig später unsanft am Oberarm zu packen.

»Was hast du dir nur dabei gedacht, Tanian?«

Tanian senkte den Blick und schwieg.

»Hast du nur eine Sekunde lang überlegt, was du dem armen Mädchen damit antust? Solch ein schreckliches Schicksal hat wirklich niemand verdient!«

»Woher willst du das wissen?« Tanian hob den Blick und musterte die Schwester aus ihren großen Augen. Diese war für einen Moment perplex und starrte sie an.

»Wie meinst du das? Hältst du es wirklich für gut, einem Mädchen zu verweigern, jemals von einem Mann geliebt zu werden? Das ist schrecklich, Tanian, einfach nur furchtbar.«

Tanian zuckte mit den Schultern. »Wer weiß, vielleicht wird sie stattdessen einmal von einer Frau geliebt.«

»Tanian!«, rief Calenleya aus und ich konnte sehen, dass sie sich

beherrschen musste, der Kleinen keine Ohrfeige zu geben. »Du wirst hingehen und diesen Fluch rückgängig machen. Sofort!«

Doch Tanian dachte gar nicht daran. »Das sehe ich nicht ein. Wieso sollte ich das tun?«

Calenleya schloss die Augen, atmete schwer und schien sich zur Ruhe zu mahnen. »Tanian, wir beschenken die Fairies mit schönen Gaben, mit den Elementargaben oder mit besonderen Eigenschaften, die sie auszeichnen. Niemals geben wir ihnen etwas Böses und wir verfluchen sie auf keinen Fall!«

»Wieso?« Tanians Blick war unschuldig und ich konnte sehen, dass sie wirklich nicht verstand, was ihre Schwester ihr sagen wollte.

»Weil wir das nicht tun.« Calenleya befand sich in Erklärungsnot. Sie warf die Hände in die Luft, machte eine komplizierte Geste und ließ sie dann wieder hängen, ohne ein weiteres Wort von sich zu geben.

»Erklär es mir. Ich verstehe es nicht. Wenn ihr die Fairies nie mit etwas Schlechtem beschenkt, basiert unsere Welt nur auf Friede und Freude, richtig? Aber wer ist dann dafür zuständig, dass das Gleichgewicht eingehalten wird?«

Jetzt war es an Calenleya, verständnislos zu blicken.

»Das Gleichgewicht zwischen Gut und Böse?«, fügte Tanian hinzu. »Ohne das keine Welt auf Dauer existieren kann. Wer kümmert sich darum?«

»Genug!« Statt ihrer kleinen Schwester zuzuhören, entschloss Calenleya sich, ihr die Flausen auf andere Weise auszutreiben. Sie packte sie grob am Arm und schleppte sie hinter sich her.

»Ich werde dir zeigen, wer hier das Gleichgewicht zwischen Gut und Böse herstellt!«

»Aufhören!« Brutal wurde ich zurückgestoßen und auf den Boden geworfen. Mein Schädel brummte und als ich aufsah, blickte ich in dieselben funkelnden grünen Augen, nur dass sie jetzt keinem kleinen Mädchen mehr gehörten, sondern einer äußerst gefährlichen, mächtigen Frau.

»Na, hast du genug gesehen? Hast du jetzt Mitleid mit mir? Die arme kleine Tanian, die von ihrer Schwester geschlagen wird, nur weil sie hinterfragt hat, was die großartigen Urfairies da tagtäglich machen?«

Sie packte mich grob an meinen Haaren und zog mich hinter sich her, ähnlich wie Calenleya es mit ihr gemacht hatte.

»Ehrlich, Tanian, ich hatte keine Ahnung, dass ...«

»Keine Ahnung! Natürlich hatte kaum jemand eine Ahnung, was wirklich vor sich ging, nicht einmal wir Schwestern untereinander! Ich war ein unschuldiges Mädchen! Aber ich war die Einzige, die sich je über das Gleichgewicht Sorgen gemacht hat, und warum? Weil ich die Einzige von euch war, die täglich intensiven Kontakt mit Mutter hatte, ihr zugehört habe, mich um sie kümmerte! Euch anderen war ja euer Leben und der Ruhm, die Macht über die anderen Fairies wichtiger! Kaum jemand weiß um das Gleichgewicht in den Welten, und ihr schon gar nicht!«

Ich war sprachlos, wusste nicht, was ich darauf erwidern sollte. Doch momentan blieb mir nichts anderes übrig, als mich von Tanian durch die Halle schleifen zu lassen.

»Sicher hast du jetzt so großes Mitleid mit mir, dass du mich nicht mehr töten willst, nicht wahr? Aber weißt du was, ich brauche dein Mitleid nicht!«

Sie startete eine weitere Geist-Attacke, aber ich war schneller. Die Neugier in mir war geweckt. Ich musste wissen, was weiter mit Tanian geschehen war.

Ich befand mich in einem dunklen Haus mit niedriger Zimmerhöhe, kleinen Fenstern, die mit zarten Spitzengardinen behängt waren, alten Holzmöbeln und schönen Polsterstühlen. Alles war vollgestopft mit liebevollem Krimskrams. Die Wände waren behängt mit allerlei Familienfotos, darunter vor allem Bilder von Kindern, die strahlend in die Kamera lächelten, mal von einem Pferderücken, mal auf dem Fahrrad, mal mit einer Gießkanne in der Hand, mal an der Hand ihrer älteren Geschwister.

Mein Blick blieb an dem Foto eines großen Mädchens hängen mit pechschwarzen Locken und grünen Augen, das fröhlich in die Kamera winkte, an einer Hand ein kleines, ebenfalls schwarzhaariges Mädchen. Sie sah sehr glücklich aus. Ihre Haut war braun gebrannt, sie wirkte südländisch, vielleicht spanisch? Ich warf einen Blick aus dem Fenster. Trockene Steppe, überzogen von gelbgoldenen Gräsern, dahinter vereinzelt Bäume, die ihre knorrigen, mit nur wenigen Blättern bedeckten Äste in den Himmel reckten. Es konnte Spanien sein, genauso gut aber auch Mexiko. Definitiv ein Land auf der Erde und bei den Wesen auf den Bildern handelte es sich zweifelsohne um Menschen. Sie trugen keine Pruebas auf der Stirn und ich glaubte auch nicht, dass sie sie nur für die Fotos magisch verborgen hielten.

Ich hielt inne, lauschte. Ein Auto fuhr die Straße entlang, näherte sich langsam dem Haus und zog eine aufwirbelnde Staubwolke hinter sich her. An einer Weggabelung hielt es an und spuckte eine Person aus. Ich kniff die Augen zusammen. Kein Zweifel. Es handelte sich um das ältere Mädchen mit den schwarzen Locken.

Da ich mich in einer Erinnerung befand, war es keine Schwierigkeit für mich, durch die dicken Wände des Hauses zu gleiten, als wäre ich ein Geist, und mich in Windeseile auf sie zuzubewegen. Wenige Meter vor ihr blieb ich stehen. Das Auto hielt noch neben ihr, mit laufendem Motor. Der Fahrer, ein junger, dunkelhaariger Mann, hatte sich über das Steuer gebeugt, die Scheibe heruntergekurbelt und sah sie besorgt an.

»Willst du das wirklich machen, Elena?«, fragte er soeben und zog die Augenbrauen zusammen.

Sie schluckte, hob den Kopf und schwieg.

»Alles dort wird dich an sie erinnern. Lass mich doch mitkommen. Du musst das nicht alleine tun«, sprach er weiter beruhigend auf sie ein. Doch sie versteifte sich, machte sogar ein paar Schritte vom Wagen weg.

»Hierbei kann mir niemand helfen. Niemand. Da muss ich alleine durch.«

»Elena.« Wieder die beruhigende Stimme. Jetzt schaltete der Fahrer den Motor aus und machte Anstalten, das Fahrzeug zu verlassen. »Sie sind erst seit wenigen Wochen tot. Lass dir noch ein wenig Zeit.«

Sie drehte sich um, blickte ihn jetzt trotzig an. »Und was soll das bitte schön bringen? Damit ich in ein paar Monaten daran erinnert werde, dass meine Familie nicht mehr ist und nie mehr sein wird? Dass ich ab sofort allein bin? Allein auf mich gestellt? Nein, ich möchte das jetzt hinter mich bringen und dann nach vorne sehen. Das alles hinter mir lassen! Und jetzt geh! Geh weg!«

Die letzten Worte schrie sie beinahe und seufzend ließ der junge Mann den Kopf hängen, während er resigniert den Motor des Wagens startete.

Der Brustkorb der jungen Frau hob und senkte sich unter einem schweren Atemzug und wenig später verfinsterte sich der Himmel. Regenwolken tauchten wie aus dem Nichts auf und bald fielen die ersten Tropfen auf den aufgeheizten Boden, von wo sie bald als Dampf wieder aufstiegen. Sie blieb reglos stehen, blickte starr auf das alte Haus und ballte die Hände zu Fäusten. Tränen rannen ihr übers Gesicht, unaufhaltsam. Gerne hätte ich sie in den Arm genommen, beobachtete stumm, was weiter geschehen würde, hatte bereits eine Ahnung. Schließlich brach sie weinend auf dem nassen, schlammigen Boden zusammen. Ihr Körper schüttelte sich bei jedem Schluchzer, sie schlang die Arme fest um sich, als fürchtete sie zu ertrinken.

Und dann begann sie aus Leibeskräften zu schreien. Bestürzt sank ich neben ihr auf den Boden, versuchte herauszufinden, weshalb sie plötzlich schrie. Sie musste Qualen leiden, und dann sah ich es und hielt mir eine Hand vor den Mund. Dort, genau zwischen ihren Augenbrauen, schälten sich die Umrisse eines Pruebas aus der Haut. Flammen brachen daraus hervor, die in Windeseile ihre gesamte Stirn erfasst hatten. Und nicht nur das. Ihre körperliche Gestalt begann sich zu verändern. An der gekrümmten Haltung war es kaum zu sehen, aber dennoch meinte ich, erkennen zu können, dass sie um mehrere Zentimeter gewachsen war. Auch ihre Locken waren verschwunden und glatten, glänzenden, aber immer noch pechschwarzen Haaren gewichen. Die Gesichtszüge wurden ebener, markanter, noch schöner, als sie es zuvor gewesen waren. Und ich erkannte die Frau.

Aber wie war das möglich? Wie konnte sich ein Mensch einfach so, ohne dass es Beltane war und ohne die Hilfe von Zeremonien-

meistern oder Seekern, gleich in eine vollwertige Fairy verwandeln? Sie war zuvor noch nicht einmal gezeichnet gewesen, dessen war ich mir absolut sicher.

* * *

Ich hatte mich selbst aus ihrem Geist zurückgezogen und war jetzt noch verwirrter als zuvor.

»Was war das?«, stammelte ich, obwohl ich genau wusste, was ich eben gesehen hatte. »Deine Verwandlung?«

Tanian hatte sich auf ihre Oberschenkel abgestützt und keuchte. Dann sah sie auf und ihre Augen loderten vor Zorn.

»Wie kannst du es wagen?« Ihre Stimme klang gefährlich, aber ich ignorierte es, denn ich musste unbedingt wissen, was genau dort geschehen war.

»Tanian, wie hast du es geschafft, dich ohne die Hilfe anderer Fairies zu verwandeln? Und du warst noch nicht einmal gezeichnet!«

Die Bestürzung in meiner Stimme zauberte ein gehässiges Lächeln auf ihr Gesicht.

»Irrtum, meine Liebe, ich *war* gezeichnet.«

»Aber ich ...«

»Erinnerst du dich nicht? Ich habe dir doch schon einmal davon erzählt. Diese dumme menschliche Seele in mir hatte sich bei den Seekern gegen ein Leben als Fairy entschieden – weil ihr die Familie wichtiger war! Kannst du dir das vorstellen? Ich, die ich von meiner Familie nur schikaniert und belogen und bestraft worden war, steckte ausgerechnet in einem Körper, der seine Familie über alles liebte?«

Ich schluckte, wagte jedoch nicht, sie weiter zu unterbrechen. Vage erinnerte ich mich an unser Gespräch im Death Valley.

»Ich sah mich schon dazu verdammt, ein menschliches Leben für immer eingeschlossen in diesem Körper zu verbringen, mindestens weitere achtzig oder neunzig Jahre zu warten, bis ich erneut den Körper wechseln und vielleicht dann endlich erwachen konnte. Doch der Zufall oder das Schicksal« – ihr Grinsen wurde breiter, siegessicher – »kamen mir zu Hilfe. Ihre gesamte Familie starb bei einem Unfall und sie blieb allein zurück. Ihre Seele hat das nicht verkraftet und so erwachte ich, ganz ähnlich wie du, Cayuga, über meine Gabe.«

Ich schluckte und nickte. Natürlich! Ich war mithilfe eines Kusses und sie mithilfe eines schweren Schicksalsschlages erwacht.

»Das ist furchtbar, Tanian. Einfach nur schrecklich.«

Sie spuckte mir verächtlich vor die Füße.

»Spar dir dein Mitleid, Cayuga!«

Und ehe ich erneut reagieren konnte, fand ich mich in einem tosenden Wirbelsturm wieder, zu meinen Füßen loderte das Feuer, der Wind ließ mir keine Möglichkeit zu atmen und zu meinem Entsetzten hörte ich, wie Wasser sprudelnd in den Sturm floss. Ich spürte bereits, wie es meine Beine umspülte und sich Stück für Stück nach oben vorarbeitete. Sie würde mich ersticken und verbrennen zugleich und ihre Wut zeigte sich in ihren entfesselnden Elementarmächten, die ich unmöglich würde bändigen können, geschweige denn niederschlagen.

»Bitte, Tanian, erklär es mir! Ich will es verstehen!«, schrie ich verzweifelt. Es war eine Lüge, ich wollte nicht verstehen, ich wollte mich selbst retten, mir irgendwie Zeit verschaffen, auch wenn ich wusste, dass es vielleicht aussichtslos war.

»Gar nichts willst du! Du willst nur deine Haut retten, und weißt du was, Cayuga, den Gefallen tu ich dir sogar! Ich töte dich nicht, auf keinen Fall. Was hätte ich dann von meiner Rache an dir? Meiner ganz persönlichen Rache?«

Ich spürte, wie das Wasser langsam abfloss, der Wind abflaute und auch die Flammen verebbten.

Jetzt oder nie. Meine Chance.

Meine Hände umklammerten meine kleine selbst gebaute Waffe und ließen sie los. Ich beobachtete, wie sie geradewegs auf meine Schwester zuschoss, wie sie genau auf ihr Herz zielte, den Teil, von dem Tanian glaubte, ihn so gut geschützt und versteckt zu haben.

»Weißt du, ich habe irgendwann aufgehört, mich selbst zu bemitleiden, und angefangen, etwas dagegen zu … zu …«

Ihre Stimme wurde brüchig, dann brach sie ab und schließlich war nur noch ein kurzes, heftiges Keuchen zu vernehmen.

KAPITEL 21

Die Elementarkräfte, die mich bannten, verloren augenblicklich ihre Wirkung und gaben mich frei. Ich brach zusammen, verlor jegliche Körperspannung, stürzte unsanft auf den Boden und atmete schwer.

Es war vorbei.

Vorbei.

Hatte ich es tatsächlich geschafft?

Für eine Weile wagte ich nicht, den Blick zu heben, wollte nicht sehen, was ich getan hatte. Ich wusste, dass es meine Absicht gewesen war, der einzige Grund, weshalb ich die Insel überhaupt aufgesucht hatte, und dennoch hatte ich selbst irgendwie nicht daran geglaubt, dass ich es schaffen konnte, dass ich sie tatsächlich töten würde.

In der Stille und Größe der riesigen Halle fühlte ich mich seltsam allein. Mein keuchender Atem hallte unnatürlich laut von den goldenen Wänden wider, die jetzt Risse aufwiesen, und Staub rieselte von der Decke.

Endlich wagte ich es und hob den Kopf. Vor mir, nur wenige Meter entfernt, konnte ich die Umrisse einer Gestalt sehen, die am Boden lag, umhüllt von etwas weißgrauem, einem durchnässten, blutigen Kleid.

Meine Hände zitterten, als ich sie nach ihr ausstreckte. Natürlich konnte ich sie nicht erreichen. Sie war trotz der Nähe nicht greifbar für mich, so nah und doch so fern. Leicht torkelnd, die Kopf- und Gliederschmerzen ignorierend, ging ich langsam, Schritt für Schritt, hinüber zu ihr und ließ mich schließlich keuchend neben ihr nieder.

Die Wunde war nicht groß, eigentlich kaum ein Kratzer, und doch hatte sie sehr präzise genau das getan, wofür sie Tanian zugefügt worden war. Ich strich vorsichtig über den zarten Stoff, der ihren noch warmen Körper bedeckte, und über den roten Fleck direkt über ihrem Herzen, wo sie der spitze Stein getroffen und durchbohrt hatte. Blut sickerte daraus hervor. So einfach und doch wirkungsvoll. Am Ende war ihr der menschliche Körper zum Verhängnis geworden, denn ich wusste, wenn das Herz von einem durch Elementarkraft veränderten Gegenstand durchbohrt wurde, halfen auch keine magischen Heilkräfte.

Ich hatte den Stein schon lange in meiner Hand gehalten, hatte ihn mithilfe meiner Elementarkräfte geformt, geschliffen, gespitzt und auf den richtigen Moment gewartet. Dass ich ihn tatsächlich eingesetzt hatte, irgendwie konnte ich es noch nicht glauben. Dass ich meine eigene Schwester getötet hatte, erschien mir so unwirklich. Dass ich ihr Unrecht getan hatte, das fühlte sich hingegen real an.

Jemand hat sie aufhalten müssen, der Fairy-Welt wegen, formulierte ich in Gedanken, um mein Handeln vor mir selbst zu rechtfertigen.

Ich wollte nicht weinen, wollte, dass das Schütteln, das

meinen Körper mittlerweile beben ließ, aufhörte, wollte diesen unglaublichen Schmerz hinter mir lassen, diese Schuld für immer von mir weisen. Aber die Tränen rannen unaufhaltsam weiter. Wieso hatte ich auf einmal solche Gewissensbisse? Wieso tat mir mein Handeln so schrecklich leid? Lag es daran, dass sie meine Schwester war? Dass etwas in unserer Seele sich glich?

Ich beugte mich über den reglosen Körper und begann laut zu schluchzen, meinen Schmerz hinauszuschreien, wo er von den goldenen Wänden zurückgeworfen wurde und sein Echo um ein Vielfaches lauter mir nun aus allen Ecken entgegendröhnte. Das war gut so. Ich wollte, dass jeder mein Schreien hören konnte.

Und erneut fragte ich mich, war das nicht meine Absicht gewesen: sie zu töten? War das nicht der einzige Weg gewesen, um die Fairy-Welt zu retten und Rose zu schützen? Weswegen dann jetzt diese Schuld, diese Reue? Ich durfte nicht weinen, durfte nicht um sie trauern. Ich musste stark sein. Also stand ich auf, zwang mich, Tanians Körper den Rücken zuzukehren, konnte jedoch nicht umhin, einen letzten Blick auf sie zu werfen.

»Wir sehen uns wieder. Eines Tages, Tanian. In einer neuen Welt. In einer Welt ohne Fluch.« Dann tippte ich mir an die Stirn und verbeugte mich respektvoll, bevor ich mich umdrehte und den Ausgang aus dieser Halle suchte.

Bereits nach wenigen Wegbiegungen, in denen ich mich durch Berge von Asche wühlte, erreichte ich eine große, vergoldete Tür und fragte mich, ob ich sie beim Eintreten einfach nur übersehen hatte. Ich hätte schwören können, dass sie nicht da gewesen war, als der bullige Shuk mich hierhergeführt hatte. Ich vertrieb die Gedanken, schüttelte den Kopf und drückte sie auf.

Abrupt blieb ich stehen und Adrenalin pumpte durch meine Adern. Doch ich konnte mich nicht mehr bewegen, stand steif da und blickte auf die unzähligen goldenen Augenpaare, die mich in dem Gang hinter der goldenen Tür erwarteten und anstarrten. Sie bewegten sich nicht, ich bewegte mich nicht. Wir verharrten stumm in unseren Positionen, musterten einander, schätzten uns ab und ich wusste auf einen Blick, dass ich gegen so viele von ihnen keine Chance hatte. Der Tunnel war breit und es mussten hunderte sein, wahrscheinlich warteten hinter der nächsten Wegbiegung noch mehr. Ich überriss kurz meine Möglichkeiten. Gab es hinter mir einen Ausweg aus der großen Halle? Vielleicht waren andere Tunnel noch intakt, aber ich bezweifelte stark, dass sie frei von Gegnern sein würden. Ich überlegte kurz.

»Wer wird mich zurück zum Wasser bringen?« Ich setzte mein bestes Pokerface auf und versuchte, mir nichts anmerken zu lassen, vertraute darauf, dass niemand in die Halle gehen und mit Tanian sprechen wollte, hoffte, dass, wenn dies geschah, ich schon längst über alle Berge sein würde.

Ab jetzt war den Fairies der gesteigerte Zorn der Shuk gewiss, aber ohne ihre Anführerin verfügten sie zumindest vorerst über weniger Kraft und zudem kannte ich nun ihren geheimen Aufenthaltsort, was den Fairies einen Vorteil verschaffen würde. Wir konnten die Shuk überwältigen.

Jedoch antwortete mir niemand. Sie alle verharrten stumm, mit ausdruckslosen Augen, auf ihren Plätzen. Schließlich ging eine Frau beiseite und einige Shuk in ihrer Umgebung taten es ihr nach. Sie senkten den Blick, traten einige Schritte von der Wand zurück und dann sah ich es. Als die vielen Shuk dicht gedrängt davorstanden, hatte ich es nicht erkennen können, hatte es für golden schimmernde Wände gehalten. Doch jetzt dämmerte mir, dass sie doch zuvor tiefschwarz geglänzt hatten. Ich kniff die Augen zusammen und erkannte einen weißen Punkt am Boden. Ich biss die Lippen aufeinander und mein ganzer Körper versteifte sich. Ich spürte selbst, wie jegliche Farbe aus meinem Gesicht wich und wie ich mich plötzlich leer und kraftlos fühlte. Die Wände projizierten das gesamte Geschehen der goldenen Halle wie gigantische Leinwände auf alles, was zuvor schwarz gewesen war, was bedeutete, dass sämtliche Shuk mit angesehen hatten, wie ihre Anführerin von mir getötet worden war. Ich spürte, wie ich zu zittern begann, versuchte jedoch, mir nichts anmerken zu lassen.

»Wenn …«, setzte ich vorsichtig an und erkannte meine eigene Stimme nicht wieder, die zwar klar, aber dennoch brüchig klang. »Wenn ihr das alle mit angesehen habt, warum ist niemand von euch Tanian zu Hilfe gekommen?«

Mein Blick wanderte reihum. Manche senkten die Augen, andere wechselten Blicke mit Umstehenden, wieder andere erwiderten den meinen trotzig. Schließlich antwortete mir eine männliche, dunkle Stimme und ich erkannte den bulligen Shuk, der mich hereingeführt hatte.

»Sie hat es uns untersagt«, presste er zwischen den Zähnen hervor und ich ahnte, wie schwer es ihm gefallen war, diesem Befehl seiner Herrin Folge zu leisten. Aber er hatte sich daran gehalten und ich zollte Tanian Respekt dafür, wie sehr sie ihre Leute unter Kontrolle gehabt hatte.

Ich nickte.

»Sie sagte«, wandte sich nun ein kleines Mädchen an mich und ich sah, wie eine Träne in ihren Augenwinkeln glitzerte. »wir sollen nichts tun, egal was passiert.«

Sie sah auf und ihr goldener Blick traf den meinen. Ich wollte wegsehen, so bestürzt war ich von der aufrichtigen Trauer darin. Wie konnte es sein, dass sie die Person, die ihnen all das überhaupt erst angetan hatte, die der Ursprung ihrer aller Schicksale war, auch noch betrauerten?

»Sie hat euch das angetan!«, entfuhr es mir und einige zuckten bei diesen Worten zusammen. »Sie hat euch mit einem schrecklichen Schicksal belegt, mit Flüchen, und ihr haltet zu ihr! Sie hatte es verdient! Versteht ihr nicht?«

Ich fuhr mir durch die Haare, wusste, dass ich im Moment überhaupt nicht wie eine übermächtige, starke Schicksalsfairy wirkte, doch die traurigen, entsetzten, starren Blicke der Shuk verunsicherten mich zutiefst, sie ängstigten mich, mehr, als Tanian selbst mich verängstigt hatte.

»Wir sorgen für das Gleichgewicht«, antwortete mir schließlich eine Stimme, die mir entfernt bekannt vorkam. Ich blickte auf, zog die Augenbrauen zusammen. Konnte es sein? War das Susanna? Ich dachte, sie sei getötet worden, oder irrte ich mich?

Gleichgewicht, schon wieder dieses Wort. War ich die Einzige, die es nicht verstand? Gleichgewicht.

»Ach, ihr seht euch also als Opfer an für das größere Wohl, nicht wahr? Und was ist dann mit den vielen Fairies und Menschen, die getötet wurden?«

Ich dachte an die schreckliche Samhain-Zeremonie, die Schreie, die Explosionen und vor allem das böse Glitzern in den Augen der Wesen, die dieses Massaker mit Freuden angerichtet hatten. Und jetzt stellten sie sich allen Ernstes als Opfer hin? Als diejenigen, die einem höheren Wohl dienten? Andererseits, waren es nicht immer die Größenwahnsinnigen, die von sich glaubten, einer größeren Sache zu dienen und Opfer bringen zu müssen?

»Ihr seid doch alle einer Gehirnwäsche unterzogen worden!« Meine Stimme hallte laut und kräftig in dem Gang wider und ich fragte mich, wieso mich niemand angriff. Konnte es sein, hatten sie Angst vor mir?

»Tanian hat euch missbraucht. Sie selbst ist diesem Wahnsinn erlegen von einem Gleichgewicht in den Welten, das gewahrt werden muss«, sagte ich und versuchte, Erkennen in den Augen der Shuk festzustellen. »Ich musste sie aufhalten.«

»Sie wird zurückkehren.« Eine männliche Stimme hatte dies gesagt, doch ich konnte nicht sehen, wer der Sprecher gewesen war. Er musste sich irgendwo im hinteren Teil des Ganges aufhalten. Einige nickten zustimmend und murmelten unverständliche Worte.

»O ja, das wird sie. Früher oder später wird ihre Seele in

einem Menschen wiedergeboren werden, das steht fest. Aber dann, meine Lieben, dann wird es keinen Fluch mehr geben, denn der Fluch der Fairies wird gebrochen werden. Oder was hat sie euch erzählt, weshalb die Prinzessin immer wieder aufs Neue getötet werden soll? Wegen des Gleichgewichts?«

Meine Stimme hörte sich spöttisch an und mit Erschrecken erkannte ich beinahe den gleichen Ton, den Calenleya mir gegenüber angewandt hatte.

»Bitte«, versuchte ich es versöhnlicher und milder. »Ihr müsst doch einsehen, dass dieser ständige Kreislauf des Immer-wiedergeboren-werdens aufhören muss.«

Schweigen.

Verdammt, was hatten sie mit mir vor? Weshalb griffen sie mich nicht einfach an und rächten sich für den Tod ihrer Anführerin? Aus welchem Grund standen sie stocksteif da und erzählten mir etwas vom Gleichgewicht? Ein Gedanke, nein, eine Vermutung kam mir in den Sinn. Konnte es sein, hatte Tanian all das geplant? Aber zu welchem Zweck? Nein. Ich schüttelte den Kopf. Ich durfte diesen Gedanken nicht zulassen!

»Wenn du das sagst«, meldete sich der bullige Shuk zu Wort.

»Was soll das bedeuten?«

»Du hast gewonnen, Cayuga. Du wirst als Heldin gefeiert werden. Jeder in der Fairy-Welt hat gesehen, wie du gegen Tanian gekämpft hast.«

Erstaunt zog ich meine Augenbrauen hoch. »Wie? Was?«

»Tanian hat dafür gesorgt, dass alles über Kristalle und

gläserne Vulkangesteinwände an die magische Welt übertragen wurde.«

»Aber weshalb sollte sie das tun?« Doch im selben Moment verstand ich. Tanian hatte nicht damit gerechnet, dass ich sie besiegen würde. Sie hatte zeigen wollen, wie sie mich überwältigte, um damit allen zu demonstrieren, wie mächtig sie war! Tja, der Schuss war wohl nach hinten losgegangen.

»Und was habt ihr nun vor?«

Ich hoffte, dass sie endlich damit herausrückten, weshalb sie hier alle wie angewurzelt herumstanden, offenbar unfähig oder unwillig, sich zu bewegen.

»Wir geben dir einen Vorsprung«, sagte der Bullige schließlich und verschränkte die Arme vor der Brust.

»Aus Respekt«, fügte er hinzu.

»Wie bitte?«

»Du warst eine würdige Gegnerin und hast am Ende deine Schwester sogar betrauert. Wir haben entschieden, dich nicht zu töten. Du sollst Gelegenheit haben, zu den Fairies zurückzukehren. Aber wir warnen dich. Den Fluch zu brechen, wird dir nicht gelingen. Dafür sorgen wir. Und jetzt geh!«

Die letzten Worte sprach er mit einem drohenden, unmissverständlichen Ton aus. »Lauf, so schnell du kannst. Bring dich in Sicherheit, bevor wir kommen!«

* * *

Ich war außer Atem, kämpfte mich durch Wellen, durch den Wind, doch am meisten kämpfte ich mit mir, mit meinen aufgewühlten Gefühlen, mit der Panik. Und auf einmal wollte ich nur noch eines: Ich wollte zu Taylor, wollte mich an seiner Brust vergraben, mich von seinen Armen einhüllen lassen, darin verschwinden und ihn am liebsten nie mehr loslassen. Ich war erschöpft und dennoch vollgepumpt mit Adrenalin. Die letzten Stunden waren mir vorgekommen wie in einem Albtraum, schrecklich surrealistisch, unwirklich und doch wusste ich, dass sie real gewesen waren. Ich hatte Tanian getötet und die größte Gefahr gebannt. Aber irgendetwas in mir sagte, dass sich Rose jetzt in noch größerer Gefahr befand als zuvor. Hatte ich das wirklich alles genau bedacht?

Und plötzlich war es da. Tauchte vor mir auf wie ein Geist, beinahe wie ein Ungeheuer, das seinen Körper aus den dunklen Tiefen der See stößt, und obwohl ich es nur einmal kurz als Ganzes gesehen hatte, wusste ich, dass es das Schiff war.

Bruchstückhaft nahm ich wahr, wie jemand an der Reling stand und auf mich deutete, mir etwas zurief, winkte, doch ich war mittlerweile zu entkräftet, besaß kaum mehr Energie, um das Wasser um mich herum zu bündeln, und ließ mich mittlerweile einfach nur noch treiben. Aus den Augenwinkeln sah ich, wie jemand sich kopfüber ins Wasser stürzte und mit schnellen, geübten Bewegung auf mich zuschwamm.

Und dann war er da. Packte mich an den Schultern und

zog mich zu sich, umfasste mich mit seinen starken Armen und ich sank gegen seine Schulter, ließ mich von ihm matt durch das Wasser ziehen, zum Schiff, wo mich eine Welle ergriff und nach oben hob, wo mich andere Hände packten und auf den hellen Boden der Yacht zogen. Taylor kletterte hinter mir an Bord und ließ sich neben mich fallen, blickte mich besorgt an. Auch Azarael ließ sich nieder, strich mir die Haare aus dem Gesicht und der Blick seiner blauen Augen bohrte sich in meinen.

»Wir haben es gesehen, Sophie«, sagte er mit ruhiger Stimme.

»Jede Fairy hat gesehen, was du getan hast! Du warst großartig!«, fügte Taylor euphorisch hinzu und rieb meine Schultern.

»Sie kommen«, hustete ich. »Die Shuk.«

Ich atmete schwer, drehte mich mühsam auf die Seite, ließ mir von Taylor helfen und mich in seine Arme ziehen. Dabei bemerkte ich, wie Azarael kurz die Lippen aufeinanderbiss und ausatmete.

»Wissen wir«, sagte Taylor leise. »Wir sind darauf vorbereitet, glaub mir. Du hast Tanian getötet. Die Shuk sind ihrer übermächtigen Kräfte beraubt, da sie ihre Anführerin verloren haben, und das verschafft den Fairy-Defenderre einen Vorteil«, fügte er hinzu und begann, meinen Kopf zu streicheln.

»Rose …« Ich hustete. »Sie ist in großer Gefahr, noch größerer als zuvor! Wir müssen sie finden!«

»Sie ist in Sicherheit«, meldete sich nun wieder Azarael

zu Wort und ich blickte auf. Er lächelte. »Die Dimension des *Elements* ist in dem Moment aufgetaucht, in dem Tanian getötet wurde. Rose ist in Sicherheit. Sie befindet sich auf Beltana.«

Ich stutzte. Beltana? Rose war wiederaufgetaucht? Es ging ihr gut?

»Beltana?«

Azarael nickte. »Sie ist bereit dafür, als Prinzessin Aurora zu erwachen.«

»Aber weshalb befindet sie sich jetzt schon auf Beltana?«, fragte ich weiter. Irgendetwas stimmte doch hier nicht.

»Sophie, morgen ist Beltane.« Taylor sah mich besorgt an, runzelte die Stirn. Sein Blick flog für einen Moment hinüber zu Azarael, huschte dann wieder zu mir, die ich mich jetzt aus seinem Griff wand und ungläubig zwischen den beiden hin- und hersah.

»Aber ... aber das ist unmöglich! Ich war doch nur wenige Stunden weg! Nicht einmal einen Tag!« Ich hörte selbst, wie schrill sich meine Stimme anhörte, und die Besorgnis in den Blicken der beiden Männer machte mir Angst.

»Sophie, du warst über einen Monat weg! Wir haben uns große Sorgen gemacht und glaub mir, ich habe dich mehr als nur einmal für deinen Dickkopf verflucht!« Azarael stieß einen kurzen Seufzer aus, lächelte aber. »Was hast du dir nur dabei gedacht, allein aufzubrechen, um Tanian zu suchen und sie zu töten? Hatten wir nicht ausgemacht, du versuchst, deine Schwestern und die Regierung auf deine Seite zu ziehen und erst mit ihrer Hilfe Tanian zu töten?«

Er wollte tadelnd klingen, aber seine Miene verriet etwas anderes. Stolz? Respekt?

Aber ich wollte das nicht. Ich wollte ihre Achtung nicht. Ich wollte, dass sie verstanden, dass ich vielleicht alles noch schlimmer gemacht hatte – vor allem für mich. Diese schreckliche Schuld, meine eigene Schwester getötet zu haben, auch wenn sie es vielleicht verdient hatte, auch wenn sie so viele andere Wesen auf dem Gewissen hatte. Ich hatte zuvor schon Shuk getötet, aber dies war etwas anderes gewesen.

»Wir müssen sofort dorthin!«, sagte ich schließlich und machte Anstalten aufzustehen. »Wir müssen Rose beschützen. Ich habe ein ganz schlechtes Gefühl!«

Und das war nicht gelogen. Alles in mir bebte vor Angst. Eine schreckliche Vorahnung überkam mich, ließ mich zittern. Ich wusste, dass ich unglaublich blass war, und in den Augen der Männer spiegelte sich meine eigene Furcht. Doch ihre Sorge galt ausschließlich mir. Für sie schienen die Fairies bereits gewonnen zu haben, aber daran glaubte ich nicht.

Taylor legte mir sanft die warmen Hände auf die immer noch durchnässten Schultern und drückte mich vorsichtig zurück auf den Boden.

»Beruhige dich erst einmal, Sophie. Es wird alles gut. Wirklich. Wir sind bereits auf dem Weg zur Insel.«

Vorsichtig küsste er mich auf die Stirn und ich ließ mich matt gegen seine Schulter sinken, schloss die Augen und ließ die Luft aus meinen Lungen entweichen.

Er schob seine Hände unter meine Beine und meine Achseln und hob mich vorsichtig hoch. Mit einem Nicken in Azaraels Richtung trug er mich unter Deck, in das Zimmer, in dem ich vor nicht allzu vielen Stunden – so kam es mir gefühlt vor – noch so glücklich mit ihm gewesen war. Und bei dem Anblick des großen, mit weißem Stoff bezogenen Bettes kamen mir die Tränen. Alles hatte sich verändert. Alles.

Taylor drückte meinen Kopf an seine Schulter und ließ mich sanft auf die kühlen Laken ab. Dann holte er aus einem der Schränke ein großes Handtuch.

»Möchtest du dich ein wenig frisch machen? Oder was Trockenes anziehen?«, fragte er besorgt und streichelte mir die Wange. Ich schüttelte den Kopf.

»Ich möchte einfach nur schlafen. Vergessen.«

»Zieh dir wenigstens was Trockenes an«, fügte er leise hinzu. »Du holst dir sonst noch den Tod.«

»Ich habe das Gefühl, den habe ich mir bereits geholt.«

Der Blick, den ich ihm dabei zuwarf, ließ ihn schockiert zusammenzucken und seine Hände hörten auf, mich zu streicheln.

KAPITEL 22

Ich lag eng an den warmen männlichen Körper neben mir gekuschelt und merkte, wie ich langsam in einen wirren Traum abdriftete.

Ich stand in der vergoldeten Halle und mein Gesicht spiegelte sich verzerrt in den vielen Wänden wider. Ich sah blass aus, aber unglaublich stark. Meine dicken braunen Locken bedeckten in offenen Wellen meinen Rücken, mein Körper steckte in einem weißen, eng anliegenden, schulterfreien Kleid mit hohem Beinausschnitt und irgendwie sah ich aus, als stünde ich kurz vor meiner eigenen Beltane-Zeremonie. Das schöne geschwungene Prueba über meiner gesamten Stirn hatte sich um mehrere Steine erweitert und erstreckte sich jetzt bis hin zu meinen Schläfen. Doch etwas an meinem Spiegelbild ließ mich stutzig werden. Ein seltsamer Schleier lag auf meinem Gesicht. Trauer, Wut, Zorn? Ich konnte es nicht genau sagen, aber etwas stimmte nicht mit mir.

Dann fiel mein Blick auf die reglose Gestalt am Boden und mein Herz begann zu hämmern. Tanian!

Ich spürte, wie mir der Schweiß ausbrach, ich drehte mich um, wollte weg, einfach nur weg von ihr.

»Nein!«, schrie ich und drehte mich nach allen Seiten, auf der Suche nach einem Ausweg. Aber alles, was ich sehen konnte, waren

die schrecklichen goldenen Wände, die mich zu ersticken drohten, sowie der Körper zu meinen Füßen.

»Nein! Lasst mich raus! Lasst mich sofort hier raus!«

Und plötzlich war ich das. Weg von der Halle. Draußen.

Ich stand an einer Klippe. Unter mir erstreckte sich das unendlich blaue, weite Meer und die aufspritzende Gischt rauschte in meinen Ohren. Der Himmel war wolkenverhangen und ein scharfer Wind riss an meinen Haaren. Ich blickte mich um, versuchte, die Landschaft zu erkennen, aber das konnte ich nicht. War ich hier schon einmal gewesen? Das Klima, die Umgebung, alles deutete auf die Erde hin und dennoch wirkte es irgendwie verzerrt. Ich blickte an mir herab und sah, dass ich immer noch die weiße Robe mit dem hohen Beinausschnitt trug.

»Cayuga!«, hörte ich da jemanden meinen Namen rufen und erneut drehte ich mich um, doch ich konnte niemanden sehen.

»Cayuga!« Ich wandte mich wieder der See zu, dann dem Land, doch noch immer wusste ich nicht, wer da zu mir sprach. Bis ich begriff, dass sich die Stimme in meinem Kopf befand.

Und dann erkannte ich sie und mit einem Mal begann mein Herz wild zu pochen und ich spürte, wie mir sämtliche Farbe aus dem Gesicht wich. Ich hatte nicht mehr mit ihr gesprochen, seit ... ja, seit die schreckliche Sache mit dem Fluch geschehen war, seit Ayrion zerstört worden war und wir uns in anderen Welten wiederfinden mussten.

»Mutter?« Ich war wie erstarrt, lauschte in mich hinein, wartete auf die Antwort.

»Was hast du getan?«, fragte sie sofort und ich zuckte zusammen. Beschämt blickte ich zu Boden.

»Ich habe Tanian getötet«, gab ich zu und meiner Mutter gegenüber hörte sich das auf einmal unglaublich schrecklich an.

»Das meine ich nicht.«

Ich runzelte die Stirn.

»Ich meine, dass du dich vor der Wahrheit verschließt. Dass ihr – meine Kinder – alle vergessen habt, weshalb ihr geboren wurdet.«

»O nein, Mutter, das habe ich nicht vergessen«, wehrte ich mich. »Wir wurden von dir geboren, um den Fairies wertvolle magische Gaben mit auf ihren Lebensweg zu geben. Gaben, die sie stärken und einzigartig machen.«

Erneut lauschte ich in mich hinein, wartete sehnsüchtig auf eine Antwort von der Stimme, die ich so lange nicht mehr gehört hatte und von der ich nun erkannte, dass ich sie mehr als alles andere vermisst hatte. Wir alle hatten geglaubt, sie sei mit unserer alten Welt Ayrion gestorben, da der Baum des Lebens mitsamt dem Planeten untergegangen war und seither nie wieder zu uns gesprochen hatte.

»Ja, das ist richtig«, antwortete sie schließlich, doch ich konnte auch ein Seufzen hören. »Aber ihr habt vergessen, dass ich euch erschaffen habe, damit ihr für einen Ausgleich sorgen sollt.«

Ich wusste, auf was sie hinauswollte. »Du meinst das Gleichgewicht in der Welt?«

»In allen Welten – ja, das meine ich. Ich habe Tanian erschaffen, damit sie das Schicksal in jede Welt bringt, und sie hat ihre Aufgabe mehr als nur mit Bravour erledigt. Ihr anderen hingegen habt sie immer als das schwarze Schaf unter den allmächtigen Urfairies betrachtet, als die Böse, und so ist es kein Wunder, dass auch die Fairies sie als das ansahen, zu dem ihr sie gemacht habt: das Böse!

Und nun? Nun hast du selbst das Böse getötet und damit die Chance auf den Ausgleich verwirkt.«

»Was erwartest du von mir? Dass ich hingehe und Aurora töte, so wie Tanian es wollte?« Ich schluckte und ein Bild der unschuldigen Prinzessin erschien vor meinem inneren Auge. Blonde Haare, rote Lippen, Haut wie Porzellan, ein Gesicht, so zart, so jung, so unbedarft – nein, ich konnte sie nicht töten.

»Aber deine eigene Schwester konntest du töten!« In ihrer Stimme schwang Zorn mit und ich erkannte, dass sie vielleicht ihre jüngste Tochter mehr als alle anderen geliebt hatte.

»Das war etwas anderes. Sie hat in letzter Zeit schreckliche Dinge getan.«

Ich sah die schöne Gestalt der feurigen, rothaarigen Natascha, Umrisse ihres ungeborenen Babys, Ralph und die vielen, vielen Fairies, die wegen Tanians böser Rachepläne an der Fairy- und der Menschenwelt ihr Leben hatten lassen müssen. Ich erlebte noch einmal, wie Ayrion vor meinen Augen in Feuer und Asche versank, wie Talaon vernichtet wurde, und das alles nur wegen des Gleichgewichts in den Welten? Nein, das konnte ich nicht glauben.

»Sie ... sie hat in dem Moment, als ihr der König eine Einladung verweigerte, überreagiert ... Ich bin mir sicher ...«

»Überreagiert?« Jetzt war es an mir, laut zu werden. »Das nennst du überreagiert? Dieser Fluch stellt alles je Dagewesene in den Schatten und ich werde alles in meiner Macht Stehende tun, damit er aufgehoben wird. Dann, Mutter, erst dann wird das Gleichgewicht wiederhergestellt sein.«

Sie schwieg erneut und ich konnte förmlich spüren, dass sie mit sich rang, nach weiteren passenden Worten suchte.

»Du kannst mich nicht aufhalten. Ich werde denjenigen finden, dem Auroras Herz gehört, der für sie geschaffen wurde, und ich werde den Fluch brechen, der über dem armen Mädchen und der gesamten Fairy-Welt liegt, und wenn es das Letzte ist, was ich tue.«

»Dann, mein liebes Kind«, sagte sie und ihre Stimme klang jetzt, als fielen diese Worte ihr unendlich schwer. »Dann ist es an der Zeit, mich von dir zu verabschieden. Aber glaube mir, ich werde weiterhin alles für das Gleichgewicht tun.«

Und da erkannte ich, wusste ich es. Es war, als ob ein dunkler Schleier von meinem Gesicht fiel, und die Erkenntnis traf mich wie ein greller Blitzschlag. Dieses miese, hinterhältige Miststück! Mich mit der Stimme meiner Mutter täuschen zu wollen!

»Tanian!«, keuchte ich. »Du lebst!«

Und der Traum brach wie schwarze Scherben in sich zusammen.

* * *

Keuchend sah ich mich nach allen Seiten um, merkte, wie mir der Schweiß auf der Stirn und im Nacken klebte, überblickte rasch das kleine Zimmer, das nur von einem Strahl silbrigen Mondlichts beleuchtet wurde, welches durch die weißen Seidenvorhänge brach. Ruckartig setzte ich mich im Bett um und spürte, wie Taylor neben mir ebenfalls wach wurde und mich verwirrt anblickte.

»Was ist denn los? Kannst du nicht schlafen?«

Er strich mir mit einem Finger sanft über den Rücken und versuchte, mich wieder zu sich in die weichen Federn zu ziehen, doch ich war wie elektrisiert. Adrenalin jagte durch meinen ganzen Körper und ich stand auf, wickelte mich in einen leichten Morgenmantel und betätigte den Lichtschalter.

»Tanian! Sie lebt!«

Jetzt setzte sich auch Taylor im Bett auf. »Was?«

Doch er klang bei Weitem nicht so aufgeregt wie ich. Ruhig gähnend streckte er sich und beobachtete mich.

»Das war doch nur ein Traum, Sophie. Komm wieder her, schlaf weiter.«

»Nein«, sagte ich vehement und schlüpfte in eine weiße, leichte Hose. »Nein, ich weiß nicht, wie und wieso. Aber sie ist noch da. Ihre Seele ist nicht verschwunden. Sie ist immer noch hier und sie hat nur eines im Sinn: Rache. Und sie will Aurora töten. Wenn es wirklich so ist, wie ich denke, ist sie in allerhöchster Gefahr.«

»Wie meinst du das?« Jetzt horchte er auf, klang beunruhigt.

»Ich fürchte, sie befindet sich in einer Art körperlosem Seelenzustand. Ich weiß nicht, wie sie das macht, aber sie könnte bereits in Rose' Nähe sein. Wir haben keine Zeit zu verlieren.«

Ich warf mir eine weiße Bluse über und stürzte aus der Kajüte, auf der Suche nach Azarael. Hinter mir hörte ich ein Stolpern und wertete das als ein Zeichen dafür, dass Taylor mir folgte.

Azarael reagierte zunächst ähnlich skeptisch, breitete jedoch nach einigen Minuten meines Zuredens die Flügel aus und wies Frankie an, das Tempo zu erhöhen.

»Wir sind ohnehin in wenigen Stunden am Ziel. Beltana ist nicht mehr weit. Rose befindet sich dort. Ich bin sicher, dass ich sie schützen kann, sollten mich deine Schwestern zu ihr lassen.«

»Sag ihnen bitte alles, was ich dir gesagt habe. Tanian wird zu einem geeigneten Zeitpunkt zuschlagen und ihre Rache wird diesmal noch grausamer ausfallen als alles, was sie uns bisher angetan hat.«

* * *

Mit trommelnden Fingern stand ich an der Reling und beobachtete, wie sich der kleine grüne Punkt am Horizont immer mehr in eine mit Palmen bedeckte, wunderschöne Südseeinsel verwandelte. Doch ich hatte keinen Blick für die strahlende, einnehmende Schönheit Beltanas. Heute nicht. Meine Gedanken kreisten nur um eines: Ich musste Rose beschützen und die vielen Fairies und Frisch-Gezeichneten, die innerhalb der nächsten Stunden am großen Hafen ankommen würden, in Gedanken bereits bei den aufregenden Feierlichkeiten des bevorstehenden Beltane-Festes.

Natürlich hatte ich kurz an meine Zeremonie vor knapp einem Jahr denken müssen, die so ganz anders verlaufen war, als ich sie mir immer vorgestellt hatte. Und ich dachte immer wieder an Rose, die sich innerhalb der Inselmauern befand und ihrem Festakt entgegenfieberte.

Hoffentlich hatte Azarael sie bereits gefunden. Am liebsten hätte ich mich selbst in die Fluten gestürzt, hatte aber einsehen müssen, dass ich kaum schneller als die Yacht sein würde, die mittlerweile mit einer immensen Geschwindigkeit durch die Wellen pflügte, und dass ich meine Kräfte schonen musste.

Jemand trat hinter mich und zog mich an seine Schulter. Ein unverkennbarer Duft nach Feuer und Wasser umhüllte mich und ich lächelte unwillkürlich. Mit dem Rücken an seine harte Brust gelehnt, ließ ich mich zurückfallen und mich ganz von ihm einhüllen.

»Weißt du noch, vor einem Jahr?«, fragte er dicht an meinem Ohr.

»Wie könnte ich das je vergessen.« Ich dachte an das schreckliche Gefühl, als ich aus dem Wasser gestiegen, mein Spiegelbild gesehen und realisiert hatte, dass ich mich nicht verwandelt hatte.

»Das meine ich nicht.« Natürlich hatte er meine Gedanken erraten.

»Erinnerst du dich an unseren ersten Kuss?«

Ein breites Grinsen bildete sich auf meinem Gesicht und ich spürte, wie mir die Hitze ins Gesicht schoss. Ich drehte mich zu ihm um und versank in den dunklen, unergründlichen Augen, studierte die kantigen, wunderschönen Gesichtszüge, strich mit einer Hand durch seine dunklen Haarsträhnen. Dann hob ich, ohne etwas zu erwidern, mein Gesicht und unsere Lippen näherten sich. Als sie sich berührten, kribbelte es an meinem ganzen Körper, mein Herz pumpte und ich wusste, mir würde alles gelingen, wenn er nur für immer an meiner Seite blieb, mich immer wie jetzt schützend in den Armen hielt, für mich da war.

Als wir uns voneinander lösten und ich mich wieder mit dem Rücken gegen seine Brust lehnte, er seine Arme von hinten um meinen Bauch schlang und wir gemeinsam die Küste der geheimnisvollen Insel Beltana entlangfuhren, immer noch in rasanter Geschwindigkeit, wusste ich, dass ich es schaffen würde. Rose würde ihren Prinzen finden, sie würde so glücklich sein wie ich mit Taylor. Tanian würde nicht siegen. Nicht heute. Nicht in diesem Leben. Nie wieder. Egal, wie sehr sie auch versuchte, meinen Kopf und meine Gedanken zu beeinflussen. Nie würde ich das tun, was sie von mir verlangte. Die Liebe war stärker als das Schicksal. Immer.

Plötzlich stutzte ich, als Frankie das Tempo drosselte und das Schiff um einen hohen Felsen herum in eine große Lagune lenkte.

»Moment, das ist nicht der Kai, an dem die Akademien anlegen«, sagte ich und beobachtete, wie wir uns der kleinen Ansammlung an Häusern näherten, die auf Stelzen mitten im kristallklaren Wasser gebaut waren, direkt an breiten Stegen, die aufs Festland führten, wo ein weißer Sandstrand mit wunderschönen großen Palmen lockte.

»Hier logiert die High Society«, antwortete Taylor und eine gewisse Verachtung lag in seiner Stimme. »Die Regierung und deine Schwestern residieren in luxuriösen Wasserbungalows mit Blick auf die Kristall-Lagune mit ihrem magischen Wasser.«

Mein Blick richtete sich erneut nach vorn, auf die kleinen

weißen Häuser mit ihren wunderschönen, dem Meer zugewandten Veranden und kleinen Leitern, die direkt hinab ins Wasser führten und zum Schwimmen im blauen Meer einluden.

Wie in einem Honeymoon-Prospekt der Malediven, schoss es mir durch den Kopf, nur tausendmal schöner und edler mit den in das Holz eingelassenen glitzernden Kristallen und den gläsernen Dächern. Hier war Magie am Werk, vor allem wenn man die Lagune genauer betrachtete. Auf dem Boden glitzerten Perlen und Edelsteine um die Wette, kein Lüftchen regte sich und eine seltsame Stille und Ruhe lag über der gesamten Lagune.

Frankie nickte Taylor zu und mit den geübten Bewegungen eines Wasser-Elementariers lenkte er die Yacht an den kristallenen Häusern vorbei zu einem bisher vor meinen Augen verborgenen Kai, an dem bereits mehrere Schiffe sowie ein großer Luxusliner mit der Aufschrift »MS Destiny« ankerten. Mein Herz schlug heftig. Mit Sicherheit befand sich Rose in unmittelbarer Nähe. Ich wollte so schnell wie möglich zu ihr, sehen, ob es ihr gut ging, mich vergewissern, dass sie sich in Sicherheit befand, und sie um jeden Preis beschützen.

Am Kai wurden wir von mehreren ganz in Weiß gekleideten Defenderre erwartet, die sich sofort um die Vertäuung des Schiffes kümmerten und mir an Land halfen. Sie wagten kaum, mir in die Augen zu blicken, und diejenigen, die mich berührten, zuckten sofort vor mir zurück, sobald ich mit beiden Beinen auf festem Boden stand. Natürlich, sie hatten gesehen, wie ich Tanian getötet hatte. Cayuga war die vielleicht mittlerweile berühmteste und gefürchtetste Urfairy überhaupt und diese Erkenntnis ließ doch ein kleines Lächeln auf meinem Gesicht erscheinen. Jedoch wusste ich nicht, wie meine Schwestern auf meine Anwesenheit reagieren würden. Aber auf keinen Fall würde ich mich wieder in eine magisch abgeriegelte Kabine sperren lassen!

Gemeinsam mit Taylor und Frankie, die mich wie eine Leibgarde links und rechts flankierten, betrat ich einen gläsernen Anlegesteg, der direkt hinauf auf den Luxusliner führte, auf dem wieder Defenderre standen und beinahe vor mir knicksten. Ohne ein Wort ließen sie uns passieren.

Dieses Schiff war noch raffinierter und luxuriöser eingerichtet als die MS Fairytale. Die Gänge waren kristallbesetzte, funkelnde, sich über unseren Köpfen wölbende Tunnel, die breit in den Bauch des Schiffes führten, wo uns eine kleine, mit Palmen und allerlei exotischen Pflanzen bewachsene Lagune erwartete, sowie einige Fairies, die wie schillernde Nixen wirkten mit ihren paillettenbesetzten kurzen Kleidchen in sämtlichen Farbtönen. Sie standen hinter einem Tresen, der wie eine gigantische silberne Muschel anmutete, und strahlten uns begeistert entgegen. Plötzlich kam ich mir in meiner weißen Bluse und Hose schrecklich unspektakulär vor, aber als mir sofort sämtliche dieser Paradies-Fairies entgegeneilten und vor mir knicksten und sich verbeugten, legte sich dieses Gefühl schnell wieder.

»Sophie Cayuga, welch eine Ehre! Ihr werdet bereits sehnsüchtig erwartet!«

»Ach was.« Das konnte ich mir beim besten Willen nicht verkneifen. Es war das erste Mal, dass mich jemand sehnsüchtig erwartete – von Taylor, Azarael und der Organisation einmal abgesehen.

Die Fairies wirkten kurz irritiert, blickten einander an, dann stoben sie wie Schmetterlinge auseinander.

»Kommt, wir führen Euch sofort zu Euren Schwestern!«

Im ersten Moment wusste ich nicht, wer von den Damen, die alle wie riesige Tinkerbells auf Ecstasy wirkten, zu mir gesprochen hatte, bemerkte dann aber eine in Blau-Lila gekleidete, rothaarige Fairy, die mir erwartungsvoll zuwinkte. Ich nickte Taylor und Frankie zu und gemeinsam folgten wir ihr und einer weiteren Blondine in Grün-Pink.

* * *

Die gesamte Riege meiner Schwestern erwartete mich, allesamt auf goldenen Sesseln sitzend oder davorstehend, in einer Art Thronsaal – einem riesigen, kuppelförmigen Raum mit einer Glasfassade und Aussicht zum Niederknien. Die gesamte Lagune erstreckte sich vor unseren Augen und direkt vor dem Glas sprudelte ein blubbernder Whirlpool mit Aussicht auf die weitere Umgebung – vermutlich mit irgendeinem magischen Accessoire bestückt –, der das Ganze auf besondere Weise noch luxuriöser gestaltete. Unwillkürlich musste ich an die Stimme in meinem Kopf denken. Die Stimme meiner Mutter, die mich ermahnt hatte, dass wir Schwestern den eigentlichen Sinn unseres Daseins vergessen hatten. Ich wusste, dass Tanian diese Stimme nur geschickt imitiert hatte, um mich zu irritieren, aber dennoch. Beim Anblick dieses Schiffes wurde ich mir der Wahrheit ihrer Worte schmerzlich bewusst.

»Cayuga, meine Liebe!« Geradezu euphorisch eilte mir Calenleya in einem kurzen gelbgoldenen Kleid entgegen und umarmte mich begeistert.

Mein ganzer Körper versteifte sich und ich hielt die Arme eng an meine Seiten gepresst. Sofort ließ mich Calenleya los. Sie lächelte gekünstelt und wandte sich dann an den Rest der Schwestern, die sich nun alle erhoben hatten und mich mehr oder weniger bemüht freundlich anlächelten. Am wenigsten gelang dies Ambrosora, welche die Arme vor der Brust verschränkt hielt und mich von Kopf bis Fuß musterte.

»Du warst so unglaublich mutig, dich Tanian allein entgegenzustellen, Cayuga«, sagte Calenleya wieder in diesem schrecklichen Flötenton und mir kam in den Sinn, dass ich ihre fiese Stimme fast lieber mochte als diese gekünstelte Freundlichkeit. »Wir haben alles gesehen. Ach, was sage ich, jede Fairy auf diesem Planeten hat es gesehen. Wie können wir dir nur je dafür danken?«

»Eigentlich hättet ihr gemeinsam mehr ausrichten können als ich allein, aber sei es drum. – Wo ist Rose?«, fragte ich ohne Umschweife, um diesem dummen Gerede ein Ende zu bereiten.

Ich sah, wie Calenleya kurze Blicke mit den anderen wechselte, dann trat Ambrosora vor.

»In Sicherheit«, sagte sie und ihre Augen verengten sich.

»Ich möchte sie sehen, mich selbst davon überzeugen, dass es ihr gut geht.«

»Nicht nötig, Cayuga. Du bist doch sicherlich erschöpft von der Reise und den ganzen Strapazen, die du hinter dir hast. Hier, setz dich, möchtest du etwas trinken?« Calenleya wuselte auf mich zu, beinahe wie eine der Tinkerbell-Fairies.

»Nein, ich möchte sie einfach nur sehen.«

Dass ich sie auch mitnehmen wollte, brauchten sie nicht gleich zu erfahren. Das würden sie dann ohnehin wissen, wenn ich mit ihr von Bord ging.

»Der Engel Azarael hat uns früh genug darüber informiert, dass Tanians Seele noch in der Atmosphäre weilt und Rachepläne schmiedet, aber sei unbesorgt. In ihrer jetzigen Verfassung kann sie keinen großen Schaden anrichten. In wenigen Tagen wird ihre Seele ohnehin in einem Menschenkind verschwinden und darauf warten, wiedergeboren zu werden, was wir diesmal mit Sicherheit gekonnt verhindern werden.«

Ich bemühte mich, nicht die Augen zu verdrehen. Wenn sie etwas aus der Geschichte gelernt haben sollten, dann, dass Tanian immer einen Weg finden würde. Immer. Genauso wie jede andere starke Seele.

»Wo ist sie? Ist Azarael noch bei ihr?«

Calenleya nickte.

»Du denkst doch nicht allen Ernstes, dass wir dich zu ihr lassen, oder?« Ambrosora trat vor, jetzt die Hände in die Hüften gestemmt.

Calenleya schob sich eilig vor sie. »Versteh, Cayuga. Wir wollen einfach kein Risiko eingehen, jetzt, da du die letzte große Bedrohung für die Prinzessin bist. Warte noch die Zeremonie ab. In wenigen Tagen wird sie ohnehin zwanzig, dann ist der Fluch gebrochen.«

Ich schüttelte den Kopf. »Nein, der Fluch ist erst endgültig gebrochen, wenn sie ihren Prinzen gefunden hat!«

»Und wo steckt der? Hast du ihn etwa endlich ausfindig gemacht?« Ambrosora trat hinter Calenleya hervor und mir wurde bewusst, wie groß und einschüchternd sie wirkte. Wie bei einem Rauschgoldengel bauschten sich ihre Locken hinter ihrem Gesicht auf und die vereinzelten Sonnenstrahlen, die sich im Wasser des Whirlpools brachen, zauberten glitzernde Lichtreflexe auf ihre Haut.

»Er wird ihr während der Zeremonie begegnen. Spätestens auf dem Fest.« Ich pokerte hoch, war mir aber sicher, dass es keine weitere Gelegenheit für Rose geben würde, zu der sich mehr Fairies auf einem Fleck versammelten, als während der Zeremonie und der Feierlichkeiten danach. Das war ihre Chance, den einen zu erkennen, der für sie bestimmt war. Sie musste sich verlieben, um jeden Preis. Und irgendetwas sagte mir, dass er sich bereits auf der Insel befand.

»Bitte.« Ich versuchte es mit einer Tonänderung. »Lasst mich zu ihr. Ich möchte mich nur vergewissern, dass es ihr gut geht, und sie vor möglichen Träumen warnen.«

»Das haben wir bereits getan. Sie weiß, dass sie sich vor Tanians Seele in Acht nehmen muss, Cayuga, sie ist kein kleines Kind mehr und sie hat in den Zirkeleinheiten der

Fairytale mehr gelernt, als du glaubst. Außerdem wird Azarael sie beschützen.«

Azarael! Plötzlich fiel es wie Schuppen von meinen Augen. Natürlich! Azarael war unsere Rettung! Er war es die ganze Zeit über gewesen!

KAPITEL 23

Die Wucht meiner eigenen Gefühle raubte mir für einen kurzen Moment den Atem, ich stockte, griff mir an den Hals, ging ein paar Schritte rückwärts.

Taylor war sofort an meiner Seite.

»Sophie? Alles in Ordnung?«

Ich nickte, konnte nur mühsam wieder atmen.

»Azarael«, keuchte ich und blickte ihm fest in die Augen.

»Ja?«

»Er ist es!«, sagte ich leise, sodass nur ich es hören konnte. Dann sah ich, wie meine Schwestern beinahe alle einige Schritte vorgetreten waren und mich mit unverhohlener Neugier musterten – allen voran Calenleya und Ambrosora.

»Bitte, ich muss zu ihr! Unbedingt!« Ich flehte sie beinahe an, stellte mich direkt vor Calenleya und hoffte, sie würde einlenken. Doch sie schüttelte den Kopf.

»Tut mir leid, Cayuga, nicht vor der Zeremonie.«

»Das ist dein letztes Wort?«

»Das ist mein letztes Wort.«

Ich hatte bereits die Hand mit dem Feuerball erhoben, als Taylor schnell danach griff und kühles Wasser über mein Handgelenk tropfte. Das Feuer war erloschen.

Ich schluckte und drehte mich um.

»Wir haben dir einen Bungalow herrichten lassen«, wandte sich Calenleya erneut an mich, jetzt wieder in dem säuselnden Ton.

»Die Empfangsfairies werden dir den Weg zeigen.«

Ich biss die Zähne aufeinander, unfähig ein Wort zu sagen, und verließ beinahe fluchtartig den seltsamen Thronsaal meiner Schwestern.

* * *

»Du musst sie doch verstehen!«, versuchte Taylor mich im Gehen zu beschwichtigen.

»Sie versuchen nur, Rose vor allem zu schützen«, mischte sich nun auch der stille Frankie ein.

»Vielleicht ist es so das Beste. Wir warten die Zeremonie ab und ...«

»Versteht ihr denn nicht? Rose hat sich in Azarael verliebt! Wieso habe ich euch nicht längst davon erzählt?«, keuchte ich und wollte immer schneller laufen.

Schnell hatten wir die Zauberlagune mit den Tinkerbell-Fairies erreicht und ich steuerte bereits den Tunnel an, der uns zum Ausgang führen würde, als uns die piepsige Stimme einer grünhaarigen Fairy zurückhielt, deren Haare sich komplett mit dem rot-pinken Kleid bissen.

»Wartet bitte, Cayuga, ich bringe Euch zu Eurem Bungalow!«

Eilig hüpfte sie vor uns her.

»Nicht nötig. Wir schlafen auf unserer Yacht«, sagte ich und ließ die kleine Fairy stehen.

»Ach, komm schon, Sophie! Eine Nacht in einem dieser Mega-Luxus-Häuschen! Das darfst du dir nicht entgehen lassen und morgen findet dann die Zeremonie statt und danach …«

»Hast du mir nicht zugehört, Taylor?« Ich war so abrupt stehen geblieben, dass beide beinahe in mich hineingelaufen wären.

»Er ist gleich dort drüben!« Die grünen Haare der Fairy wirkten jetzt im hellen Sonnenlicht auf dem Steg zum Festland beinahe noch greller als im Bauch des Schiffes. Sie deutete mit einem Finger hinüber auf eines der vorderen Glitzerhäuschen.

Ich rollte mit den Augen und ließ mich dann von ihr führen. Vermutlich hätte sie sonst sowieso keine Ruhe gegeben.

* * *

Dieser Bungalow wies wirklich alles an luxuriösen und magischen Gegenständen auf, was die Fairy- und die Menschenwelt zu bieten hatten. Auf drei großen Räumen befanden sich ein Badezimmer mit riesiger Wanne, goldenen Waschbecken, einem mit Kristallen verzierten Spiegel, der zeitgleich als Scannertelefon diente, ein Wohnraum mit wuchtiger Couch auf Glasboden, durch den man allerlei bunte vorbeiziehende Fische beobachten konnte, und ein gigantisches Schlafzimmer mit Blick auf das Wasser der

Lagune. Sage und schreibe sieben Scanneraugen befanden sich in allen nur erdenklichen Winkeln des Bungalows und sorgten für die Verpflegung, Sicherheit und in meinem Fall die Überwachung der Insassen. Der Bequemlichkeit halber hatte man sie mit den Namen Sally eins bis sieben bedacht. Sie blinzelten uns mehr oder weniger neugierig entgegen, als wir eintraten und uns unschlüssig umsahen. Die Glitzerfairy hatte es sich nicht nehmen lassen, uns sämtliche Vorzüge der Behausung persönlich vorzuführen, und ich seufzte schwer, als sie endlich die Tür hinter sich schloss.

»Ich dachte schon, die geht nie!«, sagte ich und rollte mit den Augen. Sofort waren sämtliche Scanner auf mich gerichtet und ich fügte hinzu: »Taylor, ich habe Lust, ein wenig im Meer zu schwimmen. Kommst du mit?«

Er zog überrascht die Augenbrauen hoch. »Jetzt?«

»Ja, jetzt.« Ich deutete mit einem kaum sichtbaren Kopfnicken auf die Scanner und er verstand.

»Ich komme.«

»Geht ihr nur«, kam es aus dem Badezimmer. »Ich genehmige mir derweil einen Champagner auf der Terrasse mit Mega-Aussicht und beobachte euch.« Frankie streckte kurz nickend seinen Kopf durch die Tür, dann war er auch schon verschwunden.

Wenige Minuten später schwamm ich in einem herrlichen, kristallklaren und überhaupt nicht kalten Wasser dem Horizont entgegen, über mir ein strahlender, wolkenloser Himmel und neben mir ein unverschämt gutaussehender Fairy, der mich erwartungsvoll ansah.

»Sie verkennen den Ernst der Lage«, begann ich und verlangsamte mein Tempo, um mich besser mit Taylor unterhalten zu können.

»Ich glaube eher, sie wollen jetzt absolut kein Risiko mehr eingehen, was ich auch voll und ganz verstehen kann.«

»Was?« Meine Stimme klang beinahe wie ein Fauchen.

»Was erwartest du? Sie denken, Tanian ist tot und du bist jetzt die letzte verbleibende Gefahr für Rose. Wieso hast du ihnen nicht von deinem Traum erzählt und davon, dass die Shuk kommen werden, um sich zu rächen?«

Ich biss die Zähne aufeinander und schwamm unabsichtlich ein wenig schneller, doch natürlich holte er mich als Wasser-Elementarier schnell wieder ein.

»Denkst du ernsthaft, sie hätten mir geglaubt? Sie denken, sie haben die Shuk im Griff, können sie überwältigen, wenn sie kommen, sind darauf vorbereitet. Meine Träume würden sie dahingehend deuten, dass ich ein Trauma von dem Kampf mit Tanian davongetragen habe, das ich noch zu bewältigen habe.«

»Und? Glaubst du das auch?«

Ich blickte ihm in die dunklen Augen, die – wie es mir manchmal vorkam – direkt in meine Seele blicken konnten. Dann sah ich weg. Die Wahrheit war, dass ich es nicht ausschloss. Unmittelbar nach dem Traum war ich zwar der felsenfesten Überzeugung gewesen, dass meine böse Schwester überlebt hatte, aber je länger ich mich hier auf dieser Insel befand, desto abwegiger schien mir diese Möglichkeit. Beltana war eine Festung, mehr noch, als es Samhana je gewesen war. Die Shuk würden Schwierigkeiten haben, hier einzudringen.

»Wieso hast du deine Schwestern nicht dazu überredet, im Kampf gegen die Shuk offen aufzutreten und nicht wieder zu verschwinden wie an Samhain?«

»Weil das keinen Sinn hätte.« Jetzt hörte ich die Verbitterung in meiner eigenen Stimme. »Hast du nicht in ihren Augen gelesen, Taylor? Hast du es nicht gesehen? Sie haben immer noch Angst. Und sie sind einfach nur feige. Unmittelbar nachdem Tanian damals ihren Fluch ausgesprochen hatte, was haben sie da gemacht? Nicht eine von ihnen ist geblieben, um sich mit mir zu beraten, was man noch ausrichten könnte. Nicht eine! Und du sagst es ganz richtig, an Samhain sind sie feige geflohen, statt zu bleiben und gegen die Shuk zu kämpfen.«

Ich seufzte. »So waren sie schon immer. Und sie werden sich nicht ändern. Niemals.«

»Das glaube ich nicht.« Taylor schüttelte den Kopf. »Ich bin mir sicher, du könntest sie zum Umdenken bewegen. Sie haben gesehen, wozu eine einzelne Urfairy imstande ist. Die ganze Fairy-Welt hat das gesehen. Ich bin mir sicher, sie wollen nicht mehr weglaufen.«

Dazu sagte ich nichts.

»Rose hat sich in Azarael verliebt«, wechselte ich das Thema und Taylor nickte.

»Ja, das hast du gesagt, aber es nützt nur nichts.«

»Weshalb?«

»Azarael erwidert ihre Gefühle nicht.«

Ich verzog die Lippen zu einem Grinsen. »Da wäre ich mir nicht so sicher. Er zeigt seine Gefühle nicht offen. Es könnte sein ...«

»Nein«, schnitt mir Taylor scharf ins Wort. »Er liebt Cayuga. Glaub mir, wenn sich einer dessen sicher ist, dann ich.«

Ich wollte erwidern, dass er sich dessen nicht sicher sein könne, dass ich Azarael besser kannte als er, aber etwas in seinem Blick, eine Verbissenheit, ein Zorn, ich wusste nicht, was es war, ließ mich verstummen.

»Glaub mir«, fügte er schließlich in versöhnlicherem Ton hinzu. »Du verrennst dich da in etwas. Ich würde vorschlagen, wir halten den Ball flach und warten in Ruhe die morgige Zeremonie ab. Rose wird erwachen, anschließend den Ball besuchen und dann wird sich vielleicht, wenn alles gut geht, ihr Prinz zeigen. Du wirst ihn erkennen oder sie ihn. Und falls nicht, warten wir weiter ab, was geschieht. Die Shuk werden auf jeden Fall noch vor ihrem zwanzigsten Geburtstag zuschlagen, aber Rose ist so gut beschützt, sowohl von uns als auch von den Urfairies und den Defenderre, ihr wird so schnell nichts geschehen. Nicht, wenn Azarael das verhindern kann. Sobald sie auftauchen, wird er mit ihr verschwinden und sie außer Reichweite bringen.«

Als ich immer noch schwieg, schwamm er dichter an mich heran und zog mich in seine Arme.

»Klingt das nicht nach einem tollen Plan? Und das Beste habe ich noch gar nicht erwähnt! Es bedeutet ein paar freie

Tage für uns, in denen wir nur uns beiden gehören! Klingt das nicht großartig?«

Ich musste unwillkürlich lächeln und ließ mich von ihm stürmisch unter Wasser ziehen, wo wir unseren innigen Kuss fortsetzten, getrieben von unserer eigenen Wassermagie, die um uns herumwirbelte und uns trug. Und dennoch blieb das seltsame Gefühl der Angst, klopfte in meinem Herzen, als wollte es mich bei jedem Schlag an etwas erinnern, mich mahnen.

* * *

Ich blickte in den pompösen Spiegel und verzog das Gesicht. Irgendwie war das alles so seltsam, dass ich es beinahe für unmöglich gehalten hätte.

Ich trug einen Traum aus funkelndem Silber: ein bodenlanges Kleid, bestickt mit tausend glitzernden Pailletten, die strahlend das Licht der untergehenden Sonne brachen und es tanzend an die Wände warfen. Ein gebräuntes Bein in einem sehr hohen, ebenfalls silbrig glänzenden Schuh stach aus dem gewagten Beinschlitz hervor und ich drehte und wendete den Pumps, der selbst ein eigenes funkelndes Kunstwerk war. Ich betrachtete stirnrunzelnd die Rückenpartie des Kleides, welche eigentlich komplett fehlte und meine gebräunte Haut zeigte, die heute nicht vom dicken Mantel meiner Haare bedeckt war. Diese türmten sich hoch auf meinem Kopf in geflochtenen, ineinander verschlungenen Bahnen, geziert von einem silbern glitzernden Diadem.

Riesige und unglaublich schwere Diamanten baumelten von meinen Ohrläppchen und eine identisch geformte Kette lag locker um meinen Hals.

Ich sehe aus wie eine wandelnde Discokugel, schoss es mir durch den Kopf und ein Grinsen stahl sich auf mein dezent geschminktes Gesicht mit den eisblauen, stechenden Augen, den wunderschön geformten Lippen und der schmalen Nase.

Wenig später verließ ich das Badezimmer und stieß im angrenzenden Wohnbereich auf zwei in schwarze Smokings gekleidete Fairy-Männer, die in ihren Bewegungen innehielten und erstarrten. Mein Blick traf auf den von Taylor, in dem einfach nur maßlose Bewunderung, Stolz und unabdingbare Liebe stand. Ich ging zu ihm und hakte mich bei ihm unter.

»Du siehst …«, setzte er an und sein Blick wanderte über meine gesamte Erscheinung.

»Einfach nur atemberaubend aus, Sophie«, ergänzte Frankie nickend. »Aber wir sollten uns beeilen. Deine Schwestern sind bereits in die Arena eingezogen.«

»Und ihr haltet es wirklich für eine gute Idee, wenn ich mich so der Öffentlichkeit präsentiere?« Ich deutete auf das Discokugel-Kleid.

»So und nicht anders.« Taylors Blick ruhte warm auf mir.

Ich atmete tief durch, nickte und verließ an seinem Arm den Bungalow.

Meine Schwestern hatten mich im Hintergrund halten wollen. Ich sollte nicht zu viel Aufmerksamkeit auf mich ziehen, es wäre besser, ich hielte mich abseits der Zeremonie auf. Ich verdrehte die Augen, als ich an das Gespräch mit

Calenleya zurückdachte, das wir vor wenigen Stunden geführt hatten. Sie war wieder einmal betont freundlich gewesen, sehr höflich, zuvorkommend, übertrieben glückselig. Doch ich würde mich nicht im Hintergrund halten. Ich würde sagen, was ich zu sagen hatte, würde mich endlich der Fairy-Welt präsentieren und Taylor und Frankie hatten mich in meinem Vorhaben bestärkt. Zu gern hätte ich gewusst, was Azarael darüber dachte, aber er hielt sich noch immer in der Nähe von Rose auf, wich keine Sekunde von ihrer Seite, meldete sich nicht einmal bei uns und wir konnten nur hoffen, dass es beiden gut ging. Aber ich war mir sicher, dass wir dies in wenigen Minuten bei der Zeremonie der Frisch-Gezeichneten erfahren würden. Irgendwie beschlich mich ein sehr eigenartiges Gefühl beim Gedanken daran, doch ich schüttelte ihn schnell ab. Jetzt hieß es, einen kühlen Kopf zu bewahren und sich nicht von eventuellen Sorgen plagen zu lassen. Doch natürlich hielt ich unbewusst immer wieder Ausschau nach dunklen Gestalten, die lautlos durch den Dschungel huschten und nur eines im Sinn hatten: Rache. Und ich hörte in mich hinein, hörte auf meine innere Stimme, die mich mehr als nur einmal auf den richtigen Weg gelenkt hatte, doch heute schwieg sie, als hielte sie selbst den Atem an vor dem, was noch geschehen würde.

Schneller, als mir lieb war, hatten wir den Eingang zu der riesigen Senke erreicht, in welche die vielen Wasserfälle abfielen, unter denen die Zuschauer saßen und bereits gebannt nach vorn starrten, auf den kristallklaren, blau schimmernden See mit der Felsenformation in der Mitte, von wo aus die frisch gezeichneten Fairies durch die donnernd herabfallenden Wassermassen springen würden, um als vollwertige Mitglieder der Fairy-Gemeinschaft wieder aufzutauchen. Ich blickte hinunter und sofort waren da die Bilder in meinem Kopf.

Wie ich selbst dort gestanden hatte und gesprungen war, darauf gewartet hatte, als wer ich wohl aus den Fluten steigen würde. Dann die verwirrten, ernsten Blicke, der Schreck, als ich feststellte, dass ich mich nicht verwandelt hatte.

Jemand griff mich sanft am Oberarm. Ich drehte mich und dunkle Augen blickten mich sanft an.

»Denk nicht daran. Das ist Vergangenheit. Du bist jetzt Cayuga. Eine Urfairy. Die stärkste und mächtigste, die es gibt. Du brauchst vor nichts und niemandem Angst haben.«

Ich schluckte und schenkte Taylor ein mattes Lächeln. Mein Blick wanderte zurück zum Wasser. Auf den riesigen Spiegeln, die mitten in der ovalen Senke schwebten, wurde das Geschehen, das sich unmittelbar auf dem Felsen abspielte, in überdimensionaler Größe gezeigt. Mehrere Fairies hatten sich bereits verwandelt und meine Blicke suchten stirnrunzelnd die Reihen der Frisch-Gezeichneten ab. Wo war Rose? Ich konnte sie nirgends entdecken. Auch Azarael nicht. Aber irgendwie war es auch beruhigend, sie nicht dort sitzen zu sehen. Frankie war es schließlich, der sie hoch oben, hinter den goldenen Thronen der Urfairies entdeckte. Direkt neben ihr standen Azarael und Balladion und wirkten wie zwei Bodyguards, wie sie so mit verschränkten Armen wachsam die Umgebung betrachteten. Wie hatte ich auch nur annehmen können, Rose befände sich nicht in Sicherheit? Azarael würde alles tun, um diese Welt zu schützen, um seine Aufgabe als oberster Engel zu erfüllen.

Ich wartete ab, bis eine weitere Frisch-Gezeichnete ins Wasser gesprungen war und sich verwandelt hatte, dann setzte ich einen Fuß vor den anderen und stieg die breite Mosaiktreppe hinab, die direkt zum See führte. Taylor und Frankie folgten mir in gewissem Abstand.

Bereits nach wenigen Metern hatten mich die riesigen Lichter, die wie Scheinwerfer blendeten, erfasst und mein Bild wurde auf jedem Spiegel wiedergegeben. Ich glitzerte mit den vielen Lichtern um die Wette und wirkte jetzt in der Tat wie eine wandelnde Lichtersäule. Dann hörte ich das Raunen, das Flüstern und Tuscheln um mich herum, das wie das Summen eines Bienenstocks immer lauter und lauter wurde, bis schließlich jemand zu klatschen begann, und dieses Klatschen verbreitete sich rasend schnell. Der Applaus schwoll an, Jubelrufe und begeisterte Pfiffe mischten sich darunter und die Fairies erhoben sich von ihren Plätzen. Das Tosen und Schreien hallte von den Wänden wider und der ohrenbetäubende Lärm wollte und wollte nicht abebben. Mein Herz raste wie verrückt, ich zitterte und streckte plötzlich meine Hand hilfesuchend nach hinten aus. Taylor zögerte nicht und ergriff sie und sobald das geschah, wurde – sofern das überhaupt noch möglich war – der Jubel noch größer und lauter. Ich blickte Taylor in die Augen und wir lächelten uns an.

»Das hast du verdient«, sagte er, gab mir einen flüchtigen Kuss auf die Stirn und gemeinsam liefen wir Hand in Hand hinab in die Senke, begleitet von begeisterten Rufen, dem Klatschen von Millionen Händen und erwartet von einer Menge unschlüssig dreinblickender Fairies, allen voran die Präsidentin Josephine Andrews. Ich sah, wie sie immer wieder hektisch zu den Rängen der Schicksalsfairies hinaufblickte, die sich ebenfalls von ihren Stühlen erhoben hatten, nicht aber um mich zu bejubeln, obwohl Calenleya klatschte, wie ich erkennen konnte, sondern um mich misstrauisch zu beäugen. Ich ging unbeirrt weiter zu dem Rednerpult, das auf einem erhöhten Felsen direkt vor dem See angebracht war und von dem aus noch vor wenigen Stunden die Präsidentin eine flammende Rede an die Fairy-Welt gehalten hatte, und stellte mich aufrecht und mit hoch erhobenem Kopf dahinter. Ein kurzer Seitenblick auf meine Schwestern, dann sprach ich mit lauter Stimme.

»Liebe Fairies, liebe Frisch-Gezeichnete. Ich weiß, dass ich mich nicht vorstellen muss, und dennoch möchte ich es heute gerne tun. Mein Name ist Sophie und vor einem Jahr trat ich wie so viele heute ebenfalls meine Beltane-Zeremonie an im Glauben, als vollwertige Fairy zu erwachen. Doch dem war nicht so. Ich bin mir sicher, dass die Erinnerung an mein Erlebnis auch euch noch so real vor Augen ist, als wäre es gestern gewesen. Danach wurde ich versteckt, als Shuk bezeichnet und in einen Kerker geworfen. Doch ich war keine Shuk. Meine Seele ist die der zwölften Urfairy, Cayuga, deren Wiedergeburt gewaltsam von den Schicksalsfairies unterdrückt wurde. Doch ich wäre nicht eine der stärksten

Fairies in diesem Universum, wenn ich es nicht geschafft hätte, mich selbst zu erwecken. Ich wurde daraufhin gejagt, verfolgt und gehetzt von Wesen, die man sich nicht einmal in seinen kühnsten Träumen vorstellen kann. Wesen, die nur eines im Sinn haben: den Verfolgten auf grausame Weise zu schwächen, ihm sämtliche Kräfte zu entziehen, damit eine Fairy leichtes Spiel hat, das Opfer zu töten, ihm quasi den Gnadenstoß zu geben.«

Die Menge war still geworden. Jeder wollte hören, was ich zu sagen hatte, niemand würde es wagen, mich zu unterbrechen, auch nicht meine Schwestern, die stumm auf ihren Plätzen verharrten mit ausdruckslosen Gesichtern.

»Ich möchte euch allen den Grund hierfür verraten. Auf meiner, Cayugas, Seele liegt ein Fluch.«

Ein Raunen ging durch die Menge und das Flüstern setzte vorübergehend wieder ein.

»Ein Fluch von Tanian, den sie bei ihrer letzten Wiedergeburt über mich aussprach. Ich werde diejenige sein, die die Prinzessin Aurora bei ihrer nächsten Erweckung töten und damit den Fluch der Fairies aufs Neue auslösen wird.«

Jetzt waren vereinzelt Schreie und bestürzte Rufe zu hören.

»Aber ich sage euch eines, wem, wenn nicht einer Urfairy, kann es gelingen, einen solchen Fluch zu überwinden? Wem?«

Jetzt herrschte wieder Stille und ich hatte das Gefühl, dass niemand es wagte, aufzublicken und mir in die Augen zu sehen. Schon gar nicht meine Schwestern.

»Ich sage, ich werde Aurora nicht töten. Und aus diesem Grund werde ich es sein, die persönlich bei der Erweckung der Prinzessin an ihrer Seite stehen wird, wohl bedacht darauf, dass nichts und niemand ihr auch nur ein Haar krümmt.«

Mein Blick wanderte hinauf zu Azarael, Rose und Balladion. Die Mienen der Engel waren todernst und ich wusste, dass der oberste Engel meinen Auftritt mehr als nur missbilligte. Aber er unternahm nichts, als ich Rose lächelnd zu mir winkte. Sie warf ihren Beschützern nervöse Blicke zu, entfernte sich dann jedoch von ihrem Platz und kam zitternd und leichenblass die Stufen zum See hinunter. Azarael und Balladion waren aus ihrer Starre erwacht und folgten ihr nun in respektvollem Abstand, die Augen wachsam auf die Umgebung gerichtet. In Azaraels Augen sah ich, dass er es für einen riesigen Fehler hielt, dass ich der gesamten Fairy-Welt von meinem Fluch erzählte, aber ich wollte mich nicht mehr verstecken, wollte zeigen, dass Tanians Macht auch in dieser Hinsicht gebrochen werden konnte, allein durch Willenskraft, allein durch die Liebe und Freundschaft zu der Person, die das Schicksal betraf.

Als Rose mich erreichte, umarmte ich sie und erneut brandete Applaus auf, wenn auch bei Weitem nicht mehr so euphorisch wie zuvor. Viele zögerten, wussten nicht so recht, was dort vor sich ging. Sie hatten Rose als Mitschülerin kennengelernt, als besondere Mitschülerin, die aller fünf Elemente mächtig war. Doch ich wusste auch, dass niemand sie von offizieller Seite darüber informiert hatte, als welche

Fairy Rose erwachen würde, dass es überhaupt möglich war, im Vorfeld zu sagen, welche Fairy-Seele in einem Menschen steckte. Diese Fähigkeit, das zu erkennen, besaß allein ich. Doch jetzt konnten sie sich eins und eins zusammenreimen und wussten, weshalb Rose so plötzlich von ihnen abgeschirmt und vom obersten Engel persönlich auf jedem Schritt überwacht wurde.

»Ich bin so aufgeregt«, gestand sie mir und ich strich ihr einfach nur beruhigend über die Haare. Ich wusste, welche Ängste sie quälten, doch bei ihr würde es nicht so sein wie bei mir. Sie würde sich verwandeln, dessen war ich mir absolut sicher, und in wenigen Augenblicken würde es sich auch zeigen.

Gemeinsam, Hand in Hand, gingen wir hinüber zu den Zeremonienmeistern, die uns einfach nur zunickten und uns hinübertransferierten zu der Felsenplattform. Das donnernde Tosen des herabfallenden Wassers machte es unmöglich, mich mit Rose zu unterhalten, doch ich wusste, dass ihr die Zeremonienmeister zuversichtliche Worte zusprachen, die nur sie allein in ihrem Kopf hören konnte. Ich drückte ihre Hand, um ihr zu zeigen, dass ich sie keinen Moment loslassen würde. Natürlich war das gewagt. Noch nie war jemand zweimal an Beltane durch das Wasser gesprungen und niemand konnte sagen, was mit mir geschehen würde. Aber ich war auch kein Niemand. Und die Tatsache, dass die Zeremonienmeister mich gewähren ließen, stimmte mich zuversichtlich.

Ich spürte, wie Rose' Körper sich anspannte, sie kurz davor war, zu springen, zögerte, und dann sprang ich, riss sie mit mir durch die kalten Fluten, hinein in das unendliche Blau.

KAPITEL 24

Alles war wie damals. Ich wurde von den Wassermassen nach unten gedrückt, wieder hochgewirbelt, schwamm mit gezielten Bewegungen nach oben, dem Licht entgegen, das den Weg zur Oberfläche wies. Die Hand hielt ich noch immer um das Gelenk von Rose geklammert und ich spürte eine ruckartige Veränderung, die in ihr vorging. Licht brandete neben mir auf, gleißendes Licht, das mich sogar unter Wasser blendete. Ich zog sie mit mir und beinahe gleichzeitig brachen wir durch die Oberfläche, öffneten den Mund und sogen den Sauerstoff ein. Dann musste ich die Augen zusammenkneifen, denn das gleißende Licht war über Wasser kaum zu ertragen. Eine unglaubliche Energie strahlte von Rose ab, die sich wellenartig über die gesamte Arena erstreckte und es unmöglich machte, inmitten dieses beinahe schmerzenden Weiß irgendetwas zu erkennen.

Jetzt war sie es, die mich mit sich zog, dem Ufer entgegen. Immer noch im glitzernden Paillettenkleid entstieg ich dem kühlen Nass, wollte mich umdrehen und ihr die Hand reichen, doch sie hatte das Wasser bereits verlassen. Und da stand sie nun, so wie ich sie stets in Erinnerung behalten hatte.

Eine großgewachsene junge Frau mit langem, dichtem, schön gelocktem goldenen Haar, wunderschönen, strahlend blauen Augen, blutroten Lippen und einem Prueba ähnlich einer geschwungenen, funkelnden Krone über den Augenbrauen und in der Mitte der Edelstein, der wie eine geschlossene Rose aussah. Wir hielten uns noch immer an der Hand und sie lächelte breit in die Menge, würde mich nicht loslassen, wollte zeigen, dass sie mich nicht fürchtete, genauso wenig, wie sie Tanian oder sonst jemanden je gefürchtet hatte.

In diesem Augenblick ertönten die ersten Schreie.

Überall in der gesamten Arena waren die Geräusche von donnernden Explosionen zu hören, gefolgt von panischen Rufen. Ich sah, wie ganze Trauben von Fairies in die Luft gewirbelt wurden. Manche von ihnen, vor allem die Luft-Elementarier, konnten sich über kleine Windhosen retten und irgendwie halbwegs sicher landen, andere dagegen hatten weniger Glück, wurden von den einschlagenden Feuerbällen zerrissen oder weggeschleudert, wo sie reglos in seltsam verrenkten Posen liegen blieben. Das Wasser mitten im See wurde lebendig, eine Säule bildete sich und war im Begriff, sich auf die Fairies zu stürzen, doch ich konnte sie im letzten Augenblick zurückdrängen. Mit aller Macht kämpfte ich gegen mindestens zwanzig oder dreißig Wasser-Elementarier-Shuk, die am Rande der Senke standen und mit verbissenen Gesichtern versuchten, das Wasser erneut unter ihre Kontrolle zu bekommen. Aus den Augenwinkeln sah ich, wie überall Defenderre auftauchten, sich in die Schlacht mischten und die jungen Fairies evakuierten. Doch dann bemerkte ich zu meiner Überraschung und auch Freude, dass sich diese keineswegs evakuieren lassen wollten. Sie stellten sich den Shuk entgegen und kämpften; etwas, das viele in der Panik am schrecklichen Samhain-Massaker nicht gemacht hatten. Ich drehte den Kopf und blickte hinauf zu den goldenen Thronen meiner Schwestern. Sie waren bereits aufgestanden, blickten sich mit bleichen Gesichtern um, starr vor Schreck, die Augen geweitet, bereits auf der Suche nach einer Fluchtmöglichkeit.

Zorn loderte in mir auf. Wie konnten sie es wagen, jetzt zu verschwinden? Jetzt, wo die Fairy-Welt sie so dringend brauchte? Sie, die Mächtigsten unter der Sonne?

Nur wenige Zentimeter neben mir schlug ein Feuerball ein und seine Kraft schleuderte mich mehrere Meter zur Seite. Mit brummendem Kopf blieb ich liegen, hörte ein seltsam fiependes Surren, ansonsten war es ruhig. Ich sah auf. Um mich herum tobte das Kampfgeschehen wie in Zeitlupe und ich erlebte alles in Stummschaltung, lediglich begleitet von dem nervigen hohen Piepton. Ich bemerkte Lila, die mehreren Shuk die Kräfte absog und sie gegen sie einsetzte. Sie hatte zerzauste Locken, ihr lila schillerndes Rüschenkleid, das sie aussehen ließ wie fünfzehn, hing in Fetzen an ihr herunter, doch es kümmerte sie nicht. Mit rußgeschwärzter, blutiger Haut und zusammengebissenen Zähnen wirbelte sie durch die Gegend, als wäre sie selbst eine übermächtige Fünffach-Elementarierin. Fasziniert beobachtete ich sie. So hatte ich sie noch nie erlebt. So zornig und so voller Entschlossenheit. Als wolle sie ihren ganzen Frust, ihre ganze

Enttäuschung an den Shuk ablassen, sie für all das, was sie hatte erleiden müssen, bezahlen lassen. Ralph kam mir in den Sinn. Mit Sicherheit hätte er mit derselben Vehemenz an ihrer Seite gekämpft, um sich für alles zu rächen, was die Shuk ihnen angetan hatten.

Ich rappelte mich hoch. Das Pfeifen ließ langsam nach und dumpf drangen wieder andere Geräusche an mein Ohr. Explosionen, Schreie, verzweifelte Rufe. Ich zögerte nicht lange, ließ eine Windhose entstehen und warf mehrere in meiner Nähe stehende Shuk zurück, arbeitete mich weiter vor, musste irgendwie zu Rose. Mein Blick glitt hinauf zu den goldenen Thronen, die jetzt allesamt verlassen dort standen, einige bereits umgestoßen oder zerstört, und schüttelte den Kopf. Sie hatten es tatsächlich getan. Sie waren geflohen. Ich biss die Zähne aufeinander und hoffte, dass sie vielleicht so klug gewesen waren, Rose mit sich zu nehmen. Da ich sie nirgends entdecken konnte, betete ich inständig dafür, dass es so war.

Frankie kämpfte einige Meter entfernt von mir mit drei Shuk auf einmal und ich sah, dass ich hier nicht eingreifen wollte. Auch für ihn schien es eine willkommene Gelegenheit, sich zu rächen. In seinen Augen glitzerte dieselbe Entschlossenheit, derselbe Ehrgeiz und Mut, den ich bereits bei Lila gesehen hatte. Taylor, wo war Taylor? Aber ich wusste, nein, ich war mir sicher, dass ich mir diesmal um ihn keine Sorgen würde machen müssen. Er würde es schaffen, er würde überleben, wie er es immer tat. Zu meiner Überraschung sah ich inmitten einer großen Gruppe Shuk die Präsidentin stehen und kämpfen. Ihre Kleidung war ähnlich wie die von Lila zerfetzt und abgerissen, ihre Haut geschwärzt und blutig, aber in ihren Augen lag ein Ausdruck klarer Entschlossenheit. Ich half ihr, indem ich den Boden, auf dem ihre Widersacher standen, erzittern ließ, sie daraufhin stürzten und Josephine nun leichtes Spiel hatte, sie zu erledigen. Sie nickte mir dankbar zu, bevor sie anderen half. Ich sah irgendwo Miss Ishanti, meine ehemalige Lehrerin, die mir so viel beigebracht hatte, meinen alten Feuer-Elementar-Lehrer Fancy, der mitten in einem flammenden Inferno stand und wie ein Kreisel durch die Anzahl von Shuk pflügte. Sogar der alternde Fairy Dr. Woody, der Erd-Elementar-Lehrer, kämpfte in einer Ecke und schlug sich mehr als gut. Mitten aus einer Gruppe Frisch-Gezeichneter stob ein junger Mann, der seltsam erhaben gegenüber den anderen wirkte und aus ihnen herausstach wie ein Windhund unter Pudeln. Ich kannte König Korolyan eigentlich nur als Mann mittleren Alters, aber dieser Junge dort drüben war unverkennbar er. Dieselben markanten Gesichtszüge und das golden glitzernde, geschwungene Prueba. Carl war erwacht und er versteckte sich nicht. Wie ein wahrer König versuchte er, die jungen Fairies in Sicherheit zu bringen.

Oben in der Luft glitzerte etwas. Zunächst dachte ich, es sei eine Sternschnuppe, aber dann erkannte ich das schimmernde Kleid von Evangeline. Ich wusste nicht, was sie dort oben tat, aber es zeigte Wirkung. Reihenweise fielen die Shuk, beinahe wie Schachfiguren, die man vom Brett fegte, und blieben reglos liegen.

Ich lief weiter, half Verwundete und Tote aus dem Schlachtfeld zu schaffen, war bestürzt darüber, wie viele es trotz unserer Gegenwehr waren, und hielt dabei immer wieder Ausschau nach Rose.

»Wir müssen sie unter dem Stein hervorziehen!«, hörte ich eine zarte Stimme rufen und drehte mich rasch um.

Ein kleines Grinsen stahl sich auf mein Gesicht und ich wusste, dass es angesichts der Situation mehr als unangebracht war. Aber die jetzt sehr feingliedrige Erica, die mir in meinem Leben als Frisch-Gezeichnete das Leben mehr als nur einmal zur Hölle gemacht hatte, zog und zerrte mit aller Kraft an einem massiven Felsblock, um darunter Verschüttete zu befreien. Und zu meiner Überraschung konnte sie den Felsen sogar ein klein wenig bewegen. Sie war keine Erd-Elementarierin, sonst wäre ihr das mit Leichtigkeit gelungen, aber dass sie es allein mit der Muskelkraft ihres neuen, sehr zerbrechlich wirkenden Körpers versuchte und tatsächlich schaffte, brachte ihr meine Hochachtung ein. Ich wollte auf sie zutreten und den Block mit meiner Magie heben, da sah ich, wie sich von der anderen Seite bereits Hilfe anbot. Die Amazonenfairy, ehemals Barbie, ebenfalls eine gehasste Zickenfeindin aus meinem Frisch-Gezeichneten-Leben, hob mit einem Wink ihres Zeigefingers den Felsen an und gemeinsam zogen sie zwei ohnmächtige junge Fairies darunter hervor. Ich wusste, hier brauchte man meine Hilfe nicht, und so setzte ich meinen Weg fort.

Überall sah ich Kämpfende, Verletzte, Tote. Die gesamte Insel war in Aufruhr, die Arena nicht wiederzuerkennen und wieder einmal – so schoss es mir durch den Kopf – war es den Shuk gelungen, eine uns heilige Insel zu zerstören. Doch diesmal wehrten sich die Fairies und ich wusste nicht, ob es daran lag, dass die Shuk schwächer waren als beim letzten Mal oder wir Fairies motivierter, stärker. Es sah so aus, als würden sich unsere Gegner mehr und mehr zurückziehen. Die vereinzelten Angriffe, die hier und dort noch stattfanden, wirkten eher wie ein letztes verzweifeltes Aufbäumen der einst so übermächtigen Gegner und schließlich sahen sie ein, dass sie verloren hatten. Sie wollten fliehen, doch nachrückende Defenderre nahmen sie sofort in ihre Gewalt und zogen unter Jubel in die Arena ein.

Erschöpft lächelnd stützte ich mich auf die Knie. Wir hatten gewonnen. Wir hatten tatsächlich gewonnen. Ein Gefühl des Triumphes breitete sich in mir aus. Es war vollkommen anders als das, was ich unmittelbar nach Tanians Tod empfunden hatte. Dies hier fühlte sich vielmehr nach einem Sieg an.

»Gut gekämpft, Schwester«, hörte ich jemanden in meiner Nähe keuchen und blickte auf.

Niemand Geringeres als Ambrosora, meine jüngste Schwester, stand dort, nur wenige Meter von mir entfernt, das Gesicht blutig, staubig, zerkratzt, die Haare strähnig, voller Schmutz, die Kleidung zerrissen, aber sie wirkte glücklicher, als ich sie je zuvor erlebt hatte.

Der Hass, den ich ihr gegenüber immer empfunden hatte, war mit einem Mal wie weggeblasen und so etwas wie Zuneigung ließ mich sie anlächeln.

»Du bist nicht geflohen«, stellte ich einfach nur fest und sie schüttelte den Kopf.

»Nein, keine von uns.« Mit einem Kopfnicken deutete sie in verschiedene Richtungen und da sah ich sie. Meine Schwestern. Sie alle sahen mehr oder weniger so aus wie Ambrosora, wirkten müde, abgekämpft, aber glücklich.

»Wir konnten uns nicht mehr feige zurückziehen. Nicht nach deiner flammenden Rede.«

»Wo ist Rose?« Wenn die Schwestern nicht geflohen waren, wenn die Regierung hier gekämpft hatte, an vorderster Front, wo befand sich dann die Prinzessin?

»Azarael hat sie sofort weggebracht«, erklärte Ambrosora und versuchte mit den Fingern ihre Haare zu durchkämmen – ein erfolgloses Unterfangen. Mit einem weiteren verschmitzten Lächeln fügte sie hinzu: »Sie hat sich zwar gewehrt, wollte kämpfen, aber das Risiko schien ihm zu hoch.«

»Gott sei Dank«, sagte ich schnell und blickte in den Himmel, als könnte ich dort oben irgendwo einen kreisenden Engel erblickten, der eine zappelnde Prinzessin in den Armen hielt.

»Wie geht es jetzt weiter?«, fragte mich Ambrosora. Sie hatte aufgehört, an ihren Haaren herumzufummeln, und sah mich jetzt durchdringend an, doch ich zuckte nur mit den Schultern.

»Ich schätze, wir müssen aufräumen, bevor wir die Zeremonie fortsetzen und den Erfolg feiern können.«

»Das meine ich nicht. Mit Sicherheit kommen die Shuk zurück. Morgen wird Aurora zwanzig.«

Ich nickte. »Ja, aber nach dieser Niederlage müssen sie sich selbst erst einmal sammeln, neu formieren. Die Zeit müssen wir nutzen, damit Aurora endlich doch ihren Prinzen finden kann. Die Zeit drängt.«

»Aber wie willst du das anstellen? Willst du alle Fairies in einer Reihe aufstellen und davor auf und ab laufen, in der Hoffnung, den einen zu erkennen, der für sie bestimmt ist?«

Sie stellte sich auf ein Bein und zog skeptisch eine Augenbraue nach oben.

»Irgendwie muss sie ihn finden. Und wenn nicht hier, wo sämtliche Fairies auf einem Fleck sind, wo dann?«

»Und wenn er getötet wurde?« Ambrosoras Blick fiel auf die vielen dunklen Umrisse der Körper, die inmitten der Arena aufgebahrt wurden, direkt am Ufer des jetzt leeren, trostlos daliegenden Sees. Weinende Fairies hatten sich darumgruppiert, umarmten sich, trauerten um die Toten, bangten um die Verletzten.

»Ich weiß, dass er nicht tot ist. Er ist irgendwo hier. Aurora muss ihn nur noch finden.«

Mit diesen Worten ließ ich sie stehen und ging weiter, an den vielen zerstörten Zuschauerrängen entlang, auf der Suche nach dem Mann, der mich immer getröstet hatte, bei dem ich wusste, dass ich Halt und unerschütterliches Vertrauen in mich und meine Fähigkeiten finden würde.

Er befand sich gemeinsam mit Frankie unten bei den Verletzten und Toten und als ich nähertrat, stockte mir der Atem. Ich musste ihr Gesicht gar nicht erst sehen, allein das wallende Haar, das jetzt matt und trostlos wirkte, als wäre es erloschen, reichte aus, um mir den Magen umzudrehen. Ich wandte mich um, hielt mir die Hand vor Augen und schüttelte den Kopf. Nein, das durfte nicht wahr sein, das konnte nicht sein! Nicht sie!

Taylor hatte mich bemerkt, kam auf mich zu, umarmte mich wortlos und hielt mich einfach nur fest. Ich wollte aufschreien, weinen, meine Enttäuschung, meinen Schmerz, meinen Zorn in die Welt hinausschreien, aber stattdessen blieb ich stumm an seine Brust gelehnt stehen und die Tränen wollten einfach nicht einsetzen.

Auf meinem Gesicht musste stummes Entsetzen abzulesen sein, denn niemand wagte es, sich uns auch nur zu nähern.

Evangeline, die liebe, eigensinnige Evangeline. Nie wieder würde sie mich belehren, ermahnen, ermutigen – nicht in diesem Leben.

Taylor führte mich schließlich weg. Ich konnte nicht sehen, wohin er mich brachte, folgte ihm beinahe blind, bis ich erkannte, dass wir uns in ebenjener kleinen Halle wiederfanden, die unter den herabfallenden Wasserfällen lag und in der sich sonst die frisch erweckten Fairies unmittelbar nach der Zeremonie für die darauffolgende feierliche Ballnacht umzogen und zurechtmachten. Jetzt wirkte sie wie ein Lazarett und ein Flüchtlingslager. Überall lagen schreiende und weinende Fairies auf dem Boden, drängten sich Mädchen und Jungen in Gruppen aneinander, froh noch am Leben zu sein. Doch das Entsetzen und das Grauen standen ihnen ins Gesicht geschrieben.

Wann würden wir je wieder eine unserer Zeremonien in Ruhe genießen können? Ohne Furcht, ohne Angst?

Rose war unsere letzte Hoffnung.

Rose, von der ich nicht wusste, wohin Azarael sie gebracht hatte.

Rose, deren Zeit gekommen war.

Die Blume musste endlich erblühen.

* * *

Der anbrechende Morgen verkündete mit warmen, sonnigen Strahlen den kommenden heißen Tag und tauchte die schrecklichen Ereignisse der vergangenen Nacht in helles Licht, welches das Ausmaß der Zerstörung auf beängstigende Weise zeigte. Ich wollte nicht mehr in die Arena blicken, konnte nicht mehr. Trotz unseres Sieges hatten so viele Fairies ihr Leben lassen müssen. Ich dachte an die zierliche Erica, die ich noch lebend gesehen hatte, wie sie versucht hatte, anderen zu helfen. Kurz danach hatte es sie erwischt. Ihr lebloser Körper war bereits von Defenderre abtransportiert worden. Und dann war da noch meine liebe, schillernde gute Fee Evangeline. Bei dem Gedanken an sie rann mir eine Träne übers Gesicht. Sie war die Erste, um die ich wirklich weinen konnte. Doch das große Schluchzen, das Zusammenbrechen, blieb aus. Ich durfte nicht, musste stark bleiben. Es stand noch so viel auf dem Spiel. Irgendjemand hatte mir einen leichten weißen Seidenmantel um die Schultern gelegt. Darunter trug ich noch immer das Discokugel-Kleid, das nicht mehr ganz so glitzerte, das nicht mehr ganz so perfekt aussah. Barfuß lief ich über Geröll und Schutt.

Die Aufräumarbeiten waren bereits in vollem Gange und kamen gut voran. Die Magie tat natürlich ihr Übriges. Heiler aus aller Welt umsorgten die Verletzten. Und Josephine Andrews hatte bereits früh am Morgen eine beeindruckende Rede gehalten, die Hoffnung auf eine gute, starke Zukunft verhieß. Man wolle die Shuk nicht gewinnen lassen und werde hier, inmitten der Arena, noch am selben Abend eine Feier abhalten, zum Gedenken an die Toten und Verletzten und anlässlich unseres Sieges – und natürlich um Auroras Geburtstag einzuläuten und damit den Beginn eines neuen Zeitalters.

KAPITEL 25

Mein Kleid für die Feier glich eher einem Seidennachthemd, es war schlicht und in einem schillernden Creme-Ton gehalten. Es war mir egal, wie ich aussah. Die Haare fielen mir in weichen, geschmeidigen Wellen über den Rücken, lediglich geschmückt von einer weißen Lilie. Am liebsten wäre ich barfuß gegangen, hatte mich aber im letzten Moment für einfache, weiße Sandalen entschieden mit kleinem Absatz – schlicht, aber dennoch auf eine besondere Weise elegant. An Taylors Seite schritt ich in der Reihe meiner Schwestern die wackeligen, teilweise eingestürzten Stufen zur Arena hinab, was gar nicht so einfach war. Hier und da rutschte Geröll unter meinen Füßen weg, ich musste einen Spalt überwinden oder einen neuen Weg einschlagen, um Unebenheiten zu umgehen. Aber niemand, weder meine Schwestern noch ich, ließ sich etwas anmerken. Der Sinn dieser Feier war, weiterzumachen, innerhalb dieser Arena, sosehr sie auch zerstört worden war, als wäre sie noch dieselbe wie am Abend vor dem Shuk-Angriff. Wie sie es erneut hatten schaffen können, die vermeintlich unüberwindbaren Mauern zu durchbrechen, würde vermutlich auf ewig das Geheimnis unserer Feinde bleiben. Auch wenn sie wieder aufgebaut und weiter verstärkt wurden, sicherlich würde es ihnen auch ein drittes Mal gelingen. Aber wir wussten auch, dass wir zusammenstehen und kämpfen würden, sollte dies in naher oder ferner Zukunft je wieder der Fall sein.

Applaus brandete auf, als wir Schicksalsfeen einzogen. Es war nicht der überschwängliche, euphorische Jubel, der mich noch genau vierundzwanzig Stunden zuvor empfangen hatte. Es war ein respektvolles Klatschen, das Hochachtung vor den übermächtigen Schwestern zeigte, in deren Mitte ich mich nun bewegte, als wäre ich schon immer ein Teil von ihnen gewesen und nicht diejenige, die gejagt, geächtet und verfolgt worden war.

Unserem Einzug folgte eine Rede der Präsidentin, anschließend einiger Schulleiter, darunter auch Miss Ishanti, die auf überschwängliche Weise den Zusammenhalt und die Kraft unter den Fairies lobte.

Dann erstrahlte über den Köpfen als Zeichen des Sieges ein Feuerwerk von überragender Schönheit. In Gedanken war ich ebenso wie alle anderen bei den vielen Opfern, die ihr Leben hatten lassen müssen, und senkte den Blick. Viele weinten, hielten sich an den Händen oder umarmten sich stumm. Auch mir rannen einige Tränen über die Wangen und ich ließ es geschehen. Evangelines fröhliches Gesicht erschien vor meinen Augen, direkt neben dem von Natascha und Ralph, und ich spürte, wie Taylor meine Hand in seine nahm und sie drückte.

* * *

Die Feier selbst fand nicht in der Arena statt, sondern auf einer riesigen Ebene, direkt unter dem offenen Sternenhimmel, umringt von sich leicht wiegenden Palmen und glühenden Sternen, die auf magische Weise über unseren Köpfen schwebten und alles in ein herrlich romantisches, zartes Licht tauchten. Trotz der Geschehnisse war es den Fairy-Köchen gelungen, ein großartiges Buffet auf die Beine zu stellen, das mit Sicherheit kleiner als das geplante war, dem es aber in Sachen auserlesene Köstlichkeiten an nichts fehlte. Ich hatte mir lediglich einen Teller mit Lachs, Muscheln, seltsam gekringelten silbernen Nudeln, garniert mit verschnörkeltem Salat, genommen und beobachtete in einigen Metern Entfernung das Geschehen.

»Was denkst du?«

Ich fuhr herum und blickte überrascht in Lilas Gesicht. Vor Freude umarmte ich sie überschwänglich und verlor beinahe das Gleichgewicht, da ich weder den Teller noch das Sektglas verlieren wollte.

»Bin ich froh, dass es dir gut geht!«, keuchte ich und strahlte sie an. Sie erwiderte mein Lächeln.

»Ich habe dich kämpfen sehen! Du warst gigantisch!«

Sie lächelte errötend. Dann wurde ihr Blick wieder ernst.

»Wo ist Rose?«

»In Sicherheit. Bei Azarael«, sagte ich und nahm einen Bissen von dem köstlichen Lachs. »Taylor ist auf der Suche nach ihr, da ich mich ihr ja keinen Zentimeter nähern darf.«

»Immer noch?« Lila riss die Augenbrauen hoch und ich nickte.

»Ja, aber ich verstehe es. Niemand will jetzt noch ein Risiko eingehen. In wenigen Stunden wird sie zwanzig werden.« Nachdenklich fügte ich hinzu. »So alt wurde sie in keinem ihrer bisherigen Leben.«

»Was wird geschehen, wenn es Mitternacht ist?«

Ich zuckte mit den Schultern. »Ich fürchte, das allein kann nur Tanian beantworten. Die Regierung und auch meine Schwestern sind der Meinung, dass sie ohne fremdes Zutun nicht sterben wird und der Fluch vielleicht nur aufgeschoben wird, um ein weiteres ihrer Leben. Richtig gebrochen werden kann er nur, wenn die Rose aufblüht.«

Lila nickte. »Und ich schätze, bisher hat sie ihre Liebe noch nicht gefunden.«

Ich seufzte. »Sie hat sich in Azarael verliebt. Dessen bin ich mir ganz sicher.«

»Aber er erwidert ihre Gefühle nicht.« Es war eine reine Feststellung und ich nickte gequält, auch wenn ich tief in meinem Inneren wusste, dass ein Teil von mir sehr froh darüber war, dass er sie nicht liebte.

»Das bedeutet, dass sie sich nicht so schnell auf jemand anderen einlassen wird.«

Ich nickte erneut. »Das ist der springende Punkt, schätze ich.«

Mein Blick wanderte zurück zu Taylor, den ich nicht aus den Augen ließ. Ich sah nur noch seine Umrisse, die eben eine kleine Anhöhe erklommen. Defenderre versperrten ihm den Weg, doch als er kurz mit ihnen sprach, ließen sie ihn durch.

»Ah, ich glaube, er hat meine Schwestern gefunden.«

Ich deutete mit einem Kopfnicken hinüber zu der Baumgruppe, vor der Taylor nun stand und mit weiß gekleideten Frauen sprach.

»Sieht ganz so aus. Ah, und Rose ist mit Sicherheit auch dort. Ich sehe Azarael. Willst du nicht zu ihnen gehen?«

Ich schüttelte den Kopf. »Nein, sie würden mich nicht zu Rose lassen und vielleicht ist es besser, wenn ich Mitternacht abwarte, bevor ich zu ihr gehe, für alle Fälle.«

»Bist du dir letztendlich doch nicht sicher, dass du deinen persönlichen Fluch überwunden hast?«

»Nein, ich bin mir sogar sehr sicher. Ich könnte Rose nie etwas antun. Nie. Ich möchte nur nicht, dass wieder alle über mich herfallen. Wenn ich mich hier in gebührendem Abstand aufhalte, sind alle zufrieden.«

Ich nahm einen tiefen Schluck Sekt. »Sie haben in der Arena gemeinsam mit mir gekämpft und das rechne ich ihnen hoch an. Dieses Vertrauen möchte ich nicht ...«

Ich stockte. Mein Blick wanderte zurück zu Taylor, als würde er magnetisch von ihm angezogen. Er hatte sich soeben verbeugt vor einer blonden Frau, die ein Kleid in Gold trug, ähnlich meinem gestrigen Discokugel-Kleid. Ich lächelte erleichtert. Da war sie. Rose Aurora, und auch auf die Entfernung konnte ich sehen, wie schön sie war. Als wäre sie immer schon eine Prinzessin gewesen, reichte sie ihm galant die Hand zum Kuss, die er folgsam nahm und an seinen Mund führte. Dann blickte er auf und plötzlich war es, als stünde ich direkt neben ihnen und nicht meterweit entfernt.

Ich sah die Rose inmitten ihres Gesichts. Ein Blütenkelch, der sich kaum merklich und doch sichtbar öffnete. Sie war im Begriff zu erblühen! Mein Herz pochte vor Aufregung. Das war doch nicht möglich! Wer war er? Wer war derjenige, der ihr Herz zum Glühen brachte? Dann wurde mir mit einem Mal eiskalt. Alles drehte sich um mich und ich spürte meinen Herzschlag nicht mehr. Wie erstarrt blickte ich auf das Geschehen vor meinen Augen, fühlte mich, als hätte ich meinen eigenen Körper verlassen, losgelöst, gelähmt, unfähig.

Taylor und Rose sahen sich in die Augen, beide reglos, starr, hatten die Welt um sich herum vergessen, sahen nur noch einander. Ich konnte Auroras Herz förmlich spüren, wie es vor Aufregung glühte, war es meinem bei Taylors Anblick doch genauso ergangen.

Ich sah seine Augen, die dunklen Augen, die mir stets Hoffnung, Zuversicht, Liebe versprochen hatten. Doch jetzt erkannte ich, dass die Liebe, die er mir entgegengebracht hatte, nichts war im Vergleich zu dem, was er in diesem einzigartigen Augenblick empfand. Er sah sie an wie ein Wesen von einem anderen Stern, wie einen Engel, der nur für ihn geschaffen worden war.

Wie in Trance schienen beide wahrzunehmen, dass jemand auf sie zutrat, verwirrt die beiden Gesichter musterte.

»Aber ihr kennt euch doch, nicht wahr?«, fragte Calenleya stirnrunzelnd, doch keiner von beiden war fähig ihr zu antworten. Taylor schüttelte kaum merklich den Kopf und mir wurde schmerzlich bewusst, dass sich die beiden nie zuvor kennengelernt, ja nicht einmal getroffen hatten.

Sofort suchten seine Augen wieder die ihren. Wie konnte es sein? Hatte er mich so schnell vergessen? Zählte jetzt nur noch sie für ihn?

Du hast diesen Zauber gewirkt und ich bin mir sicher, so, wie deine Magie Rose zu dir geführt hat, wird auch Auroras Mann zu dir finden.

Azaraels Stimme hallte in meinem Kopf wider. Auroras Mann – nein, das war doch nicht möglich! Taylor?

Wie hatte ich so blind sein können? So verblendet? Taylor war zu mir geführt worden. Bereits damals in Lloret. Er hatte mich erkannt, als ich vor allen anderen verborgen war. Ich hatte ihn angezogen, aber nicht weil er mich liebte, sondern weil … Der Gedanke war zu viel, tat zu sehr weh.

»Nein.« Meine Stimme war brüchig, klang so unendlich verletzt, zittrig, kaum hörbar. Der Teller, das Glas, beides fiel mir aus den Händen und ich merkte es kaum. Alles, was ich sah, waren die beiden, die sich wie hypnotisiert anstarrten, sich dabei immer näher kamen, bis ihre Hände sich berührten, ihre Körper sich zaghaft vorlehnten, sie die Augen schlossen … Die Lippen nur Zentimeter voneinander entfernt …

Als sie sich berührten, brach ich zusammen. Ich spürte mein Herz nicht mehr. Dort, wo es sich einst befunden hatte, war nur noch ein großes, leeres Loch. Ein schwarzes Nichts, ein Gefühl der Trostlosigkeit, der Ohnmacht und des unendlichen Schmerzes breitete sich in mir aus, fraß mich von innen auf. Ich spürte, wie ich auf dem Boden aufschlug, wollte ohnmächtig werden, besinnungslos, wollte nicht mehr denken, nicht mehr fühlen, nicht mehr sein.

Und plötzlich war da Zorn in mir. Zorn und Hass. Gefühle, die mit einer unglaublichen Intensität in mir aufkochten, wie ich es noch nie zuvor erlebt hatte. Am liebsten hätte ich alle mir zur Verfügung stehenden Elemente auf die beiden geschleudert, doch ich biss die Zähne zusammen.

Rose hatte ihre Liebe gefunden. Die Blume war erblüht.

Ich musste mich dem Schicksal beugen.

Das Schicksal.

Welche Ironie.

Am Ende hatte Tanian doch gewonnen.

Aber nein. Sie würde nicht gewinnen! Ich würde nicht einschreiten, sondern stumm ertragen, was auch immer geschehen würde.

»Tu es«, hörte ich neben mir jemanden ganz leise sagen, kaum hörbar und dennoch hallten die Worte mit unglaublicher Gewalt in meinem Innersten wider. »Tu es!«

Lila sprach ruhig, aber mit einer hypnotisierenden Wirkung, die sämtliche Willenskraft und Stärke in mir außer Kraft setzte. In diesem Moment war ich am höchsten Punkt meiner Verletzlichkeit und nur so war es zu erklären, dass ich ihrem vorsichtigen, aber dennoch starken Drängen nachgab.

Ich ließ meiner Wut freien Lauf.

Feuer und Wasser brandeten auf und zerstörten die Umgebung binnen Sekunden. Ein Orkan zog über die Insel, wie man ihn noch nie zuvor erlebt hatte, die Bäume entwurzelten sich von selbst und stürzten von ihren eigenen Wurzeln getragen auf die Lichtung. Schreiend stürmten die Fairies in alle Richtungen davon, doch ich hörte es nicht.

Blind vor Zorn ließ ich meine Kräfte umherwirbeln, die sich um ein Vielfaches verstärkt zu haben schienen. Hätte ich diese Kräfte gestern besessen, wäre es ein Leichtes für mich gewesen, die Shuk im Alleingang zu besiegen.

Doch diese überdimensionale Macht und Energie, die ich in meinen Adern spürte, war nicht für Rettung und Heilung gedacht. Sie diente allein der Zerstörung.

Getrieben von meinem blinden Hass, geblendet von stummen Tränen ließ ich mich von den Elementen mitreißen, bis mich jemand von den Füßen riss und an sich klammerte. Große Flügel trugen mich in die Lüfte.

»Was zum Teufel ist in dich gefahren?«, schrie Azarael mir ins Ohr.

»Er liebt sie«, stammelte ich einfach nur, erkannte meine eigene Stimme kaum mehr.

Er schwieg. »Lass die beiden ziehen. Auch wenn es schwerfällt, schwerer als alles, was du bisher tun und geben musstest. Für das Schicksal der Fairies und dieser Welt musst du bereit sein, dein Liebstes zu geben, Cayuga!«

Ich schloss meine Augen und schrie vor Verzweiflung auf, kämpfte gegen die starken Arme, die mich immer noch an sich pressten, und spürte, wie wir langsam sanken.

Doch der Orkan, der um uns herum wütete, ebbte nicht ab, im Gegenteil, er wurde immer stärker.

»Hör auf, Cayuga, es hat keinen Sinn.«

Ich wischte mir die Tränen aus dem Gesicht, blickte mich um.

»Ich habe aufgehört«, sagte ich stumm.

Unsere Köpfe schnellten herum, starrten an die Stelle, wo noch wenige Minuten zuvor Taylor und Aurora gestanden hatten. Taylor kniete auf dem Boden, hielt eine Gestalt in den Händen, um ihn herum klagten die Urfairies ihr Leid gegen das Brüllen des Sturms.

Die Prinzessin war tot.

Noch bevor es Mitternacht war.

Bevor sie ihr zwanzigstes Lebensjahr vollendet hatte.

Gestorben durch die Hand einer Urfairy, durch meine Hand.

Der jetzt einsetzende Orkan war der Beginn des Weltuntergangs.

Ich wusste nicht, wie das geschehen konnte.

»Nein, die Rose ist aufgeblüht! Der Fluch ist gebrochen!«, sagte ich.

»Und dennoch ist sie tot.«

Ich schluckte, dann hörte ich plötzlich in meiner Nähe ein Schluchzen. Jemand klammerte sich an meine Hand. Es war Lila. Ich wusste nicht, woher sie so schnell gekommen war, wie sie mich in dem Chaos überhaupt hatte wiederfinden können. Aber sie war da. An meiner Seite. Wie sie es die ganze Zeit über gewesen war.

»Es tut mir so leid, Sophie. – So unendlich leid.«

Ihr Gesicht war tränenüberströmt und ich sah sie nur verständnislos an, während der Wind an ihren Haaren riss.

»Es war mein Fluch: Ich würde im richtigen Moment dafür sorgen, dass du die Prinzessin tötest. Das war mein Schicksal, meines und das von Ralph.«

Mit leerem, ungläubigen Blick starrte ich auf Lila hinunter, konnte, nein, wollte nicht glauben, was ich da hörte.

Irgendwo in meinem Inneren erklang Tanians Lachen.

Schicksal gegen Liebe.

Ein schrecklicher Gedanke kam mir in den Sinn. Konnte es sein? Hatte sie alles von Anfang an geplant? War sie sogar so weit gegangen, sich von mir töten zu lassen? Sie hatte mich und die gesamte Fairy-Welt in Sicherheit gewiegt. Vermutlich hatte sie sogar gewusst, wer Taylor wirklich war, hatte ihre Shuk angewiesen, mich, Rose und Taylor zu verschonen, damit sich der Fluch erfüllte, ein weiterer Triumph ihrer Rache. Tanian traute ich mittlerweile alles zu. Sie war ohne Zweifel die mächtigste Urfairy im gesamten Universum. Sie hatte uns alle besiegt. Vor allem mich. Ich war zerstört. Alles in mir, meine Gefühle, mein Denken, alles war gebrochen. Ein unglaublicher Schmerz breitete sich in mir aus, der durch nichts zu lindern war.

Nie hätte ich geglaubt, dass die Liebe selbst, dass ich so versagte.

Und noch während ich dort stand, versank die gesamte Erde um uns herum im Chaos.

Langsam wurde es dunkel um mich und ich spürte, wie ich zu Boden ging und reglos liegen blieb.

EPILOG

Sie wusste nicht, wo sie sich befand. Alles um sie herum war dunkel, düster, trostlos, finster.

Sie fühlte sich eigenartig, irgendwie seltsam leer, unvollkommen, als würde ein Teil von ihr fehlen. Gewaltsam von ihr gerissen.

Was war geschehen?

ENDE von Band 3

Willkommen in der High Society!

Vivien Summer
Die Elite, Band 1:
Spark
384 Seiten
Taschenbuch
ISBN 978-3-551-31721-6

Kurz vor ihrer Volljährigkeit findet Malia heraus, dass ihr eine außerordentliche Gabe zuteilgeworden ist. Von einem Tag auf den anderen zählt sie zur High Society des Landes: der ELITE. Für die verschlossene Malia ein absoluter Albtraum. Nicht nur richten sich plötzlich sämtliche Augen der Nation auf sie, auch muss sie sich als Trägerin eines übernatürlichen Elements ausgerechnet von Christopher Collins ausbilden lassen. Dem Jungen, in den sie seit Jahren heimlich verliebt ist und in dessen Augen das gleiche Feuer lodert wie in ihren.